Christina Hammonds Reed

The Black Kids

ザ・ブラック・キッズ

クリスティーナ・ハモンズ・リード　原島文世 訳

晶文社

ブックデザイン：名久井直子
DTP 組版：飯村大樹
Jacket illustration: Adriana Bellet
Original cover design: Lucy Ruth Cummins

フーバー

イザベル

ウィリアム

アルバータ

その愛あふれる思い出に

ザ・ブラック・キッズ
目次

おもな登場人物

アシュリー（アッシュ）　一七歳の高校生。ロサンゼルスで生まれ育つ
ヘザー　アシュリーの幼なじみ
キンバリー　アシュリーの幼なじみ。マイケルと数年間付き合っている。ファーストネームはコートニーで、以前は「コートニー2」と呼ばれていた
コートニー　アシュリーの幼なじみ。以前は「コートニー1」と呼ばれていた
マイケル　キンバリーの彼氏
トレヴァー　マイケルの友人
ジョー（ジョセフィン）　アシュリーの姉
ハリソン　ジョーの夫
ママ（ヴァレリー、ヴァル）　アシュリーの母
パパ（クレイグ）　アシュリーの父
ルシア　アシュリーのベビーシッター。グアテマラ出身
ロニーおじさん　父クレイグの弟で、アシュリーのおじ
モーガン　ロニーおじさんの娘で、アシュリーのいとこ
シャーリーおばあちゃん　アシュリーの祖母。父クレイグとおじロニーの母
オパールおばあちゃん　アシュリーの祖母。母ヴァレリーとおばキャロルの母
キャロルおばさん　母ヴァレリーの姉で、アシュリーのおば

レジー　キャロルおばさんの息子で、アシュリーのいとこ
ラショーン　アシュリーの同級生。スポーツ奨学生で、成績もよく人気がある
ラナ　アシュリーの同級生
ブラッド　ラナの母の友人。ファムの恋人。カンボジア出身
ファム　ラナの母の友人。ブラッドの恋人。カンボジア出身
タレル／ジュリア／キャンディス　ラショーンの友人
ふとっちょアルバート　ラショーンの友人。本名はパーシー
パーカー兄弟　アシュリーの家の近所に住む、ティムとトッドの兄弟
カッツ夫妻　アシュリーの家の近所に住む夫婦

※訳注は「*」で表し、奇数頁の左端に記載しています。
※本文中の「七年生」は中学一年生、「八年生」は中学二年生、「九年生」は中学三年生にあたります。
※本書の原文には差別表現が含まれていますが、文学作品であることを鑑み、そのまま訳出しました。

Before

その前

プロローグ

まず思い出すのは――火の手があがる丘の斜面、とびはねて遊ぶように峡谷のあちこちへ燃え移っていく炎。焚火のにおいが漂う空気、アイシャドーの色をぼかして混ぜ合わせたような空。けだるそうな赤ら顔の消防士がひとり、場慣れした冷静な様子で家々を訪ねてまわり、避難する必要があるかもしれないと警告していく。

「ここにお住まいですか？」消防士がドアをあけたとき、パパに言うのが聞こえた。

「ええ」パパは答えた。

「持ち家で？」と訊かれる。

「証書にはそう書かれているようですね」とパパ。

うちの一家が最初に引っ越してきたとき、郵便屋が同じ台詞を口にして、パパはまったく同じ答えを返したけど、郵便屋の反応はずっと威勢がよかった。

「そうさ！　兄弟！　どんどん上へだ！」

「すぐ出られるように荷物を用意しておいてください」消防士は言った。「念のため」

団子鼻をかくと、うちをのぞきこむ。それから、好奇心が満たされたらしく、向きを変えてタイルの階段をおりていった。

パパはそのあとを追った。家の横に歩いていくと、蛇のようにとぐろを巻いているホースを拾いあげ、ひきずりながら家の正面に戻ってくる。そこで金属のレバーを押した。水の勢いにびくっとしたものの、ほんの少しだ。うちの屋根にホースを向けて、くりかえし屋根板に水を噴きかけると、雨のようにぽたぽたとしずくが落ちた。パパとあたしはその隣に立って待ち受けた。近所の犬たちが声をそろえて吠えていた。

火事が起こって数時間後、最初に峡谷を出ていったのはパーカー一家だった。当時一四と一六で、すでに感情の死んだ目をしていたティム・パーカーとトッド・パーカーは、あたしたちが引っ越してきた最初の週に、うちの郵便受けを爆破してのけた。パパとママには証明できなかったけど、あたしたちは知っていた。ティムとトッドが両親に続いて家から出てきた。めいめいリュックをしょって、アルバムとトロフィーをひとつずつ持っていた。ふたりのお母さんは骨壺を運んでいて、そのときはばかばかしいような気がした。だって、中に入っているのが誰だとしても、もう灰になってるのに、このうえなにが起きるっていうわけ？　あれはオパールおばあちゃんが亡くなる前のことだ。あたしはまだ、運ぶ遺骨がどんなに小さくても、そういうふうに大きく感じられるってことがわかってなかった。ティムとトッドのお父さんは絵を何枚か脇にかかえていた。複製か原画かはよくわからない。パーカー家の黒犬ロッキーが、ティムとトッドの脚のあいだを走り抜けている。ミスター・パーカーがパパのほうを見て、手をふってよこした。なにもかも失うかもしれないって見通しのせいで、ふだんより友好的な気分だったんだろう。

それから二日のあいだに、近所の人たちは次々と荷造りして、スーツケースをステーションワゴンに積み込んだ。

火が燃え盛るにつれて、いろいろな動物たちがぽつぽつと山腹を駆けおりてきた。はじめはやせこけて目ばかりになったウサギとリス、次にコヨーテが通りをうろつきはじめる。鹿まで一頭見かけた。

五歳のとき、あたしは燃える火や動物たちに目をみはった。灰が降ってきて人々が脱出する光景に息をのんだ。あの消防士が立ち寄ってから二日後、いよいよ終末が迫る雰囲気のなか、あたしは両手を腰にあててパパの隣に立ち、空を見あげて生き残る可能性を探っていた。

「もう逃げたほうがいいんじゃない、パパ」

「中に戻りなさい。なにもかもうまくいくから」

パパはぼそぼそとつぶやき続けた。まるで、ひたすらそうくりかえすだけで、あたしたちのすてきな木の家を救えるみたいに。

ロサンゼルスは四つの季節を持つ、という冗談がある——火事、洪水、地震、そして旱魃《かんばつ》。火事の季節。それはまさにロサンゼルスの本質の一部だ。

第一章

ニュースではビデオを流し続けている。警官たちが黒人の男を痛めつける。体のやわらかい部分を、硬い頭蓋骨をブーツで蹴り、警棒で殴りつけている。完全に叩きのめしたと確信するまでやってるんだろう。そう、たしかに叩きのめした。男をめった打ちにした警官四人は、現在裁判にかけられている。その裁判はこの街、いや、この国そのものの魂を守る闘いだって言う人もいる。あたしが関心を持つべき問題だけど、どうでもいい――いまは。

いまは鳥がさえずり、ヤシの木がそよぎ、街が絵葉書になろうとしてるような金曜日だ。マーキー・マーク＆ザ・ファンキー・バンチ[★1]がラジオで「グッド・ヴァイブレーションズ」を歌っている。ザ・ビーチ・ボーイズ[★2]じゃないけど、まあこれでいい。ヘザーとあたしはビートに合わせてランニングマンを踊り、空中で腰をゆらす――こんな歌ダサい、あんたたちの音楽の趣味って最悪、とヘザーはあたしたちにきっぱり言い渡したけどね。高校卒業まであと数週間。じっくり考えるとこわくなる。だからいまは、なにも気にしないようになるべく努力している。

ヘザーとあたしはくたくたになって、板の割れた古いデッキチェアにへたりこんだ。プラスチックが肌に幾何学模様を浮かびあがらせる。ヘザーはぽっちゃりしてて、脇の下を剃らないことがある。のばした生白い腕の奥に、黒っぽい毛がちらちら見える。あれだけ長い時間、頻繁に日焼けしてるのに、なんであんなに白いままでいられるのかわからない。白人ならではの離れ業だ。足の爪に塗ったライムグリーンのマニキュアは、それぞれ中西部のどこかの州に似通った形にはがれている。コートニーの家のプールは腎臓みたいな形だった。

向かいでは、キンバリーとコートニーが浮き輪から手足をのばしている。ピンクに虹色を散らした、安っぽいビニールのまるいドーナツ。お互いに手の届く範囲に近寄ったり、また離れたり。

★1 ヒップホップ・グループ

★2 六〇年代から活躍するロックバンド。同名の「グッド・ヴァイブレーションズ」というシングル曲があるときどき水を飛ばし合って金切り声をあげる。「ちょっと、やめて！」ヘザーがどなった。「もう、いちゃつくのもいいかげんにしてよ」

コートニーが声をたてて笑い、角でもひっぱるみたいにキンバリーの胸をつかんだ。

みんな今月は週に二回授業をさぼっている。あたしはほかの三人ほど休んでない。でも、今晩はうちの親と一緒に、結婚したばっかりのばか姉の夫と会うことになっている。すごい夜になりそうだから、正気を保つためにも、今日は学校に行くべきじゃないって気がしたのだ。

あたしたちが出かけていくのはこういうところだ――ショッピングモール、誰かの家のプール、でなきゃみんなのお気に入りのビーチ。親たちはヴェニスを嫌っている。きたないし、ホームレスも観光客も多すぎるし、ラジカセががんがん鳴ってるから。つまり、あたしたちなら大好きな場所ってこと。サーフボードにどさっと乗って、水平線をながめるのだ。たまに波がくると、砂で膝をこすりながら適当に浜辺まで乗り入れる。それから、立ちあがってお尻のビキニを直し、北欧神話の女戦士ワルキューレみたいにまた海へ突撃していく。終わったらこの店で食べる。あたしのクローゼットぐらいの広さしかなくて、壁まで油まみれの場所だ。血のように赤い内装ははがれかけてて、ネオンの中ではふとっちょイタリア人の似顔絵が「**ピザ！**」と宣言している。わかってないお客がいると困るから、念のため。前のオーナーのジョルジは、悪党っぽい口ひげを生やしたやせっぽちのイタリア人で、ただでクッキーをくれた――今のオーナーはキムっていうやせっぽちの韓国人で、クッキーはくれない。

食べたあと、力こぶの盛りあがった男どもを見物する。全員つやつやした褐色で、黒人も白人もその中間もたいして変わらないように見える。大半はバーベルをあげてるけど、バランスをとってお互いをかかえあげている連中もいた。短パンとノースリーブTシャツの体と体がうなり声をたてでもつれあう。先週末、あのうちのひとりがキンバリーをつかむなり、捧げ物みたいに空中へ持ちあげた。

おろしたあと、その男はうちへこいよってあたしたちを誘おうとした。金髪で日焼けしてて、サーカスの象みたいにバランスがとれるってだけのやつに、のこのこついていくほどばかだと思っているんだろうか。

「酒があるぜ」と言われた。

「そそられるけど、行かない」ヘザーが断った。

「そもそもおまえとは話してねえんだよ」と男。

「うわ、あたしたちまだ一七だからね」つかみかかられて、コートニーがわめいた。

「だったらそんな恰好でふらふらしてんじゃねえ」男はどなり返した。

ヘザーが膝で急所を蹴りあげる——それから、みんなでいっせいに遊歩道を走って逃げ出した。

「おい、ビッチども！」

のけぞって笑いながら走っていくと、日焼け止めを鼻に塗った観光客に写真を撮られた。でも、充分に離れてから、あたしたちは胸もとで腕を組んだ。コートニーは近くの売店でノースリーブTシャツを買った。〝ヴェニス、カリフォルニア〟と言っているビキニ姿の子猫がついている。コートニーはねんね毛布みたいにそれを羽織った。

今日コートニーの家に行くことにしたのは、それが理由だ。ここなら、ハイライトメイクやまぶしいネオンみたいに、あたしたちを女に見せてくれるストリングビキニを着てても大丈夫だから。見物人が周囲にいないほうがいいのだ。

コートニーがプールから出て、ヘザーとあたしがデッキチェアに寝そべっているところまで歩いてきた。ポニーみたいに元気よく熱いコンクリートを横切ってくると、あたしの隣にお尻を押し込み、ふたりでデッキチェアを分け合う。鼓動が感じられるほど近かった。その体に生えた毛は金色で細い――全身がうっすら光って見える。

コートニーは腕をからめてきた。濡れた体の水分が心地よかった。

「ねえ……ヤるならホームズ先生《ミスター・ホームズ》がいい、それともスティーヴ・ラグルズ？」キンバリーのおなかはもう真っ赤だった。日焼けしやすいのだ。いつかディズニーランドに行ったあとなんて、まる一週間蛇みたいに脱皮しまくった。

「両方。いっぺんに」ヘザーがまじめくさって言う。

スティーヴ・ラグルズは、スポンジケーキにクリームの入ったお菓子のトゥインキーみたいに、まるっこくて少し黄色っぽい。自分の腕にところどころ吸いついて、口紅の痕みたいな小さい青あざを点々と残す。あたしにはいつも親切だけど、変わってることも否定できない。なにしろ、南北戦争の決戦になったゲティスバーグの戦いについて勉強してるとき、自分にキスする男の子なんだから。ホームズ先生はＡＰ物理★3の先生で、顔の半分が海沿いの崖みたいにギザギザになっている。赤ちゃんのとき火事に遭ったって噂だ。実験室の爆発だったって言う人もいる。

どっちもスーパーヒーローの成り立ちみたいな話に聞こえるし、ホームズ先生はたしかに秘密の生活を送ってそうな雰囲気を漂わせている。もっとも、それはたんに先生が人と違うってことかもしれない。そういう人って、意地悪な他人に見つからないように自分の一部を隠してることがあるから。あたしは授業中にときどき、眼科医の前で視力表を見るように、まず片目を閉じて先生の半分を見てから、もう片方のまぶたを閉じて、あとの半分を見ようとしてみる。ずっとやってると、火傷の痕もきれいな部分もだんだん薄れてきて、先生の顔が全体にやさしい感じにぼやけていく。もっとも、一度そうしてるところを見られた気がするから、いまでは先生のそばにいると、ふだんより大きく目をみはっているようにしている。

「ふたりともほっときなよ」あたしは言った。

「ホームズ先生は上手だと思うな。不細工なほうが努力するじゃん」キンバリーが言った。いつでもどんなことでも知ってるって態度なのだ。一度も経験のないセックスまで。

「で、全部とっちゃったほうがいいと思う、それとも、ほら、細く残すべき?」キンバリーは訊いてきた。日に焼けた体の側面にほくろが散らばってて、ストロベリーアイスのチョコチップみたいだった。

「真ん中だけ残しとけば」とヘザー。

キンバリーは来週、下を脱毛することになっている。あの心配ぶり、心臓切開手術でも受ける

★3　APは上級レベルの科目のこと。Advanced Placement

のかって思うぐらいだ。

「細く残すと見映えがよさそう」とキンバリー。

「そうだよね」コートニーはキンバリーの言うことにはなんでも賛成する。ふたりのお母さんは親友同士で、二週間違いで生まれた。友だちっていうより姉妹みたいだ。ほんとうはキンバリーのファーストネームもコートニーっていう。お母さんたちが娘ふたりをおそろいにしたかったらしい。しばらくのあいだ、みんなコートニー1とコートニー2って呼んでいた。六年生でコートニー2の背がいきなりのびて、全員がビッグ・コートニーって呼びはじめるまではね。ミドルネームを使うようになったのはそのときだった。キンバリーはものすごく細くて背が高くて金髪、コートニーは細めで小柄で金髪だ。どっちも鼻は整形で、あたしは学校に入った最初の日からふたりを知っている。そろって五歳で、キンバリー（当時はコートニー2）がまだおねしょしてたころから。

ほかの人と一緒に成長するっていうのは、いいところも悪いところも、ありとあらゆる部分が大きくなったりのびたり縮んだりするってことだ。ときどきみんなの顔を見ると、びっくりハウスのゆがんだ鏡に昔の姿が映ってるような気分になる。たとえば、あたしは小さいころすごい出っ歯で、体を置いて歯だけずんずん前に出ていきそうだったし、ガリガリの体に首振り人形みたいなばかでかい頭がくっついていた。いまの自分にはだいたい満足している――まあ、まだ頭が少し大きいんじゃないかって心配だけど。ただ、そういうのは目に見える部分だ。体の変化を見るほうが、内面に起きていることを見るより簡単だと思う。ほかの人の場合も、外側のほうがわかりやすい。

　例をあげると、いまのコートニーとキンバリーは自分と男の子にしか興味がないけど、コートニーは昔、虫に夢中だった。ダンゴ虫やテントウ虫や、例の気持ち悪いカブト虫とかまで集めていたのだ。そのあと、中学《ジュニア・ハイ》のときには鱗翅《りんし》類学にはまっていた。蝶とか蛾とかそういうやつだ。きれいなものをとってきてピンで刺して感心するって、個人的にはちょっとぞっとする。でも、中学から高校《ハイスクール》くらいの年代で、そんなふうになる女の子もいる。その時期って、美人だと大人になるのに邪魔なのだ。

　あのころみんなで話してた内容がなつかしい。お泊まり会では繭みたいに寝袋にくるまって、指先だけで誰かの体をどんどん高く持ちあげていく遊びをしたものだ。あたしは昔、乗馬が好きで馬のことばっかり延々としゃべっていた。まわりの友だちが馬より男の子の話に熱心だった中学のころさえ。あたしに言わせれば、うちの学校のジェイソン・Rは悪くないけど、馬みたいに三連続の障害をきれいに跳べるわけじゃない。切ったニンジンをやったとき、あなたはこの世で唯一の人ですって言わんばかりに鼻をこすりつけてくることもないと思うし。それに、ジェイソンが汗びっしょりになったところで、ほれぼれすることは絶対にない。たとえコートニー以下、八年生の女の子たちがそろってジェイソンはかっこいいって言ったとしてもだ。馬の話に戻ると、結局、あたしはジャンプでスピードをあげすぎて落馬し、中学を卒業する直前に鎖骨を折った。それ以来、乗馬はやめたけど、うちの親は内心じゃ気にしなかったと思う。乗馬のレッスンはすごくお金がかかったから。次に落ちたら首の骨を折るんじゃないかって、あたしはこわくなった。

あのときまで、それほどひやっとする経験をしたことはなかった気がする。ともかく、ジェイソン・Rは去年パーティーであたしといちゃつこうとしたけど、八年生のときほどかっこよくなかったし、唾みたいなにおいがしたから、丁重に辞退した。

　このあいだコートニーに身を寄せて訊いてみた。「あんたの蝶のコレクション、憶えてる?」コートニーは新しい鼻にしわを寄せ、眉をひそめて答えた。「あんなダサいもの。なんでそんなこと言い出したわけ?」まるで、こっそり蝶の話をするかわりに、中学時代に一度、寝袋でおねしょしたことを学校全体に広めたみたいな反応だった。

　あたしたちはチアリーダーだ。だから頭が悪いって思う人もいるけど、そんなことはない。この体は力そのものだ——腰をまげて全体重をバックタックにかけるとき、腿に感じる力強さ。両膝を胸にかかえこみ、スカートをひらめかせて軽々と跳んだとき、重力が追いついてくる前にかっと頭に血が集まる感覚。タンブリングパスの中にこそ、女の子の軽やかさと重みがいっぺんにつまっている。

「女はこの世のニガー《黒人》だから」ある日のお昼、キンバリーとコートニーがお互いのリップグロスを試している横で、ヘザーはそう宣言した。脇を剃るのをやめたころだった。最初は聞き違いかと思った。でも、その言葉が耳にどう響くか、聞いたときどんなふうに鼓動が速まるか、あたしは知っている。それでも、ヘザーに悪気はないって自分の中で正当化しようとした。「あたしはユダヤ女《Jewess》であんたは黒人女《Negress》」と、ヘザーはよく冗談で言っていた。九年生のとき、少しのあいだあたしたちを〝エス《Ess》〟ふたりって呼んでたぐらいだ。たぶん、そうやって自分のユダヤ人の祖母《バッビー》の腕に入れ墨されていた黒い数字や、あたしの黒い肌にブラックユーモアを見出そうとしていたんだろう。

コートニーが溜息をついて言った。「アシュリーがそこに座ってるのに、そんなこと言わないでよ」

「いいじゃん。言いたいことはわかってるし」あたしは応じた。あたしはいつも、そういう場面でいいじゃんって言う。実際には違うかもしれないのに。ときどき、言いたいことがありすぎて、なんにも出てこなくなる。


玄関のチャイムが鳴った。男の子たちだ。

仲間に男の子が加わる前はもっと気楽だった。はじめてきたのは六年生のときだ。トラヴィス・ウィルソンとコートニーは校内で手をつないで歩きまわり、春のパーティーでキスまでしたけど、トラヴィスのことで時間がかかりすぎるってコートニーが決めて、夏に別れた。ふたりめは翌年の秋だった。ブランドン・サンダースはあんまり頭がよくなかったけど、見た目がよかったし、キンバリーがそばに置きたがった。みんなにビッグ・コートニーって呼ばれる気まずい時期だったから、自分のことをかわいいって感じる必要があったのだ。好きになってもらえる存在なんだって。だから胸をさわらせたんだと思う。下も。そうしたらブランドンは学校じゅうに言いふらして、そのあと一か月ずっと、男どもが「指のにおい嗅いでみろよ」って冗談を飛ばしながら走りまわった。あたしたちは〝進んでる〟子にされた。つまり、ほかの女の子に悪口を言われるけど、うらやましがられもするってことだ。三番目の子はヘザーが目当てだった。チャーリー・トーマスは自宅のガレージでバンドをやってて、ヘザーはそばに座ってバンド仲間の練習を聴いていた。たまにあたしたちもひっぱっていかれた。チャーリーとの関係が終わったのは、リードボーカルのキースと一緒にいるところをヘザーが見つけたからだ。そのあとどうなるか、わかってるべきだったかもしれない。すぐにあたしたちはいい獲物になって、次から次へと男の子が押しかけてきた。マッチョの子。金持ちの子。おもしろい子。やせっぽちの子。男の〝子〟じゃなくて、もっと良識があってもいいはずの大人の男ども。おまえいいなってあたしに言っておいて、ほかの子に買うなら赤い薔薇かな、ピンクの薔薇かな、それとも薔薇なんていらないかなって相談を持ちかけてくる子たち。学校のダンスで指先や太腿をなでてきて、かわいいなって声をかけてくるくせに、あたしの金髪の友だちと暗い隅っこに走っていく子たち。

いま入ってきたふたりは酔っていた。

マイケルは即座にラジカセに歩み寄って、いい音といい気分《グッド・ヴァイブレーションズ》を止めた。前庭からコートニーの家の庭師が芝生で落ち葉掃除機を動かす騒音が聞こえてくる。

「こんな歌くそだろ、なあ」マイケルはラジオのダイヤルをいじりながら言った。

マイケルはキンバリーの彼で、いやなやつだ。大きくてきれいな目は眠たげで、いまにもウインクしてきそうだった。でも、それはお互いに冗談が通じてるわけじゃなくて、こっちがネタにされてるってことだ。たとえば、三年生のときにハンガーと発泡スチロールで太陽系の模型を作ったけど、あたしたちがその中のひとつだとしたら、マイケルは自分が太陽でキンバリーは地球だと思ってる。地上にいなかったら、地球なんてたいして重要なものじゃないのに。マイケルのあとからトレヴァーがきたのは、ふたりが親友で、どこでもつるんでるからだ。トレヴァーは背が高くて、ばさっと顔に落ちてくる髪をしょっちゅうかきあげている。マイケルのほうが身長は低くて、くるくる縮れた髪と闘犬《ピットブル》みたいな筋肉の持ち主だ。レスリングのチームに入ってるけど、レスラーなんかそんなに気にする人はいない。マイケルがかっこいいのは、人の興味を引くような目鼻立ちをしてるからだ。だからこそ、レオタード姿でお互いの体をプレッツェルみたいにまげたり、サーフボードを顔にぶつけあったりしてるスポーツをやってても好かれているのだ。

キンバリーとマイケルは九年生の終わりからつきあっている。まだマイケルの背が急激にのびる前で、キンバリーがひょろ長くて、マイケルがすごく小さい時期があったけど、ふたりとも美形だから誰も気にしなかった。キンバリーはもう子どもの名前まで選んでいる――モデルの名前からとって、クリスティー、リンダ、ナオミ。もし男の子が生まれたら、ただでクッキーをくれたイタリア人の名前をもらってジョルジにするらしい。キンバリーがマイケルを好きな理由のほとんどは、ニューヨーク出身なのと、人の意見なんてどうでもいいっていう態度だと思う。キンバリーは夏のあいだ、お父さんとニューヨークで過ごすから。キンバリーもあたしたちも、マイケルのニューヨークなまり、長々とひきのばして、子音の前でいきなり止まるあの母音にやられた。あとになって、実はニューヨークではあんなにきついなまりじゃないのがわかった。あの母音はもっと外側の区から借りてきたらしい。でも、そのころにはそんなこと問題じゃなくなっていた——キンバリーはすっかりマイケルに夢中だった。典型的なファザコンだってヘザーは言う。マイケルとトレヴァーのことは、同年代の男の子についてわかる程度にはよく知っている。つまり、向こうが冗談を言えば笑うし、むかつけば文句を言って、相当ばかな真似をしても見捨てないってことだ。たとえば木の枝に火をつけて、通りかかる車の反応を見るためだけに道路の真ん中に置くとか。まじめな話、同年代の男の子につきあうのって疲れる。なんていうか、向こうが好きなことについてぺちゃくちゃしゃべって、あたしたちが好きなものはどうしてくだらないのか、さんざんまくしたてるのをひたすら聞いてる感じ。こっちの好きな音楽がうわべだけきれいに見えたとしても、中身がからっぽとはかぎらないのに。

結局、マイケルが決めたラジオのチャンネルはパワー106[★4]だった。武器がわりに腕をあげて、両手の親指と人差し指を二挺の銃みたいにまげる。

マイケルは酔っぱらって知らない歌詞をがなりたてた。さっき言ったとおり、ある程度ニューヨーク育ちだから、ほかのみんなより下町のことにくわしいふりをするのが好きなのだ。たとえニューヨークでもお高いミッドタウン育ちで、いまはロサンゼルスの高級住宅地ブレントウッドに住んでてもね。

トレヴァーがコーラスに加わった。「〝おまえにゃわからねえことがある——なんで俺があっさり人を殺れるのか！　おまえにゃわからねえことがある——なんで俺があっさり人を殺れるのか！〟」[★5]

ふたりはあと数行歌ってから、走っていって勢いよくプールに飛び込んだ。

キンバリーが自分の彼にくすくす笑い、またもやびしょぬれになったコートニーが「なんなの？」とわめく。

頭上を飛行機が横切っていった。トレヴァーが指で空の航跡をたどった。

「まったく、こんなくそみたいな場所から出てくのが待ちきれないよな」と言う。「もうちょっと文化ってものがある場所へ行くのがさ」トレヴァーはニューヨーク大学から合格通知がきたばかりで、いきなりロサンゼルスとカリフォルニアはなにもかもつまらなくなったらしい。それに、去年の夏両親とインドに行って、いまじゃものすごく意識が高いベジタリアンだ。キンバリーとマイケルは向かいでベタベタしていた。それだけでも居心地が悪いのに、先週あったことのせいでさらに気まずい。ふだんならあたしも話に加わるところだけど、キンバリーがマイケルの口に舌を突っ込めば突っ込むほど、ピーナツバターを口にほおばった犬みたいな気分になった。

「ロサンゼルスだって文化はたくさんあるじゃん」ヘザーが言った。

「へえ？　たとえば？」

「だから、思い切ってウエストサイドの外に行ってみれば……」

「おいおい、ひとつやふたつタコスの店に行ったからって、知ったふうな口をきくなよ」

トレヴァーとヘザーはいつでも喧嘩している。だいたいのところ、どっちも同じぐらい神経を逆なでするからだ。ふたりとも、自分しかCNNの報道番組を見たり新聞を読んだりしてないっ

★4　ロサンゼルスのラジオ局
★5　ヒップホップ・グループ、サイプレス・ヒルの代表曲「ハウ・アイ・クッド・ジャスト・キル・ア・マン」

て態度だし、ソニック・ユース★6の有名じゃない歌を引用できないだけで、人生についてなにも知らないやつだなって言わんばかりだ。あんたたちは勉強ができても常識がないよ、人生の現実から守られてるんだってヘザーは言う。でも、ほら、あたしは黒人だし。そこまで過保護に守られてるわけじゃない。

「なあ、どこか別のとこに行きたくねえ？」マイケルが問いかけた。左耳にそばかすが三つあって、見てるうちに日焼けの痕がひどくなっていく。

「ヴェニス？」

「マーズ？」

「ビバリーセンター？」

「うわ、おまえらほんとにつまんねえな」

「うるさい、腋でも剃ってろ」

「うちの通りの先にある家、人がいたためしがねえんだよ。サウジの王子かなにかが買って、大規模な改装工事をしてんだけどな。なんていうか、いつも留守でさ。しかもすげえプールがある」

「もうプールにいるのに、なんで別のプールに行く必要があるわけ？」

「すべり台とか洞穴とかいろいろあるからじゃねえの？」

　マイケルの家は数ブロック先だから、みんな歩くことにした。こういう日は海の塩気が鼻の穴や皮膚にくっつく。足の下で砂利が転がった。あたりには蔦の垣根に囲まれた要塞みたいな家もあれば、奇抜な彫刻みたいな家も、ちっぽけな窓がいくつも集まってできた窓の家もある。色あせた家もぽつぽつ見えた。派手な建物のために取り壊されたりするもんかってがんばっているようだ。

男どもははだしで行ったから、濡れた足がコンクリートにべっとり跡を残していった。

歩いていると、二階建ての赤いツアーバスが横に寄せてきて、一軒の家の前で止まった。車内の声が大声で叫ぶ。「ここが俳優トム・ハンクスの住んでいるところです」

「住んでない！」とあたしたち。

赤ら顔のツーリストが数人、窓からカメラを突き出した。コートニーの話だと、実際ここに住んでいるのはスターたちの会計士らしい。ひょっとしたらトム・ハンクスの仕事もしてるかもしれない。だからまあ、ツアーバスの運転手の発言はそんなに外れてるわけでもなさそうだ。バスが発車したとき、ヘザーがちらっと肌を見せつけた。

トレヴァーがあたしの肩に腕をかけてきた。ジェイソン・プリーストリー★7にちょっと似てるってみんなに言われるけど、それは言いすぎだと思う。トレヴァーはプロム《卒業パーティー》★8のパートナーだけど、あたしはそういう意味で入れ込んでるわけじゃない。人のそばにいるだけでほっとすることってあるでしょ。誘いを受けたのは、体のぬくもりや血管をめぐる血の流れを感じて、ふたりとも生きてるって気持ちになるだけで安心できるから。

★6　ニューヨークのノイズパンク・バンド

★7　俳優。ドラマ『ビバリーヒルズ高校白書』の主役をつとめる

★8　卒業を目前に控えた高校生のためのダンスパーティー。高校生活最大のイベント

「わあ、うっそー、ラブラブじゃん」キンバリーがこっちに向かってキスする真似をした。マイケルがふりかえってあきれた顔をする。

「おれたちの子はすごそうだな」トレヴァーが言った。「ハーフの子って最高だろ」

それから、あたしから離れて、トム・ハンクスの会計士のペチュニアの花壇にげえげえ吐いた。

建設現場のフェンスには穴があいてて、緑の防水シートを持ちあげればもぐりこめた。あたしはその前で立ち止まった。「ねえ、入っちゃまずいんじゃないの」

「こわいの?」とキンバリー。

そうだ。不法侵入は、こういう外見の人間が行きあたりばったりにするようなことじゃない。そもそもするべきじゃないし。でも、あたしは自分に注意を引きたくなかった。こんなふうには。

「ううん」と言う。「ただ……」

「こなくたっていいよ、アッシュ。誰も強制してないし」とキンバリー。口調は甘ったるかったけど、これが挑戦なのはみんなわかっていた。

「なあ、ぜったいやる価値があるって」マイケルがウインクした。

中に入ると、家の増築部分はまだ骨組みだけで、すかすかの状態だった。木材や釘やコンクリートの厚板だけじゃなくて、ビール瓶や煙草の吸い殻まで転がっているところを通っていくと、体が埃まみれになった。トラクターが一台、なにかの約束みたいに資材の中央に陣取っている。プールは手つかずのオアシスだった。家の持ち主がここは——ここだけは——完璧だって判断したように見える。実際、そのとおりだった。

死んだハエが二、三匹、水面に浮かんでいる。トレヴァーが身をかがめて片手ですくいとった。

コートニー、ヘザー、キンバリーとあたしは、手をつないで飛び込んだ。その勢いで冷たい水が一気に押し寄せる。体が沈んで、またぷかっと浮かびあがる。

「マルコ……」コートニーがどなった。

「ポーロ……」トレヴァーがおなかからバシャッと水に落ちる。たちまち目隠し鬼《マルコ・ポーロ》★9が始まった。

あたしたちはプールの端から端まで使って掛け合いを続けた。最初にコートニーがヘザーを見つけて、次にヘザーがキンバリーを見つけた。キンバリーはトレヴァーを、トレヴァーはマイケルを見つけ、とうとう見つからずに残ったのはあたしだけになった。あたしはうまく人目を避けた。水中を泳いで人工の洞穴へ向かう。そこに入ると、みんなの声はこだまになった。こもった空気にさえぎられて音が遠い。

内部の壁は模造岩で、さわると少しぬるぬるした。プラスチックの開口部に光源があるはずだけど、電球が壊れている。視界が薄暗いから、洞穴の中にあるものはなにもかも秘密めいていた。

「マルコ！」マイケルが叫んだ。両手を突き出して、あたしの肩や顔、髪に指先を走らせる。

あたしはなにも返さなかった。マイケルがまわりに水をはねかして、小さな波を作った。

これで、あたしがたいていいい子なのがわかるだろう。たぶん。

★9　鬼が目隠しをして「マルコ」と呼びかけ、残りが「ポーロ」と答えながら逃げまわる鬼ごっこあたしは親にあんまり口答えしない。近くにいればお年寄りが道を渡るのを手伝う。成績はだいたいAで、好きじゃない科目はいくつかBをとる。ビニール袋やエアゾール入りのヘアスプレーで地球温暖化が進むんだよって、ヘザーがだらだら話すのに耳をかたむけさえする。これは全部、あたしがいい子だってことだ。いい生徒。いい友人。選ぶ余地はない。

「世間に出たら、あんたは自分だけじゃないんだよ、アシュリー」ある夏、オパールおばあちゃんはあたしの髪を四本の長い三つ編みにして、黄色いリボンで飾りながら言った。「自分ひとりじゃなくて、あたしたち全員ってことになる。家族と黒人、みんなひっくるめてね。まわりの白い子たちよりもっといい子にしてがんばらなくちゃいけない。不公平だけど、そういうもんだからね」

「あたしはいい子だよ、おばあちゃん」あたしは言った。

いまでもそうだ。たいていは。

「見つけたぜ……」マイケルが暗がりでささやいた。

マイケルに関して、完全に正直には話してなかったこともわかるだろう。たしかにいやなやつだ。でも、ニューヨークっぽい意味ですごくおもしろいし、頭がよくて、少し自信過剰で、それなのにどこか自虐的で不安をかかえている。ほんとうにやさしくて聞き上手なときもある。おまけに、お気に入りのプレゼントにかかったリボンみたいな、あのきれいな巻き毛の持ち主だし。

水面下でマイケルが両脚を巻きつけてきて、あたしはその肩に腕をまわした。体がからみあって、心臓の鼓動が重なる。日焼け止めの香りがした。水が雨みたいにざあざあ周囲を流れていく。この前ふたりきりになったときは雨が降ってたけど、どこかのご立派なプールじゃなくて、マイケルのぼろ車の中だった。唇があたしの鎖骨をかすめる。この人はキンバリーのものだけど、一緒にいると、電流が走るみたいに刺激的だった。

「ポーロ！」あたしは声をあげた。

キンバリーとコートニーはマルコ・ポーロのルールで言い争いになっていた——キンバリーはつかまらないようにプールから出てもいいって意見だけど、コートニーはずるだって主張した。前もって〝水から出た魚〟のルールを決めてないからだって。あたしは仲裁するために、泳ぐのをやめて飲もうよって提案した。

教会の聖餐杯みたいに瓶をまわしていく。ビールの苦みを舌の上で転がしてみた。ビールは好きじゃないけど、未成年だから贅沢は言えない。

「なんだこりゃ？」

安全反射ベストをつけて白い安全帽をかぶったごつい男の一団が入ってきた。赤ら顔が日焼けで荒れている。

あたしたちは大急ぎでプールから這い出し、木材とガラスと釘とがらくたの中を駆け抜けた。左足に焼けつくような強い痛みが走る。犯人はガラスのかけらだった。割れたビール瓶の一部だ。

血が深紅の筋になって足を流れ落ちる。

ほんとうはここにいるはずじゃない。あたしはAP物理のクラスにいて、運動量と力積を復習しているところになっている。ちょうどこの時間、ホームズ先生に焦点を合わせたりずらしたりしてるはずなのだ。


「警察を呼ぶぞ！」別の安全帽がうしろからどなった。

「〝警察なんざくそ食らえ《ファック・ザ・ポリス》、くそ、くそ、警察なんざくそ食らえ[★10]〟」トレヴァーの笑い声は、げっぷの音で途切れた。

街の向こう側では、今日の裁判が終わったところだ。陪審員団が屋外に出て、空に顔を向けている。長く暗い一日のあとで、まだいくらか陽射しが残っていることにほっとして。

そんなこと、今はどうでもよかった。でも、やがて気にすることになるのだ。

第二章

コートニーの家に近づいていくと、パトカーが横に止まった。

「苦情があってな」車内の警官が声をかけてきた。

「こんにちは、おまわりさん……ブラッドフォードさん」キンバリーが名札を見て言う。男の子を思いどおりに動かそうとするときの声で話していた。無造作に髪をまとめてねじり、コンクリートに水をぽたぽた垂らす。警官は落ちていく水をながめた。

ほかのみんなは、そのうしろで黙って立っていた。

「不法侵入は重罪だぞ」警官はあたしたちとたいして変わらない年だった。二〇かそこらで、髪は茶色、顎は貧弱で輪郭がはっきりしない。ブラッドフォード警官はキーキー声で話してから、低すぎる声で必要以上に訂正した。ここはロドニー・キングの暴行事件★11が起きた場所の近くじゃないけど、そんなに遠くもない。この警官は事件を起こした警官を知ってるんだろうか。もしかしたら、一緒にトレーニングやバスケットをしてるかもしれない。頭蓋骨を砕いて腎臓を傷つけて、脳に損傷を与えるまで人をぶちのめしてから、あとでそのことを笑うような連中と、地域の募金活動をしてたりするのかもしれない。

「なにか誤解があると思うんです」キンバリーが言った。「あそこのオーナーはうちの父とすごく仲がよくて、留守のあいだプールを使ってもいいって言われてるので」

相手は信じなかったけど、キンバリーは窓の向こうに身を乗り出して、自分の魅力を車内にふりまいた。警官は目をそらし、その体越しにこっちを見た。オパールおばあちゃんはよく、白い子たちは鎧みたいに若さを身につけてるんだよって言っていた。ブラッドフォードはあたしに目をとめ、不良行為のおおもとを見つけたって言わんばかりに、眉間にしわを寄せた。

「よかったら電話してみてください」キンバリーが申し出た。

★10 ヒップホップグループN.W.A.のプロテストソング
★11 スピード違反容疑のかかった黒人男性R・キングが白人警官から集団暴行を受けた事件。これをきっかけにロサンゼルス暴動が始まるそうするかわりに警官はあたしたちをずらっと縁石に座らせた。あたしの脚の隣に並んだマイケルの脚は白くて毛深かった。耳の日焼けがどんどんひどくなっている。マイケルは寄り目になってこっちに舌を突き出してきた。どこかのベンツが速度を出して角をまがった。

「あの人、どう見てもスピード違反ですけど」とヘザー。「あれはほんとに近所迷惑ですよ、おまわりさん」

ブラッドフォード警官は無視した。

「飲んでるのか？」あたしたちのまわりの空気をくんくん嗅ぐ。

「飲んでません」いっせいに答える。

「煙草を吸ってたか？」

「吸ってません」

「今は学校に行ってる時間じゃないのか？」と警官。

「もうすぐ卒業なので」

「ずる休みは法律違反だぞ」と警官。

そう？

「運転免許証と学生証を」と言われた。「早く」

まずマイケルのほうに手をのばす。

「身分証明書を持ってないんで」マイケルは肩をすくめた。もちろん嘘だし、間違いなくブラッドフォードも嘘だってわかっていた。

でしょ」

ブラッドフォードがヘザーに訊くと、ヘザーはビキニトップを示してみせた。「服に合わない

「生意気言うな」ブラッドフォード警官はあたしを指さして手を出した。「おまえだ」

黒人の身で警察官に嘘をつく危険を冒したりしない。あたしはかすかにふるえる手で学生証と免許証を渡した。学生証の写真ではまだ歯列矯正装置をつけている。笑顔が虹色になるように、一本ごとに違う色を使ったものだ。

「勘弁してよ」キンバリーがささやいた。

「学校に電話する」警官が言った。

そして、そのとおりにした。

「アッシュが一緒じゃなかったら、全部うまくいったのに」家に歩いて帰る途中で、キンバリーが笑いながら言った。「あんたがいなきゃ完璧に逃げ切れたよね」

「だって黒人だから」と説明をつけたす。

ときどきキンバリーは、すごくおもしろい下品な単語みたいに〝黒人〟って言うことがある。

「うん、わかってる」あたしは答えた。

最初にうちの親が警官に止められた記憶は、八歳のときだ。前の日にママが新車の白いコンバーチブルを家に持ってきたばっかりだった。内装は黄褐色で、バターみたいな肌ざわりの革手

袋を思わせた。その日はあたしたちふたりだけの女子の日で、ママが幌《ほろ》をあけておいたから、風が顔にあたった。あたしは手を上にのばし、指先で空をつかもうとした。ちょっと空を飛んでるみたいだった。その指の爪は、スパで貝殻の内側のピンク色に塗ってあった。ママと同じ色だ。スパではオーナーのベトナム人ふたりが、きしむ革の椅子越しに笑ったり声をかけあったりして、爪の甘皮を押しあげてくれた。バックミラーに点滅するライトが映ったとき、ママとあたしは髪を風になびかせ、声をたてて笑っていた。警官はママより若くて、細いブロンドの顎ひげを生やしてたけど、きっとあのひげは高校時代からあったに違いない。いじめられっ子がいじめっ子になったような感じだった。肥りすぎてるとか、すごく貧乏だとか、頭が悪かったとかで苦労したから、いまは気に入らないと思う相手なら誰でも、嬉々として車を止めさせるのだ。あたしたちの場合は、黒人だからって理由で。

「どうして車を止めたんですか?」ママがたずねた。髪が少しぼさぼさになってたから、急いでなでつける。

「ここでなにをしているんです?」警官が問いかけた。

「ここに住んでるんです。この道をほんの何マイルか行ったところです」ママは住所を言った。

「アパートの番号は?」

「ありません。一軒家です。こんなこと必要なんですか?」とママ。

「車にナンバープレートがついてないので」

「新車だからです。買ったばかりです」

「運転免許証と車検証をお願いします」

自分の行動をいちいち声に出して説明しながら、ママはゆっくりと慎重にグローブボックスに手を入れ、新車の書類と保険証が入った小さいフォルダーを取り出すと、免許証とあわせて警官に渡した。相手は銃に片手を置いたまま、わざとらしく全部を無線で送った。腰にさげた銃は、ママの頭のすぐ横にあった。あたしは顔をあげるのがこわくて、ママに視線を向けるかわりに、新しいピンク色の爪をじっと見おろしていた。

ようやく無線の向こうの声が所有者なのを確認すると、警官はがっかりした顔になった。それから、新年がきたときのクリスマスのおもちゃみたいに、さっさとあたしたちをほうりだした。

「お疲れさまでした、奥さん」と言う。

「そちらもね、おまわりさん」ママはにっこりして言った。

でも、キーをイグニッションに入れてまわしたとき、ママの手はふるえていた。窓をあげて幌を閉めたから、車内は暗くせまくなって、あたしたちの頭はもう広い空に触れていなかった。

「ろくでなし」ママはつぶやいた。


ルシアがキンバリーの家に乗りつけたとき、あたしはすでに外で待っていた。キンバリーがお母さんにどなられてたから、みんな玄関の階段のところで待つことにしたのだ。間違いなく自分の身にもふりかかる親の説教なんて、前もって見る必要もない。ヘザーとコートニーに手をふってから、メディアに撮影される犯罪者みたいに車まで歩いていく。車のドアをあけるかあけないかのうちに、ルシアが叫びだし、かわいい口がAK－47自動小銃みたいにスペイン語の弾丸を叩きつけてきた。ルシアの爪と唇はいつでも傷口か薔薇みたいに赤い。あの色のおかげで、他人の埃にまみれてても、まだ女なのを思い出せるんだそうだ。機関銃みたいに発射される言葉がようやく途切れて、ルシアは溜め息をついた。「いつまでもあたしがそばにいるわけじゃないんだよ、娘《ミハ》や」

ラジオでは大の男がどこかの営利目的の大学へ行けってわめきたてていた――「行きづまった人生にはうんざりじゃないか？　なにを待ってるんだ？」

こういうのは、ヒスパニック系と黒人のラジオ局で流れる広告だ――保釈金立替業者、安い自動車保険、大人たちがこっちの存在そのものを責めたてる広告。車を走らせていくと、岸辺の岩でサーファーたちが帰る支度をしていた。しなやかな小麦色の上半身をさらし、腰から下はウエットスーツで黒い。ヘザーが日本旅行で持ち帰ってきたポッキーみたいだ。

「チャンネルを替えて」ルシアが言った。

ルシアはあたしのナニー《子守り》だけど、気持ち悪いからそうは呼ばない。小柄で――知り合いのどの大人より背が低い。一〇歳のころにはあたしのほうが大きかったぐらいだ。あたしの頭の少し上までしか手が届かないから、掃除をするときは、ボードゲームの〝蛇と梯子〟を実物大にしたみたいに、一日じゅう梯子を上ったりおりたりして過ごしてるような気がする。ルシアの車はマットグレイのカローラで、ホイールキャップはなくなってるし、シートは誰かが秘密をひきちぎったみたいだった。

「あの子たちがどんなにひどいかしょっちゅうこぼしてるくせに、どうしていつも一緒にいるのかわからないよ」ルシアが言った。

「責めるだけだったら、もうルシアにはなんにも言わないから」あたしは答えた。「……それに、ひどいなんて言ってないし」

「お父さんとお母さんが家にいなくてよかったね」とルシア。

そのとおりだけど、必ずしもそういうわけでもない。高校二年生のとき一度、キンバリーとコートニーと学校をさぼったら、家に電話が行った。運の悪いことに、ちょうどその日パパが家で仕事してて、電話に出た。家に帰ると、パパはあたしを座らせて、どれぐらい学費を払ってるか一時間刻みで計算させ、授業に行かなかった分でいくら無駄にしたか教えてくれた。

「うちはおまえの友だちの家とは違う。魔法みたいな信託財産があるわけじゃない。パパたちも犠牲を払っているんだよ。もっと考えて行動してほしい」パパは言った。

ともかく、最近うちの親の関心は、もっぱら自分の仕事と、強情な娘のジョーのどこが悪いのか分析することに向けられてるから、あたしがなにをしでかすかなんて気にしてないはずだ。

ジョーは問題の多いあたしの姉だ。大学を中退して、まるまる一学期そのことを親に伝えなかった。あたしが無駄にしたお金よりずいぶん多い。結婚したての夫は実際には建設作業員をしてるミュージシャンで、姉は実際には秘書をしているミュージシャンだ。ふたりが住んでるのはフェアファックスのどこかにあるむさくるしい場所で、正統派ユダヤ教徒とエチオピア人にはさまれて暮らしている。たぶん姉は、パパとママがしてくれたこと、してくれなかったこと全部に腹を立ててるんだと思う。

　正直、姉が多少なりとも怒ってなかったときは記憶にない。高校時代には、アパルトヘイトに抗議しようと、校門の正面の旗竿に手錠で体をつないだせいで、一か月停学を食らった。

「旗竿に手錠で体をつなげて抗議をしたいなら、ここにだって人種差別を受けてる人はたくさんいるでしょう」ママは言った。

「ジョセフィンはレジスタンス運動を手伝ったじゃん、ほんとうのフランス人でもなかったのに」ジョーは口答えした。

「ジョセフィンは大学受験の心配をする必要がなかったからよ」

「海外にいる黒人の同胞を助けなきゃ」ジョーは言った。

　ジョーの名前はジョセフィン・ベイカーからとっている。第二次世界大戦のときフランスのレジスタンス運動に手を貸した人だけど、バナナの房をうまく配置した衣装しか身につけず、裸同然でヨーロッパを踊ってまわった人でもある。小さいころ、姉は友だちに『若草物語』のジョー・マーチからとった名前だって言っていた――黒人であることにのめりこむ前のことだ。あたしに言わせれば、どっちのジョーもうんざりする。

　ジョーの二一歳の誕生日の二週間後、姉と建設作業員はビバリーヒルズ裁判所で結婚した。あたしたち家族を呼びもしなかった。ママは最初の子が結婚したのが「うちのすぐ裏で、ひとことも言わなかったのよ！　自分の母親にさえ！」って何週間も泣いていた。

　今日の夕食が和解の第一歩になる予定だ。

ママは姉がドラッグをやってると思っている。別人みたいにふるまうのは夫のせいだって。でも、あたしはそうは思わない。結婚式で花婿に引き渡される女の子もいれば、逃げて結婚する女の子もいる。

ジョーがうちの親からもあたしからも、海からも逃げたのは、溺れるのがこわかったからだと思う。姉が最初に車の運転を教えてくれたとき、あたしたちは海岸をサンタバーバラまで北上して戻ってきた。ティーンエイジャーの足もとで、ドイツ車は気まぐれに突っ走った。

あたしは崖っぷちを猛スピードで走って制御が利かなくなるのがこわくてたまらなかったけど、ジョーは「落ち着いて。落ち着いて」と言っただけだった。

静かなドライブだった。あたしはジョーにいろいろ話しはじめた。学校のこととか、ヘザーとキンバリーが今月喧嘩してるとか、歴史の先生が南北戦争を北部の侵略戦争って呼ぶことがあるとか、前髪を切ろうかと思ってるけど、ただ生徒の半分は前髪を切ってるからどうしようかなとか。話すんじゃなくて集中しなさいって言われたから、口をつぐんだ。集中し続けてくたくたになってくると、高速の脇に車を止め、岩をぬって砂浜におりていった。ウエットスーツの女の子がふたり、ステーションワゴンの後ろに座ってサーフボードにワックスを塗っていた。釣りをしてる人たちが岩の上でバランスをとり、きらきら光る魚を引いている。そのあと、魚のはらわたを抜くと、赤い血が流れ出した。

「かわいそうな魚」ジョーが言った。

「魚食べるくせに」とあたし。

「うん、でも遊びでは殺さないよ」

あたしたちは釣りをしてた人たちが魚を大きなプラスチックの保冷ボックスに入れるのをながめた。

「ほら、あのひとたちだって食べるんだよ」

ジョーはふたりのあいだに砂のお城を作りはじめた。水筒から砂に水をそそいで、泥をすくって上へ積みあげていく。終わったときには、堀と橋と、家がわりの丘がふたつできていた。

「ときどき、脳の一部がずっと遠くにあるような気がしてさ」ジョーは言った。「どんなにがんばって泳いでも、なかなか届かないの。それで、もう泳ぐのは疲れてきちゃった」

あたしの反応を待っている。なにか言うべきだと思ったけど、なんなのかわからなかった。

よく焼けた派手な短パンの男がジョギングしながら通りかかり、こっちに笑いかけてきた。あたしたちふたりは美人だ。黒人のお手伝いさんみたいには見えないから、別の人種との混血だろうって白人が思うような。ハート形の顔と口、アーモンド形の目、先祖から伝わるひかえめな曲線。ジョーはよくあるみごとな巻き毛の持ち主で、たっぷりした髪が背中にこぼれおちてたけど、耳の上でばっさり切った。どうしてそんなことできるのって、ママは一時間ぐらい泣いた。あたしの髪は巻いてない――縮れてる――けど、気楽だから別にかまわない。あたしが切ってもママは泣かないと思う。

「あたし、学校行かなかったの。今学期のあいだだけ」とジョー。

「なんでそんなこと?」

「さあ……あたし……あたし、戻るつもりだよ。もっとましになったときに。そうしたらって勧めたのはカウンセラー」

「ママとパパは知ってるの？」

「わかってもらえないよ。だから話さないで」

そのとき、怒るべきじゃないってわかってても、すごく姉に腹が立った。

去年、ニューイングランド地方はハリケーン・ボブの台風被害に遭った。ハリケーンとしてはずいぶんおもしろい名前だ。まるでビール腹でおじさんスニーカーを履いてる日焼けした白人男みたい。ハリケーン・ジョーは破れたタイツにドクターマーチンのブーツを履いた黒人の女の子で、家族を感情の嵐に巻き込んでびしょぬれにした。どうやらあたしたちは、万が一に備えるかそのまま押し流されるか、どっちか選ばなくちゃいけないらしい。

「じゃ、一日じゅういったいなにしてるわけ？」

「キャンパスをふらふらしたり、寝たり、音楽を聴いたりかな。わかんない」ジョーは言った。泣くのをこらえるときにするように唇をかんだから、あたしは凍りついた。そうすると、たちまちその瞬間は過ぎ去った。

「行こう」とジョー。

数週間後、姉はキャンパスをうろついててハリソンと会った。学生じゃなくて、新しい学生寮を作ってるただの建設作業員だった。あと、ハリソンは白人だけど、うちの近所の人や友だちの大部分は白人だ。

そのあと、もう一度だけドライブに連れ出された。海岸をくねくね進みながら、ジョーは熱く語った。「あんなきれいなまつげ、はじめて見たよ、アッシュ。あの人といると幸せなの。ほんとに幸せ」

「まつげ？」

「もう、アッシュ」ジョーは言葉を切って深く息を吸った。「だから……いいこと教えてあげる。いいことっていうか、すごいこと」

「へえ」

大げさなんだから。

「あたし、結婚したの……なんていうか、ただ気がついたらそうなってた感じ」

「ただの感じで結婚なんてしないよ、ジョー。ママとパパはどうするの？　あたしは？」

ジョーとあたしはそれほど仲がいいわけじゃなかったけど、結婚式では花嫁付き添い人《メイド・オブ・オナー》になって、乾杯するときに子ども時代のおもしろい話でもするんだろうと思っていた。まあ、とにかくその場にはいるはずだって。

「妊娠してるの？」あたしは口走った。

「失礼な。してないよ」ジョーは不機嫌に言った。

「ごめん……おめでとう」なんとか言葉を押し出す。

「ありがと。そういうわけでさ、ね、ママとパパに言わないでよ」

「なにそれ、ジョー？」

ドライブの残りはほとんど話をしなかった。ジョーはマリブの端までしか行かずに引き返したし、どこにも止まったりしなかった。また運転の練習に連れていってくれないかと思って一度電話してみたけど、「ルシアに頼んで。いまちょっと忙しいから」と言われた。

たぶん、妊娠してるか訊くべきじゃなかったんだろう。

ジョーは頭がよくて憂いに満ちた人で、誰も認めたがらないとしても、うちの親にとってはいなくなったほうが楽だろうなってあたしはひそかに思っていた。少なくとも、姉のことで喧嘩するほうが、姉と喧嘩するより楽だ。ふさぎこんだ黒人の女の子なんて、どうやって育てたらいい？

ジョーはどの感情も燃えあがりやすくて、どんな気持ちも最大ボリュームだ。あたしのほうは、そういう感情が全部、喉もとまでこみあげてきてる気がする。でも、お医者さんの診察室で「あー」って声を出すときみたいに、舌を押さえる棒があっても、気持ちをなだめてくれる甘いアイスキャンディーはついてないのだ。

「ブルースの中で生きているわけじゃないんだぞ」いつかパパは、ジョーがほかの人にとってはどうでもいいことで泣くために自分の部屋に閉じこもったあとでどなった。「ここではそんなことはない。うちではな」

ルシアは言った。「あんたの親は、あの子がなにをそんなにふさぎこんでるのかわからないんだよ。あの人たちにとっちゃ、悲しいのは原因と結果で、ただそういう気持ちになるってことじゃないから」

　コンクリートと広告板とバスを待つ人々。家具屋とファーストフードとガソリンスタンド、リサイクルショップ。長く車を走らせるほど、街はきたならしく陰気になり、買い物袋を持ち、ベビーカーやカートを押して横断歩道を渡る人たちの肌の色は濃くなっていく。預言者モーセみたいな長いひげの男が、道路にそのまま車椅子を乗り入れると、〝イエスはおいでになる！〟って書いた黄色い看板を掲げた。

　ルシアが急ブレーキをかけた。「ばかが《ペンデホ》！」

　警官の騒ぎで帰りが遅くなったので、ルシアは新婚の姉の夫に会うための服を持ってきてくれた。まるで実の姉と会うのに着飾る必要があるみたいだ。ただし、うっかりして、持ってきたのはジョーのドレスの一枚だった。

「それ、ジョーの服」あたしは言った。

「でも、いつも着てるのに」とルシア。

「ジョーは知らないから」とあたし。「いま着てるのでいいよ」

　まだ足の裏が痛かったし、脚は埃だらけだった。

「きれいな恰好したくないの？」ルシアがたずねた。

「どうでもいい」とあたし。

「よくないよ」とルシア。

「ジョーなんか」とあたし。

「そんなこと言わないんだよ」とルシア。「いつか親がいなくなったら、お互いしかいないんだからね」

ルシアはグアテマラ出身で、あたしの年に近い双子の息子、ウンベルトとロベルトがいる。一年に一回、息子たちを訪問している。あのちっちゃい体で、たったひとり赤ちゃんがおなかにいるところだって想像がつかないのに、一度にふたりなんて。生まれる前には、二か月も横になってなくちゃいけなかったらしい。全身が腫れあがってずきずきして、指先で皮膚を押すと、潮が満ちてくる前に砂に跡をつけるときみたいに、小さなへこみが残ったそうだ——水と赤ちゃんでぱんぱんになってたから。ルシアは息子たちがこの世でいちばん大切だって言うけど、こういう台詞も口にする。「セックスはするんじゃないよ、ミハ」

たとえ母親の自分がいなくても、とりあえず双子の絆があって、兄弟一緒に世間を渡っていけるって思えば、置いてきても気が軽くなるんだろうか。

姉とあたしの距離は一五曲の歌だ。最初の二、三曲はスペイン語、次にマドンナ、[★12]そして「ティアーズ・イン・ヘヴン」[★13]、人種差別主義者が作った窓から落ちた幼児についての歌だ。それから「アンダー・ザ・ブリッジ」[★14]。レッド・ホット・チリ・ペッパーズはフェアファックス

★12 クイーン・オブ・ポップといわれるシンガーソングライター
★13 イギリスのミュージシャン、エリック・クラプトンの楽曲
★14 ロックバンド「レッド・ホット・チリ・ペッパーズ」のシングル曲

高校に行ってて、ヘザーの友だちジーニーのお姉ちゃんはメンバーのひとりと口でしたことがあるって言ってる。まあ、そういう話を聞くと、有名人がいくらか現実の存在に思えてくるかもしれない。「〝ダウンタウンの橋の下、そこで愛を投げ捨てた〟」ルシアは悲しげに歌った。そういう歌詞じゃないと思うけど。

ルシアはあたしの知り合いの中で誰よりも音楽が好きだ。音楽の才能がまったくないのが悲劇に思えるほどだった。ルシアの部屋は一階の居間の隣にあって、あたしの部屋より少しせまい。真夜中にいつでも手をのばして「また忘れてしまった《セ・メ・オルビド・オトラ・ベス》」★15とか「スリラー」★16を聴けるようにしておきたいのか、ナイトテーブルの下にレコードが重ねてある。

歌が終わると、ラジオのDJたちが電話回線を開放した。「陪審員の評決はどうなると思う、ファム《fam》？」

〝ファム〟って呼びかけで、ロサンゼルスの街全体がばかでかい機能不全家族《family》みたいに聞こえる。実際そうなのかもしれない。

「有罪」電話をかけてきたリスナーがぜいぜい息を切らして言った。「正気ならあんな連中有罪にしねえやつなんかいるかよ。あの（ピー）、ビデオがあるんだぜ！」

「無罪」と次にかけてきたリスナー。「制度が不正に操作されてるからな。そういうふうに作られてるんだ、わかるだろ？」

「着いたよ」ルシアが言った。

姉の新しい近所にある建物は、一階に鉄格子がついていた。誰かがピケットフェンスから思いついて、武器の材料で手作りしたみたいだ。この国のある地域の治安がいいか悪いか、それで判断できるってルシアは言っている――柵が地面にあるか窓にあるかで。

ジョーのアパートはセブンイレブンと自動車修理店とチキンの店の隣にあった。建物のまわりは揚げたガソリンみたいなにおいがした。あたしはガソリンのにおいが好きだ。ものが動くときのにおいだから。歩道はところどころ地震でひびが入ってゆがんでいた。ルシアは一本の歩道の前に縦列駐車した。その歩道は子どものときやった指遊びみたいにでこぼこしていた――「これが教会、これが尖塔、ドアをあけて大勢の人を見よう」と歌いながら、両手を組み合わせて指を立てたりひらいたりするやつだ――ただしこの場合、教会は割れたコンクリートで、人はたぶん地面に露出した木の根だろう。

あたしたちは全員、ヘザーの一〇歳の誕生日を祝うため、七月四日の週にラホヤの別荘に行った。ほとんどの時間はビーチと食事のためのキッチンを往復して過ごし、そのうち家じゅうの床が砂だらけになった。ハーフサイズのサーフボードに乗り、砂に体を埋め合って、砂のお城を作ってはちびっこゴジラみたいに蹴り倒した。夜はリビングで寝袋におさまって、雰囲気が出るように懐中電灯で顎を照らしながら幽霊話をした。朝、地震で足もとの地面がぐらっとゆれた。あたしたちは急いで戸口に駆け込むと、膝をついてしゃがみこみ、両手で頭をかかえて、ハートみたいな形に肘をくっつけあった。

★15 ラテン音楽を代表するメキシコのミュージシャン、ファン・ガブリエルの曲
★16 「キング・オブ・ポップ」といわれるシンガーソングライター、マイケル・ジャクソンの大ヒット曲

「大きいよ！」キンバリーが叫んだ。

「死んじゃう！」コートニーがわめいた。

「黙ってったら！」ヘザーがどなった。それからみんな笑い出したのは、こわかったけど、そこまでおびえてなかったからだ。でも、念のため体をぴったり寄せ合った。親友って、まわりで世界がゆれてても一緒に笑える子たちのことだ。少なくとも、あのときはそうだった。いまはわからない。足もとの地面がゆれはじめたとき、下に隠れるのにぴったりの構造とか、身を寄せ合うのにふさわしい人とか、正しい出自なんかをひたすら見つけようとするのが、ある意味で成長するってことみたいだ。

ジョーとあたしは同じ木に実ってたはずだけど、姉は家族がセコイアなのに、柳の木になろうとしてる気がする。


「なにをぐずぐずしてるのさ？」ルシアが言った。「早く！《アプラテ》」あたしはすばやく後部座席に移動して、両腕をドレスに突っ込んだ。ジョーのドレスに。体にタオルを叩きつけて埃をぬぐいとる。ルシアが小さいころみたいに髪を梳かしてくれた。自分でできる年齢にはなってるけど、やってもらった。

「一緒にきてよ」

「いくらもらっても無理だね」

でも、うちの親は長いことそのお金を払っているのだ。ルシアは何年にもわたって、いいことも悪いこともわが家の歴史のすべてを知ってきた。大人になってからほぼずっと、うちの家族の秘密を背負ってきたのだ。あたしたちが取り繕わなくていい相手はルシアだけだった。

「テレビの『激突！　アメリカン筋肉バトル』みたいになりそうなんだけど」

「最前列の席はいらないよ」とルシア。

あたしはルシアが持ってきてくれたハイヒールの靴を履いた。足に激痛が走った。

「うっ、痛い」

「学校をさぼったりするからだよ、ミハ」ルシアはあたしのおでこにキスすると、ジョーとの距離がチャイムの音だけになるまで歩道の先へ押しやった。


「それ、あたしのドレス」というのが、姉が数か月ぶりにかけてきた言葉だった。後ろに流した髪はもう肩までの長さだ。前より肥ってたけど、幸せってそういうものかもしれない。

「いいから」とあたし。「置いてったでしょ」

「ようやく会えてすごくうれしいよ、アッシュ」ジョーの夫のハリソンは熊みたいな大男で、二メートルはありそうだった。ほんとうに巨人なんじゃないだろうか。体を持ちあげて抱きしめるつもりだったのかどうかわからないけど、実際宙に浮いた。足の下から地面が消えたとき、一瞬、このふたりのことがすっかり理解できた。ジョーが溺れてるんだとしたら、空を飛ばせてくれる男の人を選ぶのは当然だ。その腕の中にいると、あだ名で呼ぶにはいくらなんでも早すぎるってことさえ気にならないぐらいだった。こんなになれなれしい態度を押しつけられても許してあげよう。だって、二度とおろしてほしくないもの。目をつぶれば、あたしはボーイング747、アポロ11号だ——恒星でも惑星でもガス状の天体でも、頭上のどんなものにも手が届く。

「シーリングファンに髪がひっかかるわ」ママの声が聞こえた。目をひらくと、ハリソンの後ろで、テーブルクロスのかかったカードテーブルらしき台の前にママが腰かけていた。

「ちょっとジョー、本物のテーブルもないの?」あたしは言った。

「みんながなんでもかんでも人からもらえるわけじゃないよ」とジョー。高校でBMWを一台どころか二台も全壊させたくせに。

ハリソンはあたしを床におろした。

「パパはどこ?」あたしは訊いた。

「こないわ」とママ。

「仕事だって」ジョーは信じてない口調で言った。「あんた、塩素のにおいがする」

「その髪はどうしたの?」ママがあたしを検分した。ママはお高くとまっていて、すごく背が高いばかりか、やたら踵の高い上品なヒールをいつでも履いている。オパールおばあちゃんに言わせると「ぜったいに誰にも見下されないように」だそうだ。

「水のせい」あたしは言った。

「問題児を扱うのは一度にひとりが限度よ」

「どうもありがと、ヴァレリー」とジョー。ママを名前で呼ぶのが好きなのだ。そうすると怒るってわかってるから。

ハリソンは古いレコードプレーヤーにレコードを載せた。カバーには肌の色が薄めのふわふわしたアフロヘアの美女が写っていて、宇宙模様のレオタードを着こなしていた。人間サイズのスチールの箸を手にして、蜘蛛みたいな角度で褐色の長い脚を広げてまげている。自信たっぷりで挑戦的に見えた。まさに姉が目標とするような姿だ。

「ベティ・デイヴィスは好き？」ハリソンが問いかけたのがあたしだったのか、ママだったのか、よくわからない。

「これがその人？」あたしはレコードジャケットをとりあげた。

「マイルス・デイヴィス★17と結婚してたんだ。そうじゃなければ、もっとちゃんと受け止めてもらえたかもな。強烈だよ。聴いてごらん」

スピーカーから出てきたのは、いかにもセクシーな黒人の宇宙レディらしい音楽だった。過去と未来がいっぺんにきたみたいなファンクの最初から最後までうなりをあげ、喉を鳴らしている。曲に合わせてセックスしそうなアルバムにも聴こえた——あのふたりがセックスしそうな。それって……キモい。

ママが見てないとき、ハリソンがジョーのお尻をぴしゃっと叩いて、ジョーはにやっと笑った。あんな満面の笑み、ひさしぶりに見た。ふたりの体は、まるで対になってる靴下を重ねてたたんだみたいによくなじんでいた。すりきれてる場所は少しずつ違っても、同じ素材でできてるみた

★17 モダン・ジャズの帝王といわれるトランペット奏者・作曲家

いに。

　夕食にハリソンはポテトと野菜を添えたチキンの料理を作ってあった。ろくなキッチンもないのに、予想よりはるかにおいしかった。

「これ、すごい」あたしは言った。「電気鍋ひとつでこんなのができるだなんて、誰が思う？」

「実際の作業はハリソンが全部やったの」ジョーがうっとりとハリソンを見やった。「すごく料理が上手なんだから」

「きみが野菜を全部切っただろ！」ハリソンは言って、ジョーの肩を握りしめた。おえっ。

　ふたりはテーブルの下で手を握り続けていた。ずっとお互いにさわってないと、どうしていいかわからないって感じだ。うちの姉が靴下になってる。

「そうね。すばらしい料理を経験させていただいたわ」ママが言う。褒め言葉じゃない。鎖骨に沿って玉の汗が浮いている。ジョーのアパートにはエアコンがないうえ、この場所全体がすでに、口にはされない言葉の重みで息がつまるようだった。

　冷蔵庫と流しがあって、戸棚がいくつかあっても、レンジはない。アール・デコ調のキッチンとリビングを分けるアーチの入口があったけど、リビングは寝室でもあった。ワンルームで、でも光はよく入る。夕日が壁にあたって暖かい感じだった。最低でも一九三〇年代か四〇年代からぜんぜん改築してないから、女優や作家や歌手やダンサー志望者の痕跡が残っている。故郷に帰ったり、別の仕事に移ったり、のしあがったりした人々すべての名残があった。ジョーと建設作業員は、この部屋を魔神《ジン》の入ってるランプの中みたいに飾りつけていた。

ジョーはハリソンのそばにいると、気張らずにありのままでいられるみたいだった。たぶんそれは、ハリソンがジョーを——昔のジョーでもジョーにかける期待でもなく、すぐ目の前にいる本人だけを見てるからなんだろう。ハリソンといれば、これで充分だって気分になれるのかもしれない。

ジョーは戸棚のひとつからシャンパンの瓶をとってきた。「特別な日を祝って」

ふぞろいのグラスにシャンパンをそそいでいるあいだ、ママは口をすぼめていた。

「アシュリーは未成年よ」ジョーがあたしについでるときに口を出す。

「アシュリーはもうお酒の一杯や二杯飲んでると思うけど」ジョーはそそぎ続けた。

「悪いことを勧めないで」とママ。

「フランスの子たちは大酒を飲んだりしないじゃん。あっちじゃたいしたことじゃないからだよ」

「この前確認したときには、わたしたちはフランス人じゃなかったわ」

ジョーはテーブルに瓶を置くと、〝ハワイ——アロハの州〟と書いてあるグラスを掲げた。

「家族《オハナ》!」ハリソンが言い、みんなで乾杯した。

「で、きみは誰なんだい、アシュリー・ベネット?」ハリソンは歯並びの悪い部分にはさまったチキンのかけらを舌でなめた。ジョーが手をのばして爪でかきとる。ママは吐きそうな顔をした。

「あたしはこの人の妹……それと、この人の娘」あたしは笑った。「ええと……今年卒業する」

ハリソンはじっとこっちを見た。その瞳は汚れた海水の色で、青と緑と茶色がいっぺんに混じり合っていた。顔にあるもの全部がどっちつかずな感じだ。おまけに、左のほっぺたには大きな赤いにきびが三つあった。ふたりきりになったとたん、ママがそのことを言い出すに違いない。

「なにが好き？　どういう人になりたい？」

真剣に訊いてるみたいだけど、あたしはどれに対しても答えを持っていなかった。ママとジョーも反応を待ってるみたいに期待の目を向けてきた。

「わかんない」あたしはもごもご言った。「医者かな」

こう答えると、たいてい大人はよけいなことを言わなくなる。

「大丈夫だよ。おれもきみの年にはわからなかった」とハリソン。

「いくつだって言ったかしら、正確には？」ママがたずねた。

「二一、ジョーと同じです」

「まさしく知恵の泉ね」ママは二杯目のシャンパンを飲み干した。

「裁判がどうなってるか確認してるかい？」ハリソンがあたしに訊いた。

いまどうなってるか確認する裁判っていえば、たったひとつだ。

「くわしくは見てない」と答える。ほんとうはぜんぜん追いかけてなかった。

「有罪にならないことはありえない」とハリソン。「証拠はビデオに映ってるんだ。こういう新しい技術で最高なのはそこだな——小型だから誰でも証拠を作れるようになる。事件をもみ消して人の目をごまかすわけにはいかなくなるのさ。あの男がテレビ局《KTLA》に持ち込んでくれてよかったよ」

あたしはうなずいた。ビデオカメラで撮った粒子の粗い映像に対して、ずいぶん熱のこもった話し方をするものだ。足の傷が心臓を持ったみたいに脈打ちはじめた。さっきまで鈍痛だったとすれば、いまは足をまるごと切断する可能性が出てきた気がする。

「有罪判決が出なかったら、大騒ぎになるよ」とジョー。「みんな怒ってるんだから」

「みんな？」ママはきゅっと目を細め、同時に頭皮のほうまで眉をあげてのけた。

ジョーはその言葉を無視して続けた。「友だちがね、有罪にならなかったら抗議するつもりでもう計画してるよ。だって、ねえ、警察だけの話じゃないよね？　全部おんなじだよ。たしかにロサンゼルス市警はものすごい差別主義だし、黒人や有色人種のコミュニティは、警察から白人のコミュニティとは違う扱いを受けてる。それは事実だけど、学校だって最悪だからね。仕事もない。成功する機会も、毎日向き合ってる最低の生活から抜け出す方法を見つける機会も与えられない。希望なんてない。それなのに、子どもがギャングやドラッグに走ると、みんなびっくりしたふりをするんだから。くそじゃないの、いったいどうなると思ってたわけ？」

強調するために間をおく。〝くそ〟って入れたのはママを挑発するためだろう。「言葉遣い、ジョセフィン！」って叱ると思ったけど、ママは口をひらかなかった。効果を出すためにたっぷり時間をとってから、ジョーは続けた。

「人口の大部分から権利を奪っておいて、おとなしく受け入れてもらえるはずがないよ。つまりね、あいつらがしたことはひどいけど、正直、ロドニーはたんなる氷山の一角ってこと」

ハリソンはほれぼれとジョーを見ながら熱心にうなずいた。あんな視線を向けてるところを目撃すると、ちょっと吐きたくなる。あれはうちの姉で、ゲバラでもマザー・テレサでも、そう、ナオミ・キャンベルでもなんでもないのに。

「そうね、ジョセフィン」ママは溜め息をついた。

姉の高校時代、夕食の時間はこういうふうになることが多かった――ジョーがその週の不当な行為についてわめき散らし、ほかの家族が相槌を打ちながら、ときどき「豆／塩／ホットソースをとって」と言ってさえぎる。ジョーとあたしは、たくさんのことで闘わずにすんでいる。黒人の女の子としては運がいい。うちの親はそうするために一生懸命働いた。ジョーはそういう幸運をうしろめたく感じてるみたいだった。（どうして、ただ運がいいままでいないの？　幸せなままでいないの？　ありがたく思いなさい）とママやパパは考えている。ハリソンは白人の男だから、あたしたちにとっての幸運は全部、生まれつきの権利にすぎないと思ってるのかもしれない。だからジョーは、ありがたく思うべきって気持ちに邪魔されないで、ハリソンと一緒になって腹を立てられるんだろう。

「ねえ、指輪見せてって言われてないけど」ジョーがママに言った。

「見せるものがあるのを知らなかったわ」

ジョーはテーブル越しに手をさしだした。ママは指輪に目をやると、姉の手をとって引き寄せた。その瞬間、姉の体重がそっくりママの頭の上に落ちてきたみたいだった。

「うちの母のだったんです」ハリソンが言った。指輪の中央には、どこかのみごとな牡蠣に入っていた大きな真珠がついている。ハリソンが自分で深海にもぐって、ジョーのために特別に拾ってきたみたいに、ぴったり合っていた。飾り気のない金の輪にはめこまれ、ちっちゃなダイヤモンドとサファイアのきらめきに囲まれている。とくに高価には見えない——少なくとも、ママの手にはまってるばかでかいのに比べたら——でも、優美だった。

ハリソンの頭上の壁には、裁判所で撮ったハリソンとジョーの写真が地味なフレームにおさまってかかっていた。ハリソンが着てるのは、大きいサイズの店で直前に買ってきたみたいな、体に合ってないブルーのスーツだ。ジョーは長袖のシンプルな白いミニドレスだった。あのドレスには見覚えがある。でも、どうしてなのか思い出せなかった。姉のクローゼットの中の服ならほとんど全部知っている。たとえば、空みたいに見える、お尻が出そうな青いサテンのドレス。あの服は、パパの会社のクリスマスパーティーで飲みすぎた姉がワインをこぼしたせいでだめになった。ほかにもジョーがオパールおばあちゃんのお葬式で着た、少し丈の短いシャツとセットの黒いスーツ。おばあちゃんのお葬式でズボンとショート丈のシャツなんて、なんて罰あたりなのってウォリー大おじさんの奥さんのエヴァリンが騒いだけど、オパールおばあちゃん自身が生意気なババアだったから——おばあちゃんの台詞だ、あたしじゃない——ジョーはエヴァリン大おばさんを正面から見て言った。「おばあちゃんはおばさんのことつまらないって思ってたよ」

「ご両親は結婚に賛成なの？」ハリソンと話すとき、ママは少しふるえていた。いまにも破裂しそうな炭酸飲料の瓶みたいだ。

「母は亡くなってて、父がどう思うかはどうでもいいので」ハリソンは言った。礼儀正しい態度に、いまは棘があった。

いい終わり方にはなりそうもない。パパがここにいなくてよかった。大学一年生が終わった夏に一度、家に帰すのが遅すぎたってだけで、ジョーがつきあってた男の人をどなりつけたことがあるのだ。「真夜中を過ぎたらろくなことがない！」って。

「あたしは大人だよ！　話してただけなのに」そのときジョーは言った。

「昼間でも話せるだろう。私はそれほど単純じゃないぞ！」パパは答えた。

まったく、うちの親はときどき、一九五〇年代のホームコメディに出てくる白人みたいにおかたいことを言う――まあ、人種差別的な部分ではホームコメディの白人とは違うけど。当時ハリソンの両親やおじいちゃんおばあちゃんはどうしてたんだろうってあたしは思った。どっち側だったんだろう。請願書に署名したのか、それとも看板を掲げてあたしたちと並んで闘ってたのか、なにもしないで傍観してたのか。それとももっとひどかった？　ママも同じことを考えたんだろうか。ジョーも。ママが「ご両親は結婚に賛成なの？」って訊いたのは、ほんとうはそういう意味だったのかもしれない。

とにかく、こういうときには、注意をそらすものを提供するのがいちばんだ。あたしは片足の靴を脱ぐと、カードテーブルの上に持ちあげた。

「今日学校をさぼって、汚れたビール瓶で怪我しちゃった。破傷風の予防注射しておいたほうがいいかな？　なんだか足がとれちゃいそうな感じ」

「テーブルから足をどかしなさい、アシュリー」ママが言った。「いますぐ」

「本物のテーブルじゃないじゃん」

「破傷風は釘でかかるんだよ、ビール瓶じゃなくて」ジョーが口を出した。あたしがここにいることになんとなく苛立ってるように見える。もっとも、いつでもあたしがいると、なんとなく苛立ってるような雰囲気になるのだ。もちろん、助けてもらったって感謝なんかしない。

「なんで学校をさぼったの？」とママ。

「うちの学年がさぼる日だから」あたしは嘘をついた。

「お酒を飲んでたの？」

「ううん。マイケルの家に行くのに建設現場を通ってた」

ママは嘘だって見抜いたけど、ジョーへの怒りでいっぱいになってて、あたしの分は残ってなかった。

「見せてごらん」ハリソンが熊みたいな大きい手をあたしの足にかけた。「子どものとき一度、親父がやってる仕事を手伝って屋根の上にいたんだよ。それで、釘を踏んだらそのままスニーカーを突き抜けてさ。足がもろに裂けた」

数秒間、ママとジョーはいがみあうのを忘れた。ふたりとも話に聞き入って、まじまじとハリソンを見る。

「緊急治療室に行かなきゃならなかったの？」姉がたずねた。

「いや、金がかかりすぎるって親父が言ったから」ハリソンは笑った。

ママとジョーはぞっとした顔で見つめた。ぽかんと口をあけてると、うりふたつに見える。同じつながりを持つふたりに。

「いくらか熱が出て、刺さったところが一か月腫れたけど、治ったよ。破傷風にはならなかった！」ハリソンはまた声をたてて笑った。「デザートは？」


ジョーと建設作業員は一緒にバンドを始めていた。デザートのあと、ふたりはギターをかかえて腰をおろし、歌ってくれた。ジョーの声は荒々しくて、ハリソンのギターはやさしかった。合わさると魔法みたいだった。まだバンドの名前はない。歌い終わると、ジョーは期待するようにママを見た。

「すてきだったわ」

「それだけ？」とジョー。

「なに？　そうよ」

ふたりは部屋の端と端でじっと見つめ合った。

「あっそ、どうでもいいけど」ジョーは言った。下唇をかんで、漠然と部屋の隅に目をすえる。

「ふたりとも、すごくよかった」あたしは言った。

ジョーは軟化した。「ありがと」

「ともかく、そろそろ行かないと。アシュリーは宿題があるし」ママは言った。


玄関から出たとき、ママの中で煮つまっていたものがついにはじけた。

「帰ってらっしゃい」と言う。「貧乏なのはロマンチックなことじゃないのよ。わたしたちにとってはね」

ジョーは遠くをながめてから、視線を戻した。泣きそうになったみたいに、また唇をかむ。

「あたしが結婚した人にすごく失礼だったよ。本人の家で」ジョーは静かに言った。玄関から、ハリソンがふたりで演奏した歌をハミングしながら食器を洗ってるのが聞こえた。

「結婚した人?」ママはばかにした。「あなたはままごとをしている子どもよ」

ジョーはママに向かってドアを閉じはじめた。

「やめなさい」ママは押し返し、ドアはふたりのあいだを行ったりきたりした。ジョーがはだしなのに対して、ママはハイヒールだ。とうとう、ママのストッキングがドアにひっかかり、どんどん上へ伝線していった。ママは手を止め、下を見てストッキングを調べた。気をとられた隙に、ジョーは目の前でドアをバタンとしめた。

まじめな話、なんでジョーがうまくやれないのかわからない。でもママだって、どうしてたんにいい子ねって言えないんだろう?

ときどき、ふたりにはさまれて押したり押されたりしてるドアみたいな気分になる。なんでお互いに正しい言葉がかけられないんだろう。どうしてこんなに距離をおいて、間違った人たちを割り込ませるんだろう。

「こんなことのために大学へやったわけじゃないのよ!」ママは閉じたドアに向かってどなった。

でこぼこの歩道を通って車へ戻る途中、黒人の男の子が三人、セブンイレブンの白い煉瓦を背にして一列になってるのを見かけた。星の形に両腕を広げて、ちっぽけな星座みたいだ。でなきゃ岩にくっついたヒトデか。

警官はその子たちより背が低かったけど、もっとがっしりしてて、制服を着た赤い煉瓦がふたつ並んでるみたいだった。腰の銃にぞっとしたけど、あたしは所持品を確認されてるわけでさえないのだ。

さっきブラッドフォード警官は、コートニーもキンバリーもヘザーもトレヴァーもマイケルも、体を調べたりしなかった。あたしもだ。たとえほかのみんなより長く視線を向けられていたとしても。

「なんにもしてねえよ」いちばん小さな子がわめいた。せいぜい一二、三にしか見えなかったけど、やせっぽちなのかもしれない。

「歩くのもだめだって?」真ん中の子が言った。「歩いてたから逮捕すんのかよ?」

警官がいちばん小さい子の背中に膝をぐっと押しつけると、その子は泣き出した。

「ジョセフィンはこういうところに住むことにしたのよ」ママが言った。「そんなことにならないように、お父さんとわたしがあれだけの犠牲を払ったあとで」

「そんなことやっちゃだめだろ」いちばん年上の子が言っている。「全部言われたとおりにしてるんだぜ」

話をしようとしてふりかえると、警官はその頭を壁に押しつけた。

「なにかしたほうがよくない?」あたしはママにたずねた。ビデオの中でぶちのめされて、脳までおかしくなった人のことを考えていた。ママはジョーのことで頭がいっぱいで、その台詞を聞いていなかった。というか、ちゃんと耳をかたむけていなかった。

「なにをするっていうの、アシュリー?」と言う。「ジョセフィンはうちに帰りたくないのよ。大人になりたいんですって、勝手に大人になればいいわ」

あたしはジョーが部屋に立てこもって泣いていたとき、パパが言った台詞を思い返した。〝ブルースの中で生きているわけじゃないんだぞ。ここではそんなことはない。うちではな〟

三人の男の子はよく似ていた——いとこ同士か、兄弟かもしれない。いちばん小さな子の泣き声がどんどん大きくなった。

「黙れ」警官が命令した。

「大丈夫だって、チビ」男の子のお兄ちゃんがなだめた。

そのふたりの距離は、指をのばせば届くぐらいしかなかった。

「まったく、あのにきびを見た?」ママが言った。

第三章

風の強い夜だった。電線が切れて、根腐れが心配になるような、世界そのものに持ちあげられてほうりだされそうな夜。たまに風にあおられて車の方向が少しずれ、ママが直した。遠くで海がきらきら光り、アザラシが鳴いていた。

「アシュリー、あなたのことをほんとうに自慢に思うわ」

「なんで？」

「いい子だもの」ママは笑った。「だいたいはね」

「うーん。ありがと」

あたしがいい子なら、ジョーは悪い子だ。だけど、いい子だとどうしてこんなにいやな気分なんだろう？　親があたしのことを心配しないように、お行儀よくしてなきゃいけないって気がする。それでなくても心配ごとがたくさんあるから。でも、あたしのことだって心配してくれたらいいのに。まあ、気にしてくれてるのは知ってるけど。

それに、ジョーはそんなに悪くない。ほんとうには。

あたしはそんなにいい子じゃないし。

「じゃ、あたしっていま困ってるのかな？」と言ってみる。

「なに？」

（ここにいて。あたしといて。ここにいるのはあたしだよ。ジョーじゃない）と言いたかった。

でも、そんなこと言ったらすねて癇癪を起こしてるみたいだ。あと数週間で大人になるのに。

「寒い?」ママがたずねた。

答える暇もなく、身を乗り出してエアコンの温度をあげたので、温風が顔と足もとに吹き出してきた。

「お姉ちゃんは赤ちゃんのころからとても難しい子でね。泣いて泣いて、どうして泣くのか、どうやったら泣きやんでくれるのかわかったためしがなかったわ。朝早く、あの子に話しかけながら街じゅうドライブしてまわったものよ。ふたりきりで、まわりじゅう静かだった。赤ちゃんに何時間も話しかけるのってすごくたいへんだけど、楽でもあるの。いまあの子と話すのは……たいへんなだけね」

「あたしはどうだった?」

「え?」

「ママはいつもジョーの話をするけど、あたしはどうだったの? 赤ちゃんのころって意味だけど」

ママはつかのま黙って考えた。まるでそのことを忘れてるみたいに。少なくとも、そういう感じだった。

「あなたはご機嫌な赤ちゃんだったわ。おとなしくて……いつか車の後部座席に置いてきちゃったことがあるの。わたしは家に入って、食料とかいろいろ片付けはじめていてね。思い出したのはお姉ちゃんだった。あなたが泣いてるか怒ってるかと思って車に駆けつけたの。でも、ドアをあけたらにっこりされて、わたしは史上最低のママだって気分になったわ」

「最低じゃないよ」

ママはあたしの腿をぽんと叩いた。「わかってるわ……」


うちの親と祖父母は、ジョーとあたしがなにも知らないように育てた。あたしたちはクラックコカインのこともギャングのことも貧困のことも、ぜんぜん知らない。生活保護、低所得者に家賃をサポートするセクション8の制度、食料費を補助するフードスタンプ、ソーシャルワーカーのことも。金属探知機とセキュリティシステムがあっても、本はない学校があるってことも。黒人教会での故人をしのぶ会のことも、子ども用の小さな柩のことも。あたしたちはひもじさを知らない。パパによれば、甘やかされたどうしようもないガキどもだ。


いつかジョーとものすごい喧嘩をしたことがある。お気に入りのスカートをあたしがクローゼットからくすねたからだ。本人はもうはいてもいなかったのに。ジョーに押されて取っ組み合いになって、あたしがかみつくと、姉の手のひらにちっちゃな赤い半円形の傷がついて、血がにじんできた。当時はまだほとんど乳歯だった。ジョーはぎょっとして手を引き、傷を調べた。少しのあいだ、ふたりとも圧倒されてのぞきこんだけど、それから姉は怪我をした手であたしのほっぺたをバシッとひっぱたいた。

「あたしの部屋に入らないで！　あたしのものにさわんないでよ！」まるで取り憑かれたみたいに絶叫したものだ。「あたしのなんだから！」

「甘やかされたどうしようもないガキどもだな」手に負えない問題児に呼び寄せられたみたいに、パパがどこからともなく現れた。「あっちが始めたんだもん!」とわめきながら相手を叩こうとするあたしたちの腕をつかむと、階段をおりて家の外へひきずりだす。

「どこへ行くの?」パパに車に押し込まれて口々に叫んだけど、いったん道に出ると、誰もしゃべらなくなった。

パパはそう遠くない場所まで運転していって、うちの車庫ぐらいの家の前で車を止めた。柑橘類の木が前庭に実を落としていた。女の子の一団がなわとびをしている。ちっちゃなまるいバレッタがカタカタ鳴っていた。せっせととびはねてる黒人の女の子たちの音だ。たぶん物騒な地区だったんじゃないかと思うけど、その光景を見てもわからなかっただろう。

「あの中に七人いた。私、母、私の祖母、おばのミニー、いとこふたり、おまえたちのおじのロニーだ。ここで最初に住んだのがあの家だ、自分の家を買う余裕ができる前にな」パパは言った。「私は食べるのが速かった。充分食べられるようにそうしなければならなかったんだ。大学院を出るまで自分の部屋さえなかった。自分だけのものなどあったためしがない。靴、靴下、下着、おもちゃ、なんでもだ。どんなものでも共有だった」

パパは黙り込み、あたしはそこに座って、言われたことを理解しようとした。夏だったに違いない。窓の外で、湯気があがるみたいにコンクリートが波打ってたから。

「どんなものでも?」ジョーが問いかけた。

ジョーの家から帰ってくると、ルシアがキッチンでピーマンを切っていた。包丁を動かしながらパパに物語を聞かせている。

「全員さらって殺したんですよ。女子どもまで。ふだんなら、そういうときには村を焼き払うからなにも残らないんですけどね、今回は違ったんです。今回は、村をからっぽのまま残しておいたんです」

うちのパパ、クレイグは、前にホンジュラスのアメリカ合衆国外務局にいて、スペイン語は完璧だ。今は国際金融に勤めている。背が高くてハンサムで、銀色になりかけた髪の房は角度によってうっすら光る。仕事に行く前には、巻き毛をきっちりなでつけて、サーフボードを待ってる波を固めたみたいに見える。会社概要の中では、ガラス張りの役員室にいるたったひとりの黒人として、最前列の真ん中で笑顔を見せている。ルシアが夕食を作ってると、たまに一緒にキッチンに入って、ふたりで子ども時代の話をする。

(誰をさらって殺したの?)あたしは訊きたかったけど、口にする前にママがキッチンにずかずか入ってきてさえぎった。

「あなたの娘はほんとうにどうしようもないわ」カウンターにハンドバッグを叩きつけたので、ルシアとパパはびっくりして顔をあげた。

ふたりが話してる内容なんてひとことも理解できないママにとっては、サッカーの試合についての会話に割り込んだのと変わらない。

「どうしたんだね?」パパはあたしのほうを見た。

「ビール瓶で足を切ったの、ほら」足をあげて示す。断層線を刺激したみたいに、足の裏に痛みが走った。

「この子じゃないわ」とママ。「もうひとりのほうよ」

ママはその晩のできごとについてくわしく話したけど、その説明だと、夕食には豚の餌を食べさせられたし、ハリソンは破傷風で死ぬのを放置するような強欲な連中に育てられたあげく、強情で淋しがりのかわいそうなジョーを食い物にしてることになっていた。そのあとジョーは実の母親の足を踏みつけて、さよならも言わせず目の前でドアを閉めた。おまけに、車へ戻ろうとしてるとき警官の暴行を目撃した。それもこれも、パパの娘が最近住みたがってるのがそういう地域だからだ。どれもまるっきり嘘ってわけじゃないけど、ほんとうとも言えないと思う。誰だって話に多少の尾ひれはつけるものだ。

「あの餌、なかなかおいしかったと思うけど」あたしは言ってみた。

「黙りなさい、アシュリー」パパからグラスにワインをついでもらいながら、ママが言った。会社概要の中で唯一の黒人にはストレスが多い。ときどきうちの両親は、自分のアシスタントに間違われたり、別のミーティングにまぎれこんだと思われたりする。あるいは、アシスタントがパパやママよりよく知ってるって思いこんで、それが全体に広がるとか。たとえふたりとも仕事がすごくできてもだ。そもそも、有能じゃなかったらそこまでたどりついてないのに。黒人はオパールおばあちゃんが言ってたみたいに〝もっといい子にしてがんばらなくちゃいけない〟。だからあのふたりはお酒を飲むんだよってジョーが言っていた。

「なにかしてやったのか?」パパがたずねた。

「なんのこと?」

「警察とその子どもたちだよ」

「どうするべきだったっていうの?」

「子どもだったんだろう?」

「あの子たちがしたこともしてないことも知らないもの。それを知るために自分の安全をおびやかす気もなかったわ。わたしたちだって黒人なのよ。だいたい、そんなことはどうでもいいでしょう。ジョーとあの男があんな地域で子どもを作ったらどうなるの? だって、すぐにもっといいところへ引っ越したりしないでしょうし。たとえほかの場所に移ったところで、時代が変わりつつあっても人は無知なままよ。自分たちや子どもに悪口を言われたりいやがらせをされたりしたら、あの男はどうするつもりかしら? ジョーは頭のいい子よ——こんなことにはもったいないわ。学校に戻るべきなのよ。自分の子のナニーだと思われたらどうするの?」

これを聞いてルシアが顔をあげ、しかめっつらになったけど、なにも言わなかった。そのあとこっちを見る。あたしはすでに、エンチラーダ[★18]に入れるチキンをちびちびかじりはじめていた。ルシアにその手をピシャッとはたかれ、押しのけられた。

パパは眉の上をかいて、なにか言おうとするみたいに口をひらいたけど、結局言葉は出てこなかった。

「あなたも一緒にくるべきだったのに」とうとうママが言った。

「間に合わなかったんだよ、ヴァル。いろいろ忙しすぎてね」とパパ。

「いつだってそうじゃないの」

ママはワイングラスを握りしめ、パパを引き連れて部屋を出た。ジョーのことで喧嘩しに行ったのだ。このところよくやっている。もっとも、ジョーの前は別のことで言い争っていた。ほかの人に対して完璧になろうとしすぎて、お互いのあいだには泥沼しか残ってないんだよってジョーは言っていた。ルシアがこっちを向いてナイフをよこした。

「食べるんなら手伝って」


いつか大きいやつがドカンときたら、ここの全部があっさり海に崩れ落ちるだろうって言われている。これだけ美しい景色がすべて、岩も草地も家も人もなにもかも。うちはいっぺんに中と外にいられるように、ガラスと木で建ててある。ある著名な建築家のケース・スタディ・ハウスをママが大好きで、大まかなモデルにしているのだ。ケース・スタディ・ハウスっていうのは、名だたる建築家たちが設計した有名な歴史的家屋のことで、街じゅうに建っている。ママは前にジョーとあたしを土曜日のドライブへ連れていって、ひとつ残らずまわってくれた。あたしたちにも自分と同じぐらい、かどがきらきら光ってるあの建築を好きになってもらいたかったんだと思う。ちゃんと光があたると、宇宙そのものに近づける気がするってわかってほしかったん

★18 トルティーヤに具材をつめた南米料理

だろう。でも、ふたりとも暑いって文句ばっかり言ってたし、あたしは一日じゅう反抗的な態度だった。とくに好きでもない女の子とはいえ、誕生日パーティーへ行きそびれたからだ。「なんでまる一日かけて、わざわざほかの人の家を見てまわってるのかわかんないよ。つまんないってば」ジョーが駄々をこねた。それでも、三人で近代的な四角い大邸宅を次々とまわって一日を過ごした。合板とスチールとコンクリートで建てられ、大きく開放的なガラス窓があって、光と影がはっきりしている家々。家の素材そのものが、お互いにわかる部分もわからない部分もあるあたしたち三人みたいだった。結局、ジョーとあたしはふてくされるのをやめて、あのおしゃれな家々のガラスに光が屈折し、皮膚に色がつく様子に感心しはじめた――そして、駄々っ子になるかわりにみんなで虹を追いかけた。ともかく、ドカンとくればうちの家族は間違いなく死ぬ。こういう日にはガラスにあたる突風さえ、それなりに強ければ家全体が崩れ落ち、中にいる脆弱な人間を残らず押しつぶすような気がしてくる。ときどき、いちばん安全な場所は屋根だって感じた。ジョーとふたりで屋根の端に立って、とびおりてごらんって挑戦しあったものだ。

コートニーから電話がかかってきた。あたしは話を聞かれたくないから、子機をもち出して屋根に這い出した。ときどき、親が入口で耳をすましてる姿が影になって見えることがある。秘密を保つには屋根のほうが安全だ。

「風洞の中にでもいるの？　すごい音」

「実はハリケーンの目なんだけど」

「まずいことになってる？」とコートニー。

「ルシアは親に言わなかったから」

「ええっ、うちにルシアがいればなあ」コートニーは言った。「外出禁止、プロムのあとからだけどね」

「そんなにひどくないじゃん？」

「でも、二次会にはぜんぜん行けないし」

「それは最悪」

「うん、でも、ほら、去年行ったから……まあ、もっとひどかったかもしれないしね」

「そうだよね」


屋根に座った位置から、姉の部屋がのぞけた。中でママがジョーの棚から本を一冊、また一冊とひっぱりだしている。パパが入ってきて、ふたりでなにか言い合ってから、なんらかの合意に達したらしく、パパもジョーの棚から本を引き出しはじめた。それが終わると、もうジョーの棚じゃなくて、からっぽの木の板が並んでるだけだった。ママが『パープル・レイン[★19]』のポスターをはがした。パパはジョーの七年生の写真をはずした。

「この計算の宿題、ばかみたい。もう終わった？」コートニーが訊いてきた。

「まだ見てない」

★19 伝説的ミュージシャン、プリンスの自伝的映画のタイトルおよび同名のアルバム名

両親は一緒に、ジョーの模擬国連のトロフィーがいくつも入った特注のトロフィーケースを運び出した。撤去作業に夢中になってどんどん熱が入っていき、壁にかかったものをとりはずしては床に投げ出していく。ふたりが笑ってるのか泣いてるのか、泣き笑いしてるのか見分けがつかなかった。

「だからさ、第八問が『上の図は関数fのグラフを示している。開区間（-4、4）内のxの値がいくつのときfが不連続となるか？』……うん、意味わかんない」

「外に教科書持ってきてないんだけど」

ママとパパはくたびれたのか、姉の人生をかたちづくっていた品々の真ん中にふたりで腰をおろし、顔を見合わせた。壁には何年も日の光があたっていなかった色あざやかな箇所があった。室内はむきだしでがらんとしていて、両親や部屋そのものは気にしてなくても、あたしのほうが恥ずかしくなった。ルシアがドアのところに現れ、ママとパパは見つかってぎょっとしたように顔をあげた。

「それに第九問は……」

コートニーはあたしが答えをくれるって期待している。これまでの人生でほとんどそうしてきたから。でも、まだ自分でも見つけてない解答をどう教えたらいいんだろう。

「うわ。行かなきゃ」あたしはコートニーに伝え、誰かに気づかれないうちに部屋まで戻りはじめた。子機を屋根にどさっと落としてしまい、転がっていきそうになる。あわててつかんでひっぱりあげたけど、手遅れだった。

両親が外に目をやってあたしを見た。パパが床に置いたジョーの持ち物を通り抜けて窓までくると、スライドしてあけた。

「いますぐ屋根からおりるんだ、お嬢さん」

「なにしてるの？」

「おまえとジョーには、その屋根に二度と出るなと言ったはずだ」

ジョーは一回落っこちた。ふたりでここにあがって陽射しを浴びてたら、いきなり下の茂みに転がり落ち、そのまま地面に激突したのだ。肋骨を数本と腕の骨を折って、肌を数か所、褐色じゃなくなって赤くなるほどひどくすりむいた。何か月か派手なピンクのギプスをはめて過ごして、退屈なときは上に油性マーカーで落書きさせてくれた。でも、ジョーが落ちたとき、つまさき立ちになって身を乗り出したのを見たと思う。目をつぶって踏み出したのも。でも、あたしはなにも知らない。

病院で腕を固定してるとき、パパは泣いてるジョーを胸もとにやさしくかかえて、「可愛いアイシャ」を歌って聞かせた。

「パパ、それってスティーヴィー・ワンダー★20の最悪の歌」ジョーは一瞬泣きやんで言った。

「おい、イカレてんのか？」ってパパが言ったから、大まじめなのがわかった。パパはめったにそういう言葉遣いをしないからだ。

★20 二二回のグラミー賞受賞経験のあるシンガーソングライター、ミュージシャンそれでジョーが笑い出して、お医者さんがぐいっと腕の骨をはめるまで笑っていた。そのあとはパパの脇に顔をうずめてわめきたてたから、パパはもっと強く抱きしめて、心臓の鼓動を聞かせてやった。

「ジョーの部屋になにしてるの?」あたしは両親に問いかけた。

「ジョーはもうここに住んでないわ」ママが答えた。

ルシアはベッドに『ピープル』の雑誌の束を置いていて、あたしたちは他人の生活を自分のみたいに想像しながら読みふけった。ルシアはダイアナ妃が大好きで、『ピープル』はずっと、チャールズ皇太子と離婚するかもしれないって推測していた。ルシアの黒髪はダイアナ妃とまったく同じ形にカットしてある。ママもそうだから、あたしのふたりのお母さんは、同一人物でもあったし別人でもあった。一九九二年にもなって、まだ王さまとか女王さまとか、国全体の元首になるべく生まれついた人がいるって考えは、あたしにとっては不思議だったけど、ママもルシアも、ジバンシィを着たダイアナがすごくきれいに見えるのを気に入ってたんだと思う。それに、見殺しにされた褐色の肌の孤児を抱いてるとき、いちばん幸せそうに見えるところも。

「どんな感じだって?」ルシアがベッドにいるあたしの横で洗濯物をたたんだ。あたしは洗濯籠に頭全体を突っ込んだ。洗濯したての香りや、肌に感じるぬくもりが好きだ。服がただの色あせたパジャマじゃなくて、お日さまみたいになるこの瞬間が。ルシアがあたしをピシャッと叩いて追いやった。

「ひどい一か月だったって。お父さんが心臓発作で倒れたし、家族の修羅場があって。〝ダイアナはそばにいるカメラマンたちに『お願いだから、わたしたちをほうっておいて』と懇願した〟」あたしは読みあげた。

「生意気な子だね。お姉ちゃんのことだよ」

「頭おかしい」あたしは言った。「ほかのこと話せない？」

「新しい友だちを作ったほうがいいよ」

「ダイアナのお母さんが壁紙会社の跡取りと駆け落ちしたって知ってた？」

「あんた、あたしがいなくなると淋しくなるだろうね」ルシアは溜め息をついた。こういうときは、あたしじゃなくてウンベルトやロベルトと故郷で口喧嘩したいのかなって思う。大学に行ったあとの話だと思ってたけど、あとになって、ぜんぜんそんなことじゃなかったのが判明した。

土曜日にルシアはうちの両親とあたしをお気に入りの店での夕食に招いた。見た目はともかく味がいいっていう表現がぴったりで、サービスはいまいちの中華料理店だ。なんと実際に中国系の人たちが食事をしていた。みんなでずるずる音をたてながら食べ、ママは二杯目の紹興酒を飲み干しながら、これだけ長年お世話になって心から感謝してるわ、あなたのことはほんとうに家族の一員だと思ってるの、と目に涙を浮かべて言った。

そうすると、ルシアはぎこちなく口にした。「重要なお知らせがあって」

一瞬、癌になったとか、ウンベルトかロベルトか、その両方にたいへんなことが起きたとか言われるんじゃないかって不安になった。胃袋が膝までずしんと落ち込んだ気がした。ルシアはあたしのいちばんの親友だ。ヘザーやコートニーや、あの仲間全員をひっくるめたよりも大切な相手。ルシアを失いたくない。そんなの無理だ。

ルシアは次の台詞を口に出す勇気をかきあつめてるみたいに、一拍おいた。「グアテマラに帰ることにしたんです……この先ずっと。もうふたりも大きくなったし……あたし……そろそろふるさとに帰ってもいいころかと思って」

パパがテーブル越しに手をのばして、ルシアの小さな手を両手でつかんだ。

あたしはその場でわあわあ泣きじゃくりはじめた。レストランの中で、まわりの中国系の人たちにじろじろ見られながら。

「お願い、行かないで」鼻水がたれてひどい顔だったけど、あたしは気にしなかった。そんなこと、いまはどうでもいい。

ルシアがこっちを向いて、おでこを合わせてきた。小さいころよくやってもらった――悲しい心をとって、うれしい気持ちと交換してるんだよって言われたものだ。

そのあとあたしたちはおみくじ《フォーチュン》クッキーを割り、〝大冒険が待っている〟とかなんとか書いてないかと期待してルシアを見た。でも、そこにあったのは〝あなたは美しい〟だけで、そもそも運勢でさえなかった。

ルシアはあたしが生まれてからの一七年のうち、一三年間あたしたちと暮らしている。二五歳の誕生日に、ママとパパがすごく高級なシャンパンを一瓶あげたのに、あたしはルシアの部屋で遊んでるとき割ってしまった。あたしたちの誕生日はほんの二、三日しか離れてないから、あたしの誕生日パーティーのあとで、割った瓶のかわりに新しい人形の中から二個あげた。それから、ルシアの部屋で寝る時間まで一緒に人形遊びをした。

家に着くと、あたしはルシアのレコードをかきわけ、一枚とりあげてターンテーブルの上に載せた。レコードがカチッとはまり、こすれながら曲が始まる。

「グアテマラでほかの子たちのナニーになるの?」あたしは訊いた。

「あっちでナニーになる必要はないんだよ」すかさず答えが返ってきて、そんなはずはないのに、みぞおちを殴られたような気がした。

「車はどうするの?」

「もう質問はたくさん」とルシア。

「ウンベルトとロベルトは? どう思ってる? うれしいかな?」

「そりゃうれしいよ! あたしがお母さんなんだから」ルシアが言い、ふたりとも黙った。「ほかのことを話そうよ」

ルシアがグアテマラを出るまえ、先住民の農民と学生活動家の一団が、軍隊による農民の誘拐と殺害に抗議してスペイン大使館に立てこもった。政府は交渉もしないで電気と水道を遮断した。警察が一団をあぶり出そうとしているあいだに火災が発生し、警察は消火するどころか、なんと消防士が火を消そうとするのを止めて、わざと農民とスペイン人の人質を死なせたのだ。スペイン大使は窓から逃げ出し、デモ参加者のひとりは生きのびたもののひどいやけどを負った。二〇人ぐらいの集団がその男を病院の部屋からさらって、拷問したあと射殺した。遺体はルシアが通っていた大学のキャンパスにほうりだされた。ルシアたちはその場所で、デモ参加者の変わり果てた姿と、首にかけられたプラカードを目にした――**テロリストとして裁きを受けた**。

ルシアはそのあと大学をやめた。それからまもなく、国自体を離れた。

ルシアは「愛の哀しみ」をシネイド・オコナー★21に合わせてそっと歌っていた。「〝そうね、あなたと一緒に暮らすのは、ベイビー、ときどきつらかった……〟」

ルシアにマイケルの話をしたかった。金曜日になにがあったか、それに先週も、その前も。一か月ぐらい前までにあたしがしたことを、なにもかもルシアに打ち明けたかった。ハリソンのおかげで、ジョーは空を飛べる気がしている。（あたしもいつかそうなりたい）と思った。翼みたいな愛情をくれる人がほしい。誰かの後ろ暗い秘密にはなりたくない。その程度の存在にさえなっているだろうか。あたしなんて、どうでもいいのかもしれない。

そのかわり、歌に加わって、ルシアと声を合わせた。「〝どんなものだってかなわない、あなたにはどんなものだってかなわない〟」

ルシアがほんとうに歌にのめりこんでるとき、誰か男の人のために歌ってるのか、それとも故郷のためなんだろうかって思うことがある。でも、時として、歌はただの歌にすぎない。

コヨーテが一四、プールの横を通り抜けて、ルシアの部屋の窓のほうへ歩いてきた。黄色い目をしたみすぼらしい姿が真正面で足を止めた。

嘘じゃない――コヨーテは腰をおろして耳をかたむけた。

第四章

ルシアの告知のあと、数日間はめまぐるしかった。警官とやりあったあとは学校をさぼらなかったし、放課後ぶらぶらするかわりに家へ帰ってルシアと時間を過ごした――おかげで、どの日も一緒くたになってる感じだった。コオロギの日までは。

最初の一匹がぴょんぴょんはねていったとき、コオロギは動きを止め、あたしもかたまった。その瞬間、そいつは間違いなく、あたし専用のジミニー・クリケット★22みたいにこっちを見あげたのだ。

「〝姉妹！　黒人！　白人！　ユダヤ人！　貧乏白人！　心配するな――地獄があるなら、みんな行くことになるさ★23〟」

コオロギがそう言ったわけじゃない――言ったのはカーティス・メイフィールドだ。その歌が盛りあがる中で、あたしはコオロギをよく見ようと身をかがめた。カーティス・メイフィールドのカセットと、ほかのものを山ほど、先週ママとパパが寝たあとでジョーの部屋のがらくたから掘り出してきたのだ。姉の音楽の趣味は変わっている――スキニー・パピーとかいう

★21　アイルランド出身のミュージシャン
★22　『ピノキオ』のコオロギのキャラクター
★23　ロックの殿堂入りを果たしたミュージシャン、カーティス・メイフィールドの曲。「(ドント・ウォーリー) イフ・ゼアズ・ア・ヘル・ビロウ・ウィア・オール・ゴナ・ゴー」

グループの曲とか、聴いてみたけどつまらなかった――でも、いくつかはまあまあだ。この歌とか。それ以上ジミニーに近づく前に、宇宙人とおっぱいを落書きしまくったきたないコンバースのスニーカーがすぐ脇を踏み、コオロギはおびえて逃げていった。

「どうした、アッシュ?」

マイケルがあたしの耳からヘッドホンをはずして、自分の耳につけた。

「姉貴との夕食がどうだったか聞いてなかったな」

最近は、なにか実のあることを話すのはマイケルに対してだけだった。あたしたちはマイケルの車に座って、くだらないことを言ったりマリファナを吸ったり、ほかの誰にもぜったいに言わないような秘密を伝え合ったりした。キンバリーやコートニーやヘザーより、マイケルのほうが話しやすいときがある。あんまり長く知ってる相手だと、ソフトウェアを全部アップデートしても、数年前のバージョンの自分と話してるみたいになるのだ。同じプログラムだけど、違ってもいる。そこまで内情を知られてない人のそばにいると、いくらか楽だった。四年生のとき一度だけ髪を切るのを失敗したとか、初恋の子が誰だったとか、向こうが憶えてないから。うちの親をファーストネームで呼ぶのが気まずいと感じる人。そもそもうちの親の名前を知らない人。

みんながさぼってて、マイケルとあたしがさぼってないとき、ルシアが迎えにくるのが遅れるような日には、放課後ふたりでぶらぶらした。何度か家まで送ってもらったことまである。一度、家に入ってトイレを借りていいかって訊かれたけど、コートニーと一緒にいるってルシアに嘘をついたから、トイレはがまんしてってあたしは答えた。そんな嘘はついてなかったけど、自分の縄張りに入れたいかどうかわからなかったのだ。親密すぎる気がしたんだと思う。前にうちにきたことはあっても、ふたりだけっていうのは状況が違う。まあ、あたしたちふたりとルシアだけど。

マイケルに話した最初の秘密は、ジョーのことだった。二回目に運転の練習に連れていってもらった次の日で、ジョーの秘密をずっしり重く感じていたからだ。練習の帰り道ではジョーが運転して、あたしは助手席の窓に頭をもたせかけた。姉は自分の好きなホリーズっていう古いバンドの歌に合わせて、静かに歌っていた。

「〝必要なのは息をする空気だけ、それにきみを愛すること★24〟」ジョーは息が続かなくなるまで歌い続けた。

その声が途切れたとき、あたしは最低のことを考えた。ジョーを見て（あんたなんか大嫌い）と思ったのだ。

「うちの姉が結婚したんだけど、なんでか親には言っちゃだめってことになってるんだよね。ひどい話だし、嘘をつくのってすごくやだ」あたしはマイケルに言った。

マイケルは首をかしげて、座席を少し起こした。「うちのお袋は昔、いつも朝方べろべろに酔っててさ。おれを学校に送ってく前とかだぜ。一度近所の車に突っ込んだんだ。相手にはよそ見してたって言ってたよ。とにかく、だから一五になったとたん運転の教習を受けさせたんだろ

★24 イギリスのロックバンド、ホリーズの曲「安らぎの世界へ」

うな——自分が家で飲んでいられて、事故を起こさなくてすむようにさ。親父は知ってるけど、なにもしやしねえ」

時として、心の中の言葉を伝えるっていうのは、どっちも裸になった気がするってことだ。マイケルが手をのばしてあたしの手をとったのは、それが理由かもしれない。ともかく、そういうふうに始まったのだ。

「キンバリーに言うなよ。頼む。きっとあいつには……」

「言わないよ」

あたしは言わなかった。その結果、こうなっている。

「夕食は最悪だった。みんな頭がおかしいよ。早く大学に行って、こんなのから抜け出したい」

「スタンフォードから返事がきたか？」

スタンフォード大は憧れの大学だ。ママのお姉さんのキャロルおばさんが行ったところで、黒人同窓会ロサンゼルス支部の現支部長をしている。去年、〝ビッグゲーム〟って呼ばれてるカリフォルニア大学バークレー校《カル》とスタンフォードのアメフト対抗戦があった週末に、おばさんがあたしといとこのレジーをキャンパスツアーに連れていってくれた。三人で本物の勝ち組になった中年の黒人たちのテントをうろついて、カーディナルのスウェットシャツ姿の群れにまぎれこんだ。少々飲みすぎたキャロルおばさんは、スピナーズ[★25]を即興で演奏しながら昔を思い出し、霧に向かって「カルをやっつけろ！」ってどなっていた。

その日が終わるころには、レジーとあたしも人の波と高い木立越しに「カルをやっつけろ！」ってわめきたてるのにはまった。ああいう行動って、ウイスキーみたいに体に入りこんできて胸を燃やすのだ。キャロルおばさんが見てないとき、こっそり赤いカップからすすったんだけどね。レジーはもう合格通知を受け取っていた。あたしのまわりでは、ほぼ全員が合格通知を受け取っている。あたし以外は。

「まだ」とマイケルに言う。

「合格するさ。頭いいだろ」

「やさしいね」

「そうか？」

マイケルは肘をあたしの肩に乗せ、全体重をかけてきた。

うちの学校は丘に囲まれている。刈り込んだ生け垣や薔薇園にハチドリが飛び交ってて、高校っていうより大学みたいに見える。駐車場にはヨーロッパ車が並んでるけど、シビックも何台かあった。ただし、大半は先生のだけど。複数の映画製作コースがあるし、中高生の科学コンテスト、サイエンス・オリンピアドで入賞したチームもいる。有名人の子どもや子どもの有名人もうちに通っている。ときたま女三人組が中絶胎児のばかでかい写真を持って入口に立ってることをのぞけば、いたって平和だ。そういうときには、成人女性が三人で、通りかかる金持ちの子どもたちに向かって、生まれなかった子のことを大声で呼びかけてくる。[★26]

★25 フィラデルフィア・ソウルの代表格であるヴォーカル・グループ
★26 人工妊娠中絶反対派の活動

コオロギがあと二匹ぴょんぴょん通りすぎ、キンバリーとコートニーとヘザーを連れてきた。

「ずいぶん仲良しじゃん」ヘザーが言った。

「カーティス・メイフィールドだよ」あたしたちは離れた。マイケルが真っ赤になった。

「たしか父親に、ほら、正面から撃たれたんじゃなかった？」

「あんたが考えてるのはマーヴィン・ゲイ[★27]だって」ヘザーが溜め息をつく。

「こいつはなにも考えてねえよ」マイケルがキンバリーに腕をまわしてお尻をぎゅっとつかんだ。身の程をわきまえさせようとしてるみたいに、たまにこうするのだ。

でも、時にはゆうべみたいな真似をする。ポップスなんて趣味が悪くてダサいって思ってるくせに、ラジオ局に電話して、マライア・キャリーの「エモーションズ」を「その……おれの彼女のキンバリーに……一緒にプロムに行くのが待ちきれないよ」ってリクエストしたりとか。

キンバリーはそれをカセットテープに録音して、お日さま色のウォークマンに押し込んだ。

「聴いて！　こんなやさしい人っていないよね？」

「はいはい」ヘザーがからかった。「聴いて」


コオロギが脚をすりあわせて鳴くのは、淋しいからか、ムラムラするからか、もしかしたら人間みたいに両方なのかもしれない。でも、鳴くのはだいたい夜だ。昼間はひっそり動きまわって、なんだか知らないけどコオロギの行動にいそしんでいる。そのせいで、ホームズ先生がＡＰの試験のために力積と運動量をもう一度説明してるとき、はじめは誰もコオロギに気づかなかった。

「したがって、力積が力対時間グラフの積だとすると――」と先生。「――もうだめ」ジョーニー・ワンが言った。

スティーヴ・ラグルズが腕にキスするのを中断し、顔をあげて口走った。「ホームズ先生、ゴキブリ！」

タイラー・フィリップスがよく見ようと机越しに身を乗り出したけど、そのとき虫がぴょんとはねて、ブリタニーが金切り声をあげた。

「ゴキブリははねないって」タイラーは言って、教科書を投げつけた。

コオロギは蛇の餌としてペットショップで買える。高校に入ってからの上級生物クラスで、ネイサンがクラスで飼ってる蛇を肩にかけてきた。首を絞められると思ったけど、蛇はそのままこっちを見て、舌をちろちろ動かしただけだった。警告のつもりか、あいさつだったのか――よくわからない。それでも、あのときは呼吸が止まった。

次のコオロギは、あたしの真横を通り抜けた。

ラショーン・ジョンソンが腰をかがめてそっと手ですくいあげた。それから体を起こし、教室の窓のほうへ歩いていった。

「どうするの？」

「コオロギは誰も傷つけねえよ」ラショーンは窓をあけてコオロギを外にほうりながら言った。

★27 社会問題を歌った「ホワッツ・ゴーイン・オン」（一九七一年）を代表曲にもつミュージシャン。一九八四年に父親の発砲した弾に当たり死去したほかの生徒だったら、ホームズ先生は席に戻れってどなりつけただろうけど、ラショーンは違う。

スティーヴの腕の自分でつけたキスマークは、深紅から紫に近い色まで幅があった。青白い腕がメイクパレットみたいな彩りになっている。スティーヴは通りすぎるラショーンに向かってまるいげんこつをふりあげ、ラショーンは応じてこぶしを打ち合わせた。スティーヴみたいな変人にも親切にしてやる余裕があるのだ。

ラショーンや、うちの学校に通う黒人の子のほとんどは奨学金をもらっている。たいていバスケかアメフトだ。走るのが早くてジャンプが高くて、上手にボールを受け取ってパスできる。マイケル・ジョーダン[★28]のCMじゃないけど、全員が〝マイクみたいに《ビー・ライク・マイク》〟なりたがってるような、角刈りに褐色の肌の奨学生プレイヤーたちに、ほかの女の子たちはよだれをたらしている。あたしにとって意味があることとみたいに、黒人の男の子がどんなにすてきか話してくれる。ウィル・スミス[★29]ってすごくかっこいいよねとか、あんたって髪形次第でちょっとジャネット・ジャクソン[★30]に似てるんじゃないって言ってくるのと同じように。

最後のは別にかまわない。七年生のときに比べればずいぶんましだ。ブレイズヘアにしたら、まる一週間メデューサって呼ばれ続け、とうとう泣きながら帰って、ルシアにほどいてって頼んだのだ。ど田舎のリアルトまでわざわざ出かけて、六時間かかったうえに三〇〇ドルも払うことになったけど。

「メデューサは強かったんだよ、ミハ」ルシアは言った。でも、結局ほどかせてくれた。

ラショーンの目は緑色ですごく大きくて、マスカラのＣＭからそのまま出てきたみたいなまつげをしている。体つきはアカデミー賞のオスカー像みたいだ。同級生のアレン・グリーンバーグのパパがドラッグの公共広告にラショーンを使った。それが放送されたあとは誰も彼も、「クラックにノー」って言った姿がどんなに色気たっぷりだったかって話しかしなかった。しばらくのあいだ、マイケル・ジョーダンみたいに耳にちっちゃなダイヤモンドのスタッドピアスをしてたけど、炎症が起きて外した。ラショーンはうちの学校のゴールデンボーイだ――肌まで黄金色ときている。ラショーン・ジョンソンなら、コオロギを救うために時間を止めても許される。

次の数匹がくるまでは、コオロギはそれでおしまいだと思っていた。モリー・デニソンは机の上にあがりこんだけど、ちゃんとバランスをとってなかったらしい。机が横倒しになって、モリーも落っこちた。コオロギがまわりをはねまわるなか、モリーは「手首が！」と「これとってよ！」をかわるがわる叫んでいた。

「よろしい、とりあえず外に行こう」ホームズ先生が言った。

外では校庭が青々としていて、朝の陽射しが頭上にふりそそいだ。みんな地震や火事の避難訓練のときみたいに、大災害に備える立ち方だったけど、たんに虫が異常発生したにすぎない。

モリーが手首のことで不平をこぼし、ホームズ先生は保健室へ送り出した。

★28 「史上最高」と評されたバスケットボール選手。一九八〇〜九〇年代に活躍

★29 ラッパーとして出発し、一九九〇年代からテレビ、映画でも人気を博している俳優

★30 一九八〇年代から活躍するシンガーソングライター、女優。マイケル・ジャクソンの妹

ヘッドホンを耳に戻すと、カセットがさっき止まったところから鳴り出した。（〝心配するなってみんな言う、心配するなってみんな言う★31〟）

「なに聴いてるんだ？」ラショーンが近づいてきたのはほとんど見てなかった。ラショーン・ジョンソンのことはいろいろ知っている。長い時間ながめて過ごしたから。向こうはバスケの花形プレイヤーで、こっちは学校代表チームのぱっとしないチアリーダーだ。カリフォルニア《U》大学《C》ロサンゼルス《L》校《A》、スタンフォード大、デューク大、南《U》カリフォルニア《S》大学《C》、シラキュース大、ノース《U》カロライナ《N》大学《C》からさんざん勧誘を受けてるのは知っている。お母さんがどの試合にも行ってて、ハロウィーン用品の店から持ってきたみたいなかつらをかぶってること、ラショーンがなにかするたびに頭がおかしくなったみたいに騒ぎ立てるのも知っている。そのほかのこともいろいろ。でも、そういうこと以外はひとつも知らない。とくに、なんで話しかけようって思ったのか、どうして今日だったのかってことは。

あたしはヘッドホンをはずして渡した。

「カーティスも気の毒にな」とラショーン。

「なんで？」カーティス・メイフィールドのことはぜんぜん知らない。ラショーンはファーストネームを使うほどくわしいんだ。

「なにがあったか聞いてねえのか？　二年前、コンサートの途中で照明機器が上に落ちてきて、体が麻痺したんだよ」

「ひどい」

「ああ」

ラショーンは黙り込んだ。マイケルが校庭の向こうからあたしたちふたりをじっと見つめている。トレヴァーが隣の芝生に腰をおろしてリュックにもたれかかっていた。草の葉を一枚拾ってかじりはじめる。トレヴァーはマイケルのお母さんのことを知ってるのかな。マイケルは自分のことをどれだけトレヴァーに、キンバリーに、あたしに教えてるんだろう。あたしたちの誰だろうと、どれだけお互いに自分のことを伝え合っている？　マイケルは嫉妬してるのかもしれないけど、そんな権利はないのに。

ＡＰ物理のクラスで、黒人の子はラショーンとあたしだけだ。今学期でこれがいちばん長い会話だった。ふたりでいることがもう噂になりはじめてるに違いない。もっとも、あたしたちが一緒にいるって思われても、別にいやじゃない。ラショーンはかっこよくて人気があるし、女の子がべったりくっついて話しかけようとする。でも、あたしは違う。べたべたしたりしない。話しているあいだは、あえてしっかり足をふんばっていた。

クラスでほんの少ししかいない黒人のひとりだと、黒人同士仲がいいだろうってみんなから思われるのはほぼ避けられない。たとえば五年生のとき、あたしはジェイミー・トーマスとデートしてるって噂を立てられていた。ジェイミー・トーマスは女の子より宇宙に関心があったし、あたしはジェイミーより宇宙に興味があった。お父さんがまさにロケット科学者だったから、ジェイミーは毎年夏にフロリダの宇宙キャンプへ行っていた。ジェイミーとあたしはどっちもクラスでトップに近かった。おかげでなにをしても競争になり、まるで〝いちばん優秀な黒人の子〟の座を争ってるみたいだった。

「ぼくは月に行くんだ」ジェイミーはよく、ハンドボールみたいにごく普通のことをしながら言った。

「黒人は行かないよ」スティーヴ・クーンがあたりまえのことみたいに言った。スティーヴ・クーンはむかつくやつだった。

「ぼくは行く」ジェイミーは言った。

宇宙飛行士になりたいから宇宙キャンプへ行かせてって、あたしは親に頼んだ。ジェイミーが宇宙に行くなら、あたしだってぜったいに行ってやる。

パパは答えた。「かわいい娘が全国ネットで爆発するところを見る気はないよ」

数か月前、あたしたちはスペースシャトルのチャレンジャーがケープ・カナベラル周辺でバラバラになって墜落するのを見守った。たった数秒前には星々やその先の宇宙を夢見てたのに、国じゅうがしんと静まり返った。だから、あんまりタイミングがよくなかったとは思う。ともかく、そのあとではジェイミー・トーマスが大嫌いになった。あたしたちが相思相愛で、両方とも黒人だから、なぜか固い絆で結ばれてるっていうみんなの思い込みもいやでたまらなかった。でも、ある意味ではそのとおりだったんだろう。だってジェイミーが転校したとき、思ってたよりずっと淋しくなったからだ。いなくなるとちょっぴり心が痛んだ――ばかなジェイミーとばかな宇宙。

空飛ぶことを夢見ていた、いちばん優秀な黒人の子ふたり。

ラショーンのまわりでコオロギが何匹もとびはねた。

「先住民の言い伝えだと、コオロギは幸運のしるしなんだ。知ってたか?」と訊かれた。

「どの先住民?」

ラショーンは肩をすくめた。

「コオロギを籠に入れてペットにしてるところもある」

「〝歌え、翔べないコオロギたちよ〟」

あたしはマヤ・アンジェロウの自伝★32をもじって返した。くだらない冗談だったけど、ショーンは声をたてて笑い、太陽に向かって指先をのばした。いつでも離陸できるように。

お昼の時間、演劇コースの子たちが中庭の階段に並んでいた。みんな声が大きくて変わってて、いつでも歌ってるか、廊下をはさんで劇の台詞を叫んでるかしている。演劇コースのレドゥー先生《ミセス・レドゥー》の縮れた赤毛はすごく長くて、白い肌には静脈が川みたいに縦横に走っていた。パリパリ音がしそうなほど歯切れのいい口調で、どの母音も子音もはっきりと完璧に発音され、ロサンゼルスの金持ち学校じゃなくて、メトロポリタン・オペラにでもいるみたいだ。キンバリーとコートニーとヘザーはおめかししようと化粧ポーチを探った。あたしはしなかった。ピンクの口紅は三人が

★32 公民権運動に参加した活動家、歌手。自伝に『歌え、翔べない鳥たちよ』

つけるとかわいいけど、あたしがつけたらグロテスクになるからだ。

「最終学年の悪ふざけってほんとにばかみたい」ヘザーが言った。

「まあ、授業から逃げ出せたし」とあたし。

「かわいそうに、あのコオロギ、無駄に殺されるよ」とヘザー。すでに害虫駆除業者がゴーストバスターズみたいにあちこち探して薬を撒きはじめていた。

「計算の宿題写していい？」コートニーが訊いてきた。

「ゆうべやったのかと思ってた」

あたしはランチバッグをとりだして中をあさりだした。みんなはお化粧中――こっちはおなかがぺこぺこだ。

「残りはわかんなかった。計算なんか死ね。どうせあんなもの、二度と使わないし」

「どうかな……」

「現実的になろうよ。計算だろうがなんだろうが、コートニーがするわけないじゃん」とキンバリー。

「あたしはばかじゃない！　テストが苦手なだけ」

「大丈夫だよ、いい子、あんたは金持ちと結婚するから」とキンバリー。

「あんた最近、ほんとにむかつく」

「間違ってはいないよね」とヘザー。

「どっちが？」

「両方」ヘザーが手をのばして、ルシアがつめてくれた残り物をフォークでさらっていった。

キンバリーのお母さんは昔、コレクターが集めてる気味の悪い陶器人形みたいに娘を飾りたてて、コンテストに出演させていた。八年生のときにみんなで一度、パサデナのラディソンなんとかってところへ観に行ったことがある。キンバリーのお母さんの車にぎゅうぎゅう乗り込んで、広がったドレスの裾をみんなの膝の上に載せた。ホテルの宴会場にはありとあらゆる年齢の女の子たちがそれぞれに着飾ってつめかけていた。ある女の子はヘアスプレーで髪をアップにしてて、そこにお母さんが煙草を近づけすぎ、ぱっと火がついた。みんな悲鳴をあげたけど、そのお母さんは蠟燭みたいにあっさり指でもみ消した。コートニーとヘザーとあたしは硬い椅子に腰かけて、女の子たちがピアノを弾いたり歌を歌ったりバトンをまわしたりするのをながめた。キンバリーは『レ・ミゼラブル』のなにかを歌った。ちょうどお父さんとブロードウェイで観たばっかりだったらしい。

「パパは買収して機嫌をとろうとしてるんだから」キンバリーは愚痴を言ったけど、オリジナルキャスト盤のカセットがすり減るまで聴いていた。最後にはフランス人たちが水の下で歌ってるみたいになっていたものだ。

キンバリーの声はそれなりによかった——技術的にはすごく上手だけど、聴いてて泣きたくなるような情熱がなかった。たとえばホイットニー・ヒューストン★33がトレーニングウェアで国歌

★33　歌手、女優。自身が主演した映画『ボディガード』からのシングル曲「オールウェイズ・ラブ・ユー」が代表曲

を絶唱して大成功をおさめたときの高音みたいに、背筋がぞくぞくする力だ。もっとも、そういう力がなくても、キンバリーは二位になった。ヘザーとコートニーとあたしはいっせいに立ちあがって拍手し、やったーって叫んだけど、お母さんはこわい顔になって審査員の席まで押しかけ、審査員長に採点について文句を言った。

　あのときキンバリーはまだビッグ・コートニーで、ほかの女の子はもっときれいだったし、急激に成長してる途中でもなかった。お母さんにはそれが見えなかったのだ。キンバリーのお母さんは細長くて厳格で、全体的に鋭い感じだった。きっとあの鋭さは何世代にもわたって受け継がれてきたんだろう。まっすぐ立ってなかったでしょってキンバリーは大声で叱られた。身を守ろうとしてまるくなるダンゴ虫みたいに、体を縮めてほかの子たちと同じようになろうとしてたのが伝わらなかったらしい。帰り道の車の中で、お母さんが「なにひとつまともにできないんだから!」とどなっているあいだ、ヘザーはキンバリーの手を握ってやさしく叩いてやっていた。

　そんな扱いを受けてると、人間には深刻な影響があるに違いない。だっていまでは、キンバリーはふぞろいな眉毛も前髪で隠してるにきびもめざとく見つけるし、数キロ増えただけで気がつくからだ。そばを通ったとき、キンバリーが息を吸い込んで舌打ちすると、オーディション番組の「スター・サーチ」[★34]に出てる気分になる。頭の中で（星ふたつ半!）って聞こえるぐらいだ。

「どうでもいいけど。ラショーンがスタンフォードに行くって聞いた?」キンバリーが言った。

　よくないのはわかってたけど、あたしはちょっとうらやましくなった。あたしの人生はラショーンより楽だった……と思う。たぶん。ラショーンはがんばってるけど、あたしだってそうだ。さっき話したとき、どうして大学のことを言わなかったんだろう。

「あーあ、あたしも貧乏だったらよかったのに。そうすれば大学に行くのがすこし楽だったかも」とコートニー。

「授業に行かないくせに」とヘザー。

「自分で宿題もしないし」とあたし。

「スポーツもしないし」とヘザー。

「マジでさ。あんたならうまくやる条件がそろってるじゃん、アッシュ」とキンバリー。

「アッシュは貧乏じゃないよ」コートニーは言った。コートニーがいい大学に行くのは、両親ともそこを出てて、大金を寄付したからだ。大学進学適性試験《SAT》で一〇〇〇点行かなくても、きちんと確認する人なんていない。

「うん、でも黒人なのはたしかだし」キンバリーが言って笑った。

ヘザーがこっちを見てあきれた顔をした。あたしは中庭の向こうにいる黒人の子たちをながめた。全部で一二人、大部分はスポーツ選手だ。お互いにやりとりする様子は気軽で親しげだった。お互いに仰々しく握手を求め合って、「どうした、マイ《うちの》・ニッガ《黒いの》？」ってあいさつを交わすのだ。でも、先生が近くにいないときだけだった。

★34 一九八三〜九五年まで続いたオーディション番組。四〜五個の星で採点される

高校の最初の週、あたしのことがばれる前には、秘密を共有してるみたいに笑いかけてきて、「どうした、リル・ママ《かわいこちゃん》」って言ったものだった。

あたしは礼儀正しくにっこりして、「どうも！」って答えると、そのまま廊下を進んだ。

その最初の週、体育館でブーン先生《ミズ・ブーン》がフラッグフットボールの説明をしてるとき、タレルとジュリアがなんとなく、格安シリアルと政府配布のチーズ★35について冗談を言い出した。ふたりが笑い出したから、同じチームだったあたしも笑った。

「あの白人連中、ぜったいあんなの食べたことねえっての」タレルがふざけてあたしの腕にげんこつをあて、鼻を鳴らした。「ねえ、あたしの言ってることわかるっしょ！」

わかってなかったけど、仲間みたいな気分になれてうれしかったから、あたしはもっとげらげら笑った。

放課後、気がつくと鏡の前で練習していた。「ニッガ、頼む」「おい、そいつを聞きたいんじゃねえっての」「……やるっしょ」でも、あたしの口から出ると、ママがルシアにスペイン語で話すときみたいに、下手くそでたどたどしくて、ネイティブじゃない感じだった。

ふとっちょアルバート★36が、本名は冗談抜きで知らないんだけど、並んだテーブルの上に立って宣言した。「このリトル・ニッガ《黒ちゃん》、スタンフォードに合格したんだぜ！」

ラショーンは背伸びして、片手でふとっちょアルバートの口をふさごうとした。「おい、黙れって」

でも、笑っていた。

ラショーン・ジョンソンそのひとを祝うかのように、レドゥー先生が演劇コースの子たちに大げさな身ぶりで両手を掲げてみせた。「さん――はいっ！」

「〝田舎でウィークエンド／招待された？／なんてひどい話！〟」

この歌はスティーヴン・ソンドハイムの戯曲に出てくるもので、あたしが知ってる理由はほぼ、春公演『リトル・ナイト・ミュージック』にご来場くださいっていう垂れ幕が校内のあちこちに張ってあるからだ。

「いっそチェーンソーでひと思いにやっちゃって」ヘザーが言った。

実はこの歌、かなりおもしろいと思うけど。

「やめさせてよ」とコートニー。

ばかで有名なマーク・グロスマンが、口のあいた水の瓶を演劇コースの子たちのほうへ投げた。ルーク・スコットとアヌジ・パテルも加わった。そのふたりも有名なばかだ。

「行け、ティーシャ！」ふとっちょアルバートがどなった。ティーシャは身長がせいぜい一五二cmのすごくちっちゃい子で、瓶底メガネをかけてて寸胴体型だ。

演劇コースの子たちは、歌いながらぎこちなくひょこひょこ上下に動いた。

「この歌、いままででいちばん長い」とキンバリー。

そのとき、いつもの退屈な光景を一変させる、魔法みたいなことが起こった。中庭の向こうに

★35 連邦政府が低所得者やフードバンクなどに提供しているプロセスチーズ
★36 fat Albert はテレビのアニメ番組の主人公の黒人少年の名前。ここではあだ名として使っている

いた黒人のバスケ選手のひとりが、陸上のスター選手のひとりをつかむなり、ワルツを踊り出したのだ。そのワルツは、なぜか九年生の体育で、バレーボールとバドミントンのカリキュラムのあいだにむりやり教え込まれたものだった。黒人の子たちが次々と加わる。ラショーンがナイジェリア人の女傑キャンディスを一回転させ、ふたりで颯爽と中庭を横切って歌ってる子たちに合流した。黒人仲間のひとりリル・レイ・レイは背丈の半分ぐらいありそうな角刈り《フラットトップ》にしている。よく昔の白人女性についてた名前のミルドレッドは身長一八三㎝もあった。このふたりはミルドレッドがリードして一緒に踊った。演劇コースの子が歌うソンドハイムに合わせて、黒人の子たちがワルツを踊る。もう誰も水の瓶を投げたりしなかった。

レドゥー先生はとまどった顔をしたけど、先生でさえ笑い出した。

歌が終わるとチャイムが鳴った。死にかけたコオロギの群れの中を、全員がぞろぞろと教室へ戻っていった。

あたしがAP経済の教室へ向かってると、マイケルが隣に並んだ。「さっきラショーンとなに話してたんだ?」

「なんで気にするの?」

「そんなこと言うなって」マイケルは肩に手を乗せてきた。あたしは体を離した。

「その……おれの彼女のキンバリーに……一緒にプロムに行くのが待ちきれないよ」口真似して皮肉る。

「好きにしろよ」マイケルは廊下を歩いていって人混みにまぎれた。

一か月前、あたしはマイケルにさらわれた。ロッカーの前に立ってたとき、目にハンカチを巻かれて、ジャガイモ袋みたいに肩に担がれたのだ。その恰好で駐車場を突っ切って運んでいかれた。知らない相手じゃなくてよかった、誰も止めてくれなかったし。

ほかの子たちはたいていBMWかジャガーかベンツに乗ってるけど、マイケルの車はきたない緑のシボレーノヴァで、マリファナと煙草のにおいがした。ものすごく古くて、8トラックプレーヤーがついてるほどだ。聴ける音楽はブルース・スプリングスティーン★37のつまんない曲だけで、マイケルは大好きだった。あの車に乗ってると、両手が地面につきそうだし、道路のへこみや穴を通るたびに衝撃が体をつらぬく。目隠しされてると、スペースマウンテンに乗ってるみたいだった。

目的地に着いたとたん、どこにいるかわかった。潮風と波音、かすかな下水のにおい、スポットライトみたいにまわりじゅうを照らしてる明るい光のおかげだ。目にハンカチが巻いてあっても、それぐらいは感じとれた。

「煙草吸うか?」

「うん、まあ」あたしは答えた。

「ハンカチはつけたままだぞ」と言われた。

マイケルは体越しに手をのばして、グローブボックスからマリファナ煙草をとりだした。その

★37 ロックの殿堂入りしたシンガーソングライター

とき手があたしの胸をかすめた。車の後部座席に置いてあるレスリングのウェアの悪臭が漂っていた。指先にレザーの小さな裂け目を感じ、どんどん深くなっていくマイケルの呼吸が聞こえて、とうとう一瞬、マイケルが息を止めた。

「あたしとそういうことしようとしてる?」

マイケルはマリファナ煙草をあたしの口に入れた。「吸えよ」

なにも見えなかったけど、どこにいるかは頭の中でわかっていた。遊歩道を歩いていくと、足もとに腐った部分の感触があった。たぶん混乱させようとして遊園地を通り抜けたんだと思う。遊園地には派手な色の木材や、ピーとかビーとか陽気なビープ音があふれている。目隠しをしても、感覚に負担がかかりすぎた。両手を広げたら、小さな囲いの中で小さな馬に乗ってる小さな子たちに届きそうだ。どんな遊びをするかで、遊園地はいい夢にも悪い夢にもなる。あたしのお気に入りはスキーボールだ。手に握った木のボールが惑星みたいな気がするから。

マイケルは手首を握ってあたしを観覧車のほうへ連れていった。ぽわんとした声の係員がマイケルのお金を受け取り、ゴンドラに入るのを手伝ってくれた。風でいきなりゆれたので、あたしはマイケルに身を寄せてふんばった。

「なんでここにきたの?」とたずねる。

マイケルはあたしの目からハンカチをはずした。「質問はやめろって。驚かせようと思ったんだよ」

向かい側で、黄色い車に乗った観光客の家族が写真を撮っていた。お父さんの帽子が波間に飛んでいき、全員が笑い出す。

二回目の回転で地上に戻る途中、下にトレヴァーとキンバリーが立っていた。船乗りみたいに風にあおられながら、〝アシュリー、一緒にプロムに行かないか？〟って書いてある横断幕を掲げている。

トレヴァーは黄色い薔薇の花束を持っていた。キンバリーが選んだってわかったのは、あの子が赤い薔薇は悪趣味だってなんとなく思ってるからだ。マリファナは悪趣味だけどコカインはいいって、なんとなく思ってるのと同じように。

「ちょっと、どういうこと？　あたしをプロムに誘ってんの？」

「違う。トレヴァーだよ。くそ。あのどあほうにはおれが幕を持ってあいつがおまえと一緒に乗るほうがいいって言ったんだぜ」

マイケルはあたしに太腿を押しつけ、小指をあたしの小指にからめた。

「あいつ、おまえのこといいって思ってるんだよ」とささやく。「行くって言えよ」

そういうわけで、あたしはトレヴァーとプロムに行くことになった。

放課後、あたしは正面の階段に座ってルシアを待っていた。一年生が迎えを待つ場所だ。運転はできるけど、ジョーが高校で二台壊したあとでは、まだ車は持たせないってうちの親が決めたんだと思う。知り合いは全員持ってるけど。たとえ車があったとしても、水曜はルシアと過ごす日だった。もっとも、仲間にはばかにされたけど。毎週水曜日の放課後、ルシアが国際送金するのにつきあってウエスタンユニオンに行って、通りの向かいにあるスリフティでアイスを買う。どっちみち、キンバリーが下の脱毛をするのにつきあうよりそのほうがいいし。

後ろに気配を感じて、（マイケル！）と思った。でも違った。ラナ・ハスキンズはやせっぽちで背が高くて、植えたばっかりの木の枝みたいに華奢な手足をしている。二、三か月前に水の瓶からウォッカを飲んで退学になったけど、そのあと親が大騒ぎして、新しい図書館の改修のために寄付したから、ひっそりと学校に戻ってきたのだ。ラナはいつでも飢えてるように見えた。世界をむさぼり食ってもまだ足りないみたいに。

「ロドニー・キングの事件の警官に無罪判決が出たんだって」ラナはモニカ・トンプソンの隣に腰をおろした。モニカは存在そのものがぼかした木炭画みたいな子だ。全身黒ずくめで、墨にひたしたみたいな黒髪をしている。もっとも、髪の根もとでばれるけど――露骨にわかりやすい薄茶色だから。

「うわ、ありえない」モニカがラナに言った。マリファナでハイになってるのか、ほかに言うことがなかったのかはわからない。モニカは半分アジア人で、その小柄なお母さんが車を止め、ばかでかい車のハンドルの後ろで何度かクラクションを鳴らした。

「いま行く、母さん！」モニカは車のほうへ大声で叫んだ。「信じらんない。あとでね」とラナに言い残す。

ラナは会話に引き込もうかどうか判断してる顔でこっちを見ると、驚いたことに話しかけてきた。

「ロドニー・キングの評決のこと聞いた?」

ラナは今日まで一度もあたしに声をかけてきたことがないけど、そもそもあたしの知るかぎり、誰とも話してたことがなかった。

「いまモニカに言ってたことしか聞いてない」あたしは答えた。「ひどいね」

「うん」とラナ。「ほんとに。すごいことになるよ」

あたしは肩をすくめた。ラナは煙草をとりだして火をつけた。カルバン・クラインのCMかなにかみたいに、両脚をひらいてゆっくりと煙を吸い込む。校内では禁煙のはずだけど、ラナはぜんぜん気にしてないようだった。規則が自分に適用されないなら、どうだっていいよね?

ラショーンが女の子ふたりと通りすぎ、あたしに手をふった。

「一本いる?」ラナが問いかけ、煙草をさしだした。

コオロギが一匹ぴょんぴょんはねていった。でも、もしかしたら今回はコオロギなんかじゃなかったのかもしれない。

第五章

ルシアとあたしはウエスタンユニオンで列に並んでいた。前にいるのは禿げかけたロシア人で、あたしの昔のピアノの先生みたいな、すごく長い耳毛が生えている。隅にあるテレビ以外は不気味なほど静かだったから、スニーカーがリノリウムにこすれないように、足をぜったいに動かさなかった。ときどき、猛烈にトイレに行きたくなったり、音を立てたらまずかったりするとき、自分は逃亡奴隷で、なるべく静かにしてなきゃ見つかるってふりをすることがある。いやな気分だけど、効果はあるのだ。ふだんここには空港の待ち時間みたいにいろんな言葉や取引が飛び交っている。ただし、どこかへ行くときのわくわくする感じはない。いつだって、赤ん坊がぐずってる横で、どこかのお母さんが子どもに「そこからおりなさい」ってどなっている。そういう台詞って、どの言語でもだいたい同じように聞こえるものだ。今日いるのは、あたしとルシアと禿げたおじさんだけだった。

　そのテレビであたしたちは一緒に、群衆がトラックから白人の男をひっぱりだしてぶちのめしはじめるところを観た。殴られるたびによろめいてふらふらして、長い金髪が左右にゆれる。ボコボコにされて転がってる建設作業員じゃなくて、ノリノリのリードギターみたいだ。上空に浮かんでいるヘリコプターから男がひとり、さっとギャングサインをしてみせた。一〇マイルも離れていないのに、まったく別の国にいるみたいだ。一方ではあたしの通う名門校やうちの近所の高級住宅地、一方ではこの光景。ロシア人が頭をふると、テレビの画面が断片的にさえぎられてちらちらした。男は怒ったようにこっちを見た。

「どうだ?」と言ってくる。

　ルシアがあたしたちのあいだに立ちはだかった。

「話しかけないで《ノー・アブラール・コン・エル》」と言い渡す。

男は画面のほうに戻った。

ルシアは話の内容をあんまり聞かれたくないとき、スペイン語で話しかけてくる。ちっちゃいころは本人から教わったたし、学校で外国語を勉強する機会ができるとすぐ、スペイン語を選択した。それにどうせ、ここはロサンゼルスだ——まわりの街に多少注意を払ってるだけで、少しずつ覚える。別に隠語ってわけじゃないけど、ルシアにはそのほうが楽だし、あたしにも問題はない。見る人にとってはきっと妙な組み合わせだろう。ひょろ長い黒人のティーンエイジャーと小柄なグアテマラ人がいつも一緒にいるなんて。ルシアのお気に入りの出納係はホセだ。ホセはなんでも手ぎわよくやってくれるし、笑いながらスペイン語で結婚しようよって冗談を飛ばす。

用が済むと、ルシアは自分の指先にキスして封筒にさわってから、カウンターの上で押しやった。受け取ったホセは、それをウンベルトの教科書代とロベルトのギターレッスン代に替える。

今日のホセは、冗談を言う気分じゃなかった。

「おれたちが住む世界は《エル・ムンド・エン・ケ・ビビモス》」ホセは溜め息をついた。テレビに視線がくぎづけになっている。ニュースではトラック運転手の頭にコンクリートのかたまりを叩きつけている男の映像を流していた。

「そうだね《シー》」とルシア。

ホセの髪は夜の油みたいにつやつやして黒い。ルシアより若くて、グアテマラ人じゃなくてメキシコ人だ。ハイランドパークにある寝室三つとバスルームつきの小さな家に、いとことおばあ《アブエ》ちゃん《リータ》と同居している。家の屋根に上れば、晴れた日には街が見渡せるらしい。ホセがルシアにそう話したとき、不動産業者みたいに聞こえた。

「自分でビジネスを始めるんだ」先週、ホセはそう意思表示した。

「なにをするの?」ルシアはたずねた。

街なかにある、ブランケット《コビハ》・サンマルコスや、洋服やキーホルダー、瓶入りのコカ・コーラなんかを売ってるような店を手に入れたいそうだ。

サンマルコス・ブランケットっていうのはすごく贅沢な毛布で、子猫とか堂々としたライオンとかイチゴのショートケーキとかプロ野球チームのドジャースとか、いろんなデザインがある。数週間前にルシアが中心街へ連れていってくれて、あたしに一枚選ばせた。街なかの空気はいつでもきたない痰みたいな色だけど、建物は個性があっていい。サンマルコス・ブランケットが好きなのも同じ理由だ。

あたしが選んだのは、白い虎が女王さまみたいにゆったり座ってるやつだった。

「大学に行くときに持っていきなよ」ルシアが言った。その台詞は、あたしたちふたりに別れの準備をしてるみたいだった。

「ルシアを大学に連れていけたらいいのに」あたしは冗談を言い、ふたりで笑ったけど、そのあとちょっと後悔した。だって、それじゃルシアがあたし個人の召使いみたいだ。

もっと小さいころ、いやな夢を見ると下のルシアの部屋に行って、ベッドの中にもぐりこんだ。ルシアは息子たちや生まれ育った国や、アメリカに逃げてくる前に離婚した、顔はいいけどすごく悪い男のことを話して聞かせてくれた。そいつが許せないことをしたって言っていた。本人は正しい理由があると思ってたらしいけど。ルシアもそれが正しいと思っていたのだ、考えが変わるまでは。そういうわけで、その男はあたしの寝る前のお話で悪役になった。「橋のそばの家に住んでるアルトゥーロの話をしてよ」とねだったものだ。

ホセはアルトゥーロとは違うよってあたしはルシアに言った。ホセはいい人だよって。

「いい人ってなに？」ルシアは溜め息をついた。「みんないい人なんだよ、悪い人になるまではね」

でも、あたしはルシアがホセをどんなふうに見てるか知っている。あれは一緒にコビハや服や小間物やコーラを売りたいのかもしれないっていう目つきだ。同じブランケットにくるまって屋根の上に座って、ドジャースタジアムの上にあがる花火をながめたいのかもしれないって思うような。ふたり一緒の生活を夢見て、いい感じになりそうだって決めるルシアが目に浮かぶようだった。今日、もうすぐここを離れるって話すんだろうか。

見ないようにしてたのに、視線がひとりでにテレビの画面に戻ってしまう。トラック運転手は自分の血と髪に囲まれて地面に横たわっていた。誰も助けようとしない。警察はどこにも見あたらない。男が数人近寄り、被害者のポケットから財布を抜き出して逃げていった。ようやくトラック運転手が膝をついて立ちあがると、いきなり現れた感じで別の男が近づいて、頭を蹴ったように見えた。あたしはついびくっとした。

「つきあわないか？」ホセが言った。冗談じゃなくて本気で口にしたのは、これがはじめてだった。

テレビでは、運転手がよろよろとトラックに乗り、運転して立ち去ろうとしていた。交差点にいる人々は通りすがりの車に八つ当たりし続けている。上空からは、数えきれないほど何度も車で通った場所みたいに見えるのに、一度も行ったことがない気もした。パパならどこなのか知ってるはずだ。

「いいよ」ルシアがそっとホセに答え、あたしはそっちを見た。だってルシアはグアテマラに帰ることになってるのに。たとえデートに行くだけだとしても、この先いなくなるならなんの意味がある？　でも、ひょっとしたらあの血まみれのトラック運転手のせいで、帰る予定だってことを忘れたのかもしれない。あるいは、国を出てきた理由を思い出したのか。それとも、ホセのそばにいたせいで、もう少しだけここにいたいって思うようになったんだろうか。

ホセは黙ったまま取引の残りを終わらせた。

帰り道で、通りを渡るとき、ルシアは子どものころみたいに手をのばしてきた。ずいぶんひさしぶりだったけど、あたしは手をつないだ。

家に帰るころには街は燃えていた。建物は丸裸にされ、人々が残骸から中身をひっぱりだしている。

ルシアはあたしに小さな封筒を渡した。大学の合格通知だ。

「カッツさんちに間違って配達されて、持ってくるのをずっと忘れてたんだって」

「あけてよ」あたしは言った。胸から心臓が転がり出て、キッチンの床に落っこちそうな気がした。

「あんたの将来でしょ、ミハ」

その封筒によると、あたしの将来は繰り上げ合格待ちだった。

泣きたかった。別の大学にもいくつか合格してる——しかもすごくいい大学に——けど、あたしが行きたいのはスタンフォードだ。家に近いけど、別の自分になれるぐらい距離がある。短いあいだ妹でも娘でもなくなることができて、でも、ジョーにあたしが必要になったら、たった一時間のフライトで行ける場所。いったいどういう理由で必要になるのかわからないけど——あの壊れた脳みそに一発やられた姉をひっぱり起こして、口に水を流し込み、あざを冷やして、闘い続けろって言ってやるためかもしれない。あたしはまだ、髪と肌に太平洋を、あたしの海を感じられるところにいないとだめだ。うまくやれるのはスタンフォードだけだって確信があった。吐き気がする。消えたい。恥ずかしくて穴があったら入りたい。そんな感情が一気にこみあげて、その大気の中を墜落しながら燃えつきていく。

ルシアが腿をぽんぽんと叩いてきた。「なにもかもうまくいくから」

あたしは泣くかわりにテレビをながめた。

靴屋が炎上した。

コインランドリーが炎上した。

テレビ修理店が炎上した。

寝具店が炎上した。

酒屋が炎上した。

なにもかも炎上した。

ママが自動車電話[★38]をかけてきた。「しばらくかかりそうね。一〇一号線から四〇五号線へ行ってみて、そのほうがましか試してみるわ。一〇号線に乗るのは不安だから」

パパも自動車電話をかけてきた。「私は大丈夫だ。着くときは着くだろう。まずい状況だよ。ほんとうにまずい。家にいなさい、いいね？　友だちと出かけたりしないと約束してくれ。今夜はだめだ」

「約束する」

あたしはうちのリビングからジョーに電話した。呼び出し音が鳴り続け、留守じゃないかって心配したけど、家にいた。

「大丈夫？」とたずねる。

「大丈夫なわけないでしょ。ひどすぎる。こんなばかなこと、もううんざり。目の前に間違いようのない証拠があったのに。すぐそこにだよ、アシュリー！　ねえ、正面から向き合ってたって、あいつらはあたしたちをぜんぜん見てないってことなんだよ」いつもなら、ジョーが自分の信念についてぺらぺらしゃべるときには、すごく距離がある感じがする――実際に腹の底から怒りを感じてるわけじゃなくて、そういう感情を持つべきだから憤慨してるように聞こえるのだ。でもこれは……これは違う気がした。あたしでさえ、身のうちで怒りが脈打っているのを感じた。

「帰ってきたほうがいいよ」あたしは言った。「すっかりおさまるまで」

「ハリソンをひとりでここに残してったりしない」とジョー。ハリソンのばか。破傷風では生きのびたかもしれないけど、ほかのすべてからジョーを守れるわけじゃないのに。

「一緒に連れてくればいいじゃん！」

「夕食のときあんなふうになったのに、もう一度ママに会わせるつもりはないよ」

「ほんとに気にしてるのはハリソン、それとも自分？」とあたし。

姉は答えなかった。

「ジョー……ばかなことしないで、お願いだから」あたしは世界の反対側にいる褐色の肌の人々のために闘って、高校の旗竿に手錠で体を縛りつけた姉を思った。停学期間中は、地元の国会議員にずっと電話をかけていた。ジョーはうっかり他人の暴動に巻き込まれるような人間なのだ。

「ちょっと。どういうこと、アッシュ？」

電話がガチャッと音をたて、姉はいなくなった。

During

その間

ゆうべグアテマラ人の移民が群衆に襲われた。暴徒はその移民の頭にカーステレオを投げつけて、服をはぎとり、スプレーで全身を黒く塗りたくった。股間まで。そのあとガソリンを浴びせた。黒人の牧師がその男の上に身を投げ出すと、群衆に向かって、集団の悪魔祓いをしてるみたいに聖書を掲げて叫んだ。「この人を殺すなら、私も一緒に殺せ」とりわけ被害が大きかった地域の多くでは、警察がどこにもいなかった。

ママは信じられないって顔で頭をふった。立ったまま唇を少しひらき、なにか言おうとしてるけど、言葉が出てこない。暴動の中心はノルマンディー通りとフローレンス通りのあたりだった。警察がいなければ、これ以上ひどくなるのを止める人が誰もいない。それなのに街全体に傷ができて、あたしたち全員がゆっくりとショック状態に陥りつつあった。

「あの意地っ張りなジョセフィンを連れてこなくちゃ」ママはつぶやいた。ママが姉をフルネームで呼ぶのは、頭にきてるかこわがってるか、その両方が合わさってるときだけだ。

ようやくニュースがCMに切り替わったとき、ママはVHSのテープをとりだして機械の口に押し込んだ。まだ日が昇ってもいないから、学校に行く用意をする時間になるまで、一時間近くエクササイズすることになりそうだ。記憶にあるかぎり昔から、ママは毎朝ジョーとこのエクササイズをしていた。それからジョーが大学に行って、あたしはやりたかろうがやりたくなかろうがおかまいなく、ママに叩き起こされるようになった。

ママがふりかえったときには、暴動についてなにか言われるか、でなかったら、今日は学校に行かないで家にいなさい、とでも言ってくると思った。ニュースによれば、ロサンゼルスの被害がとりわけひどかった地域では、たくさんの学校が暴動の影響で閉鎖されていた。

そのかわり、ママは言った。「そろそろあのシャツを捨てるころだと思わない？」

あたしはいま、寝るときと同じ服装だった。〝中身はどこ〟って書いてあって、漂白剤のしみがついた超ロング丈のTシャツと、踊るペンギン模様の寝巻のショートパンツだ。Tシャツはからになったジョーのクローゼットからもらってきた。ママはあたしならきついって思うようなぴちぴちのレオタードを着ていた。ラベンダー色のハイレグで、その下にはいてる自転車用の青緑色のショーツは、色あせたパイル地のヘアバンドとおそろいだ。まだ太陽が昇ってさえいないのに、わざわざ自分の家でトレーニングウェアを着るなんて面倒だし、ましてカラーコーディネートなんてどうでもいい。しかも、大学にふられたばっかりなんだから。鼓動の一拍ごとに失敗の重みを感じていた。ゆうべは一晩じゅう目を覚ましてくよくよ考えていた。なにがいけなかったんだろう。志願書できちんと自分のことが書けてなかったのか、余分に課外活動をするべきだったのか、くだらないバドミントンなんかが下手だったせいで、一年生の体育で一回だけBをとったのが理由だろうか。実生活で誰がバドミントンなんてやるわけ？　三時間も続けては眠れなかったと思う。人間は失望のあまりほんとうに死ぬって読んだことがある。ほんとうはこんな状況でエクササイズなんかしてるべきじゃないのに。

これが終わったらぜったい、ママがエクササイズ後でハイになってるうちに、今日学校を休んでいいか訊いてやる。そういうときは、汗びっしょりで体が痛くても、脳内麻薬のエンドルフィンが全身を駆けめぐってるから、数分運動したってだけでなんでもできる気になるものだ。たとえば、子どもに二〇ドルあげるとか。

フィットネスビデオが始まると、あたしたちは例の著作権侵害についての妙な注意喚起を早送りし、ネオンのフラッシュで一九五〇年代のノスタルジアを表現したレストランのダンスフロアに飛び込んだ。リチャード・シモンズは完璧だ。高い声、少し生え際が後退したアフロヘア、ずれた短パン。日に焼けたなめらかな太腿、漂白剤みたいに真っ白なスニーカー。ちょっとカリフォルニアレーズンズのキャラに似た深紫の服の女の人と、ズボンにのみこまれそうな焦げ茶の髪の女の人にはさまれている。

ママとあたしは、画面のなかのリチャードと一緒に「フィーバー」に合わせて色っぽくしゃがみ、身をよじりはじめた。

母親と並んで色っぽく身をよじるのって、どう考えてもよろしくない気がする。

「あの熱が伝わっただろ！」リチャードが喉を鳴らす。

「あの熱が伝わった、アシュリー？」ママが笑い、画面上のみんなと同じように自分のお尻をぎゅっとつかんだ。

「なにかは伝わったよ」あたしは息を切らした。

「なにをばかなことを言っているんだ」パパが台所でどなった。

「じりじり焼けるのを見せてくれ」とリチャード。

こっちがエクササイズしてるあいだ、パパはロニーおじさんと電話で言い争っていた。ロニーおじさんはパパのお兄さんで、頭が禿げかかってて、あたしたちの住む場所とか、話し方とか、ほかにもたいていのことについてお説教するのが好きなのだ。パパに自分のほうが上だって思われるのがこわいか、または実際そのとおりじゃないかって不安なのかもしれない。ロニーおじさんが髪をあきらめようとしないのは、昔その髪が自慢の種だったからだ——長くて真っ黒な巻き毛で、一九六〇年代から七〇年代、八〇年代はじめまでずっと二本の三つ編みにしていた。経済がだめになったとき、ロニーおじさんの髪もだめになった。いまじゃ生え際が後退して、おでこが干上がった状態だ。兄弟のひとりがこんなにいろいろ持ってて、もうひとりが髪の毛さえろくにないのは、たしかにちょっと不公平みたいだけど、そういうものなんだろう。ふたりはおばあちゃんの店のことで言い合っていた。火事になったスラム街にあるのだ。もっとも、店自体は燃えてないけど——いまのところ。

おばあちゃんはずっと前に亡くなっている。店も閉まるはずだったのを、パパに言わせれば首の皮一枚で、ロニーおじさんがもたせていた。掃除機の修理は昔ほど利益があがらないのだ。まあ、そもそもシャーリーおばあちゃんがそんなに儲けてたわけじゃないけどね。いまどきは物が壊れると、場合によっては新しいのを買うほうが簡単だったりする。それでも〈シャーリーの掃除機修理店〉は残っている。ロニーおじさんは掃除機の付属品を売って、壊れた掃除機を修理し、廃棄された掃除機をきれいに修復して売る。それに、店の中にはグアダルーぺって女の人がいて、ひとつ一ドルでメキシコ料理のタマーレを売っている。タマーレのほうが掃除機関連より儲かってるらしい。ロニーおじさんは、厳密には食品サービス営業許可をもらってないけど。

「時代が変わったら順応しないとな」ロニーおじさんはいつも言っている。

「とにかくこっちにこいよ」パパは朝のコーヒーを用意しながら電話をスピーカーに切り替えた。

「母さんの店を出る気はない」とロニーおじさん。

「くそ、ロニー」パパはおじさんと電話で話してるとき、よくこう言う。

「体をまるめて!」電話口からリチャード・シモンズの叫んだ声が聞こえた。

「リチャード・シモンズの『スウェッティン・トゥー・ザ・オールディーズ』か?」ロニーおじさんが問いかけて、パパはすばやくスピーカーを切った。

「せめてモーガンを連れてくるように言って」ママが肘を膝にあてながら叫んだ。

いとこのモーガンとあたしは同い年で、二〇マイルも離れてないところで育った。だったら仲がよさそうなものだけど、あいだにヤシの木や高速道路や兄弟喧嘩がはさまってたせいで、そうはならなかった。おばあちゃんは亡くなったときに遺言を残さなかったから、ロニーおじさんとパパが話し合って、おじさんが店を引き受けて、それまでも家族と一緒に住んでたおばあちゃんの古い家にそのまま残るべきだって決めた。その家はミントの色をしていて、正面の大きな窓と小さなポーチがあって、時が流れていくのをながめるのにぴったりだった。家の前にはレモンの木があって、庭に実を落とす。近所の人たちがレモンをくすねていったけど、ロニーおじさんは気にしなかった。だって、あんなにレモンがあったところでどうしたらいい? 通りかかった子どもたちが実をとって投げっこすることもある。そのときは道路がつぶれたレモンだらけになった。子どものころ、モーガンとお姉ちゃんのターニャは、ジョーとあたしにレモンを投げつけるのが好きだった。レモンはあたると痛い——ソフトボールほどじゃないけど、室内用のスポンジボールよりは間違いなく痛かった。一度モーガンから頭にぶつけられて、ほんとうにひっくりかえったことがある。

　エクササイズビデオが終わりを迎えて、あたしの好きな部分になった。出演者のサクセスストーリーが夕陽に吸い込まれていくところだ。お気に入りはマイケル・ヘブランコっていう男性で、懐メロに合わせて汗を流しながら《スウェッティン・トゥー・ザ・オールディーズ》、体重を三五〇キロ落とした。それはつまり、あたしが六人と半分消え失せたってことだ。テレビで『オプラ・ウィンフリー・ショー』で観たときには泣いた。何年ものあいだ、あれだけの飢えに苛まれていたなんて、想像もつかない。

　あたしたちはもう一度テレビをニュースに戻した。ショッピングモールのボールドウィンヒルズ・クレンシャー・プラザが襲われていた。暴徒がモールを焼き払ったとかじゃなくて、ただ少し略奪されただけだ。ボールドウィンヒルズには、よくうちの両親があたしたちを連れていって、黒人サンタの膝に座らせてもらっていた。まあ、最初の年はちょっとしたカルチャーショックだった気がする。ママの話だと、五歳のジョーがすごい癇癪を起こして、こんなの本物のサンタじゃないって言い張ったらしい。自分の娘が膝に座ってあれこれもらう相手が、見知らぬ陽気な白人じゃなくて、見知らぬ陽気な黒人だってことが、ママにとっては重要だったのだ。

　こういうことは大事なのよってママは言った。たとえあなたたちにはまだわからなくてもねって。

小さいころにはなんだかばかげてる気がしたけど、いまはママの言うとおりだと思う。物語の中のヒーローが全員白人だったら、あたしたちはどうなる？　たとえ空想の存在でも、ふとっちょの黒人のおじいさんのために、クッキーと乳成分不使用のエッグノッグをとっておいてよかった。あたしたちがわくわくしながら待ち受けた顔は、あたしの頭のてっぺんの髪みたいに縮れた灰色の頬ひげを生やしていて、大きな音で『ジェームス・ブラウンの歌うクリスマスソングとジャクソン5のクリスマス・アルバム』を鳴らしていた。サンタがいたのは短い期間だけど、うちのおじいちゃんがまだ生きてたら、こんな感じだっただろうなって想像するような姿でよかったと思う。

いとこのモーガンは黒人サンタと写真を撮っただろうか。それとも、まわりが黒人ばっかりだと、白人に囲まれてるときほどそういうことが気にならないんだろうか。どっちにしても、暴動が起きててもサンタの身に危険はない。いまは四月だし。でも、モーガンは違う。

「あの人、なんて言ってるの？」落ち着いたので、ママはパパのほうへ歩いていった。

「もしかしたら、だとさ」

「聞こえた、アシュリー？　いとこがくるのよ。もしかしたら」

「ねえ、今日学校休んで家にいていい？」

ママはつかのま黙って考えた。短すぎる。先が続かないうちに、あたしは自分の言い分を通そうとした。

「モーガンがくるんだから……」

「だめ」

あきらめるしかないか。

「でも、送っていってほしければ乗せていってもいいけど」とママ。「ひさしぶりだし……マクドナルドのドライブスルーで朝ごはんにしてもいいわね！　昔はそうするのが大好きだったでしょ」

「ママ、あたしさ、プロムのドレス着なきゃいけないんだけど、ほら、三日後には」

「そうね。ちょっと思いついただけよ……」ママはあたしの肩をぽんと叩くと、向きを変えて階段をあがっていった。

テレビでは焦げ茶の髪のリポーターが通りすがりの略奪してる連中を追いかけていた。髪がさっとひるがえる。白いモックネックにデニムのシャツを重ねて、裾をデニムジーンズに入れている。まるで手持ちの服を全部調べて、暴動にふさわしいのはデニムとデニムを合わせた服装しかないって判断したみたいだ。リポーターが追いついたのは、カイゼルひげを生やしたラテン系の男だった。薄い白のタンクトップを着て、だぶだぶのバスパンの裾に届くほど長い靴下をはいている。マイクを手にして横を走りながら、リポーターは甲高い声を出した。

「なにをとってきたんですか？」

「靴」と男。

「どこに住んでます？」

「ここ」

「なんでこんなことを？」

「さあ。タダだし」

「悪いことだって知らないんですか？」

略奪した男は肩をすくめて走り去った。かかえた腕から靴箱の山が落ちそうだ。

外ではパーカー家の息子たちが本物の銃をかかえていた――猟銃だと思う。まだ早い時間だけど、朝露がおりたばかりの芝生に座って、はあはあ息をついている。ローンチェアが体の下でだらりと四角くたわんでいた。

あたしたちがここに引っ越してきたとき、ティム・パーカーとトッド・パーカーがうちの郵便受けを爆破したのは、前に言った。うちが黒人だったからやったのか、パーカー兄弟が不良だからなのかはわからないけど、たぶん両方だろう。ふたりとももうすぐ三〇で、顎がすとんと首につながるような顔をしていて、まだ実家を出ていない。どっちかが、もしかしたら両方ともばかなんじゃないのってママは言うけど、ばかだからって人種差別をする言い訳にはならない。

「誰もここにはこないぞ、君たち」隣の家のミスター・カッツが朝刊をとりに行きながら、大声でふたりに呼びかけた。ゆうべロサンゼルス警察本部のパーカーセンターの近くで抗議運動が暴動化したとき、暴徒は市役所へ向かい、そのあと『ロサンゼルス・タイムズ』の建物の窓に煉瓦を投げ込み、オフィスをいくつかめちゃめちゃに壊した。それでも、どうやったのか、今日の新聞はうちに届いた。

カッツ夫妻はユダヤ人のバービーとケンみたいだった。みごとに日焼けして、すらっとした体つきで、筋肉が肌越しにうっすら波打っている。ミスター・カッツとミセス・カッツは三〇代前半だと思うけど、四〇代前半ぐらいってこともありうる。日に焼けすぎてて判断できないのだ。ミスター・カッツは、おおよそどんなことでも簡単に手に入れてきた人らしく、余裕があって自信に満ちている。あの人がなにもこないって言うなら、なにもこないのだ。新聞以外は。

「用心しとかねえとな、念のために」パーカー家の息子のひとりが、少々自信のなくなった様子で言った。

「ああ。念のために」ばかなほうがくりかえした。

パーカー一家は最近ではだいたい友好的だけど、ときどきそうじゃなくなる。どうやらニュースでなにが起きているかによって、隣人らしくなる時期が訪れるらしい。まるで人種差別のブランコに乗ってるみたいに、近づいたり離れたり、また近づいたりするのだ。オリンピックとフローレンス・ジョイナーで近づく。虹の連合で離れる。セントラルパーク・ジョガー事件？　ずっと離れる。うちの両親が郵便受けの事件でパーカー一家と対決したとき、ママによると、ミセス・パーカーはこう返事したそうだ。「うちの息子はぜったいにそんなことしませんよ。私たちはとても寛容なんですから」

寛容ってなんなの。

ミスター・カッツはパーカー兄弟に頭をふってみせた。フランネルのトランクスをはいて、ちょっとケープみたいにたれさがっているおかしな絹のローブを羽織っている。それからこっちを向いて、車に乗って学校へ行こうとしてるルシアとあたしに手をふってきた。

「ああ」ルシアがつぶやいた。「きちんと服を着ない主義なんだね？」でも、まったく気にしてない口ぶりだった。

ないいつかジョーとあたしは、カッツ夫妻がプールでセックスしてるところを見た。それが問題だったのは、そのあと同じ日に、小さい子もいるプールパーティーをしたからだ。あたしたちふたりとも、ものすごく不潔だと思った。そうは言っても、カッツ夫妻はすごく親切な変態だし、まったく差別的じゃない――ともかくあたしたちに判断できる範囲では。ほんとうのところはぜったいにわからないものだ。カッツ家の芝生には、大統領と副大統領候補のクリントンとゴアの名前のついた看板が一枚どころか二枚もあった。

「この状況でも今日学校に行くのかい？」ミスター・カッツが言った。

「残念だけど」あたしは叫び返した。

「まあ……いいことなんだろうな。たくさんAをもらってきたまえ！　面倒なことに巻き込まれないようにな！」ミスター・カッツがウインクして、あたしたちは出発した。

車の窓から外をながめていると、パーカー兄弟が座りなおして手をふってよこした。ぷにぷにした脚の上に、脅しみたいに銃が乗っていた。

空はオレンジ色にかすんでいた。大規模な火災があるときはいつでも、街じゅうがだんだんこの不気味な光に覆われていく。きのうなんて、抗議活動をしてる連中の一部が一〇一号線を歩いていって、高速に並んでいるヤシの木に火をかけた！　それはロサンゼルスそのものに宣戦布告したも同然だった。どっちにしても、ロサンゼルス国際空港は煙がひどくて航空便の運航を一時停止している。いまのところ、少なくとも飛行機では誰もロサンゼルス国際空港に入れない。誰も出ていけない。ルシアはあと一か月かそこらは出発しないことになっている——それでも、心の片隅では、空港がずっと閉鎖されて、ルシアがここに残ってくれたらいいのにって期待していた。でも、そのあと最低な気分になった。自分の近所が火事じゃなければ、そういうふうに言うのは簡単だから。

ラショーンはバスで学校にきている。それを知ってるのは、遅刻したとき、バスが遅れてたって先生に言うからだ。そうすると先生たちはその言い訳をまるのみして、申し訳なさそうににっこりする。なんでかって、みんなラショーンが貧乏なのが少し気まずいからだ。でも、今日は街の大部分でバスの運行が止まってるから、それで遅刻してるんだろう。

ようやくラショーンが教室に入ってきたのは、一時間目が終わる一〇分前だった。最初に気づいたのは足もとだ。ラショーンは箱から出したてみたいにぴかぴかの最新版エアジョーダンできめていた。白とシルバーとネイビーブルーに、今度のオリンピック記念でメタリックゴールドのアクセントが入っている。三角形の部分には、ジョーダンのいつもの背番号23のかわりに、オリンピックの背番号9をあしらってある。男の子たちがお互いに肘でつつきあった。

「すっげーな、おい」

学校のスニーカーマニアはみんな、誰がいちばん早く最新のやつを手に入れるか、競い合っている。

ラショーンが通路を進んで自分の席に向かうあいだ、ブルックス先生《ミセス・ブルックス》は授業をちょっと中断した。あたしたちはノートをとるのをやめて、ラショーンを見た。先生がかがみこんで話しかけたとき、シルクのシャツの上からそばかすの散ったふくらみがあふれだした。ラショーンがささやきかけると先生は少し赤くなった。生徒だろうと先生だろうと区別なく、こういう効果があるのだ。ラショーンの前で、大人の女性が女子生徒みたいになってしまうのを見るのは、これがはじめてじゃなかった。

「大丈夫？」黒板に戻りながら先生はたずねた。

「はい」とラショーン。

「よかったわ。必要なものがあったら知らせて」

ラショーンはいつでも、こういうときうまくやり過ごす。あっちがスタンフォードに合格してて、あたしが補欠合格って事実がなければ、こんなにむかつかないのに。嫉妬するべきじゃないのはわかってるけど、やっぱりうらやましい。

指先に乗せた革のボールに世界があるって、どんなことなんだろう？　キンバリーがなにを言おうが、ラショーンは貧乏だからってだけでスタンフォードに合格したわけじゃない。誰だってそれは知ってる。ラショーンは学力でもうちのクラスでトップレベルだ。顔も頭もいいし、才能があっておもしろくて、きっといつか何百万ドルも稼ぐようになるだろう。大失敗しないかぎり、なにもかも自分のものになるって、一八でわかるのはどんなふうなんだろう？

あたしはラショーンの新しい靴をじっと見おろしながら、大挙して店から店へと移動していって、盗みをしたり火をつけたりしていく人々のことを考えた。それから、今朝のテレビのことが頭に浮かんだ。略奪してた男の腕から、花束みたいにあふれだしてたスニーカーの箱のことが。

ホームズ先生は回転運動学の復習にとりかかってから、手を止めた。のろのろとふりかえる。そうしたとき、まるでマンガで真実があきらかになるシーンみたいに、痕の残ってる側に光があたった。

先生は机の上に身を乗り出した。悩める若者を描いた感動的な映画に出てくる教師そっくりだ。うちの生徒はせいぜい少し悩んでる程度だけど、そういう努力をしてくれたことは評価したい。

「アバロン市の外れに店があった。裏にデリカテッセンのついている小さなコンビニだ。うちの母はシリア出身のシングルマザーだった。ひとり親だったから、そのコンビニで遅くまで働かなければならなくてな。それで隣人たちが私を預かって夕食をくれた。たとえば黒目豆やオクラ《ガンボ》、葉野菜《グリーンズ》の煮物というような料理だよ。それにナマズ！　近所の半数は南部からきていた……考えているだけで腹が減ってくるな。ともかく、そのコンビニは一九六五年の暴動のあいだも略奪を受けなかったが、母はその後ワッツから引っ越した。通りに面していて自転車を乗りまわせる寝室ふたつの小さな家から、シャーマンオークスのせまくるしいアパートへ。私は黒人の隣人が大勢いるところから、ひとりもいないところへ行ってしまった」

思い出にひたるホームズ先生は、ありありと浮かぶ夢の話をしてるみたいだった。

「私のいちばんの親友は、ターニャ・ジェファーソンという名前だった。ロサンゼルスの通りの名と同じだ。いや、『ザ・ジェファーソンズ』[★39]か。ほかの子どもたちは顔のことで私をばかにしたが、ターニャは違った。ともかく、バレービレッジに引っ越したあとは二度と会わなかった。一度も電話しなかったのは後悔している。連絡するべきだった。数日前に電話帳で調べようとしたが、おそらく結婚して苗字が変わっただろう。女性はそういう点でやっかいだな」

先生は笑い声をあげ、机の上に乗り出した体をもう少し動かした。

「なにかあるはずだ、君たち。君たちが私の年になったとき、世界がもっとよくなっていることを願うよ」

ホームズ先生は泣き出しそうに見えた。教室の空気がはりつめるのが感じられた――みんな大人の男の人の涙には慣れていない。

あたしはラショーンの新しいエアジョーダンを見おろした。二年前、フィラデルフィアの高校生がエアジョーダンのために殺された。ふたりの男が奪い取ろうとして、高校生が抵抗したら、心臓を撃たれたのだ。

「どうしてそんな痕がついたんですか？」スティーヴ・ラグルズがホームズ先生に訊いた。

ジョーニー・ワンがはっきり聞こえるほど大きく息をのんだ。

アヌジ・パテルが誰にともなく言った。「うわ、ヤバ――」

スティーヴ・ラグルズ以外の生徒が訊いてたら、あるいは別の日だったら、ホームズ先生は答えなかったと思う。先生は長い間をおいた。今日、どのくらい自分のことを伝えるか判断してたんだろう。

「いつかの独立記念日に、兄が友人と花火で遊んでいてな。おそらく私を驚かせようとしたのだろう。兄とはもう話をしない……それが理由ではないが」

「ひどい怪我でしたか?」とスティーヴ。

「もとの状態に戻るには何回か手術が必要だった」ホームズ先生は答えた。深く息を吸い込んで吐き出す。それから、黒板に向き直った。

「さて……変位のかわりに角変位があって……」

そして、あっさりあたしたちは物理に戻った。物理はあたしの好きな科学の分野じゃない。もっともホームズ先生は好きな科学の先生だけど。いちばんのお気に入りはAP生物だ。皮膚の下にひそんでいる秘密の世界について読むのが大好きだから。

授業のあと、ホームズ先生が黒板の前に立って全部消しているあいだ、あたしは残っていた。消したチョークの白が粉になって黒板に舞っている。

「お顔のこと、お気の毒でした、ホームズ先生」と声をかける。

ホームズ先生はふりかえってこっちを見た。片目を閉じてからまたひらき、もう片方を閉じる。あれほど何度もあたしがやったとおりに。それから、先生は声をあげて笑った。

★39 一九七五〜八五年まで放送され大人気を博したシットコムのシリーズ

「プロムが中止になるかもしれないって聞いた?」トイレにぎゅうづめになってキンバリーの脱毛した箇所を見ようとしていたとき、コートニーが言った。のぞきこんだ部分は、火を通してない鳥皮みたいになまなましいピンク色だった。「意味がわかんない。ここで暴動が起きてるわけでもないのに」

「ゆうべ、何時間もここに氷をあててなきゃいけなかったんだから。ぜったいこのプロムを中止にさせたりしない」

「あんたが氷をあてたのは外陰部。ねえ、あたしたちもう成人したようなものなんだよ。自分の体を恥ずかしがるのはいいかげんやめて、こういうことを正確に言うようにしなきゃ」ヘザーはぽりぽりぽりかじりながら言った。もう小さく切ったニンジンをつまみはじめている。

「トイレでものを食べないでよ」とコートニー。

あたしたちはいつものランチテーブルにつき、キンバリーとコートニーがおそろいのサラダを食べた。ヘザーはカフェテリアのハンバーガーとフライドポテトを食べている。あたしはルシアにサンドイッチをつめてもらった。残り物のとき以外、ほぼいつでもサンドイッチだ。自分でランチを用意してもいい年齢だとは思うけど、ルシアはたいていナプキンに小さな落書きをしてくれるのだ——たとえば、舌をだらっとたらして、「食べて!《コメール》」って言ってる吹き出しのついた子犬のマンガとか。

あたしはサンドイッチのパンをはずした。ぐちゃぐちゃになるけど、少なくともカロリーは減る。蓋がないサンドイッチは中身がむきだしになって、無防備なうえ不安定だった——なんだか、現在のこの街みたいだ。

「マジでアッシュ、あんたそれ、毎回やってるみたいだけど。なんでルシアにパンを省いてって頼まないわけ？」キンバリーがたずねた。あたしがなにを食べてなにを食べないか、気がついてるなんて知らなかった。

「少しずつ食べるんだってば」ほんの少しだけ言い訳がましい口調になった。

「あんたってときどき、ほんとに変わってるよね」とキンバリー。

「マイケルはどこ？」ヘザーがキンバリーに問いかけた。

「変わってるって言えば……」キンバリーは肩をすくめた。「このところすっごく変なんだよね」

「もしかしたらプロムの夜のことでそわそわしてるのかもよ」ヘザーがテーブルをキンバリーの隣に動かした。

「キモいこと言わないでよ」コートニーが言った。手をのばしてヘザーのポテトを一本つまみ、それからさらに二、三本つかんだので、ヘザーがパシッとひっぱたいて払いのけた。

「あたしの！」とヘザー。

「じゃあ、もし世界が終わりそうで、『ターミネーター』のサラ・コナー[40]か『エイリアン』のエレン・リプリー[41]に守ってもらえるとしたら、どっちがいい？」とコートニー。

「いい、いい、ほんとに世界が終わりそう」キンバリーが溜め息をついた。

★40　SF映画「ターミネーター」シリーズのキーパーソン。近未来で人類を救うジョン・コナーの母親で息子とともに戦う
★41　SF映画「エイリアン」シリーズの主人公。宇宙船を襲ったエイリアンを撃退し脱出を果たす

「あんたのあそこがこの世のすべてじゃないんだから！」ヘザーがニンジンを投げつけると、キンバリーは受け取って口に入れた。

あと数週間で『エイリアン3』が公開される。『エイリアン』を観に行くとき、男の子向けの映画みたいってキンバリーが言ったから、ヘザーとコートニーとあたしは三人で行った。そうしたら、学校でみんながその話をするようになって、キンバリーは自分がすごくばかみたいだし、仲間外れにされたって気分になった。いまでは、たまにキンバリーがなにか観たいっていうと、三人の誰かがからかって「どうかなあ。男の子向けの映画みたい」って言う。

「リプリーのほうがすごいじゃん」とあたし。

「サラ・コナーのほうがかっこいいよ」とコートニー。

「どっちも男っぽい気がするけど」とキンバリー。

「だから？」とヘザー。

あたしは黒人の子たちのほうへ注意を向けた。今日はいつもより学校にきてる人数が少なかった。フラットトップのリル・レイ・レイがいない。昔風の女性名のミルドレッドも、ほかにもひとりふたり欠けていた。残りの子たちはラジカセのまわりにかたまって、じっと耳をかたむけている。（ほかの子は？）とあたしは考えた。ラショーンのエアジョーダンのメタリックな部分が陽射しにきらめいている。あのばかでかい足に履いてると、宇宙飛行士のブーツみたいだった。

「ラショーンの靴って、なんか、貧乏なはずの人にしてはずいぶん高級だよね」あたしは口走った。

言った瞬間、まずかったのがわかった。

みんなは目をみはってラショーンのほうを見やった。ラショーンは黒人の生徒たち——ともかく、ここにいる子たちと一緒に壁の飾り棚に腰かけていた。

コートニーとキンバリーはラショーンのエアジョーダンを見つめ続け、あたしは吐くかと思った。一年生の一時期、ヘザーとキンバリーは万引きしてたことがある。つまり、コートニーとあたしはそのあいだ共犯者だったたってことだ。もう年も上だし、賢くなったから、一〇代の泥棒としてはほぼ改心してるけど。

「どうしよう、もしあれを盗んでたら？」とキンバリー。「ラショーンって、ほら、あの暴動が起こってるど真ん中に住んでなかった？」

なんであんなこと言っちゃったんだろう？

「牢屋に入るかもよ」とコートニー。

「奨学金を受けられなくなるよね」とキンバリー。

「ラショーンはそんなことしないよ。ぜったいしない」とヘザー。

あたしはほっとしてそっちを見た。ヘザーは『Sassy』の最新号を読むのに戻っていた。ヘザーはあたしの知っているティーンエイジャーの誰よりもきっぱりと話す。話をそこでおしまいにするのだ。でも、昔からそうだったわけじゃない。

変化が始まった夜、ヘザーは電話をかけてきた。あたしはジョーに車でヘザーの家まで送ってもらって、ドアをそっとノックした。

ミセス・ホロウィッツがドアを大きくあけて、あたしをぎゅっと抱きかかえた。ミセス・ホロウィッツは小柄でがっちりしている——ヘザーいわく「農民の家系」だ。うちのママみたいに美人じゃないけど、奔放にくるくる縮れた髪形で、夢中になってる女の子みたいに唇をかむ癖がある。ヘザーのおばあちゃん《バッビー》が奥のソファで横になっていた。『アメリカズ・ファニエスト・ホームビデオ』の番組で、子どもがなにかにぶつかってるのを見て、のけぞって笑っている。ときどきバッビーはあたしのことを黒人《シュヴァーツァ》って言う。本人がその場にいて、名前も知ってるのに。でも、バッビーの腕に入れ墨してあるナチスの強制収容所の番号を思って、なるべく腹を立てないようにしている。

ミセス・ホロウィッツはあたしの頭をかかえてゆらし続けたけど、ヘザーを抱っこしてるつもりだったか、もしかしたら自分をなだめてたのかもしれない。

「二階にいるわ」

あたしは階段を上ってヘザーの部屋へ行くと、ドアを叩いた。

「ヘザー?」

「入って!」

室内に入って見まわしたけど、そこにはいなかった。ヘザーはバスルームから首を突き出した。バスルームは一面ピンクと黒だった。一九五〇年代の古めかしい雰囲気で、醜すぎて逆に美に近づいている。ヘザーはその真ん中にブラとオレンジ色のおばあちゃんパンツで立っていた。パンツの両側から分厚いパッドの羽がはみでている。このころヘザーはまだ『コスモポリタン』を読んで、脇を剃って、コートニーみたいに見えるように髪をブロンドに染めて熱で傷めていた。

「病院がんばったね」

あたしは近づいて抱きしめようとしたけど、そこまで行かないうちにヘザーがカミソリをほうってよこした。映画で見るような動作だったけど、現実でもこうするものなんだろう。実際あたしたちがやったんだから。

作業が終わると、ヘザーは鏡で剃りたての頭をながめた。

「ちょっとパンクロックみたい？」

「たしかに」

ヘザーのおじいちゃんはレコーディングスタジオを持っている。だからヘザーはときどき、放課後にあたしたちとつるむかわりに、ロックの神さまをめざしてるやせっぽちの男の子たちや、実際にそうなってる革ずくめの男どもとぶらぶらすることがあった。音楽と愛情がほしくてたまらなくて、ドラムやベースががんがん鳴り出すのを待ちながら、あのたくさんの装置のそばに座ってたんだと思う。ともかく、ヘザーは癌のために行動を制限されたりしたくなかったのだ。

「なんであたしにしか電話しなかったの？」あたしは訊いた。「どうしてコートニーとキンバリーにもかけなかったの？」

「覚悟ができてなかったから。まだね。あたしたちエス《ＥＳＳ》は、人と違うって見られるのがどういうことか知ってるじゃん」とヘザー。「あのふたりにはあした言うよ」

天井の明かりがつるつるした頭のてっぺんに反射した。あたしは残ってた数本の毛を払いのけた。

「あたしの頭、でこぼこすぎないよね？」とヘザー。

あたしは身をかがめて頭の上にキスし、青白い頭皮の真ん中に薄いリップの痕を残した。

ヘザーが腕をあげて手をつかんできた。鏡の中のふたりは、昔の写真みたいにポーズをとってるように見えた。「今日、あたしたちは生まれかわったんだよ」

どんなことをして生まれかわったのか知らないけど、ヘザーの言うとおりかもしれない。『スタートレック[★42]』で転移するときみたいに、あたしたちがどこかに移動するたび、粒子が集まったりばらばらになったりして、自分を新しく作り直してるんじゃないだろうか。そう、バービー人形のタイルを張った、ヘザーのピンクのバスルームでも。

何週間かたって、あたしたちふたりは自転車で遊歩道を走っていた。ムキムキの男どもやおしっこくさい場所を通りすぎ、ドレッドヘアのマリファナの売人を通りすぎ、エアブラシで絵を描いたシャツが旗みたいにぶらさがった場所を通りすぎ、ギャングや観光客やビキニのお尻の群れを通りすぎていく。ヘザーはどんどん速くペダルを踏んだ。

「気分はどう？」あたしは吐くんじゃないかって心配になって訊いた。ヘザーは数日前に最初の化学療法を受けたばっかりで、ここ二、三日は体が弱りすぎてなんにもできなかったのだ。

「空気力学的」と言ってヘザーは声をたてて笑い、顔を風にさらした。

細胞を全部分解されたヘザーは、自分を組み立て直し、前より強くていいバージョンになった。

このヘザーは、感じていることをことわざみたいにきっぱり言う。場所をとったからって謝らない。巻き毛を黒く乱し、腋毛を生やして、自分が誰になるかキンバリーに命令させたりしない。男の子たちに尻軽ホロウィッツって呼ばれると、中指を立ててみせ、家父長制についてどなりかえす。このヘザーは、ラショーンの盗みの噂を耳にして違うって言っている。

ランチが終わるころには、仲間うちでラショーンの話はおしまいになって、三対一でリプリーのほうがいいって結論が出ていた。リプリーは宇宙で活躍してるんだから。

コートニーが最後のフライドポテトに手をのばしたとき、ヘザーは言った。「その子に近づかないで、このビッチ！」

サラ・コナーはそんなかっこいい台詞を吐いたりしない。

ラショーンは本を山積みにした台車を押して、本棚の列を通り抜けていった。背が高いから、背表紙を確認するたび、入り組んだ迷路のすぐ上に頭のてっぺんがのぞく。ふだんなら、あたしの空き時間はマイケルの空き時間と重なっている。それはつまり、たいていの場合、お互いを探してどこかに腰かけて音楽を聴くってことだ。今日はあんまり音楽を聴いたり探されたりする気分じゃなかったから、図書館で色あせた革やデューイ十進分類法や天井の唾の跡に囲まれていた。

★42 一九六六年に第一回が放映されたＳＦテレビドラマシリーズ

見失うまでラショーンをながめたあと、エミリー・ディキンソン[★43]の詩に戻った。

英語の先生の話によると、エミリー・ディキンソンは一度も家を離れたことがなかったけど、どういうわけかものすごく多作だったらしい。孤独だっていう内容をたくさん書いたっていうのは納得がいく。でも、誰かがもっとがんばって、家の外に追い出したほうがよかったのかもしれない。ときどき、あたしは隠者になれるって気がすることがある。

「なに読んでんだ?」ラショーンの声にぎょっとしてとびあがりそうになった。

あたしは本の表紙を見せた。

「〝わたしは誰でもない! あなたは誰? あなたも――同じように――誰でもないの?[★44]〟」ラショーンは暗唱してから笑い声をあげた。

「ラショーンも好きなの?」

「AP英語で詩をひとつ憶えさせられたの、憶えてるか? あんた、それを選んだだろ」

「なんでそんなこと憶えてるわけ?」

ラショーンは肩をすくめて顔を赤らめた。「記憶力がいいんだ」

あたしは台車を見おろした。

「ここで働いてるの?」とたずねる。

ラショーンは笑った。「いや。まあ……そんな感じか。去年本を一冊借りてってなくしたんだよ。そしたらとんでもねえ罰金がかかって、このまえ払うまで卒業できねえって手紙がきた。けど、ホーリー先生《ミセス・ホーリー》に相談したら、払うかわりに一週間図書館で働けばいいことにしてくれてさ。

ホーリー先生って最高だよな」

　ホーリー先生にピースしてみせる。図書館の受付にいる先生は、わびしいハムとチーズのサンドイッチの上にかがみこんで、こっちを見守っていた。感情を見せずにやたらと大声で話す、ロシアの労働キャンプにいても場違いじゃなさそうな人だ――あたしだったら間違っても〝最高〟なんて思わないけど。

　先生は片手でピースを返してきた。

「旦那が黒人なんだよ」ラショーンはささやいた。「ぜんぜんやさしく見えねえけど、そういうのはわかんねえよな」

「うん」あたしは言った。「ここで働くことになった理由って、なんて本だったの?」

「どっちかっていうとグラフィックノベルだけどな」とラショーン。「『ウォッチメン』だよ。聞いたことあるか?」

「たぶん」とあたし。

「おもしろいぜ。あんたなら気に入る」とラショーン。「と思うな。レーガンについての話だけど、違うんだ」

「コミック本だと思ってたけど」

「グラフィックノベルだよ。コミック本は死ぬほど政治的だろ」

★43　一九世紀アメリカの詩人

★44　エミリー・ディキンソンの詩作品 "I'm Nobody! Who are you?" の一節

「あたしずっと、ああいうのって、〝うわ、まずい！　悪いやつだ！　ドカーン、ボカッ！〟みたいなのかと思ってた」

「いや。実物を読んだほうがいい」

「あんたがなくしちゃったけどね」

ラショーンは笑い出し、台車に載った本の一冊をいじりだした。なんだか緊張してるみたいだ。なんでそんなふうになるのかわからないけど。少なくとも、あたしの前でなんて。

「めちゃくちゃな状況だよね、いま」あたしは口にした。

ラショーンの新しい靴をちらっと見おろす。ばかでかい足だ――足と耳だけ大きくなって、残りの部分がまだ追いつかない子犬みたい。

「ああ。ずっとめちゃくちゃだったけどな」ラショーンは静かに答えた。

ホーリー先生はまだ遠くからこっちを見ていた。サンドイッチを食べ終わって、ズボンに落ちたパン屑を払う。それから、のんびりと顎についたマスタードを拭いた。

「仕事に戻らねえとな」ラショーンは溜め息をついた。

「ねえ、ちっちゃいころ一緒に写真を撮ったのって、黒人のサンタ、白人のサンタ？」

ラショーンは笑いはじめた。「なんだよ、いきなり」

「わかってるけど」

「どっちでもねえよ。サンタなんて存在しねえってお袋に言われたからな。真夜中に家に入ってきて、なんの理由もなしにものをよこす白人の男なんて、信じてほしくなかったんだろ。『あんたの手に入るものは全部、あたしが買うかあんたが稼ぐかだよ』って言ってたよ」

「あたしは黒人のサンタの膝に座ったよ」ラショーンが台車を転がして離れかけたとき、あたしはぎこちなく言った。相手はふりかえって視線を向けてきたものの、本を載せた台車を押し続けた。

「そいつがほしいものをくれたか？」

「ポニー以外はね」

「あのな、そのニッガ《黒人サンタ》がどうやってポニーを煙突からおろすんだよ？」

ラショーンはなおも笑いながら、かどをまわってまた姿を消した。すごくいい笑い方だ。少し高くて少し低くて、たまにほんのちょっとオタクっぽく鼻を鳴らす。

ランチのとき、靴のことなんて言わなきゃよかった。ラショーンは一度だって、あたしに意地悪したことも、心ない言葉をかけたこともない。知ってるかぎりでは誰に対してもそうだ。みんながラショーンを大好きなのも、かっこいいのも、こっちが補欠合格なのにあたしが行きたくてたまらない大学に受かったのも、本人のせいじゃない。（ごめんね）と心の中でつぶやく。たとえラショーンがあたしのしたことを知らないとしても。

第七章

あたしは事務室のガラス窓越しに、白黒のポータブルテレビを観ている学校の事務員をながめた。暴徒が建物に押し寄せて出入りしている。画面の焦点がぼやけ、事務員はもっとはっきりさせようとして、テレビを叩いた。

学校の公衆電話は唾とホルモンのにおいがした。ペニスの絵が山ほど刻まれている。おっぱいもふたつ。すごく精緻なドラゴンも。〝LOY+KGF 4ever《フォーエバー》〟とか〝N+T BFFs《ベスト・フレンズ・フォーエバー》!〟みたいな永遠の愛の表明も多い。個人的には、誰かのソウルメイトだってことを、公衆電話のおちんちんの隣で宣言したりしないけどね。でもまあ、愛っていうのは、おかしな真似をさせるものなんだろう。

ときどき電話ボックスの中に座ってお昼を食べてる子たちを見かける。そういう子って、もともと自分が誰にも見てもらえないように感じてて、そこにいるとほんとうに人の目にとまらなくなるって思ってるみたいだ。結局のところ、気の毒な弱虫はどこかのばかにガラスを蹴られて、「お袋に電話しなきゃなんねえんだよ、あほう」ってどなりつけられることになるんだけど。

ベルを鳴らすとジョーは意外にも電話をとった。水中で話してるみたいな声だった。

「寝てたの？」

「ゆうべ遅くまで外にいたから」

「は？　なんで？　家にいるつもりって言ってたじゃん」

「そんなこと言ってないよ。パーカーセンターへビラ配りと抗議に行ったの」

あたしはゆうべのことを思い返した。どこか遠い国のクーデターの写真みたいに、デモ隊がパーカーセンター前のコインパーキングの機械を引き倒し、その上に乗ってこぶしをふりあげたあげく、火をつけて燃やしていた。パーカーセンターはジョーの家からそんなに離れてないけど――一〇マイルもないぐらい――そう近くもない。ともかく、街じゅうが大もめしてる状況では。

「そもそもどうやって行ったの？」

「友だちに乗せてってもらったの。かなりたいへんだったけど、なんとか着いたよ」

「怪我したか、殺されたかもしれないのに」

「大丈夫だったし。それに、こわいからって正しいこと、自分が信じてることをするのをやめちゃだめだよ。ハリソンとあたしは共産主義者なの、アシュリー。共産主義は悪く言われてるけど、それはただ、いままで本物の共産主義国家がなかったから。これはただの人種差別に対する暴動じゃない。階級に関する暴動でもあるんだよ。権利を奪われた貧しい人たちの抵抗なの。共産党には黒人の権利を擁護してきた長い歴史があるって知ってた？ラングストン・ヒューズ、リチャード・ライト、ラルフ・エリソン、チェスター・ハイムズ、それにW・E・B・デュボイスは共産主義者だった。レナ・ホーンはブラックリストに載ったし。アンジェラ・デイヴィスは共産主義者だった」

「あのアフロヘアの女の人？」

姉とどう議論すればいいかわからなかったのは、共産主義者に関しては、嫌うことになってるってことしか知らなかったからだ。でもずっと、それはなんだか正しくない気がしていた。ベルリンの壁は崩れた。ソビエト連邦はなくなった。湾岸戦争は終わった。数か月前、われわれは冷戦に勝ったってブッシュ大統領は言った。

「だいたい、こんな大騒ぎの中でビラになんの意味があるわけ？　どうせみんなごみ箱に捨てるよ」あたしは言った。

ジョーはその言葉を無視して続けた。「ロドニー・キングのことだけじゃないんだよ。あたしたち全員に関することなの。失敗するために作られた制度の中で、必死になんとかやっていこうとしてる黒人や茶色い肌の同胞みんなにかかわることだから。その制度を変えなきゃいけないんだよ」

いまの声は目が覚めてるように聞こえる。これからなにか始める人みたいにはりきっている。なにを？　あたしにはわからない。

「うちの親は失敗してないよ」ジョーがなにを言おうとしてるのか、ちゃんと理解してたけど、ばかみたいに街なかでそんなこと言う必要ないのに。いまはやめてほしい。危険すぎる。

「わざと鈍いふりしないでよ、アシュリー。あたしは万引き犯と疑われて射殺されたラターシャ・ハーリンズだったかもしれない。でなきゃあんたがね。あたしたちのひとりが正当に扱われないんだったら、誰も正当に扱われてないってことだよ」

「それって、あんたのビラのどれかからひっぱってきたの？」

姉は電話の向こうで黙り込んだ。

「お願い、ジョー……」

あたしは言葉をとぎれさせた。いったいなにを言ったらいいのか、どう言ったらいいのかわからなかった。（あんたなんか嫌い、大好き、いなくて淋しい、帰ってきて、なにもかも燃えてて、親もおびえてるしあたしもこわい）でも、あたしたちはそういう姉妹じゃなかった。もし男の兄弟だったら、黙ってるんじゃなくて、歯や腹を殴ったかもしれない。口では言えないことを体に語らせただろう。骨と骨、腱と腱がぶつかりあうのを感じ、あざをこしらえて、肌の黒さと青あざから共通のDNAを思い出したはずだ。あるいは、ホームズ先生のばかなお兄さんみたいに、どこにあたるか考えもしないで爆竹を投げつけ合った可能性もある。だからたぶん、姉妹でよかったんだろう。お互い傷ついても、せめてきれいな顔は残ってるから。

「今日仕事に行かなきゃいけないの？」あたしは訊いた。

「仕事先が閉まってる」ジョーは溜め息をついた。

「ハリソンは？」

「どっちみち、ふだん今日は休みだから」

「じゃ、うちにきちゃだめなの？」

「アッシュ、もう行かなきゃ」ジョーは答え、いきなり電話を切った。

「でも、どこへ？」あたしの質問は誰にも届かなかった。

ＡＰ統計に戻ろうとしてたとき、熱っぽい言葉が左耳をかすめた。「おれと逃げようぜ」ちょっと体がぞくぞくした。

「どこに行くの？　パリ、ボラボラ島、北極？」あたしは言った。実のところ、マイケルと旅行したら本気で頭がおかしくなると思うけど、ここ以外の場所に行くっていうのは、いますごく魅力的に響いた。この頭と体から抜け出して、じっとしていられるところならどこでもいい。正直、いまは知覚だけのかたまりになってもかまわないって気分だ。

「ホッキョクグマや科学者とゆっくりしてもいいな」とマイケル。歩きながら、とびあがって木の梁をつかむ。片腕でぶらさがってから、また下に落ちてきた。同い年ぐらいの男の子って、どれだけよじ登ったりとびのったりとびおりたりしても飽きないように見える。まるで睾丸がプロペラで、いつでも「上へ！」って命令してるみたいだ。

マイケルの肌は、まだこのあいだの日焼けで赤かった。ひりひり痛そうだし、日焼け止めを塗らないと癌になりそうだ。

「科学のなにかをやってないとき、科学者ってなにをしてるんだと思う？」あたしはたずねた。

「エスキモー[★45]とつるんでる」

「そういうふうに呼んじゃいけないんじゃないの[★46]」

「あいつら、鼻でキスするって知ってたか？　北は寒すぎるからだよ」とマイケル。

実はそれは違う。なんで知ってるかっていうと、去年ママがエスキモーのキスについてなにか言って、ジョーが人類学だか社会学だかなんだかの講義をとったからだ。その講義で『極北のナヌーク』という映画を分析したらしく、たぶん二週間ぐらいは、イヌイットに関して戦う気満々だった。

北極のかわりに、あたしたちはマイケルの車のところへ行った。駐車場には持ち主を待つ無人の車がずらりと並んでいる。ほとんどの生徒はまだ自分の科目の授業中だった。あたしたちは金属の海に浮かぶ肉の体だ。

「最近、あんたが変だってキンバリーが思ってるみたいだけど」あたしは言った。

「いまあいつの話はしたくない」

この二、三か月ぐらい、マイケルは宿題かキンバリーとの話が終わったあと、たいてい寝る前に電話をかけてきていた。あたしたちは遠く離れて内心を打ち明け合いながら眠りに落ちた。別のときには、電話してきたマイケルが向こうの受話器をステレオに押しつけ、「聴けよ」ってささやきかけてきた。

先週の一件以来、電話はなかった。傷ついたのかもしれないけど、そのことでなにか感じるのは心底いやだった。

今日はふたりでマイケルの車に乗り込んで、ぼろぼろの内装じゃなくて星を見あげてるみたいに、シートを低く倒した。

「あのこと、話し合うべきだろ」長い間があってから、マイケルは言った。

「ううん。話さないほうがいい」あたしは答えた。

話をしたり音楽を聴いたりするかわりに、あたしたちはラジオで暴動の話をしてる人たちの声に耳をかたむけた。電話をかけてくるリスナーは泣きそうになってるか、爆発寸前かのどっちかだった。みんな怒りに燃えて、声に苦痛がこもってるのが聞きとれた。

★45 カナダ北部の先住民族
★46 「エスキモー」の呼称が差別用語として忌避された時期・地域がある。別称「イヌイット」

マイケルはすりきれたコンバースの白い部分に新しく宇宙人を描いた。

「だからさ、人種差別はわかるけど、わからなくもあるんだよ。だってなあ……ただの皮膚だろ？」

あたしは眉をあげたけど、なにも言わなかった。マイケルがそう言うのは簡単だ。

（なんであたし、またこいつの車に乗ってるわけ？）と考える。

マイケルの人間的な深みについては結論が出ない。濁ってるけどかなり大きい湖だって思うこともあれば、庭に置けるようなKマート《ディスカウントストア》の子ども用プールだって思うこともある。先週は広大な海だった。もっとも、太平洋じゃなくて大西洋だけど。

「あのね、あれはほんとのキスじゃないんだよ。エスキモーのキスの話。キスっていうよりあいさつ――そんなにロマンチックなものじゃないから。白人がその部分をでっちあげたの」あたしは言った。

「へえ……おれたち白人のことは知ってるだろ」マイケルの笑い声は次第にとぎれた。

もう一本煙草を吸ってから手をのばし、あたしの顔から髪を払いのける。おでこを合わせて、そばかすの散った鼻をあたしの肌にこすりつけた。あたしたちは動きを止めて、おでこと鼻をくっつけたままぐずぐずした。ふたりのまつげがたくさんの蝶みたいにはためいた。

「よう」マイケルが言った。

あたしの高尚な考えはこうだ――

みんなが暴動はたんにロドニー・キングのためだって思ってるけど、そうじゃない。その点ではジョーの言うとおりだ。暴動はラターシャ・ハーリンズのためでもある。ラターシャはあたしの年ごろの黒人の女の子で、ロサンゼルスに住んでいた。ラターシャは黒人だった。女の子だった。あたしの年ごろだった。オレンジジュースを買いに酒屋へ入ったら、カウンターにいた韓国系の女性に万引きしてるって疑われた。そんなことなかったのに。ふたりはもみあいになって、ラターシャが立ち去ろうとしたとき、カウンターの女性に後頭部を銃で撃たれた。

オレンジジュースのために。

ラターシャを殺した犯人は、保護観察処分と社会奉仕活動と五〇〇ドルの罰金という判決を受けた。黒人の女の子の死に五〇〇ドル。うちのママはもっと高い靴を持っている。犯人が実際には被害者だった、と裁判官は言った。

ビデオテープでロドニーは容赦なく叩きのめされた。無罪。

ラターシャを殺した犯人が、黒人の死体に対してなんの罰も受けなかった数週間後。ある男が子犬を蹴って踏みにじった重動物虐待罪で、三〇日間刑務所に入れられた。

正義なんかない。秩序なんかない。

「あたしはラターシャだったかもしれない。でなきゃあんたがね」とジョーは言った。

誰でもない人たち。

〝わたしは誰でもない！　あなたは誰？　あなたも――同じように――誰でもないの？〟とエミリー・ディキンソンは書いた。

電波に乗るたくさんの声はあまりにも苦しんでいる。これ以上聞きたくない。この場所では。

いまはいやだ。(やめさせて)あたしは思った。(もう充分)鼓動がものすごく速くなっている。マイケルにそう言った。心臓が爆発しそうって。マイケルは声をたてて笑い、あたしの手を握りしめて言った。「とにかく息をしろよ」

「ラジオを消して」あたしは言った。

マイケルは身を乗り出してラジオをいじり、とうとう声は聞こえなくなった。

あたしは少し泣き出した。マイケルがまつげの下から涙をぬぐって、指からなめとった。

「変人」あたしは言い、笑い出した。

「結局、キンバリーは正しかったみたいだな」とマイケル。

あたしはこの男の子とふたりきりでこの車にいるべきじゃない。

孤独なのは黒人だからか、若いからか、女の子だからなのか、それともルシアの言うとおり新しい友だちが必要なのか、見極めがつかなかった。あたしにはわからない。

〝もっと孤独かもしれない／その孤独がなければ〟とエミリーは書いた。間違いなく白人なのに。

ラナ・ハスキンズは学校の正面階段のところでまたあたしの隣に座った。車のない負け組全員が迎えを待つ場所だ。どうやら高校生活が終わる四週間前に、新しい友だちを作ることに成功したらしい。ラナは顔から髪を払いのけ、煙草のアメリカンスピリットを一箱とりだして一本火をつけた。煙草を吸いすぎたときみたいに、世界がきらきらと明るく広がって、なんにでも指先でさわれるし、感触にあきることがないような気がした。

「煙草吸ってると歯がぼろぼろになるよ」あたしは言った。いまは口をきくべきじゃないかもしれない。

「うん」ラナは笑い出した。「でも、朝のトイレじゃ立派なのが出るよ」

うわあと思うべきか、笑うべきか、よくわからなかった。レディは朝のトイレの話なんかしないけど、まあ、あたしたちはレディじゃないんだろう。この子は気に入った。

ラナはリュックを探ってなにか出した。オレンジだ。手の中で沈む太陽みたいに明るくてまるかった。

「一房ほしい？」と訊かれる。

「もちろん」

あたしたちは顎に汁を伝わせて一緒に食べた。ひとくちひとくちがほろ苦くて甘くて、汁気たっぷりの果肉が舌の上ではじける。口に入れるたびに、ずっと残していたくなった。このオレンジほど長くかみ続けたものはない。食べ終わるとラナが指をなめたから、あたしもなめた。

「で、なんで車持ってないの？」と訊いてくる。

「うちの親が責任感だかなんだかを教えようとしてるから」あたしは教えた。

「効果はあるわけ？」

「あるわけないじゃん」とあたし。「なんで車持ってないの？」

「貧乏だから」ラナは言い、ふたりともぷっと吹き出した。

「〝おまえとヤりたい！《アイ・ワナ・セックス・ユー・アップ》★47〟」一年生の男の子が歌いながら友だちと通りすぎた。身長はせいぜい一五七㎝で、月面みたいな顔をしている。

一緒にいる友だちが、おまえすっっげえやつだな、って言いたげに肘でその子を小突いた。

「どっちと?」ラナが問いかけた。「もっとはっきり言わなきゃ、ぼうや」

男の子は肩をすくめ、笑い声をあげると、半分スキップしながらお母さんの車へ走っていった。

ラナは両腕を足もとまでのばした。全身がタコスみたいにふたつ折りになる。あたしは次に浮かんだ言葉を口走った。

「退学になってるあいだなにしてたの? リハビリ施設に行かなきゃいけなかった?」

ラナはじっとこっちをながめた。間近だと、鼻が折れてきちんと整復されなかったみたいに見える。そのせいでもっと興味深い顔になってるけど、少し不吉な感じにも見えるかもしれない。

「実際にそのこと訊いてきたのって、あんたがはじめて」

「ごめん」

「いいよ。気にしてない。ふだんはなんだか自分が透明になったみたいな気分だから。みんなあたしの話をしてるのは知ってるけど」

電話ボックスの子たちのひとりみたいに。

「じゃ、なにしてたの?」

「ずっと家にいて、テレビでオプラ・ウィンフリー・ショーをさんざん見て、飲んだくれてた」とラナ。

あたしたちは笑い出した。ラナは軽く鼻を鳴らしたほどだ。よく日に焼けた肌、ばかでかい口、救命ゴムボートみたいな唇、その口の中全体を埋めつくそうとがんばってる歯の列。

「あたし、別に飲酒の問題があるわけじゃないよ。ただいろいろ問題があるだけ」とラナ。

ラショーンが通りすがりに手をふってよこした。

ラナが身を寄せてきて、耳に熱い息がかかった。「ラショーンがあのエアジョーダンを盗んだって噂、聞いた？」

「誰が言ったの？」

「ゆうべ荒らしに出たって本人が話してるのを聞いたって誰かが言ってた」とラナ。

あたしに判断できるかぎりでは、ラナは意地悪な子じゃない。嘘つきとか噂好きって評判は聞かない。もしラナにまで広まってるなら、あたしの言葉がラショーンに届くのは時間の問題だ。

もっと悪いのは、大人の誰かに伝わること。

「そんなことするはずないよね？」ラナは煙の輪を吐き出し、指先でさっと払った。「でしょ？」

あたしの指はオレンジジュースのにおいがした。

★47
四人組の男性ボーカルグループ、カラー・ミー・バッドの代表曲サウスセントラルとＫタウン、ハリウッドとミッドウィルシャー、ワッツとウエストウッド、ビバリーヒルズとコンプトン、カルバーシティとホーソーンでは略奪が起きていて、さらにはるばるロングビーチとノーウォーク、ポモナにまで広がっている。裕福な地域も貧しい地域も、その中間の地域も燃えている。今回ばかりは、うちみたいな落ち着かない丘の中腹の住民だけがおびえてるわけじゃなかった。ルシアとあたしは山の斜面にかろうじてぶらさがっている使用禁止の家を通りすぎた。暴動がここまできたわけじゃなくて、カリフォルニア自体が迫ってきただけだ。

「〝押すなよ、ぎりっっっぎりのとこにいるんだから、俺はおかしくならねえようにしてるんだ[★48]〟」あたしはその家に向かってラップで歌いかけた。

「なに？」とルシア。

「〝ここはときどきジャングルみてえだ、どうやってつぶれずにいるのか不思議になる〟」と歌う。

「帰ったら着替えたほうがいいよ、お父さんとお母さんにそのにおいを嗅ぎつけられないうちにね」とルシア。

でも、きちんとした恰好になる前に、ある店に立ち寄る必要があった。

ちっぽけな街かどの店は、まるでゲーム番組の『スーパーマーケット・スイープ』に登場するスーパーみたいにからっぽになっていた。ただしずいぶん気の毒なバージョンで、最後に賞金がもらえるわけじゃない。店内はそのまま、点滅してる一本の長い蛍光灯みたいだった。日焼けしたレジ係ふたり、ブリタニーとマーラはあたしと同年代で、いつもならちょっとハイに見えるけど、今日は違った。今日は客が入ってくるたびに、ちらっと視線を投げている。こんな暴動が起きてるのにレジのバイトをするなんて、こわいもの知らずなのかばかなのか、いや、たんに車かプロムか新しい靴用のお金がほしくてたまらないだけかもしれない。

「いらっしゃい」あたしたちが入っていくと、ブリタニーが言った。そのあいさつはＳＯＳみたいに聞こえた。

いま家になくて必要な品物は以下のとおりだ——牛乳、卵、薪、鶏肉、ペーパータオル。野菜はたくさん残っていた。いつもより長い列に並んでるあいだ、ルシアとあたしはスペイン語で話した。前にいた女の人がふりかえってにらんできたから、英語を話せとでも言われるか、でなきゃあたしのＴシャツからマリファナのにおいがしたんじゃないかと思ったものの、もっと強くにらみ返したら、相手はよけいなおせっかいをやめて、また正面を向いた。周囲の人たちは全員、かろうじて残ってる品物をショッピングカートに山積みにしている。みんな戦争に備えてるみたいだった。

今朝学校へ行く前のニュースでは、店に木の板がなくなってきたから、商売をやってる経営者がホームデポへ行って本物のドアを買い、窓だのドアだのをふさいでる様子を放送していた。

★48 ヒップホップグループ、グランドマスター・フラッシュ・アンド・ザ・フューリアス・ファイヴの代表曲「ザ・メッセージ」

「わたしたち、どうなるんでしょうねえ?」年輩の女の人がレジ係に声をかけ、まるでほんとうに答えてもらえると思ってるみたいな目を向けた。

「わかりません」ブリタニーはそわそわと金髪をゆらした。ブリタニーとマーラは、まさに観光客が家に送る絵葉書に描かれていそうなカリフォルニアの女の子だ――そう、イタリアのどこかで、誰かのおじいちゃんがビーチにいるブリタニーのみごとなお尻の写真を見ていそうだった。

「この国は間違った方向に進んでますよ」年輩の女性は悲しそうに頭をふった。


チョークホールド★49には必要以上の殺傷力がある、と活動家たちが異議を唱えたとき、ロサンゼルス警察署長のダリル・ゲイツは、黒人やラテン系の人たちがチョークホールドにどう反応するかについて、実際にこう言った――「黒人の場合、チョークホールドをかけたとき、普通の人ほどすぐに静脈や動脈がひらかないことがある、と判明する可能性がある」

普通の人。

それが一〇年前の話で、本人はいまだに警察署長だ。きのう評決が公表されて街が一触即発の状態になったとき、ゲイツは警察改革活動と闘うため、ロサンゼルス警察本部を離れて、ブレントウッドの資金集めパーティーに行った。

ザ・ビーチ・ボーイズはホーソーン出身の有名な〝普通の人〟だ。ホーソーンはほんとうに海岸《ビーチ》なわけじゃなくて、海からホップ・スキップ・ジャンプしたぐらい離れてるけど。昔ザ・ビーチ・ボーイズの家があった地域を突き抜けて一〇五号線が建設された。

ジョーは何年か前、ほぼ間違いなくベストアルバムだっていう『ペット・サウンズ』をあたしに聴かせた。姉の寝室でカーペットの上に寝そべり、ジョーが青緑色のレコードプレーヤーの音量をどんどんあげていったので、サーファーたちのハーモニーに目玉までふるえたぐらいだった。

「目をつぶって」と言われた。「全部の層を聴いて」

まるで、どの歌もすごくおいしいラザニアだっていうみたいに。

それから、昔ホーソーンは日暮れの街だったって教えてくれた。つまり、日が沈んだあとで黒人がいるといやがられたって意味だ。以前は街の外に〝ニガー《黒人野郎》、ホーソーンで日を沈ませるなよ〟って看板が実際に立ってたらしい。

つまり、誰かにとっていい音楽でも、全員がそう思うわけじゃないってことは、いつでもあるんだろう。

「わかりません」あのカリフォルニアの女の子、ブリタニーは言った。

駐車場から出るとき、中年の黒人男性が目の前の通りを横切った。頭の上で白髪まじりの髪がふわふわしている。色あせていても堂々とした服装だった。

「ドアをロックして、ミハ」ルシアが注意した。

ロックがカチッという音が相手に聞こえたのがわかった。その男の人が当惑したようにこっち

★49 相手の首を圧迫して拘束すること。警官が容疑者の身柄を押さえるときに使うことがあり、死亡事故も起きている

を見てから、悲しそうな顔をしたからだ。あたしははずかしくなった。

内戦のさなかで育ったルシアは、その経験が骨身にしみている。公共の場所ではいつも少しぴりぴりしているのだ。たとえからっぽの駐車場にいるときでも、あたしに一歩うしろを歩かせて、自分の体を楯にする。「危険が見えないからって存在しないとはかぎらないからね」と言って。

ときどき、ルシアがシングルマザーであたしがその子どもだって気がすることがある。この世に女ふたりきりで、一緒に世界を理解しようとしているんだって。うちの親はすごく忙しくて、ほんとうにたくさんのことをルシアに教わった――自転車の乗り方、靴紐の結び方、こぶしでの殴り方（最後のは、胸がひと晩で皮膚の下でふたつの硬いしこりになったように見えて、学校の男の子たちに「オッパイ！」って呼ばれたときに教えてもらった）。

ルシアの話だと、故郷の村では、女の子が男の子と喧嘩する方法を知ってるから、男の子もちょっかいを出さないらしい。そのうち女の子は大きくなって、喧嘩なんてしたくなくなり、男の子にちょっかいを出してほしくなる。そのころにはほかに闘う相手が出てくるのだ。

「誰をさらって殺したの？」車が太平洋沿岸高速道路《PCH》を走ってるとき、あたしは訊いてみた。

「はあ？」

「このまえパパに話してたじゃん。『全員さらって殺したんですよ。女子どもまで』って言ってたよ」

「よけいなことに首を突っ込みすぎだよ、おちびちゃん」ルシアは言い、頭をふってみせた。それでも、運転しながらその話を聞かせてくれた。

ルシアがウンベルトとロベルトの出産前にベッドで休んでいたとき、住んでた村から数マイル離れたマヤ人の村が、まさに一日で消えたらしい。

「全員がそのまま消え失せたんだよ、ミハ。みんな、そもそも現実にいたのかって思ったぐらいだった。そのあと双子が生まれて、あんまりかわいくて完璧だったから、幸せすぎてうしろめたかったね」

「誰がやったの？」

「軍だよ」

「なんで？　どうしてそんなことできるの？」

「インディオを嫌ってたからね。その土地がほしかったんだよ。インディオのほうがゲリラになりやすいか、少なくともゲリラに同情しやすいって考えた。その全部だし、そのどれでもない」

「みんなどうしたの？」

「どういう意味？」

「村の人たちが消えたとき、みんなどうしたの？」

「なんにもしなかったよ……」

「でもさ、ほら、そのあとどうなった？」

ルシアは頭をふって黙りこくった。あたしはもう、こういう話を始めても、半分しか織ってない毛布みたいに終わりまでは行かないってことに慣れていた。

カモメが一羽、空の向こうへ甲高く呼びかけた。

どういうわけか、ルシアはこわがりでもこわいもの知らずでもある。紛争地帯で育つとそういうふうになるんだろうか。なぜ動悸がするのかさえわからなくなって、鼓動が速いことだけを常に意識するように。

ラジオ局は街じゅうから電話を受けていた。きのうの電話が怒りに満ちていたとしたら、今日の電話は恐怖に満ちている。何か所か停電が起きていた。子どもが近くにいようが、かまわず宙に向かって銃を撃っている人たちがいる。火事になった店や会社は危険なほど住宅地に近い。いまやこの怒りはあまりにも危険だ、みんな、とラジオが呼びかける。やめてくれ。

車が私道に入るとき、ばかなほうのパーカーが口に煙草をくわえて前庭を歩きまわっている姿がバックミラーに映った。猟銃は地面に置いてある。どう見ても警戒中じゃない。この静かな通りで、真っ昼間に銃が出ているのを目にするのは妙な感じだった。人の体に貫通して、中身をぶちまけるようなしろものなのに。近所の誰かが銃を持ってるかもしれないなんて考えたこともない。ここはそういう地域じゃないから。でも、もしかしたらいまは違うのかもしれない。

「わたしが煙草のことをなんて言った？　近所じゅうを燃やすつもり？」家の中からパーカーのお母さんがどなった。パーカーは近くのプランターで煙草の火を消してから、猟銃を拾いあげて家へ戻っていった。

まるまるしたリスたちが外の木立をぐるぐる駆けまわって追いかけっこをしている。ふだんなら今日はプール掃除の人がくるはずだったけど、かわりに木の葉が水面に漂い、排水溝の脇に集まって山になっていた。うちの中の空気はレモンの香料みたいな味がした。あたしはリュックをおろして靴を脱ぎ、ワックスしたての床を『卒業白書』みたいにすべっていった。

テレビの画面では略奪してる連中が店に駆け込み、テレビをかかえて、コードを尻尾みたいにひきずりながら出てきた。

「ぶつけて頭を割るぞ」パパがソファからのぞいた。誰も実際に頭を割ったりしない。ジョーは屋根から落ちても頭が割れたりしなかった。大人って、子どもがみんな歩くスイカだと思ってるみたいにふるまう。

うちの両親はどっちも今日仕事に行かなかった。暴動のせいで誰も彼もおびえてて、なにもしたがらなかったからだ。お金を稼ぐことさえ。あたしのことは学校に行かせたけどね。親がこの時間にこんなにだらけてるのを見るのは変な感じだった。パパはグレーのスウェットパンツと色あせた白いVネックでごろごろしている。いつもならうしろになでつけてる髪は、アインシュタインみたいに縮れてぼさぼさだった。あたしはその髪を両手でくしゃくしゃにかきまわしてから、隣の革の上にどさっと腰かけた。

「けだものども」パパは声を抑えて言った。「学校はどうだった?」

「ええと……学校だった」あたしは身を乗り出してパパのおなかをドラムみたいにバシッと叩いた。

パパの服はふつう、おなかのたるみが見えないような仕立てになっている。これは白髪と同様、新しいことだった。前におなかが板みたいに硬かったとすれば、いまでは手でつかんでゆさゆさ動かせる。ママはよくパパにやっていて、そのたびにくすくす笑う。まるで新しい贅肉がコーデュロイのスリーピース・スーツみたいだ。

「パーカーの兄弟、一日じゅう外にいたの？」あたしは訊いた。

「あのあほうども……」パパは溜め息をついた。

「物理の先生が暴動のときのワッツの話をしてくれたよ」

「黒人の先生がいたとは知らなかったな」

「白人だよ。半分白人かな。シリア人。暴動のあとでお母さんと引っ越したんだって。ワッツ暴動って憶えてる？」

「私たちはワッツに住んでいなかった」パパは画面を見ながら上の空で言った。「だが、シャーリーおばあちゃんは店のことを心配していた。黒人の地域では外出禁止令が実施されていたからな。どこにも行けなかったんだ。当時は黒人が所有していると知らせるために壁に〝黒人の同胞〟と書いていた。おばあちゃんは万一のために深紅の文字で建物のまわりにそうスプレーした。とくにそのことを憶えているのは、家に帰ってきたとき、赤い色が両手についていて、顔も服も汚れていたからだよ。ロニーと私はなにかおそろしいことが起こったのだろうと思って、わめきたてながら駆け寄った。だが、ただのペンキだった……」

テレビではずんぐりした黒人の男が割れたガラスをよけてよろよろ歩いていた。からっぽになった店の前に立つ。手書きの黄色いプラカードには〝黒人所有〟とある。

「おれはここの出だぞ」と叫ぶ。「成功しようとしたんだ」

まわりじゅうに訴える声には、心の底からの苦痛がこもっていた。大の男が群衆の真ん中で奪われた夢を嘆いている。怪我をした野生の獣を避けるように、みんなそろそろとあとずさりしていく。その人はあの立派な髪がないだけで、ロニーおじさんだったとしてもおかしくなかった。

「ロニーおじさんはどうしてる?」あたしはたずねた。

「大丈夫さ……いつもどおりロニーだからな」パパは溜め息をついた。「おじさんがどういう人か知っているだろう」

ほんとうには知らないけど、とりあえずうなずいておいた。

暴動は続いた。ブッシュ大統領が画面上に出てきて、混乱は許されないってみんなに告げた。次に見たのは、韓国系の一団が略奪者たちを銃撃してるビデオだった。

「いいことだ」パパは言った。うちのパパは秩序を重んじる人だ。ルシアと暴動に関して早口のスペイン語で話し合い、ママはそばに立ってふたりがなにを言ってるのか理解しようとしていた。通訳できたけど、あたしはやらなかった。

ラテン系の人たちもあそこで暴動と略奪に参加している——パパとルシアがしゃべっていたのはそのことだ。友だちの息子が大きなテレビを持って帰ってきてね、その友だちはそんな真似をした息子をボコボコにしたけど、新しいテレビはそのままとっておいたんですよってルシアがパパに言って、ふたりは笑った。

テレビでは人がアリ塚みたいに店頭に集まっていた。友人や隣人のあいだで品物を受け渡してる様子は、ほとんど協力しあってるみたいだった。やがて警察がやってきて、全員が散らばった。

あたしは注意深く姉がいないか画面をながめた。

「ジョーと話した？」と問いかける。

「何度かけても全部留守電につながるのよ」ママは少しふるえる手でワイングラスから中身をすすった。

「あたし、話したよ」と言ってみる。

「なんて言ってたの？」

抵抗しろって煽ってるって。

「大丈夫みたい」と言う。

「よかった」ママは答え、そこで話を止めた。ものすごく心配してるってわかってたけど。

コメディアンのビル・コスビーが録音済みの公共広告で出てきた。そんなことはやめて、NBCで『コスビー・ショー』を観ろって暴徒に言い渡す。ドクター・ハクスタブルとかジェローとか、みんながコスビーを好きなのは知ってるけど、あの言い方はいくらなんでも人を見下してる。あたしでさえそう思う。しかもあたしは、海を見晴らすこのリビングにいて、なにひとつ燃やしたりしてないのに。

別のチャンネルでは、サウスベイの銃砲店で誰もが列に並んでいるのを映していた――ぜんぜんサウスセントラルの近くじゃないところの住民だ。カリフォルニアの銃規制だと、どんな老人でも思い立ったときに出かけていけば銃と弾薬が手に入るってことにはなってないから、テレビに出てる人の一部は頭がおかしい。だいたい、残ってるのは第二次大戦であまったライフルみたいな骨董品だけだ。

あたしはパーカー兄弟のことを思った。ミスター・カッツがこないって言ってたもの、あるいは人を、自宅の芝生でじっと待っていたふたり。うちにある唯一の銃は、ペレット銃だった。パパはマウンテンライオンのために買ったらしい。ときたまこっそり丘を抜けて裏庭に入りこんできて、大事なペットを食べてしまうからだ。

いつかジョーが、クラスで飼ってたハムスターのギグルズの世話をするはめになった。それで、新鮮な空気を吸わせてやろうとして外に出しておいた。

「自由になって！」と声をかけて、そのまま裏庭をうろうろさせておいたら、ギグルズは自由になりすぎていなくなった。食べられたのかどうかはわからないけど、そのあとパパはペレット銃を買うことにしたのだ。家族の安全のためにって言って、それ以来ずっと、そのことでママと言い争っている。

ママとパパはゆうべまた銃のことで口論していた。でも、今回は様子が違う気がした。

「あの銃を持ってて危険になるのは、外にいるかもしれない人間や動物よりも、わたしたちのほうよ」

「ペレット銃だぞ」とパパ。

「片目を失うことだってあるわ」

「子どもたちは無事大人になったし、どっちも相手の目を撃ち抜いたりしなかっただろう」とパパ。

「厳密に言えば、あたしは大人じゃないから」あたしは口を出した。「まだそうなる可能性はあるよ」

「黙ってなさい、アシュリー」

「わたしの家にそんなものはいらないって、何回言ったかしら？」とママ。

今朝になって、パパはペレット銃を持ち出して玄関の脇に置いた。

「念のためだ」と言う。

ママはなにも答えずに立ち去った。


あたしはテレビから離れて二階へ行くと、屋根からジョーに電話した。これだけの距離があっても、空気はほんのり焦げくさかった。みなさん、家にいてください、とニュースで言っている。万一に備えて、州兵がビーチを閉鎖したぐらいだった。ビーチ！

ピンクの子機でジョーの番号をかける。

「もしもし、こちらはジョー……とハリソンです！　メッセージを残してください……残さなくてもいいけど」

「どうも。妹だけど。電話とってよ。無事かどうか知りたいだけ……ばかなことしないで」

ジョーがそのうち受話器をとることを期待してぐずぐずしてたけど、応答はなかった。

屋根から中に這い戻る前に、電話が鳴った。

「ジョー？」

「は？　違うよ。あたし」コートニーが言った。

「まだ宿題終わってない」とあたし。

「宿題のためだけに電話するわけじゃないし！」

「うん。まあ。ともかくいまはね。前はそうだったかも」

「ごめん。あの……これってさ、ほら、あたしにはほんとにきつくて」とコートニー。「なんていうか、思ってたより難しいっていうか……高校だって、なんとかやってたぐらいなんだよ。こんなに頭悪いのに、どうやって大学を乗り切ったらいいわけ？」

本気で不安がっている声だった。

「あんたは頭悪くないよ、コート。これからは三項式について聞かれたりしないから」

「数学だけじゃないもん。全部だし」コートニーは溜め息をついた。

「大学は違うよ。そうしたければ、映画やテレビを観たり、そのことについて書いたりするのだって専攻させてくれるんだから！　それに、人生って頭がいいことだけじゃないよ」

「学校って、あの迷路みたい。道を見つけるのを助けようとして、どんどんチーズをくれるの。でも、それから外の世界に放されて、自分がどんなチーズになれるか考えなきゃいけなくなるんだよ。たとえばブリーになりたいか、チェダーかモッツアレラか、それともママがパーティーで適当に出す、おしゃれなかびの生えたやつがいいか？　あたしはただ、誰かにこうしろって言ってほしいだけなのに」

「迷ったらかびを生やしなよ」あたしは言った。

あたしたちの会話はどなり声でさえぎられた。屋根の上から、通りの向こうでパーカー兄弟が猟銃を獲物に向けてるのが見えた。

つやつやした三つ編みを背中にたらしたロニーおじさんが、空に向かって両手をのばしながら叫んだ。「撃つな！」

「行かなきゃ」あたしはコートニーとの通話を切った。

カッツ夫妻が袋小路に駆け出してきた。

「こいつ、うちに入り込もうとして、玄関をどんどん叩いてやがった」パーカー兄弟はわめいた。

「警察を呼びましょうか？」ミセス・カッツがたずねた。

「うちの弟がこのあたりに住んでいるんだ」とおじさん。「クレイグだ。クレイグ・ベネット」

パーカー兄弟はじっと猟銃をロニーおじさんの頭に向けている。

「きっと誤解があったんだろう」ミスター・カッツがじりじりとそっちに進んだ。カッツ夫妻はほぼおそろいのパステルイエローのポロシャツを着ていた。ダブルスの試合から戻ったばかりに見える。でも、たんにそういう生活をしているだけなのだ。

「なんで自分の弟が住んでる場所を知らないんだよ？」ばかなほうのパーカーが言った。

「それ、うちのおじさん！」あたしは屋根の上に立ちあがって大声を出した。

「家を間違えたんだ」ロニーおじさんは、岩棚からおりるよう人を説得してるみたいに、ものすごくおだやかにパーカー兄弟に言った。「勘違いだった。頼むよ、娘が車の中にいるんだ」

トラックの中からいとこのモーガンが麻痺したように見守っていた。目にしたのはしばらくぶりで、（なんだか腕がぷっくりしたみたい）という思いが最初に浮かんだ。

あたしは身をくねらせて屋根からすべりおり、下の茂みに着地した。はだしで裏庭を駆け抜けて通りをめざす。茂みのせいで腕の全体にひっかき傷がつき、夜の空気にあたってひりひりしはじめた。

「やめて！」息を切らして叫ぶ。

モーガンが車のドアをひらきはじめ、ロニーおじさんが中にいろってどなった。

「どうしたんだ？」パパがペレット銃を持ち、つまずきながらうちの玄関から出てきた。

「クレイグ！」おじさんが言った。

「ロニー？」パパが問い返す。

「知り合いか？」パーカー兄弟が問いかけた。

「兄だ」パパはまだペレット銃を構えたまま言った。

「そら。ベネットの家のやつだよ」ミスター・カッツが言い、深々と息を吐き出した。その言い方だと、ロニーおじさんはペットか奴隷か、でなければまあ、家族だっていうふうに聞こえた。

「さっきそう言っただろう」おじさんはぴしゃりと言った。

パーカー兄弟は猟銃をおろして肩をすくめた。「悪かったな、おい」

ミセス・カッツがあたしを見た。「血が出てるわよ、あなた」

モーガンが車からおりてこっちへ歩いてきた。近くで見ると、網戸越しに日焼けしたみたいにそばかすが散っている。髪はなにかの箱から出てきたみたいな色だ――ワインか染料か――でも、あれは家系図のずっと奥に埋もれている、あの恥知らずなスコットランド人から受け継いでいるのだ。近づいて抱きしめると、まだそばかすのひとつひとつに恐怖が感じられた。体じゅうががたがたふるえていた。

最後にいとこのモーガンがうちに泊まりにきたのは、ロニーおじさんとユードラおばさんが遅れたハネムーンに出かけたときだ。モーガンのお姉ちゃんのターニャもきた。ターニャとモーガンは肌の色が薄くて、ジョーみたいに長い巻き毛で、いつも親族の中であたしたちがいちばん黒いってわざわざ指摘してくる。実際にはそこまで黒くなくて、比較的色が濃いだけなのに。とにかく、いとこたちはとくに美人でも頭がよくもおもしろくもない。たんに皮膚の色が薄いだけだ。それで充分だって、そのころすでに世間で教わってたんだろう。ロニーおじさんとユードラおばさんは何年か前に離婚してて、おばさんははるばるラスベガスまで引っ越した。いまやロニーおじさんはがんばって成功しようとしてるシングルファーザーだ。つまり、暴動の最中には、生計の手段が焼き払われないようにするってことだろう。ターニャが大学に行ってるのはいいことだ。

一度にいとこふたりは、どう考えても手にあまるから。

ジョーとあたしになにかで負けると、ターニャとモーガンはこんなふうに言い出したものだ——

「どうだっていいよ。あんたたちなんか、炭みたいに黒いくせに」

「天然アスファルトの池《ラ・ブレア・タール・ピッツ》みたいに黒いよね」

きっと校外学習に行ったばっかりだったんだろう。

「おしりの穴みたいに黒い！」

「黒くないよ。茶色だよ！」ジョーは言っていた。

「あんなの無視しなよ」あたしはわめいたものだ。

向こうがなにを言ってこようが、こっちは露骨な侮辱、つまり貧乏だって言い返すことが許されてないのは、ジョーもあたしもなんとなく知っていた。だから、かわりにおもちゃを貸すのを断って、いとこたちが帰る前の晩に殴り合いの喧嘩になった。最終的にはかみつきあいに発展し、ロニーおじさんとユードラおばさんは二度とうちにふたりを預けなかった。いままでは。

モーガンはうちにいたくなさそうだった。そうわかったのは、やたら大声でくりかえしてたからだ。「ここに置いていかないで」

ロニーおじさんは聞こえないふりをした。

「〝悪かったな、おい〟？　おい？」と言っている。「本気か？　あのくそったれども――」

「娘たちの前でやめてくれ」パパが溜め息をついた。

「くそったれどもに娘たちの前で銃を突きつけられたんだぞ」ロニーおじさんはかみつくように言った。「くそったれと呼んでやってもいいはずだ、違うか、おまえたち？」

「銃は二挺だったよ」モーガンが言った。

「ビューパークにだって住めたんだぞ、でなきゃラデラハイツか――」おじさんはパパに言った。

「いま始めるな」パパはさえぎった。「店はどうだ？」

「まだ建ってる。見張りをグアダルーペと旦那に手伝ってもらってるよ。おまえもくるべきだぞ、クレイグ。おまえのものでもあるんだからな。母さんの店だ。俺たちの血だろう」

「ここでやることがある」

「そりゃそうだろうな」

パパとおじさんは顔を見合わせて気まずそうに立っていた。

「保険があるだろう、ロニー。掃除機に命を賭けるだけの価値はないよ」

「今回のことに充分な保険じゃない。それにな、このあいだ真新しいダイソン掃除機を手に入れたのを知ってるか？　国際デザインフェアで賞を取ったやつだ。カタログで注文する必要があって、かなり高くついた。ともかく、ひとあし先にダイソンの修理なら近所一になれるように、分解して動き方を把握しとかないとな。ありゃすぐばか売れするぞ、クレイグ」

「ダイソンなんかくそ食らえ、ロニー」とパパ。

「娘たちの前でやめてくれ、クレイグ」ロニーおじさんはにやにやした。

「いとこを部屋に案内してあげたら？」ママが言った。


おとなしく階段を上って寝室に行くまで、モーガンとあたしはお互いに口をきかなかった。

「ここ、なにがあったの？」ジョーの部屋を通りすぎたとき、モーガンが訊いた。

「客用寝室に改装してんの」

「でも、客用寝室ならもうひとつあるじゃん」

あたしは肩をすくめた。

部屋の中では、ジョーの本の背表紙がばらばらになって床に散らばっていた。テープの山が倒れている。ポスターは破れ、まだハンガーにかけたままほうりだされた服がその上に積み重なっていた。残骸の下からトロフィーの金色がのぞいている。レコードが倒れた牛みたいに転がってて、ジョーは腹を立ててるだろう。略奪されてる最中の店みたいだった。姉の部屋はピスタチオの中身みたいな色に塗ってあって、まだ遊歩道のラスタのお香がかすかににおっている。ジョーはどんなチーズなんだろう。あたしならたぶん、こくのあるブリーかマンチェゴがいいけど、残念ながら、実際にはぴりっとしたチェダーなんじゃないかと思う。まあ、クラフトのスライスチーズよりましかもね。

モーガンはジョーが暮らしていた名残に手を走らせながら、室内を通り抜けた。

「ずいぶん物があるね」と言う。

「うん、そうかもね」あたしは答えた。知り合いはみんなこのぐらい持ってるから、よく考えたことがなかった。

モーガンは山の中から服を一枚とりあげ、ラベルを見て眉をあげると、なにも言わずにベッドの上に戻した。

「あんな連中がまわりにいたら、息もまともにできないんじゃないの？」

「みんながあんなふうじゃないから」

モーガンはまた片眉をあげた。なんて不愉快な眉だろう。寝てるときにあの右側のほうを剃り落としてやりたい。

「この部屋に泊まりたいな」とモーガン。「あたしたち、隣同士になれるじゃん」

モーガンはこの家をこわがってた、とあたしは思い出した。子どものころ、うちの親がいとこたちを客用寝室に泊めてたとき、モーガンは階段をあがってきて、ママとパパかジョーか、たまにあたしのベッドにもぐりこんでいた。いろんな音がするし、泥棒がよじ登って入り込める窓も多すぎるし、なにもかも反響するし、みんなが遠すぎるって言って。

「好きにして」あたしは肩をすくめた。

「あんた、車持ってる?」モーガンはたずねた。

「まだ。一台買おうと思って貯めてる」

「お姉ちゃんのほうには車を買ってあげたと思ってたけど」

「買ったよ。でも壊したから、あたしには自分で買わせるわけ」

「それひどいね」モーガンはベッドの上に自分の場所を空けて、どっかり座り込んだ。

モーガンの手が届く前に、ジョーの持ち物の中から日記をさっと拾いあげる。日記帳はぷっくりしたプラスチック製で、インクの汚れがついていた。ピンク色のページには青い罫線が引いてある。カバーがちっぽけな錠で留めてあって、もっと小さい鍵であけるようになっている。その鍵を見つけるのには、がらくたの山をあさらなきゃいけなかった。昔、ふたりともうんと小さかったとき、ときどき悪いことをしたい気分でこっそり読んだものだ。

「あたしがここにいて、あんたのお姉ちゃんがいないのって、なんか変な感じ」とモーガン。

あたしは肩をすくめた。

「あの人、今年卒業でしょ?」

「ええと……いまは休学してる」とあたし。

「なにをするため?」とモーガン。

うちの親がロニーおじさんとモーガンにジョーが結婚するって話をしたかどうかよく知らないけど、あたしからはぜったいになにも言いたくなかった。

「さあ」と答える。「生きるため?」

モーガンはまたもや眉をあげたけど、無言だった。

モーガンがトイレに行こうとして部屋を出たとき、あたしが最初にしたのは日記をこじあけることだった。姉の声が聞こえることを期待したけど、背表紙からページが破り取られているのが見つかっただけだ。ジョーの秘密の日記は、歯を全部ひっこぬかれてぽっかりひらいた口みたいだった。

家の外では、おじさんとパパが街灯のオレンジ色の光輪の中で言い争っていた。

「くそ、いいからここにいろよ、ロニー!」パパはお兄さんに言った。「待て!」

「俺は犬じゃねえ」ロニーおじさんは言い、それからトラックに乗り込んで離れていった。

第九章

あたしとキンバリー――ある友情、三部構成

第一部　一九八一年

当時まだコートニー2だったキンバリーの六歳の誕生日パーティーまで、あたしは自分が黒人だってことさえわかってなかった。それを知ったとき、あたしはキンバリーを溺れさせようとした。人魚になれないって言われたからだ。人を殺そうとするほどの理由じゃないってことは認める。その日は明るく晴れていて、誕生日プレゼントがクリスマスツリーみたいに積みあがっていた。ときどき新しい子がその山にもうひとつプレゼントを加え、別の子がひとりかふたり、プールデッキに転がり込んだ。

コンクリートは熱くて、みんなの指先はチートスで汚れていた。キンバリーが宣言したのはそのときだ。「これから人魚ごっこするよ。アシュリー以外ね。だって黒人は人魚になれないもん！」

そしてくすくす笑った。

自分になれないものがあるなんて、まだ頭に浮かんでもいないころだ。その瞬間の屈辱感は、息もできないほど深く胸に刺さった。棒立ちになって呼吸できずにいるあいだに、ほかの女の子

たちは全員どぼんと水にとびこんだ。どうしてそうなったのか正確には憶えてないけど、キンバリーの肩をつかんで、両脚を腰に巻きつけて、ふたりとも水面の下にひっぱりこんだのは知っている。

体をからませ、水中で押さえつけていた何秒かのあいだ、鱗とひれが虹色にきらめくのがたしかに見えたと思う。

「ほら！」あたしは大きな泡と一緒に声をかけた。

「助けて！」キンバリーは息ができず、泡を吐きながら答えた。

なんでそんなことをしたのかわからない。別に自分の行動を弁解しようとしてるわけじゃないけど。ただ、どんなふうに感じるか知ってほしかったのかもしれない。

ふたりとも水から出て、キンバリーのお母さんにどなりつけられたとき、あたしは下を見た。ひれなんてぜんぜんなかった――濡れた日焼け止めが流れ落ちていく、細くて茶色い脚だけだ。

もちろんパーティーからは追い出された。

家に着くと、ママは静かに家の中へ入り、アスピリンを飲んで横になった。ジョーはうちのプールの脇に腰かけて、ぼろぼろになった『マイロのふしぎな冒険』の本を読んでいた。あたしは壊れたプールサイドチェアの隣に座った。

「黒人は人魚になれる？」と問いかける。

ジョーは本からこっちをながめた。「なんで？」

「コートニー2がなれないって言った」

ジョーは本を隣の椅子に置いた。あたしのほうに身を寄せて、じっと顔をのぞきこむと、大まじめに言った。「コートニー2は偽りの悪魔だから」

「へえ?」とあたし。

「あの子に自分のお城を奪われないで」

「いったいなんの話してるわけ?」さっきも言ったけど、あたしは六歳だった。

ジョーは人差し指で招いた。それから、もっとそばにくるように合図した。充分ジョーの椅子に近づくと、片足をあげてあたしのおなかを押し、水の中へ蹴り落とした。

「なんでこんなことしたの?」空中に浮かびあがったとき、あたしは唾を飛ばしながら言った。

「人魚はあんまり長いこと水から出てると死ぬよ」ジョーは本の上からこっちを見た。「ありがとうって言ってほしいな。たったいま命を助けてあげたんだから」

第二部　今年の初め

キンバリーとあたしは、一月に社会奉仕プロジェクトとしてお年寄りに食事を届けるボランティアに参加した。放課後ボランティアセンターに行き、食事を大量に預かって老人に届けるのだ。キンバリーはちょっと年寄りをこわがってたけど、あたしは同年代の子より老人のほうが好きだった。あたしたちのお気に入りはドリスだ。肌は蝶の羽みたいに繊細な手ざわりで、髪は雨が降る前の雲みたいな青色に染めている。パステルカラーのトレーニングウェアを数えきれないほど持っていた。

食事を持っていくだけのはずだったけど、ときどきミス・ドリスは、食べる前に世間へ連れ出してくれって言い張った。これは仕事のうちには入ってなかったけど、それでもキンバリーとあたしはやってあげた。

ミス・ドリスがカーラーを全部外すのを手伝う。カーラーっていうか、同じ役目を果たすために紙袋を切って髪に巻いたものだ。それから、コーラルの口紅を渡すよう要求された。あの薄い唇にはちょっと色が明るすぎたけど、うれしそうだったから、キンバリーでさえなにも言わなかった。

外に向かう直前、ミス・ドリスは握りこぶしぐらいの大きさの小鳥に「ぴい、ぴい」って声をかけてから、爪で鳥籠をトントン叩いた。

そして顔を空に向け、胸いっぱいに吸い込んだ。

「ボーイフレンドは?」と訊かれる。

「まだ」あたしは答える。

「前と同じ」とキンバリー。

「あたしがあんたたちの年ごろのころはやりたい放題でねえ。街じゅう遊び歩いたよ。そう、マリーナのそばに住んでる男の子がいて、ほんとうにきれいな車を持ってたっけ。あたしのくるぶしが大好きだったよ」

車椅子から片方の足首を持ちあげて確認する。

「まだきれいじゃないかい、お嬢ちゃんたち？　細い静脈がこんなにあるのを無視すればさ」

家に連れ帰ると、ミス・ドリスはあたしたちに残ってほしい理由を次から次へと見つけ出した――直す必要があるものとか、食べなきゃいけない手作りクッキーとか。最後には、むりやり出ていくはめになった。ときには文字どおり。年を取って自分のことができなくなるのってきっと最悪だよねって、あとからキンバリーと話した。年を取っているっていうのは、免許を取って、世界が大きく広がる前の子ども時代と似ているところが多い。

「家まで運転したい？」あるとき、そういう会話をしたあとで、キンバリーは問いかけた。

「まだ免許持ってないから」とあたし。

「あたりまえじゃん、シャーロック。知ってるよ」キンバリーは鍵を投げてよこした。

キンバリーの講習は、ジョーが中断したところから始まった。ジョーは基礎を教えてくれたけど、キンバリーは毎週ミス・ドリスやほかの人のところへ往復するときに練習するのを手伝ってくれた。驚くほど辛抱強い先生だった。

「ウインカーを使うのを忘れないでよ、アッシュ」と、ガムをかみながら言ったものだ。

「発進が急すぎ。もっとゆっくりアクセルを踏めばいいよ」信号が青に変わったときには、そう言った。

老人から老人へと車で移動しているあいだに、ときたまディヴァイナルズ[★50]の「アイ・タッチ・マイセルフ」がラジオで流れてくる。あたしたちは大喜びで窓をあけると、通りにいる他人に向かって、声をはりあげて歌った。「〝ほかの誰もいらない、あんたのことを思うとき、自分にさわるの〟」

あの溺れさせようとした事件のあとの数年間、マイケルがくる前で、キンバリーの両親が離婚してお母さんがたいへんだった時期、あたしたちはほかの子たちより仲がよかった。あんまり何度も泊まりにきたから、うちの親が専用の歯ブラシを買ってあげたぐらいだ。ルシアと三人でイングリッシュマフィンのちっちゃいピザを作って、あたしの部屋でワム！★51の「ウキウキ・ウェイク・ミー・アップ」に合わせて踊った。要塞みたいに積み重ねた枕の上で、小さな秘密をこっそり語り合いながら、あたしのベッドで眠り込んだこともある。

「あんたがいなくて淋しかったよ」一度、あやうく車でバスに突っ込みそうになったあとで、あたしはそう伝えた。まさに目の前でこれまでの人生が流れていくのが見えて、必要以上にセンチメンタルになっていたのだ。「あたしたちが一緒にいなくて淋しい」

キンバリーはこっちを見た。「あたし、ここにいるけど」

最終的には、ミス・ドリスを車に乗せるとき、あたしの運転でしばらくドライブすることになった。ミス・ドリスは外の世界を満喫してる犬みたいに、窓から首を突き出していた。「もっと速く、ほら、もっと速く！」と叫びながら。

★50 オーストラリアのロックバンド
★51 八〇年代に活躍したイギリスのポップデュオ

運転免許試験のために車両管理局へ連れていってくれたのはキンバリーだった。あたしは六九番で、ふたりともばかばかしくて笑えると思った。教官はパーマをかけたおっかない女性で、坂の上で縦列駐車を二回別々にさせられたけど、あたしは奇跡的に成功した。一発で合格したとき、あたしたちは車両管理局の真ん中でとびはねて抱き合ってわめきたてた。向かいの隅では、どこかの女の子がお母さんの肩にもたれて泣きじゃくっていた。

「自由！」キンバリーが言った。

「あんたがいなかったら落ちてた」とあたし。

「当然じゃん、シャーロック」とキンバリー。

ある日の午後、ミス・ドリスは倒れて腰の骨を折った。そこで子どもたちは家を売り、住まいに近いフロリダの介護施設に入れた。そのあと、キンバリーとあたしは食事を配るのをやめた。必要な社会奉仕の時間は超えてたし、たぶんふたりとも、ミス・ドリスの不在がつらかったんだと思う。一対一でつるむのもやめた。

第三部　今日

用務員たちはしょっちゅう掃除してるけど、どういうわけか女子トイレはいつでも生理の血のにおいがする。左の個室は水があふれていた。ひと月に一回はそうなるのだ。そこの水がほかの個室にまで広がりはじめた。でも、あたしはせっぱつまってたから、待てなかった。水があがってきたけど、あたしのケッズのスニーカーはかろうじて濡れなかった。

すごくファンキー《独創的》に用を足す。かっこいいファンキーのほうだ、くさいって意味じゃない。あたしはファンカデリック[★52]のアルバムの『マゴット・ブレイン』を聴いていた。これもジョーのカセットのひとつだ。いま聴いてるのは「ユー・アンド・ユア・フォークス、ミー・アンド・マイ・フォークス」って曲だった。いまの時代のために書かれたみたいな歌詞だったけど、実際には何十年も前のことだ。ジョン・F・ケネディが暗殺されてから八年後。ワッツ暴動とマルコムXの暗殺から六年後。ボビー・ケネディとマーティン・ルーサー・キングが死んだ年の三年後。ボビーはコリアタウンのアンバサダーホテルで銃撃された。ウィルシャーまで車で行けば、老朽化していても堂々としたホテルをまだ見ることができる。もっとも、いまは暴動のせいで行きたくないだろうけど。

「〝知ってるだろう、憎しみは掛け算で増え続ける／なあ、知ってるだろう、人は死に続けるんだ……〟」

アルバムのカバーには首まで土に埋まった黒人の女が載っていた。アフロヘアが天へ向かって逆立ち、ひらいた口から苦悶と歓喜のはざまの絶叫を吐き出して、周囲の地面ではウジ虫がうごめいている。どの歌も踊りたくなるか、ドラッグが効いてるか、どっちも合わせたみたいな気分

★52 一九六八～八二年まで活躍したファンクバンド

になった。「〝平和なんかありえない……〟」

　これは今朝のニュースで流れていたことだ。きのうロングビーチは緊急事態宣言を出した。リバーサイドでは火災が起こっている。略奪者がサンバーナーディーノのディスカウントストアに入ったとき、警備員が一七歳の子を殺した。サンフランシスコでは若い子たちが窓を叩き割って火をかけた。アトランタでは若者が抗議する一方、マーティン・ルーサー・キング・ジュニアのお墓の前での非暴力集会に四〇〇人以上がつめかけた。掲げているプラカードには〝ロサンゼルスに正義《ジャスティス》はない。司法制度《ジャスティスシステム》に裁き《ジャスティス》を。キングの評決は警鐘だった——人殺しをやめて、同胞として生きるか、愚か者として滅びろ〟と書いてある。評決に反対する平和な抗議は、三一歳の白人の男がナチスと南部連合の旗をはためかせたバンで乗りつけたとき、もう少しで暴動になるところだった。いままでのところ、死者二五名、負傷者五七二名、何百件もの火災と逮捕、さらに二〇〇万から二五〇万ドルの被害が出ている。

　平和なんてない。


　ニューヨーク市では、クイーンズ区の私立学校の生徒たちが「ロドニー、ロドニー、ロドニー」と唱えながら教室から出ていった。

　ここでは誰も学校から出ていったりしていない。

　あたしはウォークマンをつけたまま手を洗った。誰かが背中をぽんと叩いた。驚いてとびあがると、大事なプレーヤーがガシャンと床に落ちた。

「なに聴いてんの？」キンバリーが言い、あたしは水がこないうちにあわててウォークマンに手をのばした。キンバリーは手際よく二重にマスカラを塗り、髪を一方の肩越しにさっとふって、にっこりすると、反対側の肩のほうへ髪を払った。どういうわけか、そっちの肩のほうがいいって判断したらしい。

「『マゴット・ブレイン』じゃん。ファンカデリックだよね。古いやつ」

リュックからカセットケースをひっぱりだし、見せてやる。キンバリーは口を横にゆがめてうなずいた。あたしはカセットをリュックに戻した。キンバリーがその中をのぞきこむ。いまはジョーのカセットが山ほど入っていた。姿を消したくなったら、音楽に隠れるのがいちばん楽ってときもある。

「いつからそんなに黒人の曲を聴くようになったわけ？」

「あたしは黒人だし」と答える。

「うん、でもあんたって、なんていうか、黒人っぽい黒人じゃないじゃん」とキンバリー。

これにどう返せばいいのかわからなかったけど、キンバリーは実際に答えを期待してたわけじゃなかったらしい。もう一度口紅を塗ると、ペーパータオルをとって押さえた。まだ学校にきたばっかりだ――もう塗り直す必要があるなんて思えないけど、口紅を多めにつけると、この一日に立ち向かう勇気が増すこともあるのだ。

「あんたとマイケル、いっぱい話をしてるよね？」

その唇は内臓の色だった。非難されてるのかどうか、あたしには判断がつかなかった。

「ていうか、いっぱいじゃないよ」と言う。

嘘をついてるって見抜く程度には、キンバリーはあたしのことをよく知っていた。

「なに話してるの?」と問いかけてくる。「あたしたち何年も一緒にいて、出かけたり仲良くしたりしてるけど、なんだかマイケルって、ほら、秘密を打ち明けるとかそういうことがない気がして」

「ええと……あんたのこと話してる」とあたし。「あいつ、あんたに夢中だから」

キンバリーはきゅっと目を細めた。あたしたちは鏡に映ったお互いを見つめ、気まずく立ちつくした。次に聞こえたのは、そのとき言われるとは思っていなかった台詞だった。

「あたしたちが一緒にいなくて淋しい」とうとう、キンバリーは言った。

「あたし、ここにいるけど」あたしは答えた。

第一〇章

ラショーンはブルックスブラザーズのポロシャツに、昔の白人男性風の、ダサいタックの入ったカーキズボンをはいていた。疲れた顔だった。学校に間に合ったのは、バスでくるかわりに、ホワイト・ブライアンの家に泊まったからだ。いま着てるのはホワイト・ブライアンのお父さんの服だった。ホワイト・ブライアンはディズニーのグーフィーそのものだ――手足が長くてぎこちない歩き方で、人にうつるしゃっくりみたいな音をたてて笑う。ふたりは一年生のときから親友同士だった。ラショーンがどんなにすごいか誰も知らなくて、両方とも細い口ひげとテレビゲームのTシャツできめてたころだ。不思議なペアだったけど、なぜかうなずけた。ちなみに、ブラック・ブライアンはいなかった。

「ほんとにごめんなさい」ラショーンが席についたとき、あたしは言った。

「なんで？　別になにもしてねえだろ」ラショーンは力なくほほえんだ。

ホームズ先生が黒板の前に立って、でこぼこした側をこっちに向けていた。もうワッツや暴動についての話は持ち出さなかった。それどころか、あたしたちが入っていくと、きのうあんなに自分のことを打ち明けたのを恥ずかしがってるみたいに、すぐ授業を始めた。教室の空調が効いてなかったから、みんな汗だらだらになった。うしろにいるフィリップ・マーカウスキーのにおいが気になりだす。一〇代の男の子なんて、自分の汗でじりじりあぶられなくても充分くさいのに。街が燃えてるあいだは、うちの金持ち学校でさえ崩壊しつつある。一方で、あたしのいとこは家にいていいことになっている。きっとあたしの持ち物をあさってるに違いない。

重力軌道エネルギーを復習してる最中に、校長先生が教室のドアのところにきた。ジェフリーズ校長は、週末にハイキングや飲酒を楽しむ元ヒッピーみたいに見える。例のレザーを身につけて、学校での仕事中でもテバのアウトドア用の靴を履いている。まるで手に負えないティーンエイジャーが山になってて、いつでもそこに登れるよう備えてるみたいだ。

「ラショーン、きてもらえるかしら？」ジェフリーズ校長は声をかけた。

ラショーンは当惑した様子で立ちあがった。ホワイト・ブライアンのお父さんのカーキズボンは短すぎて、くるぶしのすぐ上までしかない。

「きっとあの靴のことだ」うしろでアヌジ・パテルがささやいた。

「話しかけないでよ」あたしは言った。

チャイムが鳴ったときも、ラショーンはまだ教室に戻ってきていなかった。ホワイト・ブライアンがほうりだされたリュックにラショーンの教科書とペンとノートを入れ、ファスナーを閉じて、自分のと一緒に教室の外へ持っていった。

ラショーンを見たのは二時間目と三時間目のあいだだった。ロッカーをドカッと蹴ってエアジョーダンにすり傷をこしらえる。金属に傷みたいなへこみが残った。

みんなが教室からぞろぞろ出ていくと、ラショーンは生徒全体に話しかけるようにふりかえった。「こんな場所くそ食らえ。おまえらみんな、俺のことをそういうふうに思ってるのか？　俺はそういうやつだって？」

アヌジの言うとおりだった――きっと靴のことを聞くために呼ばれたんだろう。

「よう、オレだってできれば出かけてったぜ。蹴りを食らったりしてな。権力と闘うとか、そんな話だろ？」白人の子たちはダスティン・キャバノーを黒人かぶれの白人《ウィガー》って呼んでいる。ぶかぶかの服を着て、ギャングスタ・ラップを聴いて、スラム出身みたいに話そうとするからだ。うちの学校独自のアル・ジョンソンみたいなものだろう。ほら、黒塗りの顔で黒人を演じた俳優だ。ダスティンが実際に黒人の子たちとよく話してるわけじゃない。というか、むしろ黒人の子たちのほうが話さないんだと思う。ダスティンが〝黒人のふりをしてる〟からウィガーなんだったら、その子たちはなんなんだろう？　あたしは？

「よう、てめえはくそだ」ラショーンは言った。

「オレが？」ダスティンはそっちへ近づいた。ラショーンが笑ったり身ぶりで反応したりしなかったのにショックを受けてるみたいだった。

「笑いごとじゃねえんだよ」ラショーンはどなった。

まわりでみんなが黙り込んだ。これはあたしたちの知ってるラショーンじゃなかった。誰にでも笑いかけて、コオロギを窓の外へ出してやるやさしい男の子。続けて何試合もスカウトの注目を浴びているのもみんな見ている。騒がしいお母さんがいるけど、自分ではぜったいに騒ぎ立てない。決勝戦で、審判が完全に間違っていたときでさえ、コートでは常に冷静さを保っている。学校新聞が大まじめに〝この神聖な学び舎を彩る、そうそうたる顔ぶれの中でも、もっとも輝かしいスターのひとり〟と表現した生徒。

うちの学校新聞には、へたくそな学生劇の女王様たちが使う大げさな文体があふれている。でも、この文章は間違っていなかった。ラショーンに関しては。

あたしたちはしんとなって、ダスティンの反応を待った。

「ああ、まあ……少なくともオレは泥棒じゃねえし」とダスティン。

最悪のタイミングで言った最悪の台詞だった。だって次に起こったことは――誰にも意地悪なんて言わないラショーン、あたしのエミリー・ディキンソンの詩を憶えているラショーン、スタンフォード大に入学が決まっているラショーンが――ラショーンが腕をふりあげて、ダスティンを殴りつけたのだ。相手は床に崩れ落ちた。

いつかジョーが言ったことが頭に浮かんだ。大学をやめたってわかった直後、親と喧嘩してるときに口にした言葉だ。

ジョーは言った。「あたしたちは人間として見てもらうためだけに、いつでも完璧にふるまわなくちゃいけないんだよ。シンボルでいることにうんざりしたことはないわけ？　ただの人間になりたいって思ったことはないの？」

たぶん、ラショーンはついにがまんできなくなったんだろう。

「どうしよう、どうしよう」ポーラって名前の女の子がずっとくりかえしている。実のところ、ちょっと血が出てるかどうかっていう鼻より、ダスティンのプライドのほうがはるかに傷ついているのに。ダスティンはふらふらと立ちあがって、周囲に集まった生徒たちを見まわした。

「おまえ、みごとにノックアウトされたな！」アヌジがどなり、みんな笑い出した。

ラショーンはその場に凍りついていた。まるで自分のものじゃないみたいにこぶしを見おろす。あれほど苦もなくコートを動きまわる体、ほぼシュートを逃したことのない手に裏切られたみたいに。顔をあげて、おびえきった顔で人垣の向こうを見た。こっちへ向かって急ぎ足で廊下を進んでくるジェフリーズ校長のほうを。

噂は噂だ――無視するのは簡単だ、たとえなにかあったとしても、校内で起きたことじゃないから――でも、いまや暴力沙汰が起きた。学校側はどうしたらいいかわからず、ラショーンを保健室の近くの事務室にとどめていた。事務室はガラス張りだから、中がかなりはっきり見える。ほかの生徒たちは教室から教室へ移動しつつ、ガラスの奥にいる輝きを失ったゴールデンボーイをちらちら盗み見た。ラショーンはある時点で発泡スチロールのコップの中身をすすっていたけど、それさえニュースになった。

「あそこでコーヒーを飲んでるんだと思うな」誰か女の子が言った。

「あたしがコーヒーになりたい」その友だちが答えた。

どちらかといえば、女子生徒のある一派にとっては、この件でラショーンの魅力が前よりずっと増していた。いまやゴールデンボーイよりさらにかっこいい――悪い男《バッドボーイ》なのだ。

授業の合間に、通りすがりの女の子たちが冗談を言っているのが聞こえた。「なんだか、いきなり気分が悪くなっちゃった。ぜったい保健室に行かなくちゃ」

あるいは、ひとりの子がずばっと言った台詞とか。「殴りっこしようよ、校長室に呼び出されるように」

お昼のとき、黒人の子たちはひとかたまりになっていた。あの子たちはよく笑うけど、自分の体に関してはそんなに開放的じゃない。みんな腰をおろしてささやきあっている。あの子たちを。

あたしたちに。あたしたちの。あの子たちは。あたしが黒人を〝あの人たち〟っていうと、パパはかんかんになる。

「あの人たちはおまえだぞ。おまえの同胞だ」

「〝俺はあいつでおまえはあいつでおまえは俺で、俺たちはみんな一緒〟」そういうとき、あたしはビートルズの「アイ・アム・ザ・ウォルラス」で返す。

「教室がものすごく汗くさい」お昼を食べようとして座ったとき、ヘザーがこぼした。

「まったく、この場所から出ていくのが待ちきれないぜ」トレヴァーがあたしたちのテーブルにつきながら言った。「だってな、いまの状況を見てみろよ」

「高校のこと?」とコートニー。

「おいおい、ロサンゼルスはひでえ暴動のまっただなかだろ、気づいてないなら言っとくが」

「アホなこと言わないでよ。エアコンが壊れてることを言ってるのかと思ったの」

「〝暴動とは聞かれざる者たちの言語だ〟」とトレヴァー。「だろ、アッシュ?」

「ずいぶん深いこと言うじゃん、トレヴ」あたしが答える前にヘザーが言った。「どこから盗んできたわけ?」

「マーティン・ルーサー・キング」トレヴァーは大得意で答えた。

「ジュニア」とヘザー。「マーティン・ルーサー・キング・ジュニアだよ」

「どうでもいい」とトレヴァー。「知ったかぶりするなよ。かわいくないぜ」ヘザーにどんと押されてトレヴァーがつねったので、ヘザーはキャーキャー叫んだ。ほかのみんなが眉をあげたのは、どう見てもいちゃいちゃしてたからだ。本人たちはぜったいに認めないだろうけど。

どういうわけか、トレヴァーの耳がエルフっぽいっていままで気がついてなかった。いや、あれはスタートレックのスポック★53に似てる？ トレヴァーはぺらぺらしゃべりすぎるから、あのでっかい耳はろくに使う機会がないのだ。口をひらいて話そうとすれば、まわりは黙って聞くものだって白人の男の子は教わってるんだろう。昔はそう思っていた。でも、先週ふたりのコサージュを買いに行ったとき、おれは五人きょうだいの真ん中なんだってトレヴァーに教えてもらった。なぜかこれまでぜんぜん知らなかった。いまでは、だからいつもあんなに大声なのかって思う。自分の声を聞かせようとしてるだけなのだ。もっとも、どっちの理由も少しずつあるのかもしれない。大人になるってそういうことなのかなって気がしてきている——人はちょっとだけ間違ってるけど、こっちが思うような理由からじゃないし、ちょっとだけ正しくもある。だから、いいことも悪いことも受け入れるようにがんばるんだろう。いま、あたしたちは若くて、どうすればよくなれるかまだ探っているところなのだ。

「知ってたか、マンハッタンだけで——」トレヴァーは言いはじめた。

「いいかげんにニューヨークの話はやめてよ」とヘザー。

「ねえ、うちの親、こんなのが続いたら引っ越すって話してるんだけど」コートニーが言った。

「ほんとにこわがっててさ。ロサンゼルスは危険になりすぎてるって思ってる」

★53 SFテレビドラマ『スタートレック』の登場人物

「お金持ちの白人なのに」あたしは口走った。「いったい誰に狙われると思ってるわけ?」

みんなふりかえって、まるで五つ頭があるみたいにあたしを見た。それから、トレヴァーが爆笑した。

自分で答えるはめになる前に、ラナが通りかかってあたしにウインクをよこした。今日はだぶだぶのフランネルのシャツを着ていて、タンクトップの上からブラの一部をのぞかせ、コンバットブーツの紐をほどいている。グリースを塗った髪は頭の上でお団子にしていた。こぼれたワインクーラーみたいだ。

「うわ。レズっぽい!」ラナが通りすぎたとき、コートニーが言った。

「なにか目に入ったんだよ」ヘザーが言い、あたしに向かって眉をあげてみせた。

ヘザーは昔から、コートニーは少しそういう意味でキンバリーのことを好きなんだって思っていた。ふだんならテレビの『フィル・ドナヒュー・ショー』の見すぎですませるけど、ヘザーの言うことも一理あるかもしれない。ジェニー・リューの誕生日パーティーでキスゲームをやったとき、キンバリーとコートニーは首に腕をまわしあい、舌を入れてキスしたのだ。みんなの歓声と笑い声がやんだあともキスを続けて、ようやくキンバリーが離れると、コートニーは真っ赤になっていた。でも、二年足らずまえ、あたしたちはキンバリーのお母さんの服を着て、スーパーモデルのふりをしながら「フリーダム! 90'!」★54って叫んで歩きまわった。そのとき、キンバリーとコートニーはどっちがシンディ・クロフォードになるかで実際に取っ組み合いを始めたから、結局誰にもわからない。

あたしは仲間から離れて、ラナが食事をする場所へついていきたかった。煙草とオレンジを分け合って、なにか意味のある話ができそうだ。ううん、意味がなくてもいい。コートニーの言うとおりかもしれない――ラナがレズだって可能性はある。でなきゃバイか。あたしの知るかぎりバイセクシャルには会ったことがない――ラナがそうなら最初だ。現実のレズビアンはきっかり三人知っている。

学校のスピーカーのスイッチが入って、学校当局はプロムを予定どおり明日の夜八時三〇分におこなうことを決定しました、と校長がアナウンスした。中庭にいた全員が歓声をあげた。コートニーとキンバリーはぎゅっと抱き合った。

「よかった!」とキンバリー。

向かい側にいる黒人の子たちは、ほんのちょっとスピーカーに注意を向けただけで、また身を寄せ合った。ラショーンはその中にいなかった。

ガラス越しにラショーンが脚を前にのばしたのが見えた。重たいガラスのドアをひっぱってあけると、ラショーンは顔をあげた。学生事務助手をしている、アリソンって名前の金髪の女の子が隣に座っている。お尻の下で脚をそろえて、片手でラショーンの背中を軽く叩いていた。なぐさめようとしてるけど、少しこわがってもいるみたいだ。アリソンはまだ下級生だけど、胸は最

★54 一九九〇年代にスーパーモデル黄金時代の中心人物となったファッションモデル

上級生並みだって男子は言っている。

「よう、コオロギ」ラショーンがこっちを見あげ、アリソンは邪魔されてあたしをにらんだ。

　事務室の向こう側の壁には、金の星つきで全員の名前と入学する大学を書き出してある。ほかの子たちと一緒に掲示できるように、どこへ行くか決まったらすぐ学校の事務員に伝えることになっている。掲示板には夜空を意図した紺色の紙が貼られ、「わが校の輝かしいスターたち！」ときらきら光る金字で書いてあった。みんなわりと堂々と事務室に入っていって、ほかの人がどこに合格したか確認している。自分の幸運と比べたり同情したりっていうのもあるけど、たいていは友だちのところへ戻って「なんであの子がダートマス大に受かったわけ？」とか言うためだ。

　あたしは名前に目を通すふりをした。

「壁につけたす分があるのか？」ラショーンが言った。

「まだどこへ行くか決まってなくて」

　反応を待ったけど、ラショーンはなにも言わなかった——じっと遠くを見つめ続けている。

「で、裁定は？」あたしは言い、校長室のほうへうなずいてみせた。

「まだ決めてるところです」アリソンが口をはさんで、ラショーンはそこにいることさえ忘れてたみたいにそっちを見た。

「こんな学校、くそ食らえ」と言う。いまにも爆発しそうだ。でなければ、少なくとも事務室から駆け出していきそうだった。

　下級生のとき一度、チアリーディングの練習のあと、ルシアが迎えを忘れたことがある。あたしがキンバリーとぶらぶらしてると思っていたのだ。家に電話して、ひたすら応答を待ったけど、誰も出なかったから、状況にふさわしく哀れっぽいメッセージを残した。秋の話で、日が沈むのがやたら早くなりはじめてたから、まもなく学校の敷地に明かりがつき、あちこちにあたたかな円を描いた。空気が刺すように冷たくなってきて、ほかの子たちはみんな、それぞれの活動からぽつぽつ出てきて迎えの車に乗った。あたしはまだ短いチアパンのままで、寒くてたまらなかった。風がびゅうびゅう肌にあたりはじめたから、待ってるあいだ体をあたためようとして校内を歩きはじめた。バスケのチームの練習が終わり、見あげるほど背の高い子たちが体育館からぞろぞろ出てきて駐車場に向かったけど、ラショーンはまだ外で基本練習をしながら、コートじゅうを動きまわっていた。あれだけ何時間も練習したあとなのに。ピボット。ピボット。シュート。フェイク。2ポイントシュート。3ポイントシュート。レイアップシュート。いまほど体ができてなくて、背も高くなかった。もっとひょろひょろだったし。まだどっちかっていうと子どもみたいで、雑誌の『MAD』の表紙に載ってる子みたいに、耳が突き出ていた。オレンジ色に照らし出す電灯の下で、コートにいたのはラショーンだけだった。あたしはフェンスのところに立って、金属に指をかけ、黙ってながめていた。

「よう」ラショーンが言った。

「どうも」あたしは答えた。

「なんでまだ残ってるんだ?」

「迎えを忘れられちゃって」とあたし。「なんでまだここにいるの?」

「ここにいるために、ここにいなきゃならねえからさ」と言って、ラショーンは笑った。ドリブルをやめてフェンスまで歩いてくる。まるで檻の中と外で話してるみたいだった。

「この学校、くる価値があると思うか？」

あたしは肩をすくめた。「親はそう思ってるみたい。だって、ほら、みんなここからいい大学に行ってるから」

「ミハ」ルシアが向こう側から大声で呼びかけた。乗っているカローラが遠くでポンポンエンジン音をたてる。あたしはつかのま恥ずかしくなった――ルシアや車がじゃなくて、ルシアに迎えにこさせるような、自分がいる学校の費用さえ考えたこともなかったような人間だってことがだ。

でも、同時に気がついた。きっとラショーンにも、そばに座らせて目を見て、「もっといい子にしてがんばらなくちゃいけない」と言ったオパールおばあちゃんみたいな人がきっといたんだろう、それがどういうことだったにしろ、あたしたちはふたりとも、自分の価値を測るこの物差しを肌で感じていて、頭でも理解している。ピボット。もっと。レイアップシュート。もっと。3ポイントシュート。もっと。ボールを持ちあげて、腕をあげて、狙う。もっと。

ラショーンはあのことを憶えているだろうか。

あたしたちの向かいで、事務員はずっとポータブルテレビに目がくぎづけになっていた。かわいい顔にほっそりした両手をあて、画面に広がっていく炎を見守っている。ミステリードラマの『トワイライト・ゾーン』の古い再放送みたいに、その火は白黒で不気味だった。

「大学を追加しにきたんですか？」事務員はあたしが部屋にいることにはじめて気づいて、ちらっとこっちに注意を向けた。

「いえ。輝かしいスターじゃないんで」とあたし。

相手はすぐさまテレビに戻った。

「ほら――あんたは星のすぐ下じゃん」あたしはラショーンに言った。その星はほかの子のよりいくらか大きかった。ぜったいアリソンのしわざだ。

アリソンは長なわとびで遊んでるときみたいに、ロープで頭をぶたれまいとして、会話に戻るのにちょうどいいタイミングを見計らっていた。

ラショーンは首をねじって掲示板に載ってる自分の名前を見やり、あきれた顔をした。

「こんなとこ、マジでうんざりだ」と言う。「あのな、そもそも入りたくなかったんだよ、知ってたか？　おれは仲間みたいにすぐ近くの高校に行きたかった。本物の仲間とな。こんなろくでもねえいんちき連中なんかじゃねえ」

「すっごくわかる」アリソンがようやくきっかけをつかんだ。「あたしもです」

事務員が封筒づめ作業をするのにアリソンを呼んだので、しぶしぶそっちへ向かう。

「ここじゃ息もできねえ気がするときがある」アリソンがいなくなると、ラショーンはささやくように言った。

「あたしも」と答える。

「まるでブラックホールだ」とラショーン。

あの噂はあたしが始めたんだって言いたかった。ごめんねって。こんなふうに噂が手に負えなくなるような状況にするつもりじゃなかった。なんであんなこと言ったのかさえわからない。ラショーンの隣に座って、あのたくさんの星の下で頭をそらし、しばらく目をつぶって呼吸したかった。

「ええと……授業に行ったほうがよさそう」あたしは言った。

出ていこうとして立ちあがったとき、リポーターの甲高い声が聞こえた。通りすがりの略奪者の鼻先にマイクを突きつけている――このチャンネルで何度も何度も流し続けている同じ声、同じ場面だ。「悪いことだって知らないんですか?」

六時間目の教室へ向かっていると、マイケルが後ろから歩いてきた。あたしの手首をつかんで美術室へひっぱりこむ。

「なにを聴いてるんだ?」

ヘッドホンに身を寄せてきたから、ふたりの頭と腕と脚がくっついた。あたしたちは誰か気の毒な一年生の絵にもたれかかった。鎖骨をマイケルの息がかすめる。

ちっぽけなスピーカーからボノ[★55]が歌っている。君がほしいと言うもの、君がくれるもの、すべてについて。ジョーは以前U2が大好きだったけど、いまはボノなんてばかだと思っている。

「ここ、どうした?」マイケルが新しい傷痕にそって指を動かした。

「隣の家の連中がうちのおじさんを撃とうとしたから、止めようとして屋根からとびおりるはめになったの」

「わかったよ、話さなくていいから」とマイケル。

「キンバリーが好き？」あたしは問いかけた。

「おれの彼女だろ」

「そういうこと訊いたんじゃないよ」

「いまあいつの話はしたくない」

「都合のいいときだけいないふりをするわけにはいかないよ」

「ああ、まあ、おまえはどうなんだ？」マイケルはぴしゃりと言い返した。

「もう行くから」とあたし。

「行くなよ」マイケルは手首をつかんであたしを引き寄せた。「頼む」

明かりが消えた。暴動が始まって以来、街のあちこちで大規模停電が起きている。

「なにもかもめちゃめちゃになってきてるな」マイケルは溜め息をついた。「ラショーンはどうなると思う？」

「さあ」

「ラショーンの言うことはちょっとわかるんだよなあ」タンクトップの紐をいじられた。

「ダスティンがくそだから？」

「とにかくもう、この好きって感覚が、自分の中から噴き出しそうな気がするときがあるんだ

★55 ロックバンド、U2のボーカル

よ」とマイケル。「それでいて、なんていうか、誰でも彼でもむかついてたまらねえ」

ヘッドホンの中でヴァイオリンが大きくなり、ギターが物悲しい高音を響かせた。ボノの声が最高潮に達して弱まり、とぎれる。やっとまた明かりがついたとき、あたしのシャツの背中には、晴れた日の海に映る夕焼けみたいに、湿った青やピンクやオレンジの跡が散らばっていた。


放課後、黒人の子たちはこぶしを突きあげて中庭に立っていた。一九六八年のオリンピックで黒人差別に抗議したトミー・スミスとジョン・カーロスみたいに、毅然として。

リル・レイ・レイはまだ欠席していた。ミルドレッドもだ。ふとっちょアルバートはずんぐりした茶色いげんこつを空に掲げた。キャンディスもだったけど、いったん手をおろしてピンクのリュックの紐をずらし、もう一度こぶしをふりあげる。指の爪がキャンディでできた鉤爪みたいだった。

「あれ、なんなの?」ヘザーにたずねる。

「ラショーンが停学になった」ヘザーはむっつりと答えた。

「はあ?　あのくそダスティン、たいした怪我でもなかったのに」

「どんな違反も許さないって」溜め息をつく。

黒人の子たちは覚悟を決め、八人全員が中庭に集合していた。ハーフのマージーが突き出したそばかすだらけの白い腕から、陽射しを照り返すキャンディスの青紫の肌まで、黒人の虹みたいだった。

「ていうか、正直、そんなにあたしたちが嫌いなら、自分たちの学校に行けばいいのにさ」そばを通りすぎた女の子が友だちに言った。

「ここが自分たちの学校なんだよ、ばか野郎」ヘザーがその子に告げた。

相手は唇をすぼめてヘザーを横目で見た。

「あっ！　ロッカーに忘れ物してきちゃった。すぐ追いつくから」ヘザーはあたしに声をかけて走り去った。

キャンディスがじっとこっちを見つめた。挑戦してるのか、誘ってるのか。あの噂の出どころがあたしだって知ってるはずはない。一緒にやってくれって頼んでるのかもしれない。あそこに加わるべきだ。ジョーならそうする。

そのかわり、あたしは申し訳なさそうな笑顔を浮かべて、ほかのみんなと同じように通りすぎた。

第一一章

結局、ラナはワインクーラーのにおいじゃなくて、たんなる煙草のにおいがした。それを知ってるのは、放課後友だちを待ってるとき、正面の階段のところで隣に座ってきたからだ。フランネルのシャツの袖が少しめくれてて、濃い紫のまるいあざが見えていた。

「その腕、どうしたの？」あたしはたずねた。

ラナは急いでまためくれないように袖のボタンをはめた。

「うちにきたい?」と訊いてくる。

あたしはキンバリー、コートニー、ヘザーとヘザーの家に行くことになっていた。金曜日だから、お酒を飲んでマリファナを吸って、プールに浮かんでテレビを観て、男の子たちを呼ぶつもりだ。コートニーのお母さんが軽食を作ってくれて、アルコールとマリファナのことは無視するだろう。どうしてかっていうと、「外の知らないところでやるより、目の前でやってほしいからよ」ってことらしい。

ルシアはいつも、新しい友だちを作ったほうがいいって言ってくる。高校が終わる一か月前じゃ、その忠告に耳を貸すにはちょっと遅すぎる気がしたけど、遅いほうがやらないよりいいだろうし。それに、帰ってモーガンやあの批判的な眉毛を見たくない。

「行きたい」と答える。

「いいね」とラナ。「悪いけど、少し歩かなきゃ。今日はママが車を使ってるから」

ラナを端に押しのけて、コートニーとキンバリーとヘザーがまわりにどっかり腰をおろした。

「こんちは」とラナが声をかける。

「どうも」ヘザーがあたしの肩に片腕をかけた。コートニーとキンバリーは、なんとなくラナに視線をやってうなずいた。

「行こ」とキンバリー。

「実は、今晩ラナのうちに行こうと思ってて」あたしは言った。

「ちょっと、なんて言った？」キンバリーが訊き返した。「この子の？」

「この子ね、ありがと」ラナが言ったけど、とくに気にしてるふうでもなかった。

「プロムの前の日だよ、アシュリー」キンバリーは、誰かが自然の摂理に盾突いてるときに使う口調で言った。たとえばコーラのほうがペプシよりおいしいって思ってるとか。

「あした会うよ。約束する」

キンバリーの黒目が地球を一周しそうなほどぐるっとまわった。戻ってきたときにはパスポートがいっぱいになってるかもしれない。

「好きにすれば」と言われた。

「行こうか」とラナ。

ラナとあたしは立ちあがり、通りを渡って進み出した。向こうの三人も立ち去ったけど、途中でコートニーがふりかえり、人差し指と中指でVの形を作ると、そのあいだで舌を出し入れしてみせた。


ラナとあたしは細々とした歩道にそって丘の奥へ入っていった。たまに車が制限速度の二倍の速さで走っていって、ラナがあたしをかばうようにどこかの垣根に押しつけた。あんまり話さなかったけど、居心地のいい沈黙だった。

「着いたよ」ラナは黄色くなった生け垣の真ん中にある、彫刻を施した木製のドアの前で足を止めた。

外から見ると、家自体はすごくカリフォルニア的だった――ミッション建築の大きな窓、スペイン風のタイルの玄関。前庭には花や多肉植物を植えた色とりどりの鉢が散らばっている。入口の階段にでっぷりしたオレンジ色の雌猫が寝そべっていた。ラナが腕に抱きあげる。

「これ、シー＝ラ」と笑う。「なでたい？」

「アレルギーがあって」と答えた。

ラナがおろすと、シー＝ラは敷地のどこかへちょこちょこ走っていった。

「あんたの家、かわいいね」あたしは言った。

「ああ、ここあたしの家じゃないよ。オーナーの家」

「ああ。えっと。ごめん」とあたし。

「謝らないでよ。知らなかったんだし」とラナ。

ラナのあとから石畳の道を裏庭まで歩いていく。そこはきちんと手入れがされていて、端のほうに大きなトランポリンがある以外、ほとんどなにもなかった。トランポリンの隣に離れがある。母屋の三分の一ぐらいで、同じような建築だった。入口には戸外用の椅子が二脚と、たばこの吸い殻でいっぱいのプランターが置いてある。二本のオレンジの木の片方から実が落ちて、そのオレンジが椅子の前に転がってきた。

「つましいわが家へようこそ」中に入りながらラナが言った。

ふつう、知り合いがこれを言うときは皮肉で言っている。ラナの場合、ほんとうにつましかった。学校ではみんな、ラナがほかの生徒よりお金持ちだと思っている。ラナを学校に戻してもらうためにに、両親が新しく図書館を建てるだけの寄付をしたからだ。この場所を見ると、ラナの親はそれまで貯めたお金をそっくり図書館につぎこんだんじゃないかと思う。家具はふぞろいで色あせてたけど、どこを見てもおもしろいものがあった——いくつもの木の彫像、ぶらさがったタペストリー。崩れかけた暖炉のまわりの壁は、むらのある明るい青に塗ってあった。あたしは木像のひとつを指さした。

「あれ、すごくかわいい」

「うちのママがネパールにいたとき手に入れたんだよ」ラナは答えた。

「なんの仕事してるの？」

「なんでもいろいろ。まあ、いつでも充分じゃないけどね」とラナ。

「すごいかっこいい人なんだね」とあたし。

ラナは返事をしなかった。

リビングの部分からは小さいキッチンが見えていた。キャビネットの隣に古いレンジがつけたしみたいにある。キッチンテーブルは焦げ茶色で、脚は凝った形に彫刻され、天板にはペンで子どもみたいに無造作な印がつけてあった。ちぐはぐな椅子を調和させようとして、おそろいのあざやかな緑のクッションが奮闘している。

「母屋には誰が住んでるの？」

「ママがパパと暮らしてたときの友だちがふたり。離婚のときこっちについてきたんだ。ふたりともおもしろいよ。画家。ブラッドとファム。ブラッドはミッドシティに画廊を持ってる。ファムはカンボジアの難民で、ちっちゃくて、昔は画家だった。最近なにしてるのかは知らない。でも、すごく料理がうまいよ」

「あんたんち、いつ離婚したの？」

「厳密に言えば、そもそも結婚してない。ともかく正式にはね。あたしたち、前は何ブロックか離れたばかでかい家に住んでたんだけど。でも、別れたときにパパがママを追い出して、あたしはママについてきたの。あたしの授業料とかはパパが払ってるけどね」

図書館のために寄付したのは父親のほうに違いない。

ラナがシュシュをはずすと、髪が肩のまわりに落ちた。

「なにか飲みたい？」

「うん」とあたし。

「赤で大丈夫？」

あたしが飲み慣れてるのは、安いビールとかワインクーラーとか、コートニーがパパのスーツケースからくすねてくる飛行機のアルコール飲料の小瓶だ。とくに好みはない。ラナはグラスふたつに赤ワインをそそいだ。青いクリスタルガラスが光を屈折させ、室内に幾何学的な模様を投げかける。赤ワインは二杯分なかったから、白ワインをつぎたした。そんなによく知ってるわけじゃないけど、ワインってこういうふうに飲むものじゃないのはたしかだ。

「乾杯！」ラナが言った。

ラナの部屋はすごくせまくて、全体に物が少なかった。ベッドは低くて木製で、ナイトテーブルのかわりにハードカバーの美術書を重ねた上に電気スタンドが置いてある。

「誰とプロムに行く?」あたしは訊いた。

「あたし行けないんだよね」

「お母さんが行かせてくれないの?」

「ううん。学校に戻る条件だったから。プロムとか卒業パーティーとかそういうのは全部だめ」

「むかつくね」

「どうせつまんないし」とラナは言ったけど、本気だとは信じられなかった。

ラナがステレオの再生ボタンを押した。窓の下の床に置いてある、銀色のばかでかいしろものだ。ステレオの上は派手な色で埋まっていた。マクドナルドのハッピーミールについてくる小さなおもちゃのシリーズだ。スピーカーから若い女が甲高い声をあげ、続いてギターががんがん響き渡った。まだワインを持ったまま、ラナは実際の拍子をまるで無視して激しく体をゆらしだした。

ジョーが好きそうな曲だった。あたしは自分のワインを大きくひとくちで飲み干し、ラナの部屋の床の上でぎこちなく体を動かしはじめた。ラナがベッドにとびのってこっちへ手をのばしてきたから、ふたりともベッドの上でぱたぱた動きまわった。厄払いで歌が終わるまで踊りまくったあと、ラナはベッドからとびおりた。

「トランポリン?」

「やるやる!」

いつもの仲間とは静かに話してるとしたら、ラナといると動きが多かった。部屋を横切って、とびはねて、今度は外に駆け戻る。ラナは長くじっとしてはいなかった。いまはそれがいい。もっとも、いらいらすることもありそうだけど。

あたしたちはさんざんとんだりはねたりしてから、黒い部分に倒れ込んで、かたむきかけた太陽に顔を向けた。こんなに楽しかったのはひさしぶりだ。ろくに知らない女の子とトランポリンをしてるのに。

「なんにでもなれるとしたら、なにになりたい？」とラナ。

「魚」

「この先一種類の色しか身につけられないとしたら、何色にする？」

「黄色」

「古くさい歌で気に入ってるのは？」

「『ウィズ』の『ホーム』★56。子どものころあの映画がお気に入りだったから」

「世界が自分の思いのままだったら、どこに住む？」

「いまは違うんだ？」

暗くなりかけたとき、ラナは体をこっちに向けた。

「ママにやられたんだよ、あれ」と言う。

「は？」

「あざ」袖をめくりあげる。「ほかにもある」

なにを言ったらいいのか、どうしたらいいのかわからなかった。

「もうすぐここを出るし。あと二、三か月ぐらいなんとかなるよ」また袖をおろす。「たぶん……ときどきママは、自分がどれだけ強いかわかってないんじゃないかと思う」

「だけど、どうして？」

「複雑なんだよ」とラナ。「家族ってみんなそうじゃん？　なんていうか、ちょっと憎らしいけど、自分の母親だし、好きなんだよね。とにかく、誰にも言わないでよ」

「お父さんのところに行くとかは？」

「あんなやつ」とラナ。

この子はこんなにいろいろつらいことを打ち明けてくれた。だから、とうとうあたしも自分の話を返した。

「あたし、このあいだほんとにひどいことをしちゃった」と伝える。なんだったのか声に出して言う気にはなれなかった。実のところ、ひどいことはふたつだ。でも、ひとつのほうがもうひとつより悪かった。

「誰か殺した？」

「えっ、まさか」

「大怪我させた？　死体を捨てるのを手伝った？　お金で体を売った？」

★56　ミュージカル『オズの魔法使い』をリメイクした舞台『ザ・ウィズ』と映画『ウィズ』に出てくる楽曲「ホーム」の一節

「ちょっと、ラナ」

「あたしが言ってるのは、あんたがなにをしたって、そこまでひどいのは想像がつかないってこと。ただ……落とし前をつけなよ」ラナは言った。「それだけだから」

「なにしたか知りたくないの？」

「話したくなきゃいいよ」

裏庭がぱっと明るくなって、人影が現れた。隣でラナの全身がこわばる。

「かわいいラナ！　お気に入りメニューを作ったよ！」男の強いなまりは、茶色い泡がふくらんではじけるみたいに響いた。その声を聞いてラナは力を抜き、二回はねてトランポリンの外へとびだした。

「アシュリー、これがファム」と言う。

「ラナは一度も人を連れてきたことがないんだ。きみは特別な子なんだな」ファムが握手しようと手をのばした。小柄だけど強そうだ。幅の広い大きな顔は煎ったアーモンドの色だった。濃く深い色の瞳がにっこりする。

「夕食を一緒に食べていってくれないとな、新しいお友だち」と、大げさな身ぶりで言う。「ぜひとも」

ルシアに電話してどこにいるか伝えておくべきだけど、どうせ金曜日はたいていキンバリーのところにいるのだ。実際、どんな違いがある？　この人たちが殺人犯なら別だけど、そんなことはないだろう。ルシアと報道番組の『デイトライン』をさんざん見てるから、殺人犯が予想どおりの人物ってことはまずないと同時に、なぜかまさに疑ってた相手でもあるって知っている。もしそうだとしても賭けてみよう。いま家に帰るより、ここにいたい気持ちのほうがずっと強かった。

ブラッドとファムはふたりの家で協力して動きまわった。ファムがまな板の作業を終わらせ、ブラッドが使った包丁を流しに置き、ファムがナイフ類をとりだしてカウンターに載せ、ブラッドがそれをとりあげてテーブルの用意をする。ブラッドは禿げかかっていた――銀色の髪は刈り込む必要がありそうで、ドーナツみたいに中央が薄くなっている。バレリーナの体つきと姿勢をしていて、テーブルを用意するときでさえ、ダンスする理由のひとつみたいにすいすい動いた。その軽やかさはファムの重たい足音と調和がとれていた。

ブラッドとファムとラナは一緒にいるとすごかった。美術と大統領選とアーサー・アッシュ★57とマジック・ジョンソン★58とチェチェンのことを議論した。ブラッドとファムはその全部についてどう思うか、ラナとあたしに訊いてきた。まさしく全世界を吸収するものとして見ている人たちのそばにいるのは、うっとりするほど刺激的だった。

「いま起きていることはとても心配だが」とブラッド。「しかし、予見できなかったわけじゃない」

★57 テニス四大大会のうち三大会で男子シングルスの優勝を果たしたテニス選手
★58 史上最高のポイントガードといわれるプロバスケットボール選手

「きみはどう思う、アシュリー?」ファムがたずねた。

「どう思ったらいいのかわからないんです」あたしは答えた。ほんとうのことだ。頭にくるし悲しいけど、恥ずかしい気持ちもあるなんて、ほとんど知らない相手にどうして言える? 怒りが背筋を伝わり、こぶしを握るように指先にまで伝わって、体そのものを支えていること。悲しみが鈍い痛みに似ていて、頭をもたげていようとがんばっている筋肉にずっしりとのしかかっていること。黒人がこの混乱の主体でも犠牲者でもあるのに、自分はそんなふうに思われたくないのを恥ずかしく感じていること。でも同時に、あたしはもっといい人間だって考えていることも恥ずかしかった。その恥ずかしさが胸の奥で脈打ち、渦巻いているのがわかる——でも、なにもかもすごく遠いような感じもした。あたしは黒人だけど、テレビの暴徒とは違った黒人らしさを持っている。

「おふたりはどうやって会ったんですか?」慎重に食べながら訊いてみた。

ファムとブラッドは顔を見合わせた。

「うちの両親は大学教授だった。クメール・ルージュ[★59]は教育を受けた人間が好きじゃなかった、知ってるかい? 母はとても頭がよかった。父もだ、母みたいじゃなかったけどね。それに僕たちはカンボジアのベトナム人だったから、よけい悪かった」

ルシアが故郷の話をするとき、たまにそうなるように、ファムはどこか別の場所へ思いをはせていた。ブラッドが話を引き取った。

「妻と私がファムと妹さんの保証人になったんだよ」とブラッド。「妻はとても信心深くて、私も当時はそうだった。ともかく、そうあろうとしていたね」

「じゃあ、ええと、養子にしたんですか?」とあたし。

「というわけでもない。アメリカにくる費用を出したんだ。ここでの教育費とね。ふたりのアメリカでの家族という感じだった。困窮している人々があまりにも多かったからね。なにかするべきだと妻が言ったんだ」

「僕は年をごまかさなきゃいけなかった」とファム。「ふたりとも受け入れてもらうために」

「私はたんに年齢に似合わず賢い子だと思っただけだったよ」とブラッド。「つらい経験をたくさんした子はときどきそういうふうになるから……」

「でも、僕は二〇歳だったけどね!」ファムが笑った。「僕はただ……」広げた手を突き出して床のほうにさげる。背が低いってことだ。

「英語を練習するためによく話したな」とブラッド。「ときには夜更けまで何時間も語り合ったよ」

「あのころ僕の英語はものすごく下手だったけどね」とファム。

「それから、ブラッドとファムが恋に落ちたわけ」とラナが割り込んだ。「ものすごく面倒くさい恋だった」

ものすごく面倒くさい恋。あたしはジョーとハリソンがすてきな歌を歌ったこと、ママと

★59　カンボジアの反政府組織。ポル＝ポトを中心とする共産ゲリラ

ジョーがドアを押し合ったとき、ママの薄いストッキングの踵が伝線していったことを思った。

ブラッドが笑い声をあげた。無理した笑い方だった。ファムのこめかみにそっとキスする。中学校のとき、『ウォルト・ディズニーのすばらしい色の世界』で、スペリング大会に勝ったカンボジア難民のテレビ映画を見たのを思い出した。感動的な話ってことになってたのと、アメリカのトイレでどうやっておしっこするか知らなかったってこと以外、内容はたいして憶えていない。それ以前は、民族が違えばおしっこの仕方も違うかもしれないなんて考えてもみなかった。ファムと妹さんも、あらためて覚えなきゃいけなかったんだろうか。

ファムがお皿から顔をあげた。「妹は逃げるとき僕がおぶってやったのを憶えていないんだ。僕たちのことを知ったとき、唾を吐きかけてきたよ」

ブラッドが溜め息をついてファムの手を握った。

「そのうちわかってくれるよ」ラナが言い、ファムの手をぽんぽんと叩いた。「だって、ねえ、もう九〇年代だよ！」

夕食のあとブラッドとファムは家にひっこんで、ラナとあたしはトランポリン遊びに戻った。ジャンプでバックタックからフロントタックに移ったら、ラナが拍手して言った。「もう一度！」

あたしたちはへとへとになって、離れの前にあるおんぼろ椅子に腰をおろした。ラナが煙草をくれ、あたしは煙を肺に吸い込んだ。どうやらこれは、ちょうどしちゃいけないことだったらしい。これまで一度も実際に煙草を吸ったことはなくて、マリファナだけだから、ゲホゲホ咳き込んで止まらなくなった。

ラナが声をたてて笑った。「テレビのアフタースクールスペシャルじゃないんだから。無理に吸う必要ないのに、ばかだなあ」

「なんであのふたりに言わないの？」あたしは訊いた。「お母さんのこと」

「そんなに頻繁にぶたれるわけじゃないから。ママはいらいらしてるんだよ。淋しくてさ。たぶんね」

ラナは腕をからませてきた。

「淋しい？」あたしはたずねた。

答えるかわりにラナは頬にキスしてきた。

「前は誰とつるんでたの？」とあたし。

「グローリア・ダウドって憶えてる？」

「うん……なんとなく」と答える。「あの……」

グローリア・ダウドについてなにひとつ思い出せないことに気がついて、うしろめたくなった。

「父親が転勤になって、家族でオレンジ郡のどこかに引っ越したんだよ」

「コロラドとかに引っ越したってわけでもないのに」

「うわ。そんなの別の国みたいなもんじゃん」ラナは言い、ふたりとも笑った。

アルコールと煙草と食べ物が混ざり合って、酔いがまわってきたのがわかった。

「あんたってバイセクシャル？」自分の言葉が制御できなくなっているのを感じる。

「それって気になる？」とラナ。

「ううん」

「うん」とラナ。「そうだと思う。なんで？」

「あたしのこと好き？」舌足らずに言って、そっちのほうへ唇を突き出す。たとえ女の子でも、ラナみたいな子なら恋ができる気がする。どっちにしても、女の子っぽい部分のほうが、男の子っぽい部分よりずっと見た目がいいし。

「そういうふうにじゃないよ……」ラナは笑ってその口をよけた。

「なんで？」あたしは少しむっとした。

ラナがあたしのばかげた態度に反応できないでいるうちに、周囲がふらふら回転しはじめ、なんにも感じなくなった。それから、ありとあらゆる感覚が復活した。

家に駆け込んでラナのバスルームへ走っていく。ラナが笑いながら追いかけてきた。「トイレに！　トイレにね！」

トイレにかがみこんで、髪が顔にかからないようラナに押さえてもらいながら、あたしは二番目に悪いことを打ち明けた。最悪のことは話さなかった。

「ラショーンと靴のくだらない話、あたしが始めたみたいなものなんだよ。友だちが噂を広げたの」

「あんたの友だち、やなやつだもんね」とラナ。「キンバリーが最悪」

あたしは笑って、またちょっと吐いた。

「あの子、何年かたいへんだったんだよ」と言う。

「みんなそうじゃん。それが高校だっての」ラナはばかにした。

あたしは去年、キンバリーがスター・ウォーズのジャバ・ザ・ハット★60からとって、ジャバってあだ名をつけた女の子のことを思い出した。いまじゃ誰もあの子の名前を知りもしない。みんながジャバって呼ぶ。自分がおもしろがること以外考えもしない言葉の中に、キンバリーの意地の悪さがこもっている。たとえ本人がげんこつを作ったことさえなくても、ほかの人にとってはみぞおちを何度も殴られるようなものだ。

「落とし前をつけなよ」ラナは背中を叩いてくれながら言った。どんなに間違ってたか知らないから。

リビングに戻ってふたりでソファに寝そべり、ラナがあたしに水を飲ませた。一杯目をごくごく飲み干すと、キッチンに戻ってもう一杯持ってきてくれる。

ドアがあいた音は聞こえなかった。ラナのお母さんはぎょっとした猫みたいだった。リビングにひとりでいるあたしを見て、緑の瞳に恐怖が走る。ラナに似てたけど、色が白くてきびしい顔つきをしている。手近の武器になりそうなものに手をのばしはじめ、それはたまたま銅の仏像だった。二挺の猟銃を突きつけられて、両手を空にあげていた気の毒なロニーおじさんが頭に浮かんだ。

★60 映画「スター・ウォーズ」シリーズのなかで、巨大なヒキガエルのような姿をしている登場人物あたしは立ちあがり、天井に向かって両手を掲げた。

「心配しないで、泥棒しにきたんじゃないから。うちのほうが立派だし」と口から出るぐらい酔っぱらっていた。

背後でラナがぷっと吹き出した。

お母さんは笑わなかった。


ファムが家まで車で送ってくれた。ラナはあたしの後ろの席に座った。黙ってたけど、心地いい沈黙だった。ちょっとたってから、ラナが前の座席ふたつのあいだに首を突っ込んできた。

「ママが最低でごめん」

ラナのお母さんは、あの反応を暴動のせいにしようとした。まるであたしがたったひとりで侵入して、ソファで落ち着こうと決め込んだ一〇代の火事場泥棒だって思ったみたいに。

「ほら、いまはみんなぴりぴりしてるでしょ」ラナのお母さんは溜め息をついた。

「大丈夫です」あたしは答えた。

前にも言ったけど、大丈夫じゃないかもしれないのに、いつも大丈夫って口にしてしまう。

「相手の肌を見たとき、戦いしかわからないことがあるんだよ」かどをまがりながらファムが声をかけてきた。

「そういうの、すごくいやです」とあたし。

「僕もだ」とファム。「また遊びにきてくれ」

もうすぐ家に着くってとき、ラナが歌い出した。「〝うちのことを思うとき、頭に浮かぶのは愛情にあふれたところ……〟[★61]」

声が少しかすれた。ファムとあたしは歌詞を思い出せるところまで声を合わせた。

第一二章

もしそのままの状態で友だちを琥珀に保存できるとしたら、これがあたしの選ぶいちばん幸せな日だろう。特定の一日かもしれないし、何日か混ざり合っているかもしれない。あたしの記憶はある日から両腕を、別の日から片方の眉を、また違う日から髪を数本とってるのかもしれない。でも、これがその日だ。

キンバリーは最初にあたしの友だちになった。小柄で金髪で、天然の巻き毛とチョコレートまみれの指を持ち、当時すでにえらそうな態度だった。遊び場で新入りの女の子だったあたしに近寄ってくると、褒めてくれて友だちに選んだのだ。「唇がふたつの色っていいね」

それまで唇の色についてなんて考えたこともなかった。でも、その瞬間、きれいだと思った。少し茶色で少しピンクで、歯は白い。チョコレートとストロベリーとバニラのアイスクリーム

★61 舞台『ザ・ウィズ』と映画『ウィズ』に出てくる楽曲「ホーム」の一節

みたいだ。ヘザーはほかの三人よりぽっちゃりしてて、みんなでブランコへ走っていったとき、シャツがまくれあがった。砂場で穴を掘っていたから、脚は砂だらけだった。お城を作っていたかどうかは憶えていない。コートニーはちりちりのマッシュルームカットで、ピーナツバターとバナナの耳なしサンドイッチを入れてあったジップロックの保存袋を持ち歩いていた。歩きまわってテントウ虫をそっと葉っぱからつまんでは、仲間と一緒に保存袋に入れて口を閉じていた。あとで死ぬって知らなかったのだ。

「見て」コートニーはそう言って、あたしに保存袋をさしだした。

「これはコートニー、あたしたちおんなじ名前なの、こっちはヘザー」キンバリーが言い、ヘザーとコートニーはふたりとも手をふってよこした。コートニーが腕で鼻を拭くと、星のついたテントウ虫たちがぱたぱた動いた。

「あたしアシュリー」

「もう友だちだよ」キンバリーが言い、あたしたちは両手に唾を吐いて握手した。

まずユニコーンごっこをした。頭に手をくっつけて、魔法みたいに人差し指を突き出して。曜日の模様がついた下着が見えてることもかまわず、うんていに逆さまにぶらさがった。男の子たちも小さかったから、そんなこと気にしなかった。

グラスゴー先生《ミズ・グラスゴー》は学校でいちばんきれいな先生だって意見が一致したけど、それは先生が恐竜クッキーを隠してて、いい子にしてると金の星みたいに配ってくれたからかもしれない。ベン・ゴードンがあたしたちを女の子だからってブランコから蹴り出そうとしたけど、みんなで力を合わせて反撃した。
お昼の終わりまでには、お気に入りの歌が決まっていた。アイリーン・キャラ[★62]の「フラッシュダンス……ホワット・ア・フィーリング」だ。あたしたちは遊び場をスキップしてまわり、心やさしい溶接工のストリッパー・ダンサーだってふりをして、拍子に合わせて腰をくねらせた。放課後はブラウニーをもらいに講堂へ行った。誰もあたしがブラウニーの中にいる茶色ちゃん《ブラウニー》だって冗談は言わなかった。そのときはまだ。あたしたちは歌を一曲覚えた――「〝新しい友だちを作って、でも古い友だちはそのままで。新しいほうは銀、古いほうは金。輪はまるい、終わりがない、それだけ長く友だちになる〟」

みんなで手をつないで輪になって、その歌を歌った。そのあと手を離したのは、口の中でとけないチョコチップクッキーを食べて、ぺちゃんこになるまで押しつぶした箱入りジュースを飲んだときだけだった。

コートニーとキンバリーとヘザーはあたしの最初の友だち、あたしの金だ。だから、やめたほうがいいってわかってるときでさえ、言い訳してあげるのかもしれない。だから、ほんとうの気持ちを言わずにすませてしまうのかもしれない。たとえ四人で一緒にいるのが魔法みたいっていうより、ひとつにまるめて引き出しの奥に突っ込んである四枚のちぐはぐな靴下になったように

★62 歌手、女優。映画『フェーム』『フラッシュダンス』などに出演。主題歌が大ヒットした

感じはじめていても。今晩ラナと過ごして、ひさしぶりにあの仲間といるときより自分らしくいられた。それがどういうことなのか、正確にはわからない。大好きな人たちが、もう心のよりどころだって感じられなくなったらどうする？

あたしたちが一緒にいなくて淋しい。

第一三章

モーガンはうちの玄関前の階段に腰かけて、ラスベガスのユードラおばさんとコードレスの子機で話していた。あたしだったら、新しい恋人を追いかけるために置いていかれたあとまでママと話す気にはなれないと思うけど、暴動はおかしな具合に人を結びつけたり引き離したりするらしい。まあ、家族ってそういうものなのかもしれないし。

「どうしろっていうの、ベイビー？」ユードラおばさんは電話越しにいとこに言った。

「パパ、電話をとらないんだもん」モーガンが泣き声を出した。

ユードラおばさんがモーガンに、グアダルーペと旦那さんが自宅に帰ったから、略奪者や放火魔を近づけないようにがんばってるのはお父さんだけなのよって言ってるのが聞こえた。

「この騒ぎが全部おさまるまで待たないと」とユードラおばさん。「とにかくがまんしなさい」

モーガンはふらふら通りすぎるあたしを横目で見た。

「酔っぱらってるでしょ」受話器を覆って声をかけてくる。

あたしは肩をすくめた。

「どうでもいい。うちに帰りたいってパパに言ってよ」自分の部屋に入るとき、モーガンが言っているのが聞こえた。


自分が他人の家でまずい決断をする年になる前には、金曜の夜、そういう決断をしようとして支度しているルシアのそばによく座っていた。身をくねらせてぴったりしたドレスを着込み、顔にきらきら光る色を塗って、髪をヘアスプレーでがっちりかためる様子をながめたものだ。ベッドの端っこに腰かけてDJの真似をしながら、その変身を見守った。ルシアは金色のハイヒールのストラップを留めると、セリア・クルス★63の『キンバラ』に合わせてミラーボールみたいにあたしの体をくるくるまわした。セリアが歌っているあいだ、あたしたちはきらきら輝いていた。

ルシアは週末が休みで、つまり金曜日と土曜日には好きなだけ遅くまで外出できた。帰ってこない夜には、友だちのダマリスの家に泊まっているか、男の人といるのを知っていた。ダマリスはバンパーが半分はがれてて、傷んだミカンみたいなヨーロッパ製のハッチバックを持っていた。車が腐ってだめになる前にクラブへ行って戻ってこなくちゃって思ってるみたいに、ルシアと連れ立って、一刻を争うような勢いでうちの私道をとびだしていった。

★63 サルサの女王といわれるサルサ歌手

先週の水曜日、ルシアは夜に休みをとって、グアテマラに帰国するダマリスのところへ行った。そして、あたしはすごくばかなことをした。まだ言えないけど、そのうち書くつもりだ。

いまルシアは、ダマリスと出かけるかわりに、リビングのソファに座ってひとりでテレビを観ていた。ここであたしと週末を過ごす回数は、もう指の数より少なくなっていた。

ルシアの上にもたれかかって頬にキスする。モーガンが外から入ってきた。

「バーみたいなにおいがする」と言う。

あたしはいとこを無視してルシアのほうを向いた。

「新しい友だちができたよ。そうしろって言ったでしょ」

「その新しい友だち、酒瓶に入ってきたの?」モーガンが暴動の報道を映しているテレビの画面を指さした。「あのさ、みんながなんにも起きてないふりをして、パーティーに行けるわけじゃないんだよ」

「パーティーしてたわけじゃないよ」あたしは言った。「ロニーおじさんとお店のことも、全部心配してるよ、あんたと同じ」

「違う。あたしと同じじゃない。あたしのパパなんだから」

「そうだね。わかってる」あたしは言い、ピンクのワインを吐き出した。

モーガンはいやな目つきでこっちを見た。あたしのことを怒ってて、ここにいることにも腹を立ててるのは知っている。あたしが気にしてないと思ってるのだ。でもそうじゃない――気にかかること、感じることが多すぎて、頭の中身を整理しようとするかわりに、ときどきなにも感じなくなるだけだ。

（ごめん）といとこに言いたかった。（気にしてないわけじゃなくて、どこから始めたらいいかわからないだけ）

これまでずっと言いたいことをがまんしてきたせいで、言葉が歯に押しつぶされてるような気がする。

画面では、ウィルシャー通りとウエスタン通りのあたりで今日おこなわれた平和集会を切れ切れに再放送していた。あたしはすごく平和に興味があるふりをした。

「ダマリスがいなくて淋しい？」とルシアにたずねる。

「年をとるにつれて、新しい友だちを作るのは難しくなるからね」ルシアは溜め息をついた。

「ダマリスって誰？」モーガンが訊いてきた。

「ルシアのいちばんの親友」とあたし。

まだほんとに小さかったころ、ルシアはダマリスのところへ連れていってくれた。ふたりがスペイン語でおしゃべりして故郷のニュースを交換しているあいだ、あたしは近所の女の子と建物の中庭で遊んだ。ダマリスが住んでいたのは、もう少し高速の近くだけど、いまジョーが住んでるところからそう遠くない場所だった。近所の女の子は中国系だった——両親が最近移住してきて、アパートの通りの先にある店で働いていたのだ。向こうは英語があんまり話せなくて、こっちは中国語をぜんぜん話せなかったけど、それでも遊ぶのをやめたりしなかった。子どもには自分たちだけの言葉みたいなものがある。中国系の女の子は何年も前に、一〇号線から少し外れたところに引っ越した。きっといまでは英語がずいぶん上手になってるだろう。あたしが思い出せる中国語は、ニーハオ〝こんにちは〟と、ウォーアイニー〝愛してる〟、それに北京官話のネイガ〝それ〟とか〝あの〟だけだ。ネイガはニガーに響きが似てるから憶えている。

去年ハイチでクーデターがあった。いまはニュースで、知らない人たちが海に浮かんで溺れないようお互いにしがみついている映像が流れている。一度、難民の乗ったボートが救出されるのを見てるとき、ルシアが身を寄せてきて、秘密が知りたいかって訊かれた。もちろんってあたしは答えた。ダマリスはグアテマラのお金持ちの家の出で、内戦があってアメリカにこなかったら、あたしと親友どころか友だちになることさえなかったはずなんだよって教えてくれた。あの黒人の難民たちがどんなふうに感じてるか、あたしに伝えようとしてたんだと思う。

うちの難民のモーガンは、あれこれさわりながら室内をうろうろしていた。

「なんであんたの親、この状況で出かけるわけ？」と言う。

「金曜日はいつも夜のデートをしてるから」とあたし。ふたりはダウンタウンに『オペラ座の怪人』を見に行くはずだったけど、暴動で中止になったから、近くに夕食に行った。今朝、まだ出かけるのって訊いたら、パパはこっちを見て答えた。「悪いことが起こっていても、生活は続けないとな」

「あんたのパパ、あっちでうちのパパと店を守るべきなのに」とモーガン。「豪華なパスタとかステーキとか食べてるんじゃなくてさ」

どうしてうちの親が食べてるものがパスタやステーキだと思ったのかわからない。場所と個人的な好みを考えれば、むしろシーフードじゃないかと思うけど、細かいことにこだわってる場合じゃなさそうだった。

あとでルシアがテレビの前で眠り込んだとき、モーガンはこっちを向いて言った。「どのくらい秘密を守れる?」

あたしは自分が守ってるすべての秘密を考えた。歩く金庫みたいに、胸の奥にほかの人の隠れた部分がつまっている。友だちの。ジョーの。自分の。いまはラナのもだ。なんて多くの秘密だろう。

「いちばん」と答える。「秘密を守るのはいちばん上手だよ」

「よかった。一緒にきて」モーガンは言った。

あとについて家への通路に行くと、モーガンはスニーカーを履いてあたしにも履くようにとうなずきかけた。それから、パパのペレット銃をつかむ。

「なにしてんの?」

「秘密だよ」と答えが返る。「言ったじゃん」

モーガンはあたしを撃ちたがってるみたいに、ペレット銃をこっちに向けてきた。

「目を撃ち抜いちゃうよ」とあたし。

「ふたつあってよかったね。行こ」モーガンは言った。ふたりで夜の中へ歩き出すと、あたたかい風がびゅうっと吹きつけてきた。

パーカー兄弟はもう家の前にいなかった——暴動の三日目に、なにも起きなかったから撤退したのだ。待つのにあきたんじゃないかと思う。

「なにするつもり?」モーガンにささやきかける。

「しっ」とモーガン。「あんたは見張り。ほら……見て」

的を撃って、実際にあてた経験がありそうな感じで銃を構える。銃声が夜を裂き、一発目のペレット弾が最初のタイヤにぶつかった。続いて、次の弾がふたつめのタイヤにあたる。どうやらモーガンの射撃技術は、人にレモンをぶつけるだけにとどまらないらしい。

「すぐ人が出てきちゃうよ」あたしは言った。

「あんたの番」とモーガン。

「あたし?」と訊き返す。「まさか!」

「早く。くだらないこと言ってないで」モーガンはほとんど銃を投げつけてきた。

その重みが両手と肩にかかるのを感じる。爽快だった。これは力だ。あたしは手をうしろにやって引き金を引いた。ペレット弾が鉢植えのひとつに命中し、鉢が砕けて土がはらわたみたいに転がり出た。タイヤじゃなかったけど、それでも破壊して少しわくわくした。

「あれはパパのため」モーガンが言った。「くそ野郎ども」

パーカー家の内部に明かりがついた。

「うわ、やば!」モーガンが言い、あたしたちは急いでうちに駆け戻った。息を切らして笑いながら、ソファにいるルシアの隣に倒れ込む。ルシアはびくっとして「なに?」と言いながら目を覚ました。

あたしたちはもっといい人間じゃなきゃいけない。反対側の頬をさしださなきゃいけない。憎しみに愛を返さなきゃいけない。そうしないときをのぞいて。

姉が言ったとおりだ――〝あたしたちは人間として見てもらうためだけに、いつでも完璧にふるまわなくちゃいけないんだよ。シンボルでいることにうんざりしたことはないわけ？　ただの人間になりたいって思ったことはないの？〟


で、ほんとのところ、あたしはどのくらい秘密を守れるか？　いちばん上手だ。あるいは、見方によっては、いちばん下手かもしれない。

先週の水曜日、あたしはルシアと一緒にダマリスにさよならを言いに行くべきだった。ダマリスはあたしのかすり傷にバンドエイドを貼ってくれ、アイスクリームを食べさせて、あの中国系の女の子と一緒にソファのクッションで要塞を作らせてくれた。さよならを言いに行くかわりに、あたしはひどいことをした。というか、たぶん人間らしいことをしたんだろう。

さて。ここからが本題。前に言ったとおり、あたしはたいていはいい子だ。少なくとも、前にはそう思ってたけど、いまじゃあんまり自信がない。

キンバリーは、マイケルとお互い初体験するつもりでいるけど、そうはならない。どうしてかっていうと、ルシアが荷物の箱の並ぶダマリスのせまいキッチンに座ってさよならを言ってるあいだに、あたしがマイケルと寝たからだ。

こういう状況だった。

コートニーとキンバリーとヘザーとあたしは玄関前の階段に腰かけていた。そこにトレヴァーとマイケルが合流した。トレヴァーは手すりをすべりおりては上まで歩いて戻って、またすべりおりていた。ヘザーはボールペンでコートニーの太腿に棒人間の絵を描いた。キンバリーがマイケルの膝に顎を乗せて、マイケルがその髪をなでていて、あたしはなにも感じまいとしていた。

大粒の雨が降りはじめていて、みんな退屈だった。とうとうコートニーとキンバリーは、あきるけど濡れないショッピングモールのほうがいいって判断した。ヘザーはおじいちゃんのスタジオで新しいバンドがデモテープを録音するのを確認しに行った。トレヴァーはしばらく残ってたけど、そのうち別のところへ行きたいって決めていなくなった。そうすると、あたしたちはふたりだけになった。

「おれの車でゆっくりするか？」マイケルが訊いた。

「いいよ」


ふだんならなにか聴いてただろう。いつだってなにか聴いてるんだから。でも、その日はマイケルの安っぽい車の屋根に雨音が響いてるだけで、ドラムの内側にいるみたいにうるさかった。

「息を吸えよ」マイケルが言った。あたしは息を吸い込んだ。

「おれがガキのころ、うちの親父が自殺しようとしたって知ってたか？」マイケルはたずねた。

「それって、ひどい」

「見つけたのはおれだった」

ベルトで首が絞まって土気色になったパパに出くわすのって、どんな感じだろう。本物の死体がすぐ目の前にぶらさがってるって考えると不気味だった。白人の子がわたあめを食べながら指さすリンチの写真みたいな光景。

「お父さん、どんな人だった？」

「よく知らねえ。いつも仕事で、仕事じゃないときはゴルフかなにかしてた。前の会社で使い込みをしたんだよ。だから自殺しようとした」

あたしの秘密が一気に胸にあふれだした。ジョーが飛ぼうとして失敗したことや、ほかにもいくつか、胸の奥にわだかまって喉もとにせりあがってこようとする記憶。あたしはこのきたない緑のボロ車の中で、マイケルにそういうことを打ち明けたかったけど、少し不安でもあった。話をしてるとき、マイケルに脳の中まで見透かされそうな気がすることもある。でも、それ以上によくあるのは、ほんとうはぜんぜん聞いてないんじゃないかって印象を受けることだったからだ。

それからあたしは思った。（まともに聞いてない相手にだったら、全部打ち明けてもいいのかもしれない。それなら、まだなんとか秘密を守っていられる）

「うちのお姉ちゃん、もっと小さいころ屋根から落ちたの。わざとやったんだと思う——その、怪我するために。でも、そのあとみんな、ただの事故だったってふりをしたよ。なんだかあたしたちって、いつでも平気じゃないのに平気なふりをしてる感じ。まるであのくだらないハクスタブル一家★64とかみたいに。でも、ほんとは違うよ。そんな人間いない。そう思うと、なんだかあたしの頭がすごくおかしいって気がしてくる」

マイケルはあたしの顔を両手ではさんだ。なにも言わなかったし、いまの言葉を聞いたのかどうかよくわからなかったけど、どうでもよかった。そのあと身を寄せてキスしてきたから、キスを返した。二、三週間前に危険なほど近い状況になったとしても、実際にキスしたのはこれがはじめてだった。キスだけでもまずかったのに、そこで止まらなかった。

マイケルが動いたとき、スタジャンのレザーがこすれた音を憶えている。腰をつかまれて引き寄せられた。マイケルがあたしの脚をひっぱろうとして、シフトレバーが脇腹に食い込んだ。片手が胸に乗って、ドアノブをまわそうとしてるみたいにぐるぐる動かした。

「後ろの席に移ったほうがいいか?」マイケルがささやいた。

(ううん)って言葉が喉の奥をひっかいたけど、出てくる前にキスでぬぐいとられた。

どうせ、どっちもなにをしてるのかわかってなかった。

いま思うと、ふたりで溺れないようにしがみつきあってたのかもしれない。

少し痛かったけど、思ったほどじゃなかった。終わったあと、あたしたちはあおむけに寝そべって手をつないだ。

あたしにセックスのことを教えてくれた最初の相手はモーガンだった。まあ、厳密に言うと教えてくれたのは、どうやってバービーたちの完璧なプラスチックの体をくっつけて、ちょっとこすりあわせて、天蓋つきベッドのカーテンを閉めるかってことだ。体をこすりあわせるなら、マイケルのおんぼろシボレーノヴァより、天蓋つきベッドのほうがずっとロマンチックだっただろう。

「まず、キスするの」モーガンは言った。

「それから？」あたしは訊いた。

モーガンは具体的なことを知らなかった。ただこすりあわせるだけだ。

「いい子は両脚をそろえておくのよ」高校一年のとき、一〇代の母親についての特別トーク番組を見ながら、ママは無造作に言った。具体的な話はなかった。

マイケルと車の中にいて、あたしは追いつめられた一〇代の女の子とぷくぷくした赤ちゃんたちの行列を思い出した。じゃあ、あの子たちは悪い子？　もうあたしも悪い子なんだろうか？　吐くかと思った。

「待てよ……」あたしが相手の体を乗り越え、車のドアをあけようと押したり引いたりしていると、マイケルが言った。

「こんな中で出られねえって。土砂降りだぞ」腕をつかんで引き戻そうとする。「病気になるぞ」

「雨で病気にはならないよ」

あたしたちはぎこちなくもみあった。とうとうマイケルが手を離した。

その日は雨になる予想じゃなかった。駐車場を走り抜けていくと、薄い服に水がしみとおり、やがてずっしり重くなるほどびしょぬれになった。

「アッシュ！」マイケルが後ろから呼びかけたけど、その一回だけだった。

★64　一九八四～九二年の人気シットコム番組『コスビー・ショー』の、上位中流階級のアフリカ系アメリカ人家族

第一四章

外の世界は静かだった。眠れない鳥が一羽、断続的にさえずっている。頭がずきずきした。ラナのところであんなに飲むべきじゃなかった。飲みすぎたとき、ふだんよりずっと早く目が覚めて、もう一度眠れなくなることがある。起きる前に墜落する夢を見ていて、まぶたをひらいたとき、胃が喉までせりあがってきたような気がしていた。しばらく天井をながめて、これまでの一七年の人生でするべきじゃなかったこと、したほうがよかったことについて残らず思いをはせてから、あたしはジョーに電話することにした。

「もしもし?」まだ夢の中にいるような声で、ハリソンが電話に出た。

「こんにちは、姉と話せますか?」あたしは言った。「アシュリーです。アシュリー・ベネット」

がさごそ音がして、ぶつぶつ言う声が聞こえたあと、ジョーが応答した。「どうしたの、アッシュ?」

「なんでもない。いろいろあって」

「平気? ママとパパは大丈夫なの?」

「元気だよ。そのことじゃなくて……みんな問題ないよ。そっちが平気かどうか知りたかったの。ぜんぜん電話に出ないから……ふたりとも心配してるよ」

ジョーは溜め息をついた。「まあ、それなりに元気だよ」

「どういう意味?」

「抵抗運動。だめになりかけてる。街に軍が出てきてるから」

「ジョー、今回の騒ぎはジョーが声をあげるようなものじゃないよ」あたしは言った。

「人が死んでるんだよ」とジョー。「それが抵抗してる理由のすべて。声をあげてる理由のすべてなんだよ。革命は簡単じゃない。システム全体を解体しようとしてるときにはね」

「いまは革命家なわけ?」

「ヴァレリーみたいな言い方」ジョーは深々と息を吐いた。

「ママはジョーに無事でいてほしいだけだよ」

「無事でいるか心配するのが危険なの。進歩を阻止することなんだから。あたしたちは頭のおかしい非主流派みたいに扱われて――」

「あたしたちって誰?」あたしはさえぎった。

「革命共産党だよ、アシュリー」なんの話かわかっててあたりまえだって言いたげにジョーは答えた。「でも、人が平等であってほしいって思うのがどうしてそんなにおかしいの? 資本主義はうまくいってないよ、アッシュ。この国は国民全部を大事にしてない――面倒を見てやるのは、皮膚の色が正しくて、性別が正しくて、銀行残高がいちばん多い連中だけ。いまなにかしなかったら、いつするの?」一瞬間をおく。「あんた、秘密を守れる?」

またこれか。

「このまえ言われたことを考えてみたの。あんたの言うとおりだね。ビラだけじゃ足りない。みんな捨てちゃうし。もっとずっと続くようなことをしないと」

「ぜったいその辺は言ってないからね」とあたし。

「あたし、壁にペンキのスプレーで書いてるの。あっちこっちにスローガンをね」

「なんで普通の人みたいに服とか食べ物の缶詰とか集めたりしないの？　落書きのために逮捕される可能性だってあるんだよ。落書きをしたことでかな？　なんでもいいけど」

「落書きじゃない。活動だよ」ジョーは弁解するように言った。「ちょっと待って」

かすかな雑音のあと、がさごそ鳴る音と移動する音が聞こえた。

「どこにいるの？」

「コードレス使ってるの。外に出たとこ。ハリソンが二、三時間で仕事に出なきゃいけないから」

ピコ通りとフェアファックス通りの交差点にある電器屋が燃やされて、近くのスーパーのボンズが略奪された。そこはジョーの家のすぐ近くだ。

このたそがれのなか、ジョーが家の前の階段に腰かけている様子を想像した。あたしたちふたりが『アメリカ物語』の迷子になったファイベルとお姉ちゃんみたいに、同時に別々の空を見あげてるところを。

何年もまえ、あの山火事が丘の斜面を焼きつくしたのに、パパが動こうとしなかったとき、最初に家を出たのはジョーだった。

姉は九歳で、自分とあたしのスーツケースにそれぞれ洋服とハンディスナックとフルーツロールアップを入れて荷造りした。ジョーはすごく小柄で、何歳も離れてるのにあたしとたいして背が変わらないほどだった。スーツケースはどっちとも同じぐらいの大きさで、ときどき中に隠れてファスナーを閉じ、真っ暗になるのを感じたりしたものだ——そのあとキャスターでお互いにひっぱりっこして、遠くへ行くふりをした。

「ここはパリです！」スーツケースを押してるほうが内側にいるほうにナレーションした。

「ここはイスタンブールです！」

「今度はジブチ《ジブーティ》です！」そうして声をあげて笑った。だって戦利品《ブーティ》だから。

そのうち、ついにがまんできなくなって、スーツケースに入ってるほうが出してってわめきたてるのだ——「息ができない！」

「あたしたち、行くから」山火事のとき、ジョーはパパに言った。

あたしの手をつかむと、ふたりで丘を下りはじめた。ジョーはコヨーテに備えてソフトボールのバットを持ってきた。警告するように右手からぶらさげていた。リスの家族が横を走りすぎていった。

「戻ってきなさい」ママが叫んだ。

「いますぐ」パパがつけたした。

ジョーとあたしが歩き続けるのを、パパとママは信じられないって顔で見送った。

ジョーはあたしの手をもっと強く握りしめた。

「私が親だぞ、言われたとおりにしろ」パパがどなった。

そのときまでには、近所の人たちの私道を通りすぎて、道路の半分ぐらいまでおりていた。みんなすでに逃げていて、私道にはなにもない。あと二、三歩で、道路のかどをまわって見えなくなるだろう。

「ふたりとも！」ルシアが大声で呼びかけた。「親の言うことを聞きなさい《エスクチェン・ア・スース・パードレス》！」

ふりかえってルシアを見る。あたしたちは道路の真ん中に立っていた。あたしは片手でジョーの手をつかみ、もう片方の手で、髪を全部切り落とした金髪のスキッパー人形を握っていた。うちの大人たちの姿が小さくなりはじめている。

「帰ったほうがいいかも」と言ってみた。

「大丈夫だよ」とジョー。

あれはみんな、昔のことだ。

「あたし、もうジョーのことでママとパパに嘘をつきたくないよ、ジョー……」

「じゃあやめれば。言わなきゃいいだけだよ。うちの親があたしたちに自分のことをなにもかも話してるわけじゃないでしょ。知るべきことについてまで、頭にくるほど秘密主義でさ。あの人たちの話だと、あたしたちって空中からひょっこり出てきたみたい」

「それ、どういう意味？」

「パパにシャーリーおばあちゃんのこと訊いてごらん」

「シャーリーおばあちゃんにいったいなんの関係があるわけ？」

ジョーが深く息を吸って、また吐き出すのが聞こえた。

「忘れて」

「略奪してる連中は、ロニーおじさんみたいな人たちにもひどいことしてるんだよ？　悪いやつらや企業だけじゃなくて。人を巻き添えにしちゃだめじゃん……いいから帰ってきてよ。こっちのほうが安全だから……いつそんなばかなことやめるの？」あたしは言った。

背景でサイレンがどんどん大きくなっていった。

「ロニーおじさんが店を守ってるあいだ、モーガンがここにきててね。あの子、パパのペレット銃でパーカーの家のタイヤを撃ち抜いたんだよ。ジョーが見たらきっと大喜びだったよ」

「あのばかども」ジョーは声をたてて笑った。

「いなくて淋しいよ」あたしは言った。

「あたしも淋しい」

「帰ってきて」

「この街があたしたちのうち《ホーム》だよ。街全体が」ジョーが言ったとき、電話の向こうでたったひとつのサイレンが複数の音に変わり、いっせいに鳴り響いた。

故郷《ホーム》――個人的な歴史

あたしたちの故郷はここだ。うちの両親とオパールおばあちゃんとロニーおじさんが断片的に残していったもの、あたしたちの物語につながっていく手がかりからわかるかぎりでは。うちのおじいちゃんとおばあちゃんは、全員が南部からロサンゼルスに移ってきた。あらゆるトラウマとあらゆる希望を血に宿して国を横断し、それを使って以前の生活より明るい暮らしを築こうとしたのだ。この街で育ったあたしたち以外、誰も実際にはロサンゼルス出身じゃない。

西部のコニーアイランドみたいなものを思い描いて、ヴェニスの運河や桟橋を考え出したのは、煙草と不動産で財を成したアボット・キニーって名前の大富豪だった。少なくとも、南部から逃げてきた黒人が築いたコニーアイランドってことだけど。たとえ建設したのが自分たちでも、黒人は人種差別のせいで歩道や運河の近くには住めなかったから、かわりにオークランドに住み着いた。黒人のためにとっておかれた小さな町だ。ママのお母さんのオパールおばあちゃんは、最終的にお兄さんのウォレスとここに引っ越してきたとき、このオークランドに落ち着いた。西をめざした祖父母のうち、最初にきたのがオパールおばあちゃんだ。ママのお父さん、モーゼズおじいちゃんは、当時はブロンズヴィルって名前で知られていたリトル・トーキョーの中心街に住み着いた。黒人が移住できたのは、その前に住んでいた日系人が収容所に送られたからだ。モーゼズおじいちゃんは会計士で、ベテランの女優で歌手だったおばあちゃんは、運悪く肌が黒すぎさえしなければ大物になってただろうって言われていた。

「あたしはドロシー・ダンドリッジ[★65]か、もしかしたらヘイゼル・スコット[★66]より大物になってたかもしれないんだよ！　ヘイゼルよりは色が薄かったからね、知ってるかい？　あたしの鼻のほうが鋭かったし……」オパールおばあちゃんは誰かがその話を持ち出すたびに言っていたものだ。

「それ、どういう意味？」あたしは訊いたけど、鋭い鼻がどんなもので、なにとどういう関係があったのかオパールおばあちゃんが教える前に、ママに隣の部屋へ追い払われた。あの時代の映画のいくつかをよくながめると、背景で踊ってる中に、オパールおばあちゃんのきれいな笑顔と長い脚が見えるだろう。

一方で、ロニーおじさんによると、パパのお母さん、シャーリーおばあちゃんは、お母さんと妹のミニー、第二次大戦中に亡くなった兄弟のゴードンとイライジャと一緒にここへ移ってきた。一軒家にぎゅうづめになって暮らした近所は、当時労働者階級の住む地域でも安定していたのに、長年にわたる政府の放置と差別的政策のおかげで、最終的にはスラムになった。だけど、そうなる前には新しい木々や青々とした芝生があって、隣近所はお互いの面倒を見ていた。芝生の水やりをしてるとき、隣に立って自分のことをなんでもかんでも話してくれたり、こっちのことに首を突っ込もうとしたりする人たちだったのだ。みんな南部の人種差別的なジム・クロウ法★67から逃れてロサンゼルスにやってきて、できるだけオレンジ果樹園や潮風、日の光を手に入れようとしていた。たとえいくらか期待外れで、必ずしも宣伝されたとおりじゃなかったとしても、まだましだったからだ。

五〇年代後半のいつごろか、シャーリーおばあちゃんは家から数ブロックのところでシャーリーの掃除機修理店を始めた。チャールズおじいちゃんはおばあちゃんの兄弟たちみたいに戦争で死んじゃったから、工場で長年働いて貯めたお金と、夫の戦死で国からもらったお金を使って

★65 一九五〇年代に活躍し、黒人女性として初めてアカデミー主演女優賞にノミネートされた女優
★66 一九三〇年代から活躍していたトリンダード島出身のジャズ／クラシックピアニスト
★67 黒人の一般公共施設の利用を禁止、制限した法律の総称。一九六四年に廃止

店をひらいた。店からの稼ぎで、やがて自分の家を買った。開店記念のとき、パパとロニーおじさんがおばあちゃんと手をつないで、三人とも顔を輝かせている写真がある。パパはばかでかい瓶底メガネをかけたオタクみたいに見えるけど、なぜか黒人の男の子の逆毛が生えている。ロニーおじさんはあきらかにいつものおじさんらしく、寝るときまで着てそうなお気に入りのレザージャケット姿だった。パパが持っている三人の写真は、うちにはこれしかない。

あたしたちが生まれたのはこういう事情だ——ダーラはパパの大学時代の彼女で、美容師だった。パパはよく隣に座って、自分の課題をやったり勉強したり、ダーラがお客の髪をセットするのをながめてたりしていた。ダーラは大学に行かなかったけど、ふたりは幼なじみで、高校の最後の年につきあいはじめた。パパはダーラの家に行って、何日も続けて泊まっていった。「あそこの親は迷子を保護していたんだよ」というのがパパの言い方だ。パパがダーラの家を好きだったのは、自分の家と違って、座ることも考えることも書くこともできて、そのままの自分でいられる場所があったからだそうだ。うちの親はどっちも、ダーラは物静かですごく親切だったって言っている。両親が出会ったのは、ママがダーラの店に髪をセットしてもらいにきたときだった。ダーラの隣にパパがいて、その様子を見ていた。ママの話だと、ダーラに長い髪をまっすぐにしてもらったりカールしてもらったりしてるあいだじゅう、鏡でパパを盗み見てて、向こうも見ていたらしい。

「なに勉強してるの?」とうとう、ママは勇気を奮い起こしてたずねた。

パパが答えると、同じものを勉強してたわけじゃなかったのに——そもそも同じ学校でさえなかった――ママは言った。「いつか一緒に勉強しましょうよ」

　ダーラの目の前でパパは答えた。「いいよ」

　ダーラがまだ熱いヘアアイロンを手に持ってたのにそんな真似をするなんて、ママはあんまり賢くなかった。よく目をこらせば、パパを失ったダーラがママの右のこめかみを発見した、まさにその瞬間の痕がまだ見てとれる。

　その話は直接聞いたわけじゃない――何か月かパパとママの愛情と社交的な気分が増していて、うちでディナーパーティーをひらいたときに立ち聞きしたのだ。

　だから、ほら、姉は間違っていない。ジョーとあたしの中には、ビーチやダウンタウンや、ハリウッドそのものとさえ変わらないスラムがある。あたしたちの血の中には、ロサンゼルス全体が長々とのびているのだ。カーペットの上で掃除機が描くまっすぐな線みたいに。

　おじいちゃんおばあちゃんがカリフォルニアにくる前のことを、あたしはなにも知らない。たぶん、本気で訊こうと思ったことがないんだろう。

うち《ホーム》――午前五時。今日

　ジョーとの電話を切って、水を一杯飲もうと下へ行ったときには、まだ夜遅い時間だった。というか、朝早い時間って言うべきかもしれない。パパはテレビで暴動のニュース報道を見ていた。

どうしてまだテレビをつけてられるのかわからないけど。テディベアみたいにパジャマ姿でソファに寝そべって、枕をひとつ頭の下に敷き、もうひとつを脇の下に入れている。

「店のこと心配してるの？」あたしはたずねた。

小さいとき、まだたまにパパが立ち寄って、ロニーおじさんと店の様子を見に行ってたころ、何回かあそこに行ったことがある。おもに憶えてるのは、スツールに腰かけてぐるぐる回転しながら、なにか起こるのを待っていたことだ。掃除機を持ったお客が入ってくると、ロニーおじさんとパパが駆けつけ、上にかがみこんで、ずっと昔ふたりのお母さんがやってたみたいに調べていた。掃除機は埃やきたないものを取り去って、そこが新しくなったように見せる。でも、埃はどこかに行くのだ。

「こんな時間になにをしているんだ？」パパが訊いた。

「眠れなくて」

「私もだ」とパパ。

あたしがほんとうに小さかったとき、シャーリーおばあちゃんが亡くなった直後、パパは夜にあたしの部屋にきて、床に伏せて泣いていた。あたしが頭をぽんぽんと叩いて「泣かないで、パパ」と言うと、たまに泣きやんでくれた。おばあちゃんは正直思い出せないけど、そのことは憶えている。一週間そういうことがあったあと、ママが入ってきてパパが泣いてるのを見つけ、やめて、子どもをこわがらせてるわって言った。あたしはこわがってなかったけど。ただ、パパに悲しまなくなってほしかっただけだ。まわりの大人が悲しいと、自分が悲しいときよりつらく感じることがある。

　あとでママに、シャーリーおばあちゃんはなんで死んだのって訊くと、ママはぴたっと動きを止めて言った。「ママの大事なお願い、聞いてくれる、アシュリー？」

「いいよ！」

「パパにそのことを訊かないで」

「なんで？」

「パパがすごく悲しいの、見たでしょ？」

「うん」

「訊いたらもっと悲しくなるから」

「でも、なんでママが教えてくれないの？」

「それは……とにかく、パパがその気になったときに話してもらって」

　でも、その気にはならなかったんだろうし、あたしも訊く勇気が出なかった。死因がなんだったとしても、癌だとか心臓発作とかじゃないのはわかっている。そういう理由で死んだんなら話すはずだからだ。パパとロニーおじさんは、おばあちゃんのことをほとんどまったく口にしなかった。

　ある晩、ビールを少々飲みすぎたあとで、ロニーおじさんが聞かせてくれた。おばあちゃんはよく、店を閉めておじさんとパパを学校から連れ出したらしい。アイスクリームを買ってくれて、山の中や海岸沿いに何時間もドライブしながら、ふたりの学校の友だちのこととか、公民権とか、戦争で死んだおじいちゃんのこととかを話しかけてきたそうだ。そうかと思えば、何日も続けて寝室に閉じこもり、ふたりがドアを叩いて「腹へった！」ってわめいても出てこなかったこともあった。何度も店をなくすところだったたって話だ。

そういうお母さんのもとで育つのはたいへんだろう——すごくかわいがってくれるのに、そのあとひきこもってしまう。まるで波が寄せて砕けて引いていくときみたいに、自分が浮かんでるのか溺れてるのかわからなくなるに違いない。パパは母親に対処しようとして自分の中に隠れたのよってママは言った。それから、しばらくダーラのもとに隠れたあと、とうとうママと出会って、外に出てきなさいってどなりつけられたのだ。でも、亀をつかまえてひと晩でイルカになれなんて、どうして言える？

ふたりで喧嘩してるとき、ママはまさにそう叫んだ。

「あなたは亀になってるのよ、でも、イルカになってもらう必要があるの、クレイグ」

あたしはパパとソファをはさんで座り、目の前の男の人を理解しようとした。

「あたしたちが生まれる前のこと、一度も話してくれたことがないよね」と切り出す。

「母がよく私たちを釣りに連れていってくれたと話したことがあったかな？」とパパ。

「ううん」

学校に行ってるはずの時間に、どうやっておばあちゃんにトラックにつめこまれて海岸沿いにあちこちドライブしたか、パパは話してくれた。三人で海岸に腰をおろして、一列に並んで釣り糸をたらしていると、そのうちなにかが食いつく。おばあちゃんがリールを巻いてたぐりよせてるあいだ、ふたりは大声でわめきたてて応援した。シャーリーおばあちゃんは南部で兄弟と育って、兄弟と一緒に釣りをして大きくなった。やがて遠くへ引っ越して、パパとロニーおじさんを産んで、最終的には釣りの続きをすることになったわけだ。三人は保冷ボックスにその日の収獲を入れて持ち帰り、シャーリーおばあちゃんがハミングしながら塩水につけた。手作りのカーテンのついたせまい台所は、魚の内臓や鱗ですごいにおいになった。

「私はそのうち行きたくなくなった」パパは言った。

「どうして？」

「学校にいたかった。学校が好きだったんだ」

シャーリーおばあちゃんはどっちの息子にも、掃除機について知るべきことは全部教えた。ロニーおじさんはそういう仕事が好きになったけど、パパはもっと学校に行きたかったんだろう。別のことがしたくて、どこか離れたところへ行きたかったのだ。ともかく、おばあちゃんは掃除機のお金を使ってパパを立派な大学と大学院に送り、そのあいだロニーおじさんは家にいて、壊れた製品の修理に取り組んだ。

ときどき、パパにとってあたしたちは、いやな記憶からもっと遠くへ逃げるいい口実なんじゃないかと思う。もしかしたら、ジョーの逃げ癖もそこからきてるのかもしれない。亀には甲羅があって、周囲から身を守るためにすごく複雑な構造になっている。でも、甲羅は同時に心を隠すものでもある。甲羅があると、たとえそのど真ん中にいても、美しいものが見えなくなることがあるのだ。

「シャーリーおばあちゃんはなんで亡くなったの？」あたしは静かにたずねた。パパは聞こえなかったふりをしてボリュームをあげた。あたしたちの距離は、ちょうど甲羅ひとつ分だった。

結局、シャーリーおばあちゃんの店にきたのは火事じゃなくて、火事場泥棒だった。持っていかれたものは以下のとおり。

フーバー、ビッセル、サニテール、ミーレの壊れた掃除機
新しく修理したフーバー、ビッセル、サニテール、ミーレの掃除機
ロニーおじさんの貴重な真新しいダイソンの高級掃除機、去年の国際デザインフェアで入賞して、特別にカタログで購入したもの
店のレジと金庫まるごと
モーガンが放課後に宿題をやるのに使っていた真新しいアップルのパソコン
せまいトイレのトイレットペーパーとペーパータオル!?

おばあちゃんが荒れた茶色い手で天使の街《ロサンゼルス》に築きあげた夢の店に、略奪者は大挙して押し入った。割れたガラスを踏み越えて、ドアと壊れた窓からこういう品々をひっぱりだした。
残していったものは以下のとおり。

待合室にあるおばあちゃんの手縫いのカーテン
シャーリーおばあちゃんがふるえる手で壁に打ちつけて、ロニーおじさんがそのままにしておいた、あたしとジョーとモーガンとターニャの赤ちゃん時代の写真
おばあちゃんが何年もスポンサーになってきた少年スポーツチームの写真全部。男の子も女の子もずっと前に大きくなっている――少なくともそのうちのひとりは、略奪してる連中に向かって「やめろ！　いますぐやめろ！」って叫ぼうとした

パパの人生の一部は掃除機で築かれたけど、うちの親が掃除機を使ってるのはほとんど見たことがない。

何年かまえ、ルシアが掃除をしてたとき、古い掃除機がぎょっとするような大きな音をたてたかと思うと、何度か断末魔のあえぎをもらした。さすがにもう新しいのを買うときだってママは主張した。

「いや、まだだ」とパパは言った。

いちばん記憶に残ってるのは、パパが何時間も、心臓切開手術か魚の鱗落としをしてるみたいに掃除機の上にかがみこんでいた様子だ。いかにも扱い慣れた態度で。

第一五章

モーガンは人が死んだみたいに泣きわめいた。まあ、ある意味そうなのかもしれない。あの掃除機の店は全員にとって重要な一部分だったから。いま、あたしは手か足が一本がなくなった気がしてて、モーガンは脾臓が破裂したか肺がつぶれたみたいに感じている。ぼうっと歩きまわっているパパは、なくてはならない臓器が脈打つままに体内からもぎとられたようだった。

「みんな無事だ」パパは自分を納得させようとしてるみたいに言った。

「みんな無事なんかじゃない！」モーガンが金切り声をあげる。

「ロニーを迎えに行ってくる」パパは車のキーを手探りした。

「一緒に行かせて」とモーガン。

「だめだ。ここにいなさい」パパは言って、ドアの外へ出ていった。

何日も続いた火災のあとで、街からおりてきた煙が濃くあたりにたちこめていた。外はけばしたくなるほど分厚い掛け布団にくるまれているようだった。でも、家の中もそれなりに重苦しい。モーガンの悲しみがふわふわと漂って、あらゆる部屋に充満しているからだ。とうとう、ニュースが空気の悪さを警告しているにもかかわらず、あたしは走りに行くことにした。肺なんてどうでもいい。

うちの近所はおおむね、一〇代の女の子がランニングしてても安全に感じられるようなところだ。ほんの数週間まえ、スカンクにおならをひっかけられた。うちの親はロサンゼルスから出てて、電話したジョーには、におい消しのためにトマトソースのお風呂に入れって言われた。バスタブから出てきたときにはホラー映画みたいだった。でも、うまくいったとは言えない。そのあとスカンクのにおいじゃなくて、トマトソースのパスタの缶詰みたいなにおいになったからだ。スカンクはともかく、あたしが生まれる前には、いっとき静かな峡谷にいるいかれた白人の一団がこわがられてたらしい。だけど、あたしは有名人じゃないし、あの殺人はうちの峡谷で起きたわけじゃなかった。ふだんなら、人間よりマウンテンライオンや狂犬病のコヨーテのほうがこわい。ただし、ママに出くわすのは予想してなかった。そっちはちょっとこわいかもしれない。

ママはジョギング用の服装で汗だくだったけど、秘密の煙草も持っていた。何年かまえ、パパと夫婦の問題が起きたときに吸うようになったのだ。結局、そこまで悪い状況じゃないってことになったらしく、そのときにやめていた。ママとパパは二年近く、家じゅうで悪口をどなりあいながら過ごした。パパがママを追いつめて、ママがパパを追いつめて、そのうちあたしは、隅という隅が大嫌いになった。そこに溜め込まれた怒りもだ。何年ものあいだ、ふたりはほとんど口もきかないか、喧嘩するためだけに話してるみたいな感じだった。ジョーとあたしが喧嘩を止めようとするたび、おまえたちには関係ないって言われた。でも、眠れないほど大声で言い合ってるんだから、関係はあると思う。ジョーはママとパパの喧嘩を「違うモンスター同士が同じ影を持ってる」って言っていた。それでも、なぜかお互いに見切りをつけることはなかった。とにかく、あたしはママがまだ手もとに煙草を持ってたことさえ知らなかった。だから本気でジョーのことを心配してるってわかったのだ。たとえなにもしようとしなくても。

「煙草吸ってるんだ」あたしは言った。

ママは最後に煙を吐き出すと、道路でぼろぼろになったナイキで踏んで火を消した。

「いやな習慣よ」と言う。「あなたが吸ってるところは見せないで」

「でも、朝のトイレじゃ立派なのが出るって聞いたよ」

ママは不思議そうにあたしを見た。「いったいどういう……?」

「気にしないで」とあたし。

「今朝早くパーカー家の人たちがきたのよ」ママはゆっくりと言った。「すごく怒っててね。ゆうべ誰かがタイヤを銃で撃ったんですって。もしかしてそのことについて知ってる?」

吹き出さないようにこらえるだけでせいいっぱいだった。あたしは首をふった。

「そうだと思ったわ。うちの娘はそんなことぜったいにしないって言ってやったの」ママは言い、それからふたりとも笑い出した。

家までもう少しっていうとき、ぼさぼさの毛のコヨーテが子どもたちを連れて道を横切っていくのが見えた。ごみ箱を嗅ぎながらのんびりと進んでいる。近所のポメラニアンが窓から吠えかかって、母コヨーテの耳がぴんと立ったけど、そんなには気にしてなさそうだった。

車に乗ってて急停止したときみたいに、ママがあたしの胸もとに腕をのばしてかばった。コヨーテはたいていちょっかいを出してこないけど、常識があれば、子連れの母親に手を出したらまずいのは知っている。

「止まって。動かないで」ママが言った。この数年でいちばん近く感じた瞬間だった。

ロニーおじさんは軽い怪我をしただけだった。略奪者が押し入ってきたときに割れたガラスで、おでこに切り傷ができている。人が殺到してきたときに窓枠から後ろ向きに転がり落ち、片腕をくじいたのを三角巾で吊っていた。ばかでかい温熱パッドに背中をもたせかけてるけど、一方で冷凍の豆をつめた大きな袋を折りたたんで肩にあてている。モーガンがしょんぼりとおとなしくソファの隣に腰をおろしていた。

ママが通りすぎながらそっとロニーおじさんの肩に手をかけた。「無事でよかったわ、ロニー」

「ありがとう、ヴァル」おじさんはママの手の上に手を重ねてぽんと叩いた。そのあとママはシャワーを浴びに家の奥へ消えた。

「汗びっしょりじゃん」モーガンが鼻にしわを寄せてきたから、あたしはシャツを絞る真似をしてみせた。

「こっちにおいで、いい子だ」ロニーおじさんが両腕を広げてあたしを抱きしめたので、豆の袋が顔にぶつかった。「お気に入りの姪っ子をぎゅっとさせてくれ」

「ほんとにお気に入り？」あたしはたずねた。

「いまここにいるのはおまえだろう」おじさんはおなかをふるわせて笑ってから、顔をしかめた。

「だから……そうだよ」

「無事でよかった」とあたし。

「パパ、新しい豆がいる？」モーガンが訊き、なんだかおかしくてあたしは笑ったけど、ほかの誰もそう思わなかったらしい。

「もっと若ければ、あんなガキども、ひとり残らずやっつけてやれたのにな」とおじさん。

気の毒なロニーおじさんが床にのびている光景が頭に浮かぶ。その横を火事場泥棒どもがドドッと通りすぎ、あれだけ苦労して手に入れたものを全部奪っていったのだ。

「しかし、あのダイソンにはできるかぎり長くしがみついてやったぞ、それだけは言っておく」とロニーおじさん。「あのくそ野郎の脚をつかんで離さなかったんだ……まあ、少なくとも顔面を蹴られるまではな」

「殺されたかもしれないんだぞ」パパの声が泣きそうにふるえた。あたしはこの部屋にパパがいることさえ気づいていなかった。

ロニーおじさんは反論したそうだったけど、パパの言い方が顔を一発殴るんじゃなくて、愛情を宣言するように聞こえたからか、かわりにそっと言った。「そうかもしれないな」

「新しい豆持ってくる」モーガンが言って、キッチンのほうへ走っていった。

テレビではニュースキャスターが、州兵の支援で軍隊が街に入ってきているってアナウンスしていた――陸軍と海兵隊の何千人もの兵士が、派手に戦争だと見せつける装甲車両で乗り込んでくる。一九六八年のマーティン・ルーサー・キング暗殺後の暴動以来、混乱を鎮圧するために都市へ軍が送られたのはこれがはじめてだ。このままロサンゼルスにこんなふうに軍隊がきたのは、一八九四年、プルマン・ストライキのときだった。シカゴで始まって国じゅうに広がったストライキには、鉄道労働者一〇〇万人の四分の一近くがかかわった。労働者たちは何か月も全国の鉄道を封鎖して、米国郵政公社を含むさまざまな事業を麻痺させた。それから政府が軍隊を送り込んで、最終的に三〇人殺されることになった。

ニュースは軍隊が高機動多用途装輪車両《ハンヴィー》からわらわらと出てくるところを映していた。プラスチックのおもちゃの兵隊みたいに緑色で、準備万端の様子だった。

「まあ、あれを見ていただきたいよ」ロニーおじさんがばかにした。

モーガンとロニーおじさんが店の話をしてるあいだ、あたしはうしろめたい思いをかかえていた。プロムまであと数時間なのに、髪をセットしてくれる人が誰もいないっていう個人的な危機に陥っていたのだ。行きつけの美容師のパトリスは、身長一八三cmでくるみ色の肌で、髪を洗うときフローレンス・ジョイナー★68風の爪を熊手みたいに頭皮に食い込ませてくる。痛いけど、悪いものをひっかいてとってくれてるような気がする。うちの近くに黒人の美容師はあんまりいないから、ママとパパはパトリスを見つけるために、電話帳を全部調べてこの地域の店に電話をかけまくり、ほとんど謝るように「黒人の髪はやってます？」と訊いたものだ。

パトリスはいつでも遅れて、ぜったいに謝らないけど、仕事の腕はすごくいいから、面と向かって文句は言わないことにしている。縮毛矯正剤で髪の縮れがとれはじめ、「ひりひりする！」ってあたしが叫ぶと、パトリスはコーチみたいにどなる。「ふんばって、もう少しだから、

★68 女子陸上一〇〇m、二〇〇mの世界記録保持者。ソウルオリンピックの三冠金メダリスト。長い爪に色鮮やかなマニキュアをつけていたことで話題になった

ほら！」

午前中に予約をたしかめようとして電話をかけてみたら、そのまま留守電につながった。だからもう一度、さらにあと一回かけてみた。ほんの少しだけど、焼き払われたか略奪されたかして、店がなくなったって可能性もある。パトリスの家の番号にかけてみたけど、回線が切断された低いツーツーっていう音が聞こえた。ニュースによると、サウスセントラル地区の大半が停電してるらしい。

ママは電話帳に載っていたほかの黒人専門ヘアサロンのいくつかに電話してみてくれたけど、状況は同じだった――当面は休業しますっていう留守電のメッセージが流れるだけだ。

「あたしがやるよ」モーガンが言った。

こっちをキッチンに座らせて、ラットテールコームで髪を細く分ける。じれったそうな手の動きで、急降下爆撃機みたいにカールドライヤーの重量を頭に突っ込んでくるから、あたしは悲鳴をあげまいとした。

「痛いよ」と言う。

「ごめん」モーガンは言い、少しひっぱる力をゆるめた。

くし型アイロンをキッチンレンジの上にくっつける。うちにあるくし形アイロンはこれだけだ。おばあちゃんが亡くなったときパパが遺品から回収してきたもので、古くてうっすら錆びていて、木製の緑の持ち手がついている。ドライヤーがブーンと鳴る音がなくなると、あたしとモーガンふたりだけが残された。

「パパは前に店はあたしに遺すって言ってた。まあ、あたしのほうは、どうでもいい、掃除機なんてただの掃除機なんだしって思ってたけど。すごくわくわくするものでもないじゃん。でも、あの店は大好きだった。あそこで育ったんだから」

「ほんとに悲しい」あたしは言った。

「あたしも」モーガンは溜め息をついた。

「パーカーの人たちが車のことをママに訊いてきたって」あたしは言った。

モーガンはあたしの頭をおなかに押しつけた。くしが頭のふちを動いてるとき、胃がごろごろ鳴る音が頭蓋骨に響いた。

「おばさんはなんて言ってる?」モーガンはくし型アイロンに息を吹きかけた。

「あたしたちがやったのは知ってると思う」と答える。「でも、うちの娘たちはそんなことぜったいにしないって言ったみたい」

「あんたのママはチクリ屋じゃないね!」モーガンが言い、ふたりで大笑いした。おかげでモーガンがうっかりあたしの耳のてっぺんを火傷させることになったけど。


ルシアがキッチンに入ってくると、腰につけた黄色いウォークマンのビートに乗って片付けはじめた。ここは昔の西部で、これは六連発拳銃だって言わんばかりに漂白剤のスプレーボトルを持ち歩いている。

「漂白剤くさいよ」あたしは言った。

ルシアがスプレーボトルをまともにこっちに向けたので、あたしは撃たれたふりをしてよろよろとあとずさりした。

ルシアはあのテハーノミュージックの女性歌手の歌を口ずさんで、お尻をふりながら動きまわった。ウエスタンユニオンのホセとのデートは今晩だ。

「もしかしたら、結局あの人と結婚することになるかもね」あたしは言った。ホセと結婚したら、近くにいてくれるかもしれない。

「あたしはもう結婚したことがあるからね」ルシアは言った。「もう結婚する必要はないよ。でも恋愛は？　恋愛はいいね」

「ここにいてあの人と一緒に暮らせば、あたしが遊びに行けるのに」とあたし。

ルシアは笑った。「いい子ちゃん、まずあの人を好きになるかどうか見てみようよ」

「だって、すぐ行っちゃうつもりなら、なんでデートするわけ？」

「行く前に少し楽しいことがあったらだめなの、ミハ？　デートしたからって結婚するってことにはならないよ。いい男とすてきな時間を過ごすだけってこともあるし」ルシアはまた笑い声をあげた。

ウンベルトとロベルトは、母親があたしを育ててるあいだに大人になった。あたしたちは別々の場所でそれぞれ大きくなっていき、あたしは自分の成長と一緒にふたりの成長を記録してきた——体の成熟とか、家の電話にかけてくるふたりの声がどんどん低くなっていくこととか。「もしもし、ミス・アシュリー。ルシアにかわっていただけますか？」

あのふたりは、巻き毛を乱して踊ってる母親とキッチンにいるこの瞬間を、いい学校やギターのレッスンや教科書と交換したいと思うだろうか。ひょっとしたら、もうふたりとも、ルシアがいない痛みとともに生きることを覚えたのかもしれない。

ルシアは壁際のラジオのほうへ行って、ウォークマンで聴いているラジオ局に合わせた。テハーノの女性歌手の声がタイル張りのキッチンに響き渡る。

「ルシア?」あたしはなにもかもルシアに話したかった。どうすれば全部うまくいくか、教えてほしくてたまらなかった。

「〝このクンビアを踊って《バイラ・エスタ・クンビア》〟」★69 ルシアは歌った。だからあたしはそうした。

パパがキッチンに入ってきて、あたしたちはお互いに踊った。パパが笑ってルシアをくるっとまわす。

ママが階段をおりてきた。ジェリーカールが濡れた輪になって、べったり顔を囲んでいる。パパはうしろめたそうに顔をあげた。別の人とイルカになっているところを見つかったからだ。ママに疑いの目を向けられて、ルシアは唐突にダンスを中断した。ママの中で黒雲が静かにふくらみはじめるのがわかった。雨が降らないうちに注意をそらしたほうがよさそうだ、とあたしは判断した。

「今朝ジョーと話したよ」と口走る。

★69 テハーノの女王といわれる歌手セレーナの曲

ママはルシアとパパを一緒に見るのをやめて、こっちに視線を移した。「どうしてもっと早く話さなかったの?」

パパが眉毛の上をかきはじめた。「どうしている?」

「元気だよ。いまは共産主義者なんだって」あたしは答えた。暴動のまっただなかに出かけていって、なんだか知らない活動をしてるなんて言う勇気はなかった。そんなこと言ったら、一生ジョーに許してもらえない。

「大学生はそういうことをするものさ。大学へ通う。そういうものを試してみる」とパパ。

「でも、ジョーは大学にいないのに」とあたし。

「電話してみるわ」ママが言った。

「やめといたほうがいいと思うけど」とあたし。

「お姉ちゃんのせいで死にそうよ」ママは手近の椅子にどさっと倒れ込んだ。

ルシアはひっそりと部屋を出ていった。ママはパパがルシアと関係を持ってるんじゃないかって心配してるんだろう。でも、そうじゃない――ルシアとパパは、お互いの本質的ななにかを理解しているだけだと思う。あたしたちには言ったことのない話、きっとママには言わないだろうって話をルシアにしてるのを立ち聞きしたことがある。パパはママとの会話が少なくなればなるほど、ルシアにたくさん話しかけてる気がする。ときどき、大人になるのは子どもでいるよりもっと淋しいように思える。

たとえば、パパはルシアに、友だちのクインシーのおじさん、アールのことを話した。昔はよくクインシーと家の近くの公園でバスケをやっていたそうだ。クインシーほど幸せな子はいなかった。両親は両方とも地元の高校の先生だ。どっちもほんとうに教えてて楽しそうだったし、昼休みのときには、夫婦っていうよりいちばんの親友同士みたいに、一緒に座って笑っていたほどだったらしい。クインシーのおじさんは、パパが三年生のときの先生だった。フレデリック・ダグラス[★70]とブッカー・T・ワシントン[★71]について教えてくれ、たとえ誰にも期待されていなくても、堂々と背筋をのばして立ち、善良な人間であることがどんなに大切か伝えてくれた。ある日、パパとクインシーがバスケをしていたとき、クインシーのおじさんがぴくりとも動かず公園のベンチに横になっているのを見つけた。誰だとしてもおかしくなかったけど、ほっぺたにテキサス州の形のあざがあったから、アールだってわかったらしい。そのあと、クインシーとパパはもうその公園でバスケをしなくなった。それから、クインシーの両親が一緒にお昼を食べなくなった。とうとうクインシーは母親とその出身地のルイジアナ州に引っ越して、父親のほうはカリフォルニアの自分の教室でぽつんとお昼を食べるようになった。

「ドラッグ中毒で死んだ知り合いはあれが最初だった」パパはルシアに言った。でも、あたしには言っていない——話のあいだじゅうキッチンの外に立って耳をすましてたから聞こえただけだ。ルシアとパパはどっちも、あたしにとって少し理解の及ばない存在だった。あたしと出会う前のふたりの人生は、あまりにもあたしの人生とは無縁だった。それでいて、どういうわけかお互い

★70　一九世紀の奴隷制度廃止運動家。元奴隷であった

★71　一九世紀後半から二〇世紀前半にかけて活動した元奴隷の教育家、作家

同士ではそんなに異質でもなさそうで、年の差にも、何千マイルもの距離にも、見えない橋がかかってるみたいだった。

　たまにママは、なぜか妙なことでルシアと張り合いたがった。たとえば、プロムのドレス選びのときだ。あたしはもう、ルシアと車であちこちドレスを見に行ってて、最後の二着にまで範囲を狭めたつもりだった。ルシアはサンティー通りにある誰かのおばあちゃん《アブエラ》のところへ連れていってくれた。その人は節くれだった手で最高にきれいなものを作っていた。

「あんたの友だちは誰もあの人のドレスは持ってないよ！」ルシアは声をあげた。

　そのことを言ったら、ママは老眼鏡越しに視線をあげて、なにかを決めてるみたいに目をきゅっと細めた。

「一緒にドレスを選ぶべきね」と言った。「わたしたちふたりで」

「でも、もうルシアと――」

「わたしが母親よ」

　それで決まりだった。

　あたしたちはロデオドライブの近くの高級デパート、ニーマンマーカスに行った。あそこは無愛想でむかつく年寄りだらけだ。みんな耳から安っぽい宝石をでかでかとぶらさげて、首や指にキャンディのおできみたいなものをくっつけている。販売員の多くは、こんなに金持ちの重要人物の世話ができるなんて運がいいって自分をほめているのだ。あたしはこんなところにいたくなかった。

ママが最初に見て気に入ったのは、バレエシューズみたいな淡いピンク色のドレスだった。それをあたしの体に合わせて持つ。ふたりとも、影みたいについてくる黒服の女の人たちを無視しようとした。次に選んだドレスはカナリアや日の光の明るい黄色で、あたしの黒っぽい体を背景にすると、よけい目にあざやかだった。紺色のドレスは大人っぽすぎたけど、トップに並んだ金のビーズはみごとだし、どっしり重いし、高級すぎて戻せない雰囲気だ。まわりのレディたちに「サイズはおいくつですか?」とか「どんな機会にご利用ですか?」とか「それはたったいま入ったんですよ!」とか話しかけてるあいだも、黒服の女の人たちはこっちにはなにも言わなかった。『プリティ・ウーマン』のあのシーンみたいだ。ただし、あたしたちは超ミニをはいた売春婦じゃないし、ママはどこかの男のクレジットカードなんかなくてもここの商品を買える。高級店にいる金持ちの黒人女は、高級店にいる安っぽい白人女に似ている。そういう事実から、その高級店にいる全員に関してある程度のことがわかる。ママが決めたドレスは、炎みたいに赤くて、その区画の中でも値段の高い一着だった。ママがそれをカウンターにどさっと置いたのは、まさに高価だったからだと思う。あたしはルシアと選んだドレスのほうが好きだったけど、そうは言えなかった。

ママはあたしたちが前にいた区画から少し離れた、遠くの隅にあるレジへ歩いていった。レジ係は若くて、モデルか彫像みたいに繊細な目鼻立ちだった。近づいていくと、その男の人はクラブに入ってきた旧友に声をかけるみたいに、「どうも、ご婦人がた!」と言ってきた。

「今日は誰かお手伝いしてますか?」と訊く。

「いいえ」ママがきっぱり言うと、影たちが背後でささやくのが聞こえた。

「いやいや、このドレスはすばらしいなあ」レジ係は黄金に触れるみたいに指先をドレスに走らせた。声に少し南部なまりが聞き取れた。たぶん逃げてきたんだろう。

帰りの車の中で、ママが言った。「お姉ちゃんは古着屋でドレスを買ったのよ」

「憶えてる」

「一緒に見に行くかってわたしに訊きもしなかったわ」

「ママが古着屋をまわるのにつきあいたがると思わなかったのかもね」

「訊かれたら行ったでしょうに」

なにか言うべきなのかどうかわからなかった。ときどきママは、考えてることを自分で聞きたいだけで、反応が必要だからしゃべってるわけじゃないっていうことがあるからだ。

帰りつくと、ママは自分用にグラス一杯ワインをついで、ソファに腰をおろした。

「もう一度着てみせて」と言う。

あたしは部屋に駆けあがってドレスを頭からかぶった。

それから、螺旋階段を走りおりてリビングへ戻った。ママとルシアがふたりともソファに座っていた。あたしが入っていくと、ルシアが拍手した。

「なんてきれい《ケ・ボニータ》」とつぶやく。

あたしはリビングをくるくるまわり、チュールにさわった。チュールは奇跡みたいだ。手にひっかかるしぎっしり重なってるし、それなのにどういうわけか雲みたいに見える。

第一六章

仲間たちはきらめく爆弾だった。ストレートにカール、逆毛を立て、きらきら光らせている髪。サテンのおばけみたいにガーメントバッグに入ってぶらさがっているドレス。まだやることはある——化粧、マニキュア、今晩の予想を注意深く見積もること。みんなきゃあきゃあ言いながらコートニーの車からうちの私道に転がり出てきた。それから、全員そろってわめきたてた。

コートニーは目の前にきたとたん牙をむいた。「見てよ！」

「なにしてんの？」とあたし。

「歯を漂白したの！」カーニバルの道化みたいににやっとして、くるくるまわる。そうすればもっと口がきれいに映えるみたいだ。

「でも、あんたの歯、黄色くなかったのに」とヘザー。

「ほら、ちょっとだけ黄色かったっていうか」とキンバリー。

「あれ、誰？」

「いとこ」

「いつからいとこと一緒に住んでるわけ？」

「暴動が起きてから」

みんなはモーガンのつらそうな様子を見てたじろいだ。

「どうしたの、あの子？」

「父親の店が略奪されたんだよ。みんな持っていかれた」

ある意味で、そこがあたしたちの店でもあるとは言わなかった。

「うわ、それは最悪」

「うん」

「なにか言ったほうがいい?」

「なにかって?」

「ええと……お店は残念だったね?」コートニーが宣言する。

「うん、そうしよ」

仲間たちがぞろぞろと部屋に入っていく。キンバリーがほとんど気後れしてるように見えたのは、記憶にあるかぎりこれがはじめてだった。

「お店は残念だったね」三人は声をそろえて言った。

モーガンがこっちを見て眉をあげたから、あたしは肩をすくめた。

「あんたたち、誰?」モーガンは問いかけた。

「あたしはコートニー。こっちはキンバリーとヘザー」

モーガンはじっと三人を見つめた。それから笑い出した。「アシュリーがちっちゃいころ、あんたたちの誰かを溺れさせようとしなかった?」

キンバリーが目をみはって、それからきゅっと細めた。「それはほら、ずうっと昔のことだから」

あたしたちはひとかたまりになって階段を駆け上り、家の中を通り抜けた。

二階で爪にマニキュアを塗ってドレスを着て、キンバリーの処女についてあれこれ話し合った。お互いに唇を尖らせて、同じ血の赤を塗る。びっくりすることに、その色合いは全員に映えた。

2ライヴ・クルー★72の『アズ・ナスティ・アズ・ゼイ・ワナ・ビー』をがんがん鳴らす。大人たち、ティッパー・ゴア★73や裁判所はこの曲がエロいから嫌っている。だからあたしたちは大好きだ。フェミニストのヘザーでさえ。女の子だけだから、みんなでぐるぐるまわって、かわいい口から下品な歌詞をどなっても平気だ。どういう意味だろうと、誰にも自己責任だなんて言われないから。

「来年あんたたちがいないと淋しいだろうな」コートニーが溜め息をついた。

「どこにも行かないよ。『ゴールデン・ガールズ★74』みたいに、一緒に年をとってしわしわになるんだから」とヘザー。

「コートニーはローズでしょ」とキンバリー。「あんたはドロシー。アシュリーはソフィア。そしてあたしはブランシェ。いちばんセクシーだから」

「ドロシーがいちばんセクシーだよ。ブランシェは売春婦じゃん。だいたいあんたはブランシェ

★72 一九八五年から活躍しているヒップホップ・グループ。下ネタ連発の歌詞が特徴
★73 元アメリカ副大統領の元妻で、過激な性描写や暴力表現に批判的
★74 一九八五～九二年に放送されたテレビドラマ。ひとつの家に住む四人の年配女性を描いたコメディ

になれないよ、経験もないくせに」とヘザー。

「いったいどうしてあたしがあのおばあさんのわけ？」とあたし。

「みんなおばあさんじゃん」キンバリーは肩をすくめた。

「とにかく、ソフィアがいちばんおもしろいよ」ヘザーが言ってくれた。

「ちょっと。あたしがローズなのって、ばかだと思ってるから？」とコートニー。

　キンバリーがつけまつげをみんなに貼ってくれた。何年もコンテストに出てきたから、名人なのだ。終わったとき、ティンカーベルみたいにみんなのまつげに息を吹きかける。フレッシュキッドアイス[★75]がラップしてるあいだ、あたしたちはそろって新しいまつげをぱたぱた動かした。新しい顔を大いに楽しんで、すてきな夜でありますようにって願ったのだ。


　トレヴァーとマイケルは、トレヴァーのお父さんの年代物のロールスロイスで到着した。非の打ちどころのない流線型で、車体はいかめしい光沢のある白、タイヤリムはオフホワイトだ。コートニーはリムジンを借りたがったけど、どうやらリムジンはキンバリーがダサいって考えるもののリストに載ってたらしい。コートニーとパートナーのいないヘザーは、コートニーの彼の車で行くことになっている。

　コートニーは養子の支援団体でその彼に会った。今年に入って集まりに行きはじめて、ランチのとき外国の孤児の話をすることがあった。悲惨な状況から助け出され、世界の向こうからはるばる連れてこられて、たとえばチャッツワースに住むようになったような子どもたちだ。ラスティは韓国から養子になったけど、養父母は白人だ。ラスティに会うのはこれがはじめてだった。写真は見せてもらった――ゆたかな黒髪を肩までのばし、しなやかな体つきで、すごくかっこよく見えた。ヘザーは何週間も、プロムがどんなに時代遅れで、若いアメリカ人女性を支配する儀式なのか、耳を貸してくれれば誰にでも力説していた。その結果、間際になって、やっぱり自分も支配されたいって決めたときには、もう誘ってくれる相手が残っていなかったのだ。あたしたちはトレヴァーとマイケルが車を寄せて出てくるのをながめた。また金切り声をあげて階段を走りおりると、仲間の男の子たちを迎えるため、変身した姿で玄関のドアへ駆けていった。

トレヴァーのタキシードが受け狙いでけだるい午後のパウダーブルーなら、マイケルのタキシードはしんと静まり返った真夜中だった。みんなに渡す花にパールのピンを添え、プラスチックの箱に入れてかかえている。

コートニーの相手のラスティは、うちでの待ち合わせに一時間遅れた。あたしたちはリビングに座って写真撮影を待ちながら、顔が崩れるのに憤慨していた。ロニーおじさんがソファに寝そべってたので、お通夜みたいにその体を取り囲む。

「こっちは気にするな」ロニーおじさんはうめき声をあげた。友だちがくる前はうめいてなかったから、鎮痛剤が切れてきたか、大げさにふるまってるかだ。おじさんって人を知ってるから、たぶん両方だろう。「おまえのパートナーは、アシュリー？」

あたしが指さすと、トレヴァーが近寄り、いかにも儀式ばってロニーおじさんと握手した。

「自分のプロムを思い出すなあ。俺みたいなことはしないほうがいいぞ」おじさんは笑い声をあげてからうめいた。

「そうしますよ」とトレヴァー。「間違いなく」

「おい、俺がなにをしたか教えてもいないぞ」ロニーおじさんはまた笑った。

あたしたちはしばらくぎこちない雰囲気で腰をおろしていた。やがてコートニーが口をひらいた。

「あの、銃で撃たれたんですよね？　ボコボコにされたり？　こわかったですか？　ほら、これまでの人生がぱっと目の前にひらめいたりしました？」

「ちょっと、コートニー」とヘザー。

「なに？」

ロニーおじさんは少し体を起こそうともがいた。「こわかったな」

みんな期待をこめておじさんを見つめた。

「あそこはうちの母の店だった。アシュリーのおばあちゃんだな。店を始めたのは五一年だよ。続けるためにどんなに奮闘したかわかるかい？　女ひとり――しかも黒人の女だぞ。ワッツ暴動や不況のときも店を守り続けた。二回買い取りの申し出がきたが、母は断った。略奪されたときこわいとは思ったが、それはただ、母が築いてきたものすべてが目の前で崩れ落ちるのを見たくなかったからだ。しかし、火事場泥棒ども、あんな連中はこわくないさ。身体的にはな。あいつら、俺を傷つけようとはしなかった。まあ、そんなにはな。怒り狂っていたが、俺に対してじゃなかったよ」

仲間たちは呆然として座っていた。

「君ら、テレビでもつけたらどうだ」おじさんが勧めた。

ニュースとMTVとどっちにするか決められなかったけど、コートニーが「いま気分が落ち込むようなものは見たくない、プロムの日だよ！」って言ったので、MTVが勝った。ママはカメラのフィルムをどこにやったか捜して家じゅうを走りまわっていた。

目をつぶって動かなかったからロニーおじさんが眠り込んだのかと思ったけど、エディ・ヴェダー★76が「〝あああ、俺はまだ生きてる〟」って歌ったとき、ハーモニーをつけて歌い出したのが聞こえた。

「この歌、そもそもなんで知ってるんですか？」コートニーが問いかけた。ロニーおじさんは訊かれたのが黒人だからか、年が行ってるからか、見きわめようとしてるような視線を向けたけど、たぶん両方だろう。

「俺はなんでも知ってるぞ」おじさんは答え、コートニーはなるほどって顔でうなずいた。

「ほんとにいい声ですね」とヘザー。「歌手になれますよ。ほら、プロの」

★76 オルタナティヴ・ロック・バンド、パール・ジャムのボーカル。パール・ジャムは九〇年代に若年層の人気を獲得した

「この子はわかるはずですよ。おじいちゃんがスタジオを持ってるんです」キンバリーが割り込んだ。

「近いところまで行ったんだが」ロニーおじさんは溜め息をついた。「もう少しでデルフォニックスのツアーに同行するところだった……君らは若すぎて知らないか？　しかし、母の面倒を見ないといけなかったし……店があったしな」ぼんやりと思いにふける。

　ロニーおじさんのこの話はぜんぜん知らなかった。ほかにどれだけ知らないことがあるんだろう。ふと思ったけど、どっちかっていえば、ここに残ってつきとめたいような気がする。みんなが困ったり悲しんだりしてるような、そういうときに家族から離れるのは間違ってるんじゃないだろうか。

「まあ、君らだけで楽しんでくれ」ロニーおじさんが立ちあがりかけると、マイケルとトレヴァーが駆けつけて手伝った。

　足をひきずって部屋を出ていく前に、おじさんはあたしに身を寄せてささやいた。「おまえの学校には黒人の子はいないのか？」

　こぶしを突きあげて抗議したきのうの黒人の子たちのことを考えた。あたしも加わるべきだった。あるいは、そもそもあんなことを始めるべきじゃなかった。そして、始まったら止めるためになにかするべきだった。去年のラショーンはプロム・キング[★77]だったのに。今日はプロムに出ることさえ許されるかどうか。そんな内心を読み取ったみたいに、あたしがなにも言えないうち、ロニーおじさんは頭をふって立ち去った。

邪魔な大人がいなくなったので、トレヴァーとマイケルはパール・ジャムのビデオに合わせて頭をふりまわしはじめた。パール・ジャムが即興演奏《ジャミング》をやめたとき、トレヴァーは頭の動きを抑えそこねてコーヒーテーブルに突っ込んだ。その勢いでヘザーの水のコップをすっとばし、かわいいドレスにおもらししたみたいな運の悪いしみをこしらえる。

「ばか！」ヘザーは絶叫した。

「みんな仲良くできないか？」トイレに向かって廊下を歩いてるとき、テレビ画面に映るロドニー・キングがMTVニュース速報でたどたどしく言ってるのが聞こえた。

ラスティは正装のタキシードを着ていても、スケート選手かサーファーみたいに見えた。どこかの板の上で動きながら、体のバランスをとりたがってる感じだ。全員に「よう、みんな！」とあいさつしてきた。

酔っぱらいのこぼれるような笑みが顔の中心で、ほかの全部はつけたしみたいだった。きのう、あたしたちより一歳上なだけの韓国系の子が、Kタウンのピザ屋の前で射殺された。血まみれのシャツは真ん中に大きな黒い穴があいてるみたいに見えて、心臓や胃があるはずの部分が写真の中ではうつろな隙間になっていた。ラスティはあれを見ただろうか。そう思ってから、（別の人生なら、あれはあたしだったかもしれない）と考えた。ラスティは横たわってるあの子を見て、

★77 プロムの最後に行なわれる投票で選ばれる人気の男子生徒

自分の胸に血の花が咲いているところを思い浮かべただろうか。あたしがときどき死んだ黒人の子たちに自分を重ねるように、被害者としての姿を。

コリアタウンでは、野球場の清掃集会に七〇〇〇人が参加した。

「われわれは報復しない。辛抱強く待とう。友愛をもって許そう」

それが祈りの言葉だった。


外ではモーガンがフラミンゴに乗ってプールに浮かび、指でのろのろと水面に円を描いている。あたしたちとは違う映画の中にいると思ってるみたいに、サングラスをかけて、ジョーの古いビキニのひとつを着ていた。

マイケルがモーガンの隣に腰をおろした。ズボンの裾をまくりあげて、素足を水にたらしている。身を寄せてなにか言うと、いとこはなにか答えて、頭をそらして笑ったので、唯一の金歯が見えた。

「写真撮影の時間だよ、マイケル！」キンバリーが裏庭から呼びかけた。マイケルは急いで靴下と靴を履くと、みんながポーズをとろうとしているところへ芝生の上を走っていった。

あたしはモーガンがぷかぷか浮いているプールのふちのほうへ近づいた。

「おじさんがあんなふうに歌えるなんてぜんぜん知らなかった」と声をかける。

モーガンはジョーのサングラス越しにこっちをのぞいた。「うちの家族、いろいろ才能があるから」

「そうみたいね」

ゆうべ、パーカー家のタイヤをモーガンがどんなにやすやすと撃ち抜いたか思い出す。いったいどこであんなことを覚えたのか、訊くのがこわかった。「マイケルとなに話してたの？」

「ア・トライブ・コールド・クエスト」★78 とモーガン。「好きかって訊かれたの。で、あたしが黒人だから？『なんでR．E．M．★79 とかニルヴァーナ★80 とかそういうのが好きって訊かないの？』みたいに言ったら、気まずそうに黙って、そのあとあたしが笑い出したわけ」

「でも、好きなの？」

「そりゃ好きだよ」モーガンは片手で周囲の水をかいた。「でも、R．E．M．もニルヴァーナも好き。あいつ、いじるのが簡単すぎだね」

ふたりとも大爆笑した。モーガンは笑いすぎて浮き輪から落ち、プールの中に突っ込んだぐらいだ。

「アシュリー、おいでよ！」キンバリーが大声で呼びかけてきた。

「あの子たちとマリファナやるの？」モーガンが言った。

あたしは肩をかくめた。「たまにね」

「まあ気をつけて。一緒につかまったとき、助けてもらえると思う？」

★78 流行していたギャングスタラップとは一線を画すヒップホップの一派「ネイティヴ・タン」の中核的グループ
★79 オルタナティヴ・ロックバンド
★80 グランジの先駆者として知られるバンド

そのまま問いかけを宙に浮かせる。

「あっちに行ったほうがよさそう」あたしは言った。

「うん……がんばってね」モーガンは巻き毛を顔から払いのけ、コンクリートにそばかすの散った肘をついた。


芝生の上では、キンバリーがブートニエールのピンでマイケルを突き刺した。ちっちゃな血の玉が浮かびあがる。キンバリーは指でぬぐいとって、一〇代のヴァンパイアみたいになめた。

「いてっ！」もう一度やられて、マイケルが声を出した。

キンバリーが尖ったものを持たせると信用できないことを証明し続けたので、かわりにあたしが引き受けた。

「ほら、やってあげる」と言う。

矢車草みたいに青い色の花をマイケルのスーツにピンで留めてやる。その一分間だけ、あたしたちはお互いのものだった。トレヴァーがマイケルの肩に片腕をまわすまで。

みんな身長順に並んだ。いつか何年もたってから、この日をふりかえって重たいドレスと派手なアイシャドーを笑うことができるように、ルシアとママとパパが写真を撮ってくれた。最初はヘザー、それからマイケルとキンバリー。コートニーとラスティがあたしとトレヴァーの隣に並んだ。トレヴァーがあんまり気安くあたしの腰の低い位置に両腕を巻きつけたので、パパがじっとにらんだ。とうとう、トレヴァーは手を少し上に移した。

「はい、チーズ！」ルシアが叫び、みんなにっこりした。

ママが涙ぐみはじめた。

車に乗り込む前に、ルシアがぎゅっとあたしを抱きしめた。

「セックスしないんだよ、ミハ」とささやいて、笑い声をあげる。

車で会場に行くまでのあいだ、トレヴァーは瞑想やカート・コバーン★81のことをぺらぺらしゃべっていた。あたしは後部座席にいるマイケルとキンバリーに目をやった。ときどきふたりとも、キンバリーがピンクのサテンのハンドバッグにいつも入れているフラスコ瓶の中身を飲んでいる。キンバリーはマイケルの肩に頭をもたせかけていた。まるっきりキンバリーらしくない。ふだんなら髪が乱れるのを気にしてそんなことしないのに、今晩は恋愛とウオッカで頭がぼんやりしてるらしい。こっちがふたりを鏡で見てるのにマイケルが気づいた。あたしは視線をそらし、危険な太平洋岸道路《パシフィック・コースト・ハイウェイ》が眼前にのびていく光景をながめた。

ホテルのロビーを通り抜けて最初に大ホールに入っていくと、クリス・クロスが「〝ジャンプ！　ジャンプ！〟」って言ってよこした。

キンバリーが「この歌大好き！」と大声をあげてジャンプした。一瞬、視界に映るのは金髪の巻き毛やピンクと紫のタフタだけになった。

★81　ニルヴァーナのボーカル、ギタリスト、メインソングライター

ホテルは大理石ときらびやかな円柱ずくめだった。ロビーのビロードのソファに腰かけているのは、年寄りの金持ちイタリア人たちだ。その様子は陽射しを浴びた革みたいだった。あたしたちは金切り声をあげてその脇を走り抜け、ヘザーとコートニーのもとへ駆けつけた。さっき別れてから二〇分もたってないのに。

　ヘザーとコートニーに抱きしめられ、手首をつかんで女子トイレまでひっぱっていかれる。そこでみんながエクスタシー《MDMA》をやったり、きらきらしたウオッカのフラスコ瓶をまわしたりしているのをながめる。

　ミンクのストールを巻いた女の人がトイレの個室から出てきた。指を埋めたくなるほどしわが深くて、白髪まじりの髪を凝ったアップスタイルにしている。コートニーがあわててウオッカをドレスにさっと隠したけど、確実に見られた。叱られるか、付き添いの大人のところに連れていかれて罰を受けることになると思ったけど、かわりに女の人は手を洗い、鏡の中からわかっていると言いたげにウインクしてみせた。

「楽しんで、あなたたち！」笑い声をあげ、ふらふらドアから出ていく。

　あたしはドラッグをやらない。少なくとも本物の薬物は。友だちはみんなやるけど、パパに教わったことがひとつあるとしたら、黒人はこういうことで見逃してもらえないってことだ。

　去年、いとこのレジーが拘置所に入った。レジーはなんていうか、人を見下すばかだ――感謝祭のとき、退屈なデリラ大おばさんの絶品マカロニ＆チーズを食べながら、みんなが映画『星の王子　ニューヨークへ行く』とかの話をしてるところへ割り込んで、成績や大学進学適性試験《SAT》の点数を比べようとしはじめるようなやつ。でも、あれはお母さんの気を引きたいんだと思う。時として、親の愛情がほしければ、言葉をつくすより点数をあげるほうが効くことがある。レジーはおおむねいい子だ。ともかく、パシフィックパリセーズでどこかのパーティーに警察が踏み込んだとき、レジーはコカインを持ってるところを押さえられた。母親のキャロルおばさんは裁判官で、裏で手をまわして息子を助け出したらしいけど、パパはそんなことをしないってはっきり言った。

「白人の子と張り合おうとして逮捕されたら、保釈してやるつもりはない。裏から手をまわしたりしないぞ、聞こえたな?」

あたしはキンバリーのフラスコ瓶からウオッカをすすって、アルコールが喉を焼いておりていくのを感じた。これで充分だってことにしておかないと。

まもなく、ふらついてないのはあたしだけになった。

トレヴァーはあたしの肘をつかんでいた。つかみにくい場所だけど、手はつなぎたくなかったから、それよりましだ。実のところ、トレヴァーはとても気遣いのあるパートナーだった。ドアは押さえてくれるし、ちゃんとハイヒールでついていけるようにゆっくり歩いている。ただ、こっちがぜんぜん興味のないことについて少ししゃべるだけだ。

マイケルとキンバリーは手をつないでいた。キンバリーはマイケルのほっぺたにずっとキスしている。マイケルの両親は、あたしたちのためにホテルのスイートを取ってくれた。それがどういう意味か、全員が心得ている。キンバリーはなにか重要なことが起こると思っていた。なにか、関係を強固にして南カリフォルニア大とラトガース大の距離をぴったりふさぎ、ふたりの絆を永遠にするようなことが。でも、マイケルが死にかけた父親を発見したことも、マイケルの母親が毎朝一〇時前に酔っぱらってることも、キンバリーは知らない。ふたりの手はどっちも握ったことがある。マイケルの指先のギターで硬くなってるところも、キンバリーの人差し指のおかしなほくろの位置も知っている。あたしは両方の秘密を握ってきた。

嫉妬しているのかどうかはよくわからないけど、ちょっと悲しいのかもしれない。あれだけ長年一緒にいても、ふたりがほんとうにお互いのことを知ってるのかどうか、あたしにはよくわからない。しかも、キンバリーはなにか魔法みたいなことが起こると思ってるのに、先週の時点で、マイケルはきちんと胸をさわるやり方さえ知らなかった。

お化粧が崩れたり、いけないことをしたのがにおいでばれたりしないうちにプロから写真を撮ってもらおうとして、あたしたちは列を作って並んだ。カメラマンが各グループをつかまえると、女の子には右手を腰にやって首を左にかしげ、片足をほんの少し前に出す姿勢をとらせる。男の子のほうはあれこれ調整されたあげく、程度の差はあってもばかげた恰好にされた。

あたしたちのところにきたとき、カメラマンはあたしに向かって、「パートナーはどこ？」とつっけんどんに問いかけはじめた。

苛立ちをつのらせた様子で、もう一度言われる。混乱したけど、そのうち、トレヴァーと一緒にいるのはヘザーで、あたしが仲間外れだと思われてるのに気がついた。トレヴァーを指さす。

「ああ……」カメラマンは言い、直接調整するためにヘザーのほうへ動いた。

ラショーンは停学のせいでプロムに参加できなかった。付き添い役が何人か、混乱した警備員みたいにラショーンとほかの黒人の子たちを囲んで立っている。

「行こうよ、プロムだよ」タレルが言った。

「君たちは参加できるぞ」誰かのお父さんが言った。ぱりっとしていたはずの白いシャツの袖口をすでにまくりあげ、こめかみと脇の下に汗がにじんでいる。「停学中なのはラショーンだけだろう」

キャンディスとタレルとジュリアとふとっちょアルバートがラショーンと腕を組み、付き添いのお父さんは（なんでこんなことに同意したんだ？）って言いたげに深々と溜め息をついた。

黒人かぶれの白人《ウィガー》・ダスティンが、ブレイクダンスのワームをしている、というか、少なくともその動きをやろうとしている場所から視線をよこした。右目がまだ腫れていて、安っぽいノーブランドの人形についてるアイシャドーみたいに、紫と栗色がまじって薄くなっている。

なんの騒ぎか見ようとして、かなりの数の生徒が黒人の子たちのほうに目を向けた。ダンスフロアの人たち全員がそっちへ近づく。みんながばかでかい耳になったみたいだった。

「おれは仲間と踊りたいだけだよ」ラショーンが静かに言った。

付き添い役の大人たちはどうしていいかわからず、顔を見合わせた。

「入れてやれよ！」誰かがダンスフロアの中心から音楽越しにどなった。

続いて、別の声が加わった。「あいつらを入れてやれ！」

ダンスフロア全体が試合中の観客席みたいに音楽を圧してとどろきはじめた。ジェフリーズ校長や大人たちを街の向こうのライバルと同一視してるみたいに、ダンスフロアからブーイングや野次が飛ぶ。

ドレスを着たジェフリーズ校長は、服がひらひらしていても、なぜかいつもよりきつく感じると言わんばかりで、居心地が悪そうだった。正装用のフラットシューズは、おばあちゃん向けのショッピングモールにある、お年寄り用に余分なクッション材がついてる靴に似ている。校長はダスティンとラショーンを脇に連れていった。

一六歳と一七歳の集団にきびしく監視されながら長々と議論したあと、ジェフリーズ校長はラショーンを参加させることに決めた。

ふとっちょアルバートがラショーンの腕を掲げて勝利を宣言し、優勝争いの試合で決勝点を決めたみたいに、ダンスフロアの全員が大歓声をあげた。

シャーデンフロイデ。英語の授業で教わった言葉だ——他人の不幸を喜ぶこと。ラショーンがゴールデンボーイから転落したいま、去年はプロム・キングだった身で参加させてくれって懇願しているいまになって、学校のみんなはもう一度ラショーンのもとに結集した。よく言われるとおりだ——誰でも返り咲きは大好物らしい。

あたしたちはハンプティ・ハンプ[★82]を踊ってからパンチを飲み、キンバリーのフラスコ瓶の中身をすって、両方を口の中で混ぜた。そのあと、ビースティ・ボーイズ[★83]が女の子について教えてくれているあいだ、頭を上下にふってとびはねた。DJが「アイス・アイス・ベイビー」[★84]をかけたときはブーイングしたけど、どっちみちそれに合わせてダンスした。ひと口飲むたびに体がやわらかくなっていって、ウオッカまみれの手がお互いの肩や腰やお尻を見つける。コートニーとヘザーは、曲に合わせてバシバシお尻を叩き合っていた。

ホームズ先生がガルシア先生《ミス・ガルシア》と踊っている。トレヴァーが話してたけど、いつかの夜、ふたりが駐車場でいちゃいちゃしてたのを誰かが見たらしい。ホームズ先生は驚くほどダンスがうまかった――ワッツでたくさんの黒人の近くにいたから身についたんだろうか。もっとも、あたしは黒人で、黒人だらけの家に暮らしててもダンスはできないから、違うかもしれない。

ヘザーとトレヴァーとあたしは輪になって踊りはじめた。それから、ふたりがエクスタシーの効果でお互いに激しく踊り出した。あたしもあんなふうになれればいいのに。自分を解放するのは難しい。

コートニーとラスティは、やっと手が届く距離でためらいがちに踊っている。まだお互い体がなじんでないときのダンスのやり方だ。

マイケルとキンバリーは「イット・テイクス・トゥー」[★85]の曲に乗って不器用に体を押しつけ

★82 ヒップホップグループ、デジタル・アンダーグラウンドの代表曲「ハンプティー・ダンス」のステップ。パーティーダンスとして有名
★83 一九七八年結成のヒップホップ・グループ
★84 ミュージシャンで俳優のヴァニラ・アイスのヒット曲

合っていた。たまにマイケルが見てないとき、キンバリーはこっちに笑顔を向けて親指を立ててみせた。まるで腰を突き出す動作のひとつひとつが、もっと親密な行為への前触れになってるみたいだ。

ラショーンと黒人の子たちは輪になって一緒に踊っていた。あたしの一部はそこにまざって、「O．P．P．」[★86]がかかったとき、手のひらを空中に突きあげて「オオオー、ヤー！」と叫びたかった。たとえ「O．P．P．」はなんとなく気に入ってる程度でも。

DJがゆったりした曲に切り替え、照明が少し暗くなった。踊っている半分はお互いに近づいていき、残りの半分は気まずそうにパンチのボウルへ駆け寄った。

トレヴァーが両手をあたしの腰にあて、ワンツーでボーイズⅡメン[★87]の「エンド・オブ・ザ・ロード」に引き入れた。みんながこのDJはコカインをやってるって判断したのは、「エンド・オブ・ザ・ロード」が最後のダンスの曲だって誰でも知ってるのに、まだ夜は半分も過ぎてないからだ。

「〝道の終わり《エンド・オブ・ザ・ロード》にきてしまっても、まだあきらめきれない〟」同級生たちが天井に向かって声をはりあげた。

この歌がロマンチックとかなんとかって受け止められてるのは知ってるけど、あたしはルシアのことを考えていた。ホセとどこかへデートに行ってることを。なにもかも打ち明け合って、いまごろルシアはもっとホセを好きになってるかもしれない。ぴったり身を寄せて、『わんわん物語』みたいにヌードルでも分け合ってるだろうか。うちの家族も、あたしもいない人生を計画しているかもしれない。どうしてジョーとあたしだけが、成長してあきらめをつけなきゃいけないんだろう?

ヘザーとキンバリーとコートニーがジョージア・フランクリンやモリー・シュミットと〝鼻にパウダーをつけに〟行くって抜け出したとき、マイケルがトレヴァーの前に割り込んで訊いてきた。「このダンス、踊ってもらえるか?」

マイケルとなにか言葉を交わしたあと、トレヴァーは立ち去った。

マイケルがあたしの髪にささやきかけた。

「なに?」音楽のせいで聞こえない。

「ごめん」マイケルは金ぴかのシャンデリアの下で踊りながら言った。

「なにが?」と問い返す。

「なんだろうな。ただ悪かったと思ってさ。ふたりでここにいるべきだって気がするんだ。おまえとおれで」マイケルが頰を寄せてきて、息と肌からアルコールのにおいが伝わってきた。

「酔っぱらってんの」

「そうだったら、たんに本音を言ってるってことになるだろ」マイケルは笑い声をあげた。笑いを止めて、酔ったときのまじめくさった顔つきになる。頭の上で電球がぱっと消えるのが見える

★85 マーヴィン・ゲイとキム・ウェストンによる一九六六年のヒットソング。九〇年にロッド・スチュワートとティナ・ターナーによるカバー版がリリース

★86 ヒップホップの三人組グループ、ノーティ・バイ・ネイチャーのヒット曲

★87 一九九〇年代に大人気を博したボーカルグループ

ようだった。「キンバリーにほんとのことを言うよ。この場で言う、いいな？」

「マイケル、やめて」

「それがおまえの望んでることか？」

あたしがなにを望んでいるか？　理解してほしい。幸せがほしい。姉が悲しい思いをしないでほしい。両親にあんなにストレスがかからず、仲良くやってほしい。ルシアがあたしから離れていかないでほしい。愛情がほしい。羽のような、空を飛べるような、本物の愛情がほしい。体がどんどん沈み込んでいく気がした。

「お願いだから、あたしに伝えさせて」あたしはパニックしはじめた。「あたしから話すべきだよ」

マイケルが答える前に、コートニーとキンバリーとヘザーが戻ってきた。

「おい、おまえら！」ヘザーがトレヴァーの首に両腕を巻きつけ、ふたりでロマンチックに踊る真似をした。でも、正直なところ、かなり真に迫って見えた。お互いに瞳をのぞきこんでいて、その様子を見ると淋しくなった。トレヴァーがニューヨークに発つまでにはほんの数週間しかなくて、ヘザーはオハイオのオーバリン大学に行く。そうなったら、自分たちのプライドだけじゃなくて、何百もの歌がふたりを隔てることになるだろう。

「あたしの彼氏、返してもらっていい、アシュリー？」キンバリーが言った。

あたしとマイケルは離れた。

照明が明るくなって、この夜が終わり、みんながよろけながらホテルの部屋か二次会かリムジンに向かうとき、キンバリーになにもかも話そう。スイートに向かったキンバリーが、これまで以上にマイケルに自分をゆだねる前に。セックス自体を避けるべきだって思ってるわけじゃない――ただ、マイケルとはしないほうがいい。引き留めておくためだけにするつもりだったら。（その部分はもう少しだけとっておいて）って伝えたかった。はじめての友だち。なにもかも告白しよう。でも、とりあえずはパンチをもらいに行った。

パンチのボウルのところで、ラショーンとキャンディスが同級生をながめていた。

「よう、コオロギ」ラショーンが言った。お玉をボウルに入れて、赤いプラスチックカップに注意深くそそぐと、あたしによこす。

あたしはキャンディスに手をさしだした。「あたし、アシュリー」

キャンディスは笑った。「ちょっと、誰なのかは知ってるよ」

ディー・ライト[88]の「グルーヴ・イズ・イン・ザ・ハート」が流れはじめて、キャンディスが言った。「あれはまさにあたしの曲だよ！　行こう」

「すぐ行く」ラショーンが答え、キャンディスは肩をすくめて、シミー[89]の動きで肩をゆらしながら立ち去った。

「参加させてもらえてよかった」あたしは言った。

★88 ハウス／ダンス・ミュージック・グループ。メンバーのひとりは現在日本でも活躍するテイ・トウワ
★89 ダンスの動きで肩を小刻みに前後に動かす

ラショーンは肩をすくめた。「くるつもりはなかったけど、みんなと同じだけチケット代を払ったんだから、行く権利があるってお袋に言われたんだよ。タキシードとか花とか全部用意するのは安くなかったし、そんなふうに金を無駄遣いするためにあれだけ働いてるわけじゃねえとさ。だから……まあ」

笑い声は挑戦的だったけど、淋しそうな響きがほんのり底にひそんでいた。

「いてくれてあたしはうれしいよ」

「すごくいい感じだな、アシュリー」ラショーンは顔を赤らめ、つっかえながら続けた。「いや、ふだんからそうだけど、今日は……」

「もっといい？」

「ああ」

「あんたもいつもよりいい感じ」あたしは言った。

両方とも相手が話すのを待った。

「雌のトンボは嫌いな雄に迫られると、死んだふりをして逃げようとするって知ってたか？」ラショーンは口走った。「ゆうべブライアンとそのドキュメンタリーを観てて……」

「つまり、男に迫られたら死んだふりをしろってこと？」

「嫌いなやつのときだけだ」とラショーン。

ふたりとも、赤くなって動くこともできず、その場に突っ立っていた。

「ええと……あたし、友だちを捜しに行ったほうがいいかも」向きを変え、二、三歩進むと、あたしはそのままダンスフロアにのみこまれた。

人混みの中をうろついて、コートニーとキンバリーとヘザーを捜す。変人のスティーヴ・ラグルズまでプロムにきたのを見つけて驚いた。キスマークだらけの腕がタキシードの袖に隠れていると、ほぼふつうに見える。しかもパートナーはけっこうかわいい。まずうちの学校の生徒じゃないと思う。うちの学校のかわいい子は、スティーヴ・ラグルズとつきあったりしない。

「ねえ、スティーヴ、キンバリーとヘザーとほかのみんながどこにいるか知ってる?」

「おれの名前知ってるんだ?」

「六年も同じクラスだったじゃん」

「八年だよ」

「そうそう。あの子たち見かけた?」

「これ、おれの彼女のベッキー」

「はじめまして、ベッキー」

ベッキーの手はひやっとしてて、すごく小さかった。目は爬虫類っぽかったけど、かわいい感じの爬虫類だ。遊びで自分にキスする男の子を好きになるなんて、この子もずいぶん不思議な子に違いない。でも、恋愛って不思議なものなんだろう。オパールおばあちゃんが昔言ってたように、誰にでも誰かがいるのだ。

「外を見てみれば」スティーヴが肩をすくめた。だからあたしはそうした。

パーティーはホテルのプールへあふれだしていた。そこにはプロム委員会の手配で風流な小さいティーライトが飾りつけてある。室内があんまり暑くなってきたから、あたしは両開きの扉まで行くと、夜の空気の中へ出ていった。

それが間違いだった。

マイケルとキンバリーは水ぎわに座って話していた。あたしは動けなくなった——外にいるのも中に戻るのもこわい。戻ろうと向きを変えたとき、キンバリーがかわりに決断を下した。プールの向こうから「逃げないでよ、アシュリー！」とわめいたのだ。

キンバリーが転がるように走ってくるあいだ、あたしはその場にとどまった。外にいる全員が静まり返った。次の瞬間、キンバリーが目の前にいて、青い目でにらみつけてきた。

「いったいどういうつもり？」

（いったいどういうつもり？）あたしは思った。キンバリーがどなっているあいだ、その問いが頭の中でぐるぐるまわっていた。最後の最後まで、実際には言っている内容の大部分を聞いていなかった。しめくくりの言葉は大声じゃなかった。キンバリーは低くささやいた。

これがその台詞だ——「この大ばかニガー《黒人野郎》」

そして、あたしをプールに突き落とした。

底まで沈んでいくと、ドレスがまわりに大きく広がった。赤いから炎か血みたいで、実際、『VOGUE』に載ってもいいぐらい、すごく見映えのする大惨事だった。恥ずかしくてたまらなくて、水から出たくなかった。プールのいちばん底で、死んだハエの群れの隣に沈んだまま、どうしてこんなことになったのか考えていたかった。

ニガー――短い自分史、アシュリー・ベネット著

六歳。うちの表門に誰かが黒いスプレーでその単語を落書きする。ママは意味を教えようとしない。まだ。

七歳。食料雑貨店で友人に愚痴をこぼしていた女性がうっかり口をすべらせる。そのあと、あたしとジョーが後ろに立っているのに気づいて真っ赤になる。

九歳。どこかの男の子に学校で言われ、ジョーがその子のおなかを殴りつける。ふたりとも一緒に居残りさせられ、うちの両親は学校をやめさせると脅したものの、実際にはしない。その晩遅く、ジョーがあたしの部屋にきて、もっと強く殴ってやればよかったと言う。

一〇歳。塗装のはがれかけた日産の車から、三人の男があたしに向かってそうわめく。あたしはハースト・キャッスルの観光に行った帰り道、海辺のガソリンスタンドで、ママの車にガソリンを入れているところだった。

一一歳。特別学級の男の子がショッピングモールの子ども服売り場の服がかかってるところに隠れている。あたしが通りかかると小声でそう言ってきて、ふりかえるとくすくす笑う。あた

しは子ども服売り場の商品には背が高すぎ、ジュニア服売り場の大半はやせすぎていて合わない。その子は呪文かマントラでも唱えるみたいにずっとくりかえしている。

一五歳。マイケルとトレヴァーみたいな男の子たちが、ホームパーティーで曲に合わせてそう歌う。白人の男の子たちが全員、白い手を宙に掲げて、自分のことみたいに叫ぶ。あたしはその声もなにもかもぼうっとしてくるまでお酒を飲む。

一七歳。これ。

ネイ・ガ――うーん……

ニガー。その言葉は、水底に自分を沈めておきたい石に似ていた。

ようやく水面に浮かびあがると、みんながこっちをまじまじと見ていた。マイケルとキンバリーはどこへ行ったかわからない。苦労してデッキに体を持ちあげたときにも、手伝ってくれる人はいなかった。モーガンが何時間もかけてくれた髪は、ストレートのふりを完全にやめて、刻々とふくらんでいく。ドレスがずっしり体にまとわりついて、その重みにひきずられた。マスカラで目がちくちくする――泣いてはいなかったけど、泣いてるも同然だ。

宴会場のほうへ戻りかけたとき、誰かが「みんな仲良くできないか？」とわめいて、庭じゅうの人がどっと笑った。

第一七章

ラショーンが両開きの扉に近い暖炉の脇に座って待っていた。怒った顔をしている。胸の奥深くにひそんでいるものがいまにも爆発しそうな雰囲気だった。

「大丈夫か?」と訊いてくる。

「なにが?」

「びしょびしょだろ! こいよ」とラショーン。

逆らうにはくたびれすぎていた。黙ったまま一緒にホールを通り抜けていく。

「よう、ブライアン、キーをもらえるか?」

ホワイト・ブライアンはなにも訊かずにキーを渡した。黒人の子たちがこっちを見る。キャンディスが言った。「うわ、ねえ、大丈夫?」

あたしはかぶりをふった。まだ情報が伝わっていないらしい。やがて噂が広まるだろう、そういうものだから。

あたしはラショーンのあとからホテルのロビーを突っ切った。通っていくと、みんながこっちを凝視した。ラショーンはカードキーをとりだしてさっと通した。まもなくあたしたちはエレベーターに乗っていた。

「ひどいな、そんなことされて」と言う。はちみつみたいになめらかで、ほっとする声だった。

細くて長い、優美な指。いままで目に留めたことがなかった。

「自業自得だし」あたしは言った。

「そんなことあるかよ」とラショーン。


あたしたちは一〇階でおりた。スイートはたぶん、マイケルの家でとってくれたのと同じようなところだろう。シッティングエリアとダイニングエリアと独立したベッドルームがある。一瞬、自分たちの小さな家にいるような感覚になってから、どうしてここに連れてこられたのかわからないことに気がついた。

「クローゼットの中にバスローブがある」ラショーンが言った。「バスルームで着替えろよ、そのあとドライヤーでドレスを乾かせるかやってみよう」

バスルームから出ていったとき、ラショーンはニュースをつけていた。暴動の四日目の夜で、状況はめちゃくちゃだったけど、前ほどじゃなかった。ラショーンは身ぶりで隣に座るように合図した。

「あそこはうちから二ブロックのところだ」画面に映った炎上している建物を指さす。「妹とお袋とばあちゃんがちょうどあそこにいる。で、おれはここだ。ダンスしながらな。そんなおれはどんな男なんだ?」

返事を期待するようにこっちを見る。答えがあればよかったけど、なかった。少なくとも、口にする価値があるような答えは。

「髪を直してやろうか?」ラショーンはたずね、あたしの頭のてっぺんのみっともない鳥の巣を示した。

「うん」

ラショーンの脚のあいだに腰をおろす。こんなふうに男の子の脚にはさまれて、頭をそっと股にもたせかけてると、なんとなく性的な感じだったけど、心底ほっとする気分でもあった。もっと小さいころ、学校へ行く前にルシアが編み込みをしてくれたときのことを思い出す。

「妹が学校に行く前に髪をやってやるんだ」あたしの頭の中にいるみたいにラショーンが言った。

「編み方知ってるの?」

「妹の髪をやってるっていま言っただろ?」ラショーンは笑った。

「二本編み込みして、後ろで合わせてピンで留めてくれない?」

「待ってろよ、ちゃんと留めてやる!」

屈託ない笑い方に、前からずっと仲良くしてたらよかったのに、と思った。ラショーンはタキシードのジャケットを脱ぐと、椅子にきちんとかけた。カマーバンドはコマドリの卵みたいに青かった。立ちあがってバスルームに姿を消す。引き出しをごそごそあさってるのが聞こえて、やがてドライヤーを探しあてたらしい。

「見つけた!」と声をあげる。

ラショーンはドライヤーで髪を乾かしはじめた。ドライヤーの音でなんにも聞こえなかったから、しばらくは火事やニュースキャスターがちらっと映ったり、一直線に並んだ兵士たちのショットが流れたりするだけだった。ベトナムかどこかみたいだけど、たんなるスラムなのだ。

「なあ、あそこにはいま、暴動に加わってるやつらより大勢、手を貸したり役に立とうと動いたりしてる黒人がいるんだ。けど、メディアはそんなのぜんぜん映さねえ」

ラショーンはドライヤーを止めて髪を編みはじめた。

「言わなきゃならないことがあるの」あたしは声をかけた。「大事なこと」

「わかった」

ふりかえって向き合う。「どう言えばいいかわからなくて」

伝えるべきことを口にしたとたん、ラショーンがここから出ていくんじゃないかってこわかった。この部屋にひとりぼっちで残されて、自分だけでくよくよ考えたくない。でも、いまこそ正しいことをするときだ。ラナがきのう言ったことを思った——〝落とし前をつけなよ〟

「あんたが略奪したって話、あたしが始めたの。スニーカーのこと。そんなつもりじゃなかった。気がついたらそうなってて。ごめんね。月曜日にジェフリーズ校長先生のところへ行って、なにもかも話すって約束する。いま置いていかれても気にしないから」

ラショーンはあたしを見た。「おれだったら、その話をするのは髪が仕上がるまで待ったけどな」

次の編み込みを終わらせてピンで留めるまで、ふたりともしゃべらなかった。そのあと、ラショーンは腰かけていたベッドから床におりた。膝をかかえて座り込む。キスできそうなくらい近かった。(違う世界《ア・ディファレント・ワールド》★90だったら、ラショーンがドウェインで、あたしがホイットリーだったかもしれない）あたしは思った。

「なにか言ってよ」と口にする。「お願い」

「いまなんて言えばいいのか、本気でわからねえよ、アシュリー」

「とにかく……なにか」

「わかった……まあ……あんたはいつもつるんでる女どもよりましだと思ってたけど、ぜんぜん変わらねえな。もしかしたらと思った……」言葉がとぎれ、部屋の隅の一点をじっと見つめる。

「とにかく、このくだらねえ学校にいるほかの連中と同じ、くそ野郎だな」

言われて当然だってわかってたけど、ラショーンの口からその台詞が出ると、もう一度プールに突き落とされたみたいだった。自分が泣き声をもらすのが聞こえた。「ごめんなさい」

「奨学金がもらえなくなる可能性もあるんだぞ？」

「まさか」

「あんたにそれはわからねえだろ！」

「あたしにどうしてほしい？　どうやったら落とし前がつけられる？　言ってくれたらそうするから」

こういうふうになるはずじゃなかった。もっとも、状況を考えたら、ほんとうはこうなるしかなかったんだろう。相手は長いあいだ黙りこくって、自分の内にこもっていた。

ラショーンは膝の上に顎を乗せた。

「あのスニーカーは盗んでねえよ」とうとう、そう言った。「お袋がスタンフォードの合格祝いで買ってくれたんだ」

「盗んでないのは知ってたよ」

「けど、家でなにかめちゃくちゃに壊したくねえなんてふりはしねえさ。だから、どうだろうな、おれだってあれを盗んでたかもな。おれたちに腹を立てる権利はある。向こうはこっちの命なんかどうだっていいんだ。ロドニーがばかだろうが関係ねえ。あんなふうに叩きのめされるいわれはなかった。それにラターシャ・ハーリンズだって、ジュースなんかのために死ぬいわれはなかった。しかも、誰も気にしねえときてる。おれたちなんかどうでもいいからだ。ろくでもない獣みたいに扱いやがって」泣く寸前みたいに声がかすれた。

「自分の近所で盗んで放火するのって、ちょっとまぬけじゃない？」

「そうかもな。けど、まぬけなりにまともなのかもしれねえ」

あたしはあの場所にいるジョーのことを思った。抵抗と進歩の名のもとに、なにをやっているかわからない姉。それから、ソファに横たわったロニーおじさんのこともだ。そして今日、シャーリーおばあちゃんのアメリカン・ドリームの名残とともに、モーガンとパパの悲しい気持ちが家全体に満ちていたことも。

「わからねえ。おれはただ、いま家にいたいだけだ」ラショーンは言った。

「考えがあるんだけど」

ふたりでラショーンの家に行くことになった。黒人の子で自分のじゃない車に乗ってるうえ、暴動が起きてる最中だから、どっちにとっても無謀な行動だけど、トレヴァーはエクスタシーをやってるから、車がなくなったっていう通報はされないだろう。それに、ラショーンは家族の無事を確認したがってるし、あたしには大きな借りがある。

「ラジオ聴きたい?」と訊く。

あたしのドレスはまだプールの水で濡れてて、まわりじゅうのシートにしずくがぽたぽたたれていた。居心地悪かったけど、半分はだかみたいなバスローブで街じゅう走りまわるよりましだろう。

「いや」とラショーン。

「ニュースかKJLHのラジオが聴けるよ。あれは――」

「なにも聴きたくねえって言っただろ」

「それで、妹がいるって?」永遠に思えるほど長く無言でドライブしたあと、あたしはたずねた。

「ああ。ケイトリンだ。一五だよ」とラショーン。

「あんたのお母さん、きょうだいで同じ学校にやりたくなかったの?」

「おれが通ってるのは奨学金があるからだ。そうでなきゃ、こんな学校行く余裕はねえよ」ラショーンは吐息をもらした。

前にラショーンの試合のスタンドでケイトリンを見たことがある気がする。メガネをかけた体格のいい子で、頭の上に載った明るい赤毛の三つ編みは、火がついてるみたいだった。

「仲いいの？」

「昔はな。あいつはものすごく頭がいいんだ。おれよりな。それにおもしろい。おれとほとんど変わらないほどバスケもうまいし。けど、あいつは努力しなくなった。お袋に口答えして、もう大人だって態度をとりはじめてるんだよ。たぶん学校でつるんでる女どものせいだろうな。お袋がおれの試合に連れていったり、おれのバスケに全部金を使ったり、おれがご立派な学校に行ったりするのを怒ってるんだ。あっちが通ってるのは、生徒の半分が本も持ってねえような近所の学校なのにな」

「それ、あたしでも頭にくるかもしれない」

「ああ。けど、お袋はせいいっぱいやってる」

「女の子だから、お母さんにあんまり気にかけてもらってないって思ってるのかもね」

「違うと思う。けど、おれになにがわかる？　女だったことなんてねえしな」

妹はラショーンと二歳しか違わない。一緒に遊んで、同じものをほしがって育つってどんな感じだろう、と想像してみる。お兄ちゃんは世界がほしいって言って、お母さんはその願いを叶えようと全力をつくしている。妹のほうは、世界がほしいって言うと、みんなに――自分のお母さんにまで――欲張りすぎだって言われる。

ときどき、女の子でいることはきついし、黒人でいることもきつい。その両方だと、二重の負担がかかってるのに、不平は言わせてもらえないようなものだ。自分の在り方について憶えておくべきことが多すぎる。

まず重要なのは——かわいいこと。場所をとりすぎない。胸も腕も口も腰も腿も、鼻でさえ、いつでもちょうどよくないとだめ。もし体が少し大きすぎたり小さすぎたりしたら、なんていうか、本気でどう伝えればいいかわからない。とにかくだめなのだ。いい子でいなさい、でもいい子すぎちゃだめ。そんな女の子は誰にも好かれないから。声をたてて笑いなさい、でもうるさくないように。やかましいと人をぴりぴりさせるから。ぜったいにひねくれないこと。たとえその日が、その月、その年、一生がつらくても。みんなに怒ってると思われるから。必ず歯が見えるように笑って。賢くなること、でもほどほどに。でないと生意気だって思われるから。もっとがんばって。そう、それ！　練習して！　夢を見て！　上へ行って！　ちょっと待って、そこまで高く昇らないで！　あの星はあなたのためのものじゃない。

あたしは口をひらいて、そんな思いをかかえながら世間を渡っていくのがどんな気持ちか、ラショーンに伝えようとした。そういうこと全部が、文鎮みたいにケイトリンとあたしの考えを押さえつけている。たまに、そんな頭の中の文鎮が重くて、右と左を区別することも難しくなる——ほんとうの友だちや、心を打ち明けるのにふさわしい人や、なにが正しいかを見分けることも。

「ごめんなさい」あたしはラショーンに言った。

「わかってる……アシュリー、いやな態度をとりたいわけじゃねえ。ただ、いまはまだ、正直あんたと話したくねえよ」ラショーンは窓の外を見つめて言った。それから「悪く思うなよ」とつけたしたのは、礼儀正しいからだ。

「うん。わかってる……ごめんね」あたしは口をつぐみ、運転を続けた。

道路の障害物を避けるために何本かまわり道をして、人気がなくなりかけた通りや無人の通りを抜けていくと、街の物騒な地域にたどりついた。いちばん近い赤信号で、あたしは窓を閉めてドアをロックした。ラショーンは少し態度を軟化させ、ようやく口をひらいた。「まずい考えだったな。戻ろう」

だから、あたしは戻らずに進み続けた。

いますぐ死ぬ可能性はいろいろある。いままでそんなこと考えたためしがなかった。自分の街にいるのに、ここは紛争地帯でもある。早くも煙が肌にまとわりつきはじめていた。

あたしたちはトレヴァーのパパの車を無人のパトカーの隣にとめて、歩き出した。

ラショーンが腕をつかんだ。「そばから離れるな。動き続けろ、いいな?」

「わかった」

男がひとり、やたら元気にひとりごとを口にしながら、ショッピングカートを押して通りを渡っている。あたしはほんの一瞬足を止めて見入った。

「動き続けろ」とラショーン。

ラショーンに連れられて、聞いたことはあっても一度も訪れたことのない通りを抜けていった。お互いに同じペースで、歩調を合わせて壊れた歩道を進む。

前方で黄色い服の消防士がホースをのばし、水を噴射した。すすけた顔は灰の水曜日のようだ。

疲れた様子だった。銃で撃たれた消防士もいる。暴動で最初に死んだ人のひとりが消防士だった。この世の終わりみたいな光景だ。アーノルド・シュワルツェネッガーの映画か、災害映画にでもまぎれこんだ気がした。土壇場でヘリコプターに乗ったヒーローが助けにきて、空から救出してくれるやつだ。西部劇の回転草の都会版みたいに、紙切れが通りを吹き飛ばされていく。靴が山ほど放置されている。

うつろな目をした弱々しい女の人がふらふらと通りすぎていった。ひどく年老いたまなざしで、体はほとんど子どもみたいだった。

「こんにちは」と女の人はささやいた。

ラショーンのおばあちゃんの家までほんの二ブロックなのに、州兵の巨大な戦車と兵士たちの列が道をふさいでいた。大半はあたしたちよりたいして年上に見えない。そのうちひとりのメガネがそばかすの散った鼻からすべりおち、州兵はまた押しあげた。

ここではあたしたち対向こう側って構図があまりにもはっきりしている。そして、人生ではじめて、あたしたちが誰で向こう側が誰なのか、それほど曖昧じゃないようだった。

ラショーンはあたしをひっぱってかどをまがり、路地へ入った。頭を左右に動かして、道の先まで見渡す。半分ぐらい行ったところで、ぬいぐるみ人形みたいにぺたんと体を折っている男がいた。こっちを見るか、近づいてくるんじゃないかって思ったけど、まるであたしたちなんかここにいないみたいだった。

「それでフェンスを越えられるか？」

ラショーンはあたしのハイヒールを示した。

「マンガのキャラじゃあるまいし」と答える。笑うと思ったのに、まだあたしに多少腹を立ててるのか、ラショーンは笑わなかった。

「そうか、脱ぐしかねえな」

あたしはうなずいた。

「先に行け」はだしでラショーンの手を踏むと、体を持ちあげて上へ押してくれた。フェンスにまたがったとき、ドレスのどこかが裂ける音がした――縫い目かもしれないと思ったけど、チュールの一層だった。血まみれの尻尾みたいに後ろにたれさがっている。

「急いで乗り越えろ」ラショーンが言った。下までは距離があって、あたしは着地に失敗した。コンクリートにぶつかった瞬間、くるぶしがぐきっとなった。

「いたっ」と声が出る。

ラショーンはドレスシューズをずるずるすべらせながらフェンスをよじ登った。さっとてっぺんを越えてとびおりる。

「大丈夫か？」

「うん」

あたしは足をひきずりながら、並木の続くひっそりしたブロックをひとつ進んだ。通り自体は暗かった。街灯が消えている。

「もうすぐだ」

ラショーンの家は小さくて灰色で、白い羽目板が張ってあった。門は金属製、窓にも金属がついていて、金属の防護ドアが設置されている。歯列矯正装置をつけた顔みたいだ。ラショーンが表門をあけて、あたしたちは薔薇が咲いているまるい植木鉢の列を通りすぎ、玄関までコンクリートの階段を上っていった。誰もいないような感じだったけど、ラショーンはチャイムを鳴らしてから、ガチャガチャ音をたてて金属のドアをノックした。

「ほんとに誰かいるの？」あたしはたずねた。

「停電中だろ、忘れたか？　たぶん家の奥にいるんだ」

ラショーンはもっと大きな音でがんがんドアを叩いた。応答はない。

「玄関の鍵はちょっと質が悪い」と説明する。「こいよ」

奥のほうへ向かったので、あたしはついていった。

ラショーンの家の裏は、以前なにがあったにしろ、間に合わせの小さいバスケットコートを作るために均《なら》されたらしかった。脇のほうの古ぼけたグリルの隣にプラスチックのローンチェアがあって、空気の抜けかけたボールが載っている。その周辺にも植木鉢の植物が並んでいた。

ラショーンは裏口を叩いた。反応がない。

それから、鍵をとりだしてドアをあけた。

家の中は洞窟みたいな感じだった。月光が細い筋になってタイルの床に射し込んでいる。

ラショーンはあたしの手をつかんだ。「気をつけろ」

壁沿いにも床の上にもとけた蠟燭がくっついていて、打ち捨てられたお化け屋敷みたいだった。

「母さん！」ラショーンは家の中に向かってどなった。返事はない。

ラショーンの学校の写真や、炎みたいな髪をした妹のケイトリンの写真が壁にずらっと並んでいた。奥に進むにつれて色あせていく。写真で起源をたどる物語みたいで、始まりはラショーンの祖父母らしき人たちだ。これから若い人生を始めるって雰囲気を漂わせて、家——金属がつけたされる前のこの家——の前でポーズをとっている。

ラショーンはキッチンで引き出しを探り、懐中電灯かマッチを見つけようとした。今週は収集されなかったごみのにおいがかすかにする。いたるところに植物があった。目には見えないやさしさが、めだたない片隅で美しいものを育てている。

「手紙を置いてったかもよ」

誰かの家にいるのは親密な感じがした。友だちの家にいるとき（ここで育ったらあたしはどんなふうだっただろう）と考えることがある。いまの自分と同じか、それとも、あたしがラショーンの近所で育って、ラショーンがうちの近所で育ったら、ぜんぜん違う人間だっただろうか？

外ではたくさんのサイレンが行ったりきたりして鳴り続けている。ウーウーウーウー、近づくと、ビービービービー。ヘリコプターのうなりも聞こえた。メガホンの声。うちから一〇マイルも離れてないのに、このあたりの音はぜんぜん違う。まわりで街が振動している。あたしは目をつぶって、何層もの音に耳をすました。

リビングの窓が一枚割れていた。ダンボールでふさいである。

「あそこ、どうしたの？」

「隣のミス・ヴァイオレットの孫たちがキャッチボールをしてたんだ。お袋がまだ直せてねえ」

キッチンに電話があって、横の壁の色あせたペンキに鉛筆で電話番号がびっしり書き込まれていた。配管工、便利屋、友だち、親戚の番号。数字の隣には子ども時代の落書きが何年分も描いてある。たぶんラショーンと妹の作品だろう。ラショーンは点字の秘密でも探るかのように、壁を指でたどった。

「なに探してるの？」

「叔母の番号。うちの連中がどこにいるか知ってるはずだ」

壁の落書きの中であたしが気に入ったのは、ふわふわのドレスを着て冠をかぶったお姫さまの絵だった。誰かの電話番号が刺さった血まみれのナイフを持っている。ちっちゃい子ってほんとに変だ。

ラショーンは受話器を持ちあげて番号をダイヤルした。ずっと鳴り続けたけど、誰も出なかった。受話器を台に戻す。

「くそ」

抽斗のひとつに手を突っ込んでペンをとりだすと、カウンターに積み重なった郵便物から封筒を一枚ひったくって、番号を書き留める。それから、封筒をあけて中身に目を走らせ、冷蔵庫にマグネットで貼った。少し期限を過ぎた電気代の請求書だ。あたしは請求書の数字をのぞいた。電気代がこんなにかかるなんてぜんぜん知らなかった。でも、たぶんいままで、どんなものでも本気で費用を心配する必要がなかったんだろう。

それから、ラショーンは番号を走り書きした封筒をポケットに入れて、家の正面のほうへ歩いていった。

リビングの中央には厚紙でできたナイキの靴箱があった。きっとラショーンが置いたままに違いない。いくらか蓋がひらいていて、薄紙が床に出ている。

ラショーンは床から箱を拾いあげ、すりきれた革のソファに載せると、その隣に座った。あたしは靴箱をはさんで反対側に腰をおろした。

ラショーンの靴について、なんであんなことを言ったんだろう？　焼きもち？　そうだ。あたしはこの男の子になりたかった。でも同時に……この人がほしかったんだと思う。

こういうふうになりたかった。自信を持っておおらかにあたしの茶色い肌を受け入れたかった。そして、ラショーンの黄金色の肌の重みを体に感じたかった。

ラショーンは両手に顔をうずめて泣き出した。それはホームズ先生がクラス全体の前で涙ぐむのや、何年も前におばあちゃんが死んだあとでパパがすすり泣くのを見たのに似ていた。ラショーンは体をそむけて涙を見せまいとした。だって男の子は泣かない――まして黒人の男の子なら。でも、泣くこともあるのだ。そのあと、悲しいときによくある気まずい反応が起こり、全身がふるえだした。背中に手をあててみたけど、ラショーンは肩をすくめて避けた。

「つらいね」あたしは言った。

ラショーンのにおいはすごくなじみ深い感じがした。ココアバターと、なにかほかのもの、思い出せないけどなつかしいにおい。

「ここにいて、みんなが帰ってくるのを待ってもいいよ」あたしはささやいた。

どうしていきなり小声になったのかわからない。

ラショーンは濡れた長いまつげの下から見あげてきた。

「いや」ぎこちなく顔をあげて、手の甲で目もとをぬぐう。「どこに行ったか、ミス・ヴァイオレットが知ってるかもしれない」


あたしたちは玄関から出た。ラショーンがドアを閉めて、ふたりで金属の門をくぐり、門がカチッと音をたててはまってから、裏口に鍵を置いてきたことに気がついた。

「うわ、まずった」とラショーン。「ここで待ってろ」

鍵をとりに行くために金属の門を乗り越えようとしたとき、懐中電灯の光があたしたちの上にひらめいた。

「その家に侵入しようとしているのか？」女性の声が言った。

そうだとしたら、はいって言うと思う？

女性警官は腰に片手をやりながら近づいてきた。あたしたちより小柄で、くすんだ金髪を後ろでポニーテールにしていた。いまにも仲間がきそうだって警戒してるのか、周囲に目を走らせている。言うことを聞かない黒人の不良どもが、群れをなして高価な正装姿でうろつきまわってるとでも思ってるんだろうか。

「いいえ、奥……ええと……おまわりさん。おれはここに住んでるんです」ラショーンが言った。

「確認しようとしてたんです、あの……」あたしはそっちへ歩きかけたけど、警官が銃を抜いたので凍りついた。

「それ以上近づくな！」

銃身は女の子の人差し指の大きさだった。

ロニーおじさんとパーカー兄弟が頭に浮かんだ。二本の銃身を向けられて立っていたとき、どんな気分だっただろう？　あいつらはおじさんのことを、シャーリーの息子、クレイグの兄、ターニャとモーガンの父、善良で公平な店のオーナー、離婚した夫としては標準以上だったロニーじゃなくて、間違った場所にいる黒人としか見ていなかった。あたしは友だちのことを考えた。いまなにをしているだろう。まだホルモンと期待に浮かされてはねまわり、「イット・テイクス・トゥー」や似たような曲に合わせて不器用に踊ってるんだろうか。あたしがいなくなったのに気がついたか、そもそも気にしてさえいないのか。自分のふたりの母親、ママとルシアのことを思った。この女に撃たれたら、どんなふうに銃弾がドレスを引き裂くだろう。ママが選んだけど、あたしがいちばん気に入ったわけじゃないドレスを。パパとモーガンも思い浮かべた。シャーリーおばあちゃんの略奪された夢を悼んで、家じゅうふらふら動きまわってる姿を。いちばん気になったのは、どこか外にいるジョーのことだった。ジョーにはあたしが、あたしにはジョーが必要だ。ここであたしが死んだら、きっとみんな、なんでこんなに家から離れたところにいたんだろうって不思議がるだろう。

〝この街があたしたちのうち《ホーム》だよ。街全体が〟ってジョーは言った。

人はラショーンとあたしがヤるためにここにきたって思うだろう。枯れかかった前庭の芝生にふたりが倒れているところを想像する。体がおかしな角度にまがって、血が流れている光景を。もう決してできないこと、決して会えない人たち、決して行けない場所、決してなれない自分を思った。あたしは一度も恋をしたことがない。死にたくない。まだ。自分が誰なのか、ようやく知りはじめたところなのに。

それから、あの三人の黒人の男の子のことを思い出した。ジョーの家に近いセブンイレブンの外で、あの警官に膝で背中を押さえつけられておびえていた子たち。「でも、なんにもしてねえよ」

ママとあたしはなにかするべきだった。

〝うちのことを思うとき、頭に浮かぶのは……〟と考える。

「伏せろ！　ただちに！」警官が金切り声をあげた。

あたしたちは膝をついた。息を吸うたび、燃える絶縁体とゴムのにおいが肺にはりついた。膝が砂利にこすれた。

まわりに細かい灰のかけらが雪のように降りそそぎ、服に落ちて水玉模様を描いた。火があんまり近くて、顔に熱が感じられるほどだった。

第一八章

ニュースでは、逮捕された暴徒が結束バンドで手首を縛られ、奴隷船につめこまれた奴隷の絵みたいに、ずらっと並んで芝生や駐車場に転がされていた。ラショーンとあたしは大の字になって芝生に伏せている。警官の懐中電灯が顔にあたってまぶしかった。通りかかった人には犯罪者みたいに見えるだろう。

すごくこわかったし、めちゃくちゃ頭にきてもいた。どっちの感情も心臓に食い込み、肺を圧迫して、ほとんど息もできない。黒人や有色人種が警官に撃たれたり怪我をさせられたりするたびに、みんな「しかし、なにをやったんだ?」と言う。前提となってるのは、なぜかいつでも理由があったってことだ。でなければ「ちゃんと警告を聞くべきだったな」。みんな〝疑わしきは罰せず〟とはしてもらえない――あたしたちも、あの人たちも、あんたたちも、金持ち学校に行って立派な家に住んできれいな服を着てるあたしでさえ。

ここでキンバリーの言葉を引用しよう。〝黒人っぽい黒人〟。

「ロドニー・キングのことだけじゃないんだよ。あたしたち全員に関することなの」と口にしたとき、ジョーが言っていたのはこういうことだ。

いま理解した。はっきりと。

あたしは生きたい。まだちゃんと一人前にさえなっていないのに。そうなりたい。

すでにわかっていた。大人になれるとしても、この傷はついてまわるだろう。白人の警官の手でうつぶせにされ、脳みそのほんの数インチ先に銃身を突きつけられた黒人。その傷はろくに表面もふさがらないだろう。

「運転免許証は?」警官はラショーンにたずねた。ラショーンが出そうとしてポケットに手をのばしかけると、また動くなってどなりつけられた。

ラショーンは免許を持ってない。運転しないからだ。学生証が左の前ポケットに入ってますって警官に伝える前に、色あせた黄色い上っ張りを着た、見るからに高齢の女の人がそろそろと自宅の玄関の階段をおりてきた。「その子たちになにしてるんだい?」

パトカーの青と赤のライトがひらめいて、褐色の顔の深いしわを映し出した。

警官はそっちを見やった。「奥さん、もめごとはごめんですよ」

そのおばあさんはなおも近寄ってきた。足どりは不安定だったけど、決意はしっかりしていた。

「その子がなにも悪いことしてないのは知ってるよ。いい子だよ」

「奥さん」と警官。「さがって」

「その人は耳が遠いんです」ラショーンが警官に言った。

警官はどうしようか決めかねているようにあたりを見まわした。

「ミス・ヴァイオレット、うちの家族がどこへ行ったか知ってますか?」ラショーンが大声で呼びかけると、ミス・ヴァイオレットは手をまるめて耳の後ろにあてた。

「なんだって?」とどなる。

近所の人がもうひとり、自分の家の表門まで歩いてきた。白いタンクトップと膝丈のデニムの短パンに、白い靴下をはいた中年の男の人だ。よくある大きな黄色い懐中電灯で、暗がりにいる警官を照らし出す。「なんの騒ぎだ?」

「失礼、懐中電灯を消してください」警官が言った。

「お言葉ですが、電気が消えてるんでね」タンクトップは言った。「つけなきゃなにも見えねえ」

ラショーンの近所の人たちは、あたしたちが地面に這いつくばってるのを見ただけじゃなく、行動してくれているのだ。

「この男はここに住んでいるんですか?」警官はミス・ヴァイオレットに問いかけた。

「どの男だい?」ミス・ヴァイオレットは叫んだ。向きを変えたとき、ばかでかい〝肌色〟の補聴器がちらっと見えた。

「男じゃねえ。子どもだ。ふたりとも子どもさ。見てみな」タンクトップが言った。「あと、そのとおりさ。この子はここに住んでる。自分の家だぜ」

「立って」警官はあたしたちに声をかけた。

ミス・ヴァイオレットとタンクトップは立っている場所から動かなかった。あたしたちがのろのろと地面から起きあがるあいだ、警官は武器を向けたままだった。あたしのドレスのチュールには芝がくっついていた。

警官は銃をホルスターに戻した。ポニーテールを直す。

タンクトップとミス・ヴァイオレットがじっと警官を見た。

「大丈夫かい、いい子や?」ミス・ヴァイオレットがあたしかラショーンに言った。

ふたりともうなずく。

警官が言った。「きみたち、子どもはいま外に出ちゃだめじゃないか。あぶないよ」

あたしたちはなにも答えなかった。

「すごく運がよかったよ、別の警官じゃなくてわたしで」警官が言い、こっちの反応を待った。

運がいい。

あたしが黒人で大学に入るってことについて、キンバリーが言ったことを思い出した——〝あんたはうまくやる条件がそろってるじゃん、アッシュ〟。

警官は出口を探そうとするかのようにまわりを見た。パトカーのライトがあたしたちの顔に青と赤のまばゆい光を投げかけてくる。悲しみ、それから怒り、二種類の感情がめまぐるしくひらめくように。

「おやすみ」とうとうそう言い残して車に乗り込み、少し窓をあける。「こっちは仕事をしていただけだから」

あたしは両腕を自分の体に巻きつけた。まだ恐怖でぞくぞくしていて、鳥肌が立っているのが感じられた。

「あいつらが仕事をしてたら、いまこんなところにいやしねえだろうが」パトカーがかどをまがって夜の奥へ消えたあと、タンクトップが小声でぶつぶつ言った。

「ありがとうございました、ミスター・フリーマン」ラショーンがタンクトップに声をかけた。

相手は返事がわりにこっちへうなってみせ、自宅のほうへ戻っていった。ミス・ヴァイオレットがいまにも倒れそうに見えたので、ラショーンがあわてて隣に駆けつけて支えた。

「うちの家族がどこへ行ったか知ってますか？」耳もとで大声を出す。

ミス・ヴァイオレットはラショーンの腕にすがった。ふたりで隣の家の玄関の階段を上っていく。あたしは後ろからついていった。「あんたのおばさんのところだと思うよ。コビーナかどっかにいる人だろ？」

「そうです」とラショーン。

「ふたりとも、よければここにいていいよ」ミス・ヴァイオレットは言った。「朝になったらホットケーキを焼いてあげるよ！　ホットケーキは好きかい？　誰でもホットケーキは好きだからね」

話し相手をほしがっていて、介護施設へ行ったミス・ドリスをちょっと思い出した。あんなに年をとって、友だちも家族も、大切な人がみんな亡くなったりいなくなったりしてるのってどんな気持ちだろう。どっちかっていえば、その申し出を受けたい気がした。

ラショーンは少し考えてから、首をふって断った。「ありがとう、ミス・ヴァイオレット。でもこの子をちゃんと家まで送り届けないとまずいんで。ホットケーキはまた別の日でいいですか？」

「あたしの家はあんたの家さ《ミ・カーサ・エス・ス・カーサ》、よく言うようにね」ミス・ヴァイオレットはそう言うと、カーンと大きな金属質の音をたてて防護ドアを閉めた。

トレヴァーのお父さんの車まで静かに歩いて戻る途中、ヤシの木々が不気味にのしかかってきた。ヤシの木はこの街のどこにもおとらず、もしかしたらどこよりもスラムのものだ。ロスモア通りにある豪邸に覆いかぶさるのと同じように、一一〇号線の上からも頭を突き出している。みんなロサンゼルス原産だと思ってるけど、実は違う。宣教師が先住民を排除しはじめるのと前後して植えはじめたのだ。そのあと金持ちが参入した。そうすると街が（へえ、まあ、なかなかいいじゃないか）と考えて、大恐慌のあいだから一九三六年のオリンピックの前まで、失業者に仕事を作るためにヤシの植樹を進めた。去年カリフォルニア史の授業で勉強したことだ。いま、〝もっとも偉大な世代★91〟の前の世代が植えたヤシが枯れはじめている。ときどき、枯れた木が車や建物や、朝の散歩中のお人好しに倒れかかるって話を耳にする。あたしはヤシの木で死にたくないけど、もしかしたら当然の報いかもしれない。ラショーンが手を握ってきた――ふたりともいまだにふるえていた。

「息をしろよ」とラショーン。

あたしは魚みたいにぱくっと口をあけて、夜をのみこんだ。

トレヴァーのお父さんの車まで戻るまで、あたしたちはずっと話をしなかった。やっとたどり

★91 第二次世界大戦に従軍した一九〇一～一九二七年生まれの世代のこと

ついたとき、あたしは車体を見おろして、誰かが家の鍵束で端から端までこすったみたいに不規則な縞模様がついてるのに気がついた。大きな視点で見れば、運がよかったんだろう。盗まれたかもしれないんだから。

「最低」あたしは言った。

ラショーンが顔に心配そうな色を浮かべ、おばあちゃんの家のほうをふりかえった。

「きっと大丈夫だよ」あたしは言った。「もう少ししたらまた電話してみてもいいし」

上空で複数のヘリコプターがひとかたまりになって轟音をあげている。空に浮かぶ監視の目。あたしはトレヴァーのお父さんの車に乗り込んでエンジンをかけた。車は動き出したけど、かろうじてだった。ディスポーザーにフォークを入れたような音がしている。車からおりて調べてみた。助手席側のフロントタイヤに何本かわざと深い切り込みが入れられてくぼんでいる。直しようのない傷だった。

やっとタイヤの点検から顔をあげたとき、向かいの塀の新しい落書きにはじめて気がついた。ひょっとしたらうちの姉か、姉みたいな人が書いたのかもしれない。煉瓦に革命への呼びかけが挑むようにでかでかと書きなぐられている。

ラ・レボルシオン・エス・ラ・エスペランサ・デ・ロス・デスペラードス。

革命は絶望した者たちの希望だ。

それを見て、あたしは声をたてて笑い出した。

第一九章

公衆電話のガラスは、わざと、時にはこれ見よがしにひっかかれた文字で傷だらけだった。誰かがここにいたことを知らせ、この場所はおれのものだ、おれたちのものだと人に表明しているのだ。

誰も家にいなかった。ルシアもうちの両親もジョーもだ。友だちはプロムにいるし、正直になれば、連絡がとれたところで、どっちみちここにほうっておかれただろう。ラショーンが外に立って用心深く見張っているあいだ、あたしは電話ボックスの中で白いページをめくっていった。

〝新しい友だちを作って、でも古い友だちはそのままで、新しいほうは銀、古いほうは金〟。ただし、新しい友だちが金ってこともある。

「ふたりともなにがあったわけ?」ラナが言った。

あたしは芝と泥だらけのいくらか破れたドレスを見おろした。ラショーンのスーツもたいして変わらなかった。ホラー映画でなんとか生き残った子どもたちみたいだ。

ファムが車のドアを勢いよくあけた。紫の羽ボアのマフラーを巻いて、グリッターがきらきら光っていた。あたしの両頰にキスしてくる。息からウイスキーのにおいがした。

「お騒がせな子だな」と言う。

ラショーンが進み出てファムと握手した。「どうも、ラショーンです。アシュリーとラナと同じ学校に行ってます」

「背が高いなあ！　いい男だ！」

ファムはラショーンの首にボアマフラーを投げかけた。本人がすごく小柄なのに、ラショーンは一九〇cmあるうえ、まだ背がのびてるから、とびあがるような形になった。ラショーンは笑った。それから、ファムは自分の車の後ろに行き、スペアタイヤをとってきた。

「ブラッドはどこですか？」あたしはたずねた。

「ブラッドはなんにも修理できないよ」ファムが笑った。

「あんたの相手ってトレヴァーだと思ってた」ラナがささやいた。

「すごく長い夜だったの」

「懐中電灯を持っててくれ」ファムが聞いている相手に言った。あたしは歩み寄って切られたタイヤに光をあてた。ファムはしゃがみこんでホイールキャップを外してから、ラグナットをまわしてゆるめはじめた。少し後ろによろめき、体勢を立て直す。

「しらふなの？」あたしは訊いた。

「まさか。ぜったい違う。でも、あたしが運転したよ」とラナ。「あんたが電話してきたとき、ちょうどパーティーから帰ってきたとこだったの」

ファムは車の下にジャッキを置いて、車輪をどんどん上へあげていった。何度もやったことがあるみたいに手早く作業している。タイヤを取り外して、交換して、微調整して、車体をさげてもとに戻すと、立ちあがってパーティー用のズボンで両手を拭いた。

「できたよ」ファムはラショーンの首からボア襟巻を取り返した。「〝さあ行こう《アロン》、子どもたち《レザンファン》！今日の人生は美しい《オージュルドゥイ・ラヴィエベル》……〟」★92

ラショーンとあたしはまたトレヴァーの車に乗ると、みんな一緒にいられるようにゆっくり運転しながら、ラナの家までふたりについていった。

うちのリビングに座りなってファムに言われたので、あたしたちはそうした。ファムはお茶がほしいか訊いたあと、答えを待たずにキッチンへ走っていって、ポットを火にかけた。

「起きなよ、ブラッド、お客だ！」キッチンから家の奥へどなるのが聞こえた。

「じゃ、みんなでパーティーに行ってたの？」あたしは訊いた。

「まあ……そんな感じ」とラナ。

友だちのひとりが死にかけているらしい。ブラッドが画廊で展示している画家だ。老人じゃない――たった三一で、充分大人だけど、そう、おじいちゃんの年齢ってわけじゃない。

エイズで亡くなった人は誰も知らないけど、悲しみと愛情と抗議の心がこもったパッチワークのエイズキルトは見たことがある。ロサンゼルスにきたとき、校外学習で見に行った。でも、それに反対して、学校が逸脱行動を奨励してるって主張する陳情を始めた親もいた。

キンバリーのお母さんは、いつかうちにキンバリーを迎えにきたとき、ママに陳情に署名させ

★92 ユーロビジョン・ソング・コンテスト一九六一でフランスの女優、歌手コレット・ドレアルがモナコ代表として歌った曲

ようとした。最初に出たのはルシアだった。ママは左脚をあげたところでジェーン・フォンダのエアロビクスビデオを中断すると、ピンクのレオタードと紫のレッグウォーマーと白いリーボックのまま、汗だくで玄関に出ていった。そして、ミズ・マクレガーに面と向かって、陳情は「ばかばかしいし、悪意がある」って言ってのけた。それから、背を向けてビデオに戻っていったので、キンバリーとあたしは小声でじゃあねって言い合った。ママはずいぶん度胸があると思ったものだ。ときどき、うちの親はなかなかやるんじゃないかって考えることがある。

ともかく、ブラッドとファムの友だちは死にかけていて、亡くなるまでお葬式を待つんじゃなくて、家でのパーティーにきてくれってみんなに頼んだらしい。その友だちについてラナが話してくれているあいだに、ブラッドが廊下からよろよろ入ってきた。ワインと煙草のにおいをぷんぷんさせて、ファムのグリッターアイシャドウの筋がほっぺたについている。

「あいつ、ずいぶん苦しそうだったが、喜んでいるように見えたと思わないか？」ブラッドはあたしの向かいのソファにどすんと座った。

「うん」ファムがうなずいた。彫刻を施したコーヒーテーブルに置かれたコースターに、ティーカップをふたつ載せる。

「みんながあれほどおびえるせいで、こんなに大勢の友人がひとりぼっちで死んでいく」ブラッドは溜め息をついた。涙ぐみはじめたので、ファムが手を握ってやる。

「暴動のおかげで、パーティーがあやうく中止になるところだった。そら、あの評決に友人の多くがウエストハリウッドで抗議したからな。しかし、いつまでダニーがもつかわからない」とブラッド。「見捨てられたと感じてほしくなかったんだ」

いまは暴動が起きていて、あたしたち全員が何日もそればっかりだ。でも、その最中にも、街のほかの場所ではただ静かに生きて死んでいく人がいて、そういう人を大切に思う人たちもいるってことを忘れがちになる。

「看護婦たちが介護用ベッドをリビングまで押してきて、みんなで本人の好きな歌を歌ってダンスしたの」ラナが言った。「悲しかったけど、悲しいなりに楽しかった。だってさ……正直、どうやって説明したらいいかわかんないけど」

「お別れの会みたいなもんだな」ラショーンが言った。

「それはなに?」ファムがたずねる。

あたしたちの先祖にとって、死はこわがるものじゃなかったとラショーンは説明した。解放されることだったのだ——もう奴隷ではなくなり、神のもとか、アフリカか、どこかへ還る。お葬式も厳粛なものじゃなくて、命を祝うものだった。

「そうだ!」ブラッドがにっこりして、ボアのマフラーで顔を拭いた。「お別れの会だな。あいつなら気に入ってくれるだろう」

どうでもいいようなことまで、ありとあらゆることを話しながら夜が更けていき、外がしんと静まり返る時刻になった。ブラッドとファムはあたしたち用に枕と毛布を集めてきてくれてから、自分たちの寝室へひきあげた。

「夜のこの時間になったら、われわれ年寄りは寝るころだ。昔みたいにパーティーはできないよ」ブラッドがウインクして言った。

ラショーンはリビングの床にあぐらをかいて座り、ラナとあたしはソファに座ってお互いによりかかった。

「ねえ、高校四年間でうちに泊まりにきたのって、あんたたちだけだよ」ラナが言った。

「なんでそんなことあるの？」とあたし。

「さあ。うちに呼んで評価されるのがいやだったからね。みんなばかばかしいほど立派な家に住んでるのに、うちはほかの人の土地にある離れだし。恥ずかしいわけじゃなくて、ただ……」

「わかる」ラショーンが言った。

「誰も呼んでくれなかったしね」とラナ。

「うちにきてくれていいよ」とあたし。

「あんたの友だちは喜ばないと思うけど」とラナ。

「いまでも友だちなのかどうかわからないよ」とあたし。「今晩のことがあったあとじゃね」黄色くパリパリした室内用の鉢植えに手を走らせる。一部が崩れて落ちた。誰にも話せないようなひどいことが自分の身に起こることもある。そのひどいことが自分自身だっていう場合も。

「あたしのなにが悪いのかわからないの」と言う。「もしかしたら、あたしってこういうふうに、ほんとうに自分勝手でひどい人間なのかもしれない」

ジョーとあたしは、似てないところより似てるところのほうが多いのかもしれない。別の部分が壊れてるだけなんじゃないだろうか。現在形で姉が恋しかった。ラナが両手であたしの顔をはさんで、じっと見つめた。

「あんたはただ、自分のことを好きになってほしいだけだよ。たいていの場合、それが問題なんだよね」

お母さんに叩かれたあざは、痛々しい赤紫から落ち着いた薄紫に変わっていた。色は薄れてきたけど、まだ残っている。あたしは指先でそっとそこを押し、皮膚のぬくもりをたしかめた。苦痛の下で流れている血の動きを。こんなに親密なことをしたのは生まれてはじめてだった。ラナが息を吐き出す。あたしはそれまでラナが息をひそめていたことにさえ気づいていなかった。

ブラッドとファムのリビングで、三人一緒に眠りについた。ラショーンは床の毛布に埋もれ、ラナとあたしはソファのクッションに囲まれてまるまり、身を寄せ合った。ラナが腰に両腕を巻きつけてきて、あたしは背中越しに心臓の鼓動を感じながら夢の中に入っていった。


朝の四時ごろ、一時間しか眠ってないのに目が覚めた。まぶたをひらくと、ラショーンが体を起こして闇を見つめていた。

「静かすぎる」とささやく。「こういうのには慣れてねえ」

「あたし、人の家だとよく眠れなくて」あたしは言った。ラナがもぞもぞ動いたので、その手の中から慎重に抜け出す。

「外に行きたい?」

「住宅用の警報器はついてねえよな?」

「ないと思う」

あたしたちははだしで朝露を踏んだ。木立の向こうで鳥が何羽かひっそりとさえずっていた。

「ほら」ラショーンがささやいた。

コオロギ。

ふたりとも笑い出した。ラショーンの笑い声が大きかったから、片手でその口を押さえてやる。指先に触れた唇はやわらかかった。

体が近づいてきて、あたしはラショーンの口から手をおろした。

「あんたはくそ野郎じゃねえ」と言われた。「さっきあんなこと言って悪かった」

「ちょっとはそうかも。でも、そうならないようにがんばってる……」

答えるかわりにラショーンはあたしを引き寄せた。よりそってお互いに唇を押しあてると、全身が花ひらいたような気がした。なんてばかげてるんだろう。

これは間違いだとか、とにかくなにも言われないうちに、あたしはさっと離れてトランポリンに駆けあがり、膝をまげてジャンプしはじめた。ラショーンが追いかけて上ってきたから、ふたりでとびはねた。

ときどき本物のくそ野郎は、黒人が暗いところにいると、目と歯しか見えないって冗談を言いたがる。ばかにしてるつもりなんだろうけど、この瞬間ラショーンに笑いかけられると、闇にとけこむほどすてきなことは思いつかなかった。夜の中でふたつの笑顔が向かい合う。

星の下で一瞬宙に浮くと、あたしたちは無重力状態の宇宙飛行士だ。それから重力にぐいっと脚を引き戻され、またとびあがることになる。でも、その闘いは爽快だった。膝をまげて、指先をのばして、あと少しだけ上に行けるように。ふたりとも空を飛ぶつもりで、しばらくのあいだ、ほんとうに飛んでいた。

After

その後

第二〇章

早起きのトカゲの家族が前方をちょろちょろ這っていたので、ラショーンは身をかがめて子トカゲの一匹に手の上を渡らせた。あたしがキーを渡すと、トレヴァーのお父さんの車に走ってるひっかき傷を認めて、駐車場係は眉をあげた。

ホテルのエントランスは、ビロードをまとって眠そうな目をした素足の女の子たちに埋めつくされていた。パートナーの男性陣は乱れたタキシードで輪になってかたまっている。アルコールの飲みすぎや昂奮のせいで、みんな多少二日酔いだった。しわくちゃな白いエプロンのメイド、せいぜい一五ぐらいのかわいい女の子が、便器にすがりつくみたいに植木鉢を両腕でかかえているニコラ・アンダーソンに笑いかけた。あんな状態でかわいそうになるところだけど、ニコラはオーストラリア人の親が酔っぱらったような母音で話すからって、あたしたちよりずっと世慣れてるみたいな態度をとるのだ。アヌジ・パテルが横を通りすぎて、クロコダイル・ダンディー[★93]そっくりにニコラの耳もとで叫んだ。「よう、相棒！」

キンバリーとマイケルのいるホテルのスイートに行くと思うと胸がむかむかしてきたけど、ニコラの吐いたにおいがすぐ近くから漂ってきたからかもしれない。その内心を読みとったように、ラショーンがあたしの手をつかんだ。

今朝早く、あたしたちはトランポリンの上で星を見ながら、手をつないで眠り込んだ。日が昇ったとき、ラナが外に出てきてヒューヒュー言ったから、黙れって言い渡してやった。

家を出る前にラショーンがおばさんの電話にかけると、ようやくつながった。小さい男の子みたいに「大丈夫だよ、ママ……みんな大好きだ」とささやいているのが、リビングにいたラナとあたしにも聞こえた。

「家に乗せていってもらえる車がみつかるまで、一緒にブライアンのスイートにいればいい」ラショーンが言った。「おれがかわりにトレヴァーにキーを渡して事情を説明する」

答える前に、ヘザーがあたしたちふたりに向かって走ってきた。「アシュリー、ずっと捜してたんだから！」

あたしの手首をつかんでホテルのロビーのほうへひっぱっていく。

「あとじゃだめ？」あたしは訊いた。

「いいから、急いで」とヘザー。

ルシアが視界に入る前にホセが目についた。ゆうべの一件でくたくただったから、あたしは混乱した――はじめはまったく同じホテルにデートに連れてきたのかと思ったのだ。ホセはいい感じに見えたけど、ひどく疲れた様子でもあった。

ルシアが目に入ったのは、真正面にきたときだった。

「行かなきゃ、ミハ」ルシアは言った。「いますぐ」

「どうしたの？」

★93 オーストラリアのコメディ映画の登場人物。オーストラリアに住む冒険家

するとルシアは、うちの大ばか姉が拘置所にいるって教えてくれた。

「ママとパパはどこ？　なんでジョーを迎えに行ってないの？　知ってるの？」

「あのふたりはロニーおじさんのところに行ってる」

「なにしに？」

「店のことを手伝いに」

「モーガンは？」

「あの子も一緒だよ」

「なんて言ってた？」

「連絡がつかないんだよ、ミハ」

あたしの知るかぎり、いままで身内は誰も逮捕されたことがない。パシフィックパリセーズのパーティーで警察に捕まったのを数に入れなければ、だけど。みんなドラッグの売人でもポン引きでも犯罪者でもないし、スピード違反で検挙されたことさえない。あたしたちは〝いい種類〟の黒人だ。最上の。会社の写真や私立学校のパンフレットでは、中央の少し脇ににっこり笑って写っている。賞を獲って、店を持って、大学に行って、スラム地区の同胞に寄付をして、同じ人種の生活を向上させるために自分の役割を果たす。当然のことながら、火炎瓶を持って暴動に足を踏み入れて、放火罪で逮捕されたりはしない。

「保釈金はどうしよう？」

「だからあんたのところにきたんだよ」ルシアは静かに言った。「あたしがいくらか持ってるけど、それじゃ足りない。現金で払ったほうがいいよ。そのほうが早道ってことがあるからね。足りない分はあんたが持ってるってお姉ちゃんが言ったよ」

どうしてルシアは、こういうことについてそんなによく知ってるんだろう。そう思ったところで、アルトゥーロのことを思い出した。

ジョーにはあたしの車を買う資金がいる。オパールおばあちゃんのお金だ。こんなふうに使うことになったら、おばあちゃんは怒るだろう。「もっといい子にしてがんばらなくちゃいけない」って言ったのは、ぜったいにこんな意味じゃなかったはずだ。

オパールおばあちゃんが化けて出るかもしれない——もっとも、おばあちゃんは人に〝愉快なやつ！〟って呼ばれるような人だったから、幽霊になって出てきても、そんなにいやじゃないかもしれない。また会えたらうれしいだろう。

「しばらく待ってみて、うちの親になんとかしてもらうっていうのは？」あたしは言ったけど、そこで去年レジーが逮捕されたあと、パパに言われたことを思い出した。「白人の子と張り合おうとして逮捕されたら、保釈してやるつもりはない。裏から手をまわしたりしないぞ、聞こえたな？」

「ミハ、牢屋に行った人は、どういうわけか帰ってこないことがあるんだよ」

「ここじゃそんなことないよ」あたしは言った。でも、あんまり自信はなかった。

車の資金はあたしのマットレスの下に隠してあって、ギャングか大恐慌時代の人の気分になる。

すごく独創的な置き場所じゃないけど、その下を見るのはルシアだけだ。ホセが私道でエンジンをふかしながら待ってくれていた。そんなことしなくていいってルシアに言われたのに。男らしくふるまってるのか、騎士道精神か、もしかしたらルシアが好きでたまらなくて、もうちょっと一緒にいたいのかもしれないけど、あたしにはわからない。そういうわけで、ホセは帰るかわりに窓をあけたヒュンダイの中にいて、ラジオから流れる「エイキィ・ブレイキィ・ハート★94」に合わせて恥ずかしげもなくハミングしていた。

三人で拘置所に車を乗り入れる。空を背に巨大な中指みたいに突き立っている一〇階建てのビルだ。街にはいくらか人が戻っていた。日曜日の中心街だと思うと、まだがらがらだったけど。暴動は一進一退の状況だ。ばらけた新聞紙が何枚か通りを吹き飛ばされていった。吹き飛んだ窓の割れたガラスが足もとに散らばっている。長銃を持った軍服姿の男たちが冗談を言いながら行ったりきたりしていた。

「車で待ってな、ミハ」ルシアが言った。「あんたには中に入ってほしくないから」

「あたしは大人だよ」と答える。

「違うね」とルシア。「大人じゃないよ」

ホセとあたしは車をとめて外に出た。

「もう朝は食べたのかい?」ホセが訊いてきた。

「いいえ」

「朝食がいるね」

近くの屋台へ歩いていく。売り子の女の人は屋台の上にかがみこみ、手早く、でもやさしくフランクフルトにベーコンを巻くと、その横でタマネギとピーマンをいくらか焼いた。

「おはよう《ブエノス・ディアス》」あたしは声をかけた。

「ブエノス・ディアス」売り子はにっこりした。

「今日ここに出てるの？」と訊く。事態は多少おさまってきたけど、まだみんなの歩き方は軽くはたかれた蠅みたいだった——死んでるわけじゃなく、茫然として動けなくなってるだけ。まだおびえているのだ。

「あんたは食べなきゃならないし。あたしも食べなきゃならないし」売り子はほほえんでフランクフルトをロールパンにはさんだ。

間違いなく食べすぎになるだろうけど、少なくとも最初の何口か、おなかがはちきれそうになるまでは天国みたいだった。

「チャンピオンの朝食だな」ホセがひと口食べたあとで言った。「お姉さんはよく問題を起こすのかい？」

「こういうふうにじゃないです。いくら姉でも、これはいつもと違います」あたしは答えた。

「いまはいつもと違うときだからね」とホセ。

「姉のどこがおかしいのか、ときどきわからなくなるんです。わざと自分にこういうことをしてるみたい」あたしは言った。ジョーは自分の苦痛だけでは足りたためしがないように見えた。あちこちで傷ついている人の重荷を全部引き受けずにはいられないみたいだった。

「ちょっとした問題があるほうが人生をおもしろく感じる人もいるからね」ホセが言う。

ホセとあたしは黙ったまま歩道でホットドッグを口いっぱいにほおばった。食べ終わるとあたりを歩きまわった。ここにくるまえ、ホセがメキシコでセミプロのバスケをしていた日々のことを少し聞かせてもらった。「いまでもバスケは得意ですか？」あたしはたずねた。

「いや。一度両腕を折ってから、昔ほどうまくなくなったよ。でも、それはまた別の話だ」

どうやったら両方の腕を折ったりできるんだろう？　こわくて訊けない。

近くで街の上に煙があがった。

「こういうことって、どのくらい時間がかかりますか？」と質問する。

ホセは肩をすくめた。

あたしたちは市役所の向かいに立っていた。歴史的価値があって、建築学の見地からはすばらしい建物だけど、なんていうか、レゴのブロックで組み立てたペニスっぽい見かけでもある。警察の車と警察官が山ほど警備について見張っていた。その様子に動悸がしてきたから、何度か深呼吸する。少しもやがかかってたけど、かまわずぼんやりした太陽に顔を向け、目を閉じて、まぶたの下にじわじわとおりてくるその光を受け入れた。

拘置所へ戻る前に、ホセはホットドッグ売りのそばにいた屋台で果物を買った。ホセがどれにするか選ぶと——スイカとメロンとパイナップル——売り子が目の前で切ってくれ、小さなビニール袋に切った分を入れて、タヒン《チリスパイス》をたっぷりふりかけた。

「ほら」ホセが言い、フォークをよこした。

チリが口を刺激し、汁が顎にたれてきた。誰かのラジカセが「ノー・ワセリン」[★95]をがんがん鳴らすなか、汚れた街なかの歩道で、ふたり一緒にビニール袋から果物を食べる。少し甘くて少し苦い、この街のすばらしさが口の中に広がり、あたしは感嘆した。


もやが晴れて屋台の果物がしっかり胃におさまったころ、ルシアとジョーが拘置所から出てきた。あたしたちはそれまでにたくさんの人がその場所へ出入りするのを見ていた。人間の法律と不法行為が入り混じった世界。ホセが助け起こしてくれた。ギターを弾く硬い指先。ルシアにふさわしいと思う資質のひとつとして、この指も加える。ルシアは音楽が大好きだ。完璧だった。ただし、もちろん下手くそかもしれない——だとしたら、下手なギターをさんざん聞かされて、気に入ったふりをするはめになる。ようやく姉をしっかり見ると、なんだか野良猫っぽかった。巻き毛がはみだして髪がぼさぼさだし、二年前まで歯列矯正装置をつけてた前歯は上下とも三角形に欠けている。あたしを見たとき、ジョーは泣き出した。

両腕を体にまわしてきて、顔をあたしの肩にうずめる。においがひどすぎて、吐き気をもよおしそうになった。

★95 ラッパーで俳優のアイス・キューブによる一九九一年の楽曲

「怪我させられたの？」あたしは声をかけた。

姉はかぶりをふって否定した。それからうなずく。そのあと、また首をふる。

「どこが痛い？」と訊いてみた。

「どこもかしこも」ジョーはささやいた。

小さいころ、あたしたちは手をつないで輪になって踊り、「リング・アラウンド・ザ・ロージー」[★96]を歌った。ジョーが歌詞を変えたせいで、あたしはその歌が自分のためだけのものだと思っていた――「ハクション、ハクション、みんな転ぶよ」じゃなくて、「アシュリー、アシュリー、みんな転ぶよ」なんだって。


ホセがうちの私道に車を寄せると、ルシアがその顔をつかんだ。まるで力を合わせて銀行強盗に成功したか、殺し屋から逃げのびたみたいに唇にキスする。アルトゥーロにもこういうふうにキスしたんだろうか。「ちょっとした問題があるほうが人生をおもしろく感じる人もいるからね」ってホセは言った。でも、いつそれが行きすぎになるんだろう。何度か悪いことをした善人でいるのはいつまで？　いつから悪人になる？

「ありがとう」ルシアは言った。「またそのうち、こういうことをしようね」

家に入ると、ジョーは二階の自分の部屋に走っていった。

「待って！」ルシアが言ったけど、遅すぎた。

ジョーは階段をおりて戻ってくると、一段目に腰をおろした。「あの人たち、あたしを追い出すつもりなの?」

「持ち物だけだよ」あたしは言い、隣に座った。「もうひとつ客用寝室がほしいんだって。いまモーガンがあの部屋にいる」

「もう客用寝室はあるのに」

あたしは肩をすくめた。

「ハリソンに電話して無事だって言わなくちゃ。迎えにきてもらえると思う」

あたしは姉の手をつかんだ。「お願いだから行かないでよ、ジョー。ここにいて。そのぐらいしてくれてもいいんじゃないの」

手を握り返されたのが答えだったけど、どっちなのかわからなかった。それから、ジョーは二階に姿を消した。シャワーを出す音がして、次にジョーが小さく悲鳴をあげるのが聞こえ、あたしは笑った。あのシャワーはいつもはじめ冷たすぎて、そのうち熱くなりすぎる。ちゃんと調節できるまでやたら時間がかかるのだ。

ジョーがハリソンと電話で話してるあいだに、ルシアとあたしはソファに倒れ込んだ。部屋の向こうへ蹴り飛ばした靴は、かろうじてテレビ台から外れた。ルシアは自分の靴を脱ぎ、あたしの膝に足を載せた。片足を持ちあげてもみはじめてやると、映画のセックスシーンみたいなうめき声をもらす。それから、たぶん痛いところにあたったのか、映画で殺されるシーンみたいに甲高い声をあげた。

「ホセっていいよね。好き?」あたしは訊いた。

「うん。大好き。すごくいい人だよ」ルシアは溜め息をついた。「いい人すぎる」

「いい人すぎることなんてある?」

「悪い男に慣れてるとね、いい人を信じなくなるんだよ。すぐ目の前にいても。いまは悪いところを隠してるんだろうって思うわけ。前のやつみたいにね」

「いい人すぎるのに、なんで両腕を折られたりするわけ?」

「複雑な状況の場所からきた人間には、複雑な過去があることがあるもんだよ。でなきゃ、ホセがそのときちょっとワルだったのかもね」

ルシアは声をあげて笑い、あたしは足を替えた。ルシアは後ろにもたれかかり、やっとこの日のできごとを実感してるみたいに目をつぶった。

ルシアがあたしと話すとき、ただのばかな子どもって態度をとったことは一度もない。うちの親はときどき、あたしになんて言っていいかわからないような顔をする。まるで、自分たちの言葉はティーンエイジャーには正確に伝わらないって思ってるみたいに。

「ルシアの息子って、ふたりとも立派な人だろうね」

「そうだといいね」ルシアはまだ目を閉じたまま言った。「さっき一緒にいた男の子が好き? あのバスケの子?」

「バスケの子？　あのねえ、ルシア」

「まだ答えてないよ」

「いい人だよ」声が何オクターブかはねあがり、全身がかっと熱くなるのを感じた。

「いい人！」ルシアは高い声をあげてから笑った。「あらまあ……」

ジョーが見覚えのある夏の空みたいな淡い青のドレスを着ておりてきた。ふだんならジョーが選ぶような服じゃないと思うところだけど、近ごろは姉がどういう人なのかよくわからない。本人もそうらしいし。

ジョーが淡い青を着て、あたしが赤を着てると、火と風の精霊みたいだった。よく燃えるにはお互いが必要だって化学で習った。お互いを支え合っているのだ。

「ありがとう」ジョーが言って、ルシアの頬にキスした。続いてあたしの膝をぽんと叩く。

「それ、あたしのドレス」と言ってやると、肩をすくめられた。

ジョーはあたしのまわりの空気を嗅いでから、チュールの切れ端をつまんで鼻先に持っていった。

「なんで煙のにおいがするの？」

答える前に、玄関のドアがひらく音にさえぎられた。

「ルーシー、ただいま」モーガンが『アイ・ラブ・ルーシー』[★97]のリッキー・リカードみたいに

★97　アメリカで一九五一～五七年に放送されたテレビのシットコム

家の中に呼びかけた。

スキップでリビングに入ってくると、ジョーを見て気まずそうに動きを止める。うちの両親もそんなに遅れずに続いた。

「きたのね」ママが言った。「帰ってきたのね！」

ジョーに駆け寄って抱きしめる。あまりの勢いにふたりともびっくりしたほどだった。おかげで調子が狂ったのか、ジョーはまさにその瞬間を選んで、逮捕されたことをママに伝えた。

「無事なのか？」パパが言い、ジョーはうなずいた。

「そんなにたいしたことじゃなかったよ、ほんとに」

「いったいなにを考えてたの？」ママは身を離して、頭がふたつあるみたいにジョーを見た。

「いったいその歯、どうしたの？」モーガンが口をはさんだ。

ジョーが答える前に、ママが溜め息をついた。「おばさんに電話しないとね」

キャロルおばさんは裁判官で、つまり裁判官や裁判や法律家について知っている。だからおばさんなら、『オズの魔法使』のルビーの靴みたいに、カチッと踵を打ち合わせてジョーを牢屋から救い出し、家に帰すことができるかもしれない。

「ごめんなさい」ジョーは言った。

ママは自分のお姉さんと仲がよくない。子どものころは理由がわからなかった。（一八年間毎日会ってたくせに、ほんの数マイルしか離れてないところに住んでて行き来もしなくなるなんて、どうやったらそんな状況になるわけ？）と思ったものだ。でも、いまは理解できる気がする。成長して遠ざかることはあるし、同じものでできている世界を進んでいるとしても、なかなか最初の地点に戻ることはできない。あいだにいろいろなものがはさまっているから。ジョーとあたしがママとキャロルおばさんみたいになるのはいやだ——感謝祭とクリスマスとイースターに会うだけのきょうだい。七面鳥《ターキー》を渡すだけの姉妹。誰かが死んだとき、亡くなった人をしのんでから、さあ別々の道を行きましょうって家族にはなりたくない。

あるいは、今回の場合みたいに、うちの娘が罪を犯したんだけど、姉妹のよしみで助けてくれない？　っていうのもごめんだ。

「あなたはなにを証明しようとしてるの？」ママはジョーに向かってどなった。「自分を見つけるなら、結婚したり放火したりするよりいい方法があるわ」

「でも、放火なんかしてないよ！」

「わたしが言いたいのはね、まじめな話、ジョセフィン、あなたがそうしたいなら留学するお金だって払ったはずだってことよ！」

「あいつはどこにいる？」パパが訊いた。

「こっちへくる途中」ジョーは静かに言った。

「おまえだけ逮捕させて逃げたのか？」

「あの人は一緒にこなかったから」

あたしは一触即発の雰囲気になったのを感じた。いつもどおり、注意をそらすのがいちばんだ。

「あたし、銃で撃たれそうになった」と割り込む。

「あんたが?」とジョー。

「プロムで?」とママ。「どうやって?」

「友だちとプロムの会場から出かけたの……なんにも悪いことはしてないよ。あのね、その男の子が家族の様子を見に行きたがって……」

「なんてこと。あなたたち、頭がおかしくなったの?」

「街全体がおかしくなってるよ」とジョー。

「混乱の中に突進していったりしないわ。あなたたちは女の子よ。かわいい女の子。甘やかされた女の子。わたしたちがそんなふうにしたのね。なんでも知ってるような顔をするけれど、路上で身を守る知識なんてゼロなのに。怪我をしたり、殺されたりしたかもしれないのよ」

「もう怪我はしたよ」ジョーが溜め息をついた。

人は白人の子がそういうことをするときには抗議を美化する。不満を持ったおしゃれなパリっ子たち、イギリスの炭鉱労働者や婦人参政権論者が、不平等に対して窓を叩き割ったり火炎瓶を投げたりする場合には。白人の子たちは無敵の存在みたいに走りまわれるけど、あたしたちはどうする? 無敵じゃない人たちは? 絶望して失望して、何度も何度もこんなふうに感じることにうんざりしきっている人たちは? 時として、あたしたちはそのまま突っ走って自滅する。

この場にいるのをすっかり忘れていたモーガンが口をひらいた。ひとつひとつ茶こしにかけるように、ゆっくりと慎重に言葉を押し出す。「うちのパパは店にあるものを全部なくしたばっかりなの。あたしたちの店だよ。おばあちゃんがほんとに、ほんとうに一生懸命働いてきた店。あんたたちがみんな、くることもなかった店。それなのにあんたは、自分の近所でもないところに行って、ほかの人の店に放火してきたって？」

「あたしたちにどうしろっていうの？」ジョーはささやいた。

「そうじゃない！」モーガンが爆発した。「あんたいったいどうしちゃったの？　シャーリーおばあちゃんがあんなことになったのに、なんでそんな真似ができたわけ？」

「シャーリーおばあちゃんがあんなことになったからだよ！　あんなの間違ってる。いつまでもあたしたちにこんな真似をさせておくわけにはいかないよ。ぜったいに。ああいうことが起こったのを忘れたり、起こらなかったふりをしたりなんてできないもの。なにかしなくちゃ！」

　ジョーはヒステリックに泣きじゃくりはじめた。体がぶるぶるふるえ、鼻水が顔を流れ落ちる。ノイローゼの一歩手前みたいに見えた。

「この子に教えたのか？」パパがロニーおじさんに問いかけた。

「おまえが話していなかったのは知らなかった。どうして娘たちに話さないでいられるんだ？」

「いつ話した？」

「一年ぐらい前に店に立ち寄ったんだ。家族についての授業の課題をやってるとかなんとか言ってな。おまえが忙しすぎるから、俺に手伝ってもらおうと思ったんだとさ」

「なぜジョーがそっちに行ったと伝えなかった？」

「おまえが俺と話さないんだろうが、クレイグ！　こんなことになるまえ、最後にきちんと話をしたのはいつだ？　だいたい、おまえに言ってからこっちにきただろうと思っていたからな」

「くそ、ロニー、俺は娘たちにあんなことをかかえていってほしくなかったんだ。俺たちみたいにはな。そんな必要はないのに。新しいスタートを切ってほしかった。新しいスタートになってほしかったんだ」

「新しいスタートなんてないさ、クレイグ。あれはこの子たちの歴史だ。骨の髄にしみついてる」

「知ったことか！」パパはどなった。「俺は新しいスタートがほしかった！」

ジョーは息が切れるまでくりかえし続けた。「なんにもしないでなんていられないよ。なんにもしないでなんていられないよ！」

それからくるっと向きを変えると、その場の空気を全部さらって、自分の部屋へ駆け上っていった。泣き声があんまり大きかったので、下まで聞こえた。誰も泣くのをやめろとか、この家はブルースの中じゃないとか、そういうことを叫んだりしなかった。ジョーがなにを感じていたにしろ、みんなも感じていたからだ。

「ええと……」あたしは言った。「結局、シャーリーおばあちゃんにどんなことがあったの？」

ロニーおじさんとパパは顔を見合わせた。

「この子にも話したほうがいいだろう」パパがロニーおじさんに言った。おじさんはソファまで歩いていくと、あたしを見て、隣のクッションをぽんと叩いた。

「おまえのひいじいさんは弁護士だった。母親は奴隷だったが、ひいじいさんは働いて勉強して、なんとか学校へ通った。自分の母親はろくに字も読めなかったがな。大学とロースクールまで行って弁護士になった。エルロイひいじいさんは大学でひいばあさんのアイダと会った。シャーリーおばあちゃんの話じゃ、夫より頭がよかったそうだ。しかし、大学卒業後すぐ結婚したから、ひいじいさんはその上の学校へ行って、ひいばあさんのほうはふたりのために家庭を作りはじめた。タルサ郊外のグリーンウッドって場所があって、ブラック・ウォール街って呼ばれるようになったんだが、黒人とインディアンがそこにあった油田で金持ちになった。白人たちはその土地で石油が出るのを知らなかったんだ。ブラック・ウォール街の黒人たちは、奴隷制が終わってから六〇年もたたないうちに一から財産を築いた。そこで、シャーリーおばあちゃんの両親は西に行って開業しようと決めた。しばらくのあいだはよかった。ほんとうにうまくいった」

ロニーおじさんが言葉を切って目をやると、パパはうなずいて続けるようにうながした。

「ともかく、問題はお決まりのやり方で始まった――白人の女が黒人の男を告発して、白人連中が激怒した。当時は二度の世界大戦のあいだで、リンチ殺人の最盛期だった。第一次大戦に従軍した黒人が大勢、リンチで殺されないよう黒人の子どもたちを守ろうと決めたせいで、白人どもはひとり殺すかわりに、なんと街全体にリンチを仕掛けることにしやがった。飛行機を――畜生、戦闘機だぞ――その地域に飛ばして、黒人とその住宅と店や会社に爆弾を落とし、生意気な黒人どもを焼き払おうとしたんだ。人を撃つためにトラックにマシンガンを取りつけたのを知ってるか？　いいか、マシンガンだ。そこらじゅうで車を走らせて発砲した。教会まで撃ったんだ――くそったれが、神の家までだぞ」ロニーは声をあげていくらか唾を飛ばしながら話した。

パパは座ってた場所から立ちあがると、リビングを歩きまわりはじめた。それから、いきなり足を止めてこっちを向き、かすれた声を出した。「おばあちゃんはマシンガンのことを説明したとき、ふるえながらテーブルをダダダダっと叩いた。空中の煙で息がつまったのを話してくれたよ。なにもかも黒く染まって、〝呼吸ができなかった〟と言っていた。そう話したとき、あれほど昔のことなのに、まだ息をつまらせているように見えた」

ママがパパに近寄ると、腰に両腕を巻きつけた。パパのほうがずっと背が高いのに、小さい子みたいだった。

「ひいじいさんは銃を持っていて、家族を守ろうとしたが、自分の家の入口で殺された。暴動と言われているが、実際には虐殺だった。いや、ヨーロッパのユダヤ人の地域のひとつで起きたような行為だったんだ」ロニーおじさんは一拍おいて言葉を探した。

「大虐殺《ポグロム》」パパが単語をさしはさんだ。

「ああ。それだ！　そのあたり一帯がそっくり消えた。黒人の遺体が大量に集団墓地に投げ込まれた。おばあちゃんの話だと、ニューヨークタイムズにまで載ったそうだ。そして、誰もがそのことを忘れた。まるでそんなことはなかったかのようにな」ロニーおじさんはまた間をおいた。

部屋の向こうでママはまだ目を閉じてパパに腕をまわし、前後に体をゆらしてやっていた。モーガンの瞳には涙が浮かんでいる。

「おばあちゃんから話を聞いたのはそのとき一度だけだ。それさえティーンエイジャーになってからだった。たぶんおばあちゃんは、ベトナム戦争の従軍経験者みたいになっていたんだろうな。戦争に行ったあとでおかしくなって、何年もあとまでずっと頭の中に戦争が残っていたと聞くだろう。ただし、この話はほかならぬこのアメリカ合衆国で起きたことだ。おばあちゃんは小さな女の子にすぎなかったのに、その記憶を生涯心にかかえ続けていた」パパはそう言いながら、内容の重さに声帯さえ耐えられないみたいに、声をつまらせた。向きを変えて、ママの腕に顔をうずめる。

ルシアが、まるでひとりごとみたいにそっとつぶやいた。「隣村のインディアン《コモ・ロス・インディオス》と同じ。姿を消した人たち」

「ああ」とパパ。「まさにそうだ」

「シャーリーおばあちゃんの兄弟が第二次大戦で死んだのは知ってるか？　あのふたりは入隊可能になるとすぐ入ったんだぞ。国にあれだけのことをされておいて、なぜそんなことができたのか理解できなかったよ」ロニーおじさんが言った。

これまでに自分がどれほどの悲しみを知っている気でいたとしても、どんな感情を味わったことがあっても、これを聞く覚悟はできていなかったと思う。ロニーおじさんの言うとおりだ――まさにあたしの骨の髄にしみついている。歴史の授業ではじめてまともに奴隷制について習ったときみたいだった。それまで知らなかったわけじゃない――うんと小さいころ、年齢にふさわしい本を買ってもらったり、アフリカからきたんだって教わったりして、両親からその概念を知らされている。学校のスピリットウィークの〝国の日《カントリーデイ》〟では、レイマートパークのブティックで買ったアフリカスタイルのアンカラを着ていったぐらいだ。でも、その授業は違った。先生がプロジェクターで次々と写真を写していく。濡れて光る黒っぽい肌の男女が畑に折り重なっている。

前景にはあたしたちぐらいの子の体が前のめりに転がっていた。背中が筋状に切り刻まれて、傷痕が邪悪な地形図みたいになった男の有名な写真は、あれ以来何度も見ている。南部の木につるされて、首の骨が折れた黒人の男女の写真がずらずらと続く。ぶらさがっている女のスカートの白いひだは、クリスマスになるとモミの木につけた黒い天使の飾りを思い起こさせた。(もういい!) あたしは金切り声をあげたかった。(もういいから! あたしの起源はこんなのじゃない!) 教室はしんと静まり返って、知ったかぶりの子たちまでひとことも口にしなかった。あたしは後頭部に何人かの視線を感じた。口の中に金くさい血の味が広がるまで舌をかんで、涙をこらえた。クラスメイトに泣くのを見られたりするもんかって決意したから、お昼の時間までがまんして、障害者用トイレで隠れて食べ、さっき見た光景を処理した。のみこもうとするたびに首にロープがきつく巻きつくのを感じながら、個室の中で息を切らし、空気を求めてあえいだのだ。いまは、七歳のシャーリーおばあちゃんの胸に吸い込まれた黒い煙と灰をひしひしと感じている。息をするのが耐えられないほどの悲しみを。

ドアをノックする音がして、みんなびくっとした。続いてピンポーンと玄関のチャイムが鳴る。

モーガンが出ようと走っていった。

「どなたですか?」ドアをほんの少しだけあけたまま問いかける。

「ジョーの夫です」

モーガンはまだ自信がなさそうに、もうちょっとドアをひらいた。

「あんた、巨人?」って言うのが聞こえた。

ハリソンは眠ってないみたいに腫れぼったい目をしていた。この光のもとだと、髪は赤より茶色、目は緑より青に見えた。にきびは消えていて、残った肌はすべすべして赤みがかっていた。無精ひげさえ、二日分の心労に足りるほどは生えていない。鏡の中を見て、毎回少しずつ違う自分を目にするのはどんな感じなんだろう。そのくらいはっきりしない容貌を持ってるっていうのは? あんな話のあとで白人のハリソンを見ると、戸口に幽霊がいるみたいにぎょっとした。

「妻はどこですか?」と訊いてくる。

ジョーが階段を駆けおりてきて、ハリソンの腕にほとんど飛び込んだ。まるであたしたちなんてその場にいないみたいだった。たとえいま、ほかのすべてがめちゃくちゃな状態だとしても、ふたりはロケットペンダントの片割れ同士みたいにお互いの腕にぴったりおさまっていた。それは愛じゃないかって気がしたけど、いったいあたしになにがわかる?

「君はこの子を守ってやるはずだっただろう」パパがハリソンに言った。

「眠ってたんです。起きたらいなくなってた」ハリソンはほとんど泣き出しそうに見えた。ぎこちなく片手を出して握手しようとする。パパは握り返さず、吐息をもらしてリビングへ戻っていった。ジョーとハリソンはその後ろからついていった。

シャーリーおばあちゃんの話を聞いたあとであたしたちは疲れ切っていたし、悲しみに包まれていて、言い争う気力もなかった。そこで、かわりにピザを頼んだ。テレビの前で紙皿に載せて食べ、サウスセントラルの上をヘリコプターが飛んでいるのをながめた。火はほぼ消えていた。

いまはベトナムじゃなくて、歴史の本に載っているロンドン大空襲後のロンドンの写真みたいだった。ニュースキャスターたちは、ブロックスウィルシャーみたいに建築学的に重要な建物が火事でなくなったり損害を受けたりしたことを嘆いている。みんなが気にかけるのはずっと昔に有名人が使っていたり、映画とかに出てきたりするからだけど、正直に言えばなんだか不格好な建物だ。

ジョーがきっかり二年間レッスンを受けたギターがガレージに置いてあったので、夕食のあと、ジョーとハリソンがふたりの曲目のひとつを演奏してくれた。ロニーおじさんがハーモニーを見つけて加わった。モーガンが重たい頭をもたせかけてきたから、ほつれた巻き毛があたしのほっぺたをくすぐり、鼻にかかった。部屋の向こうでパパが耳をかたむけながら腕をのばし、ママの手を握った。

ハリソンは家の反対側にある本物の客用寝室に寝ることになった。ロニーおじさんはジョーの部屋で眠る。必要なら誰かを呼んで手伝ってもらえるようにだ。結婚してるんだからハリソンと同じ寝室を使うべきだってジョーは主張しようとしたけど、状況を考えたら、ハリソンを泊めるどころか家に入れてやっただけでもふたりとも運がいい、ここは自分たちの家で、こちらのルールがある、とうちの親は言い渡した。そうやってなんでもかんでも却下したのだ——どうやらその中には夫婦で一緒に寝ることまで含まれているらしい。ジョーとモーガンとあたしは三人であたしのベッドを使うって決まった。どの決定にもあたしの意見は訊かれなかった。

モーガンが言った。「でも、あたしはお客だよ」

「あんたはお客じゃなくってていいとこでしょ」ジョーが口を尖らせて言い、それで決着がついた。ジョーが歯をみがいてるあいだに、モーガンとあたしはベッドに転がり込んだ。いとこと同じベッドに寝るなんてずいぶんひさしぶりだった。ターニャと遊びにきて、運悪くかみつきあいになった喧嘩をしたとき以来だ。モーガンの足は氷みたいに冷たかった。そう言ってやると、モーガンはあたしが悲鳴をあげるまでふくらはぎに足を押しつけてきて、くすくす笑った。

「あたしたち、仲良くしてなくてごめん」あたしは言った。「もっと親しくしておけばよかった」

「あんたのせいじゃないよ」とモーガン。「うちの家系の伝統だからさ」

「おばあちゃんってどうやって亡くなったの？」あたしはモーガンにたずねた。「誰もそこは話してくれてないんだけど」

そこで、モーガンが教えてくれた。

パパのお母さんは、あたしが生まれた数年後の日曜日に自殺した。前日にロニーおじさんの家族が夕食に行っていた。モーガンのお姉ちゃんのターニャによると、おばあちゃんはそんなにいつもと違うようには見えなかったらしい。ロニーおじさんの好きな料理――桃のシロップで照りをつけたラムチョップに黒目豆、ブロッコリー――を作ってくれた。ブロッコリーを食べなさいってターニャを叱った。充分幸せそうに見えた――店は苦しかったけど、いつだってそうだったじゃない？　みんなが帰ろうとしたとき、もう少しいてっておばあちゃんが頼み込んだのをモーガンは憶えているそうだ。ロニーおじさんと女の子たちは残りたがったけど、あしたの朝この子たちは教会で歌わなきゃならないでしょってユードラおばさんがおじさんに思い出させた。帰り道の車の中で、ふたりがそのことについて言い争ってた記憶があるらしい。ユードラおばさんは釈明していた。シャーリーおばあちゃんはいつだって浮き沈みが激しいでしょ？　あなたはもう大人なのよ。自分の生活や幸福や家族のことを考えるときよ。それに、こういうときあなたの弟はどこにいるの？　この手の問題を解決できるお金を持っているくせに、あの家族はきたためしがないじゃない。どうしていつでもあなたとわたしがお義母さんに対応しなくちゃいけないの？　翌日、おばあちゃんは家じゅうをきれいに片付けて、いちばんいい服を着て、お気に入りのヘアピンで髪をシニョンにまとめた。それから、死んだおじいちゃんの古いピストルで自分を撃った。

ともかく、モーガンが言ったように、ロニーおじさんがパパを責めて、パパがロニーおじさんを責めた感じになった。うちの仲が悪くなったのはそういうわけだ。

あたしはジョーを思った。地震計みたいに波があるように見えること、ある意味でみんながシャーリーおばあちゃんを説明するのとまったく同じように極端だってことを。

「気をつけなくちゃね」モーガンがささやいて、頭をぽんと叩いてみせた。「あたしたちにもそういうとこがあるかもしれない」

あとになって、大人たちが眠ったあと、ようやくジョーはモーガンとあたしの寝ているベッドにもぐりこんできた。あたしたちは三人できらめく月光を浴びた。

「ジョーは蹴ってくるよ」あたしはモーガンに警告した。

「あんたの隣でよかった」

三人とも声をたてて笑い、やがて部屋は静かになった。外からコヨーテの遠吠えがかすかに響いてくるだけだ。数秒遅れて、ほかのコヨーテたちも声をあわせて吠え出した。

「ジョー?」モーガンの声が沈黙を破った。

「なに?」

「あたしたちはここにいる。みんな生きてて、お互いがいる。生き残り続けてる。それって無意味じゃないよね?」モーガンはささやいた。

「無意味じゃないよ」ジョーがささやき返した。

第二二章

火は消えたけど、街はⅢ度熱傷に苦しんでいる。赤くなってひりひり痛み、水ぶくれができてむきだしになる。たぶんそれは、まさにあたしとキンバリーたちとの関係なんだと思う。

キンバリーはあたしのロッカーの外側に、黒い油性マーカーででかでかと〝ヤリマン〟って書いた。ロッカーの中には赤い油性マーカーで〝尻軽〟って書いてある——ひとつじゃ足りなくて、両方書いて強調しなくちゃいけなかったみたいに。しかも別々の色を使ってだ。四人の写真を何年分もテープで貼っておいたのが、わざわざ細かくちぎられていた。教科書の上で卵が割られ、殻の破片が微積分の教科書の両脇に残してある。全体がすでに腐ってるにおいだった。つまり、あたしたちの友情の隠喩ってことなんだろう。キンバリーは昔からドラマチックに演出する才能があった。

コートニーがあたしの隣のロッカーに現れた。あたしの肩に手をかける。

「いまあんたと話しちゃいけないことになってるんだけど」と溜め息をつく。

「うん。だと思った」

「キンバリーがしたことはよくないよ……」

あたしはリュックからハンドタオルを出し、微積分の教科書から卵を拭き取った。

「うわ、すごいにおい」コートニーはロッカーによりかかった。あたしがちっぽけな殻のかけらをつまんでるあいだ、教科書を持ちあげていてくれる。

「それでね、ヘザーとトレヴァーがくっついた」

「マジで?」

「うん。でも、ふたりともドラッグのせいにしようとしてる。ドラッグなんかじゃないってみんな知ってるのにね」

コートニーはポケットティッシュをバッグから出して、ロッカーに使うように何枚かくれた。

「ほら。あと、あたしがプロム・クイーンになったの聞いた?」

「聞いてない」

「あそ。よかったよ……あのばかばかしいティアラとか、たすきとか全部つけてもらってね。ただ、アヌジとダンスしなきゃならなくて、あいつすごく汗くさかったの。ねえアッシュ、バケツ何杯も汗かいてるみたいだったよ。とにかく……キンバリーはあんたのこと愚痴ったりマイケルにどなったりしてばっかりでさ。ヘザーとあたしでずっとなだめてなきゃいけなかったのに、おめでとうのひとことも言ってもらえなかったんだから。そのあいだじゅう、あたしは自分のものを持ってるってていいなあって思ってたの、わかる?」

「わかるよ」あたしは言った。本心だった。

「秘密を打ち明けていい?」コートニーは身を寄せてきた。「あの子と別々の学校に行くのがうれしいんだ。あたしの人生、あんまり長いことキンバリーの影になってたもの。もうすぐ自分だけになれる。それがどんな気分かためしてみるよ」

チャイムが鳴って、キンバリーが通りかかった。コートニーとホームルームが一緒なのだ。

「ビッチ」キンバリーはあたしに向かって小声で鋭く言った。「行かないの、コートニー?」

コートニーはあたしの手を二回ぎゅっと握ってから、キンバリーについていった。

物理の授業で、ホームズ先生はものすごく楽しそうだった。プロムの夜にガルシア先生とくっついたんだろうか。でも、そこでふたりが中年の体をぶつけあってる光景が浮かんだ。ぞわぞわしてすごく気が散ったから、先生があたしの名前を呼んで質問してきたとき、なにを言われてるのか聞きそこねた。

「はい?」

「一五キロ!」トレヴァーが部屋の向こうから叫んだ。マイケルはその隣のいつもの席にいなかった。

「この質問はミス・ベネットにしたつもりだが。しかし、そのとおりだ、トレヴァー。答えてくれてありがとう」

「大丈夫かい?」あたしが次の授業の道具をつめているとき、ホームズ先生が声をかけてきた。

「ひどい週だったんです」あたしは言った。

「わかるとも」と先生。「だが、状況はよくなるよ。変化が訪れる、そうだろう?」にっこりして肩をぎゅっと握ってくる。よかれと思ってくれているのだ。すごく親切な人なんだと思う。プロムの夜、ほんとうになにかいいことがあったんだったらいいけど。

教室の外で、トレヴァーがスケボーの上に乗ってあたしを待っていた。振り子みたいに左右に動いて、髪があちこちへはねる。

「お父さんの車、ごめんね」あたしは言った。

「今日うちの親がおまえんちに電話するってさ。かばおうとしたんだけどな、自分の金で修理代を払えって言われたからさ」

「ほんとにごめん、トレヴァー」

「おれのことは気にするなよ。最高の夜だったし」

「そうだってね」

「まったく、この学校はおしゃべりなやつばっかりだ。せますぎるんだよ」トレヴァーは言った。スケボーを右へ左へと転がし続ける。「マイケルはばかだ」

「どこにいるの？」あたしはなんでもなさそうに訊こうとした。

トレヴァーは肩をすくめた。「あんなやつ、やられちまえ」

「そもそも、あたしはそれでやっかいなことになったんだけど」あたしは答え、笑うふりをした。

「そういうのはやめろよ。どういうのだとしてもさ。そんなのおまえじゃない」トレヴァーは言い、あたしの肩に手を置いた。


噂はひとり歩きするようになるのがおもしろいところだ。最初はあたしが始めて、いまではこっちが的になっている。みんなほかの人をだしにして噂や作り話を言い合う。このことは憶えておかなきゃいけない。あれは作り話だ――あたしじゃない。あたしはあの話とは違う。あれはただ、ささやかな因果応報っていうだけだ。

ラショーンは泥棒で火事場泥棒で人殺しだったし、いまのあたしは尻軽でヤリマンで泥棒猫だ。

トレヴァーと寝た。

マイケルと寝た。

ラナ・ハスキンズと寝た。

プロムから出ていってラショーンと寝た。

バスケチーム全員と寝た。フットボールチームともだ。でもラクロスのチームとは寝てない。

水球チームとは寝たけど、バスケチームとは寝てない。

教室でも廊下でもトイレでも、ひそひそ声が聞こえた——その声は影のようにあたしについてまわり、誰が光をあててるかによって、大きくなったり小さくなったりした。

例によって、キンバリーが太陽だった。


ランチのとき、あたしはラナを捜した。タンポポの綿毛を校庭の向こうへ吹き飛ばしてる変わった女の子たちや、観客席の下に隠れてる男の子たちの中にいないかと思って、学校の裏を歩きまわった。誰の目にもとまらない子たちは、半分枯れた芝生と白い線のある学校の裏手でお昼を食べるのだ。

日あたりのいい場所で、スティーヴ・ラグルズが男の子たちと腰をおろしていた。あの子たちは一度も見たことがないと思う。

「ラナ・ハスキンズを見なかった?」あたしはたずねた。

「友だちがどこにいるか、ちゃんと気をつけとけよ」スティーヴはサンドイッチにかじりついた。

「きみ、プールに突き落とされた黒人の子じゃないか?」青白い肌の友だちが問いかけた。

「別の黒人の子だよ、きっと」あたしは言って、中庭へ戻っていった。

キンバリーがジャバってあだ名をつけたまるっこい女の子がひとりで腰かけて、食べながら『デューン 砂の惑星』[★98]を読んでいた。オタクの本だ。まだ高校二年生だけど、この子は見間違えようがない。

「一緒に座ってもいい？」

相手は肩をすくめ、テーブルからリュックをおろして、あたしが食べ物を置けるようにした。また読書に戻る。あたしたちはしばらく無言で食べていた。顔をふちどっているのはかわいいボブで、ほんのちょっと動くだけでさっとゆれた。タッパーにはちっちゃいポークソーセージとチャーハンとトマトのスライスがつまっている。（フィリピン料理だ）とあたしは思った。きっと手作りだろう。ジャバはフィリピン系だから、筋は通る。

「おいしそう」と言ってみた。

相手は肩をすくめた。

あたしはもう一度試した。「名前なんていうの？」

「ジャバ」と返ってきた。

信じられない。ほかの子たちがいじめて使ってる名前を自分から名乗るなんて、どこまで悲惨な状況なんだろう。黒人同士で使う〝ニッガ〟みたいに、あらためていい意味をつけてるなら別だけど、そういうわけじゃない。

ジャバは学校のどの女の子より大きい。大人よりもだ。見えなくなるぐらいまで体を縮めたいと思うのは理解できる――あたしにも経験があるから。自分がほかの全員と別の方向を見てるときなら、なおさらだ。

★98 一九六五年に発表されたSF大河小説

「あたしが言ったのって、その、本名ってことだけど……」

「そんなこと問題？」とジャバ。「どうせ忘れちゃうよ。ジャバなら思い出すでしょ」

「忘れないよ」

「『人魚姫《リトル・マーメイド》』って知ってる？」

「アニメの？」

「原作の。原作のもともとの結末だと、人魚姫はあの王子と一緒にいるために舌を切り取るけど、結局王子には選んでもらえないの。それで悲嘆にくれたりとかいろいろあって、海の泡になって死んじゃうんだよ。でも、ほんとうに死んだわけじゃなくて、なんていうか、空気の粒子みたいなものになって、魂かなにかもらうために善行を積まなくちゃならないってわけ」

「暗い話だね」

「自分と違うものになりたがると、そういうことになるんだよ」ジャバは言った。「あたしはジャバ」

「あたしはアシュリー」と名乗る。

「名前は知ってるよ」ジャバは読書に戻った。

あたしはそこに座ったままなにか言うことを思いつこうとした。ふと頭に浮かんだのは、いまではいつでも、小さいころから知ってる子たちとお昼を食べるっていう保証があったってことだ。望まなければほかの誰とも本気でつきあう必要がなかった。ひとりで食事するっていう行動は考えたことさえなかったのだ。ジャバもあたしと一緒にいたがってる雰囲気じゃない。ひとりでいて満足してるみたいだ。

「SFが好きなの？　レイ・ブラッドベリはどう？」

「しーっ」とジャバ。

ラショーンがあたしの肩を叩いた。「コオロギ！　どこにいるのかと思ってた」

「あっ！」あたしの声は熱心すぎた。やたら甲高くて、女の子女の子している。なんだか大げさすぎだ。

「こんにちは、ラショーン！」その姿を見て、ジャバが顔を明るくした。

「ブレッシング！　どうした、おい？」

そうだ、これがジャバの名前だ。学校の最初の週は「ねえ、お大事に《ブレス・ユー》！」と呼ばれていた。それからキンバリーが言った。「祝福《ブレッシング》？　むしろ呪いじゃん。あの子、かわいそうに、ジャバ・ザ・ハットみたい」

「いまどこ読んでるんだ？」ラショーンがジャバに訊いた。

「ちょうどポールがクイサッツ・ハデラッハになったとこ」

「これからすごいことになるぞ！」

「ネタバレはやめてよ！」

「おい、おまえにネタバレなんかしねえってわかってるだろ！」ラショーンはあたしのほうを向いた。「こっちで一緒に食べないか？」

ジャバのところにいるべきだ。お昼を食べる場所にずかずか入り込んだくせに、変な話が出たりもっといい誘いを受けたりしたとたん立ち去るなんてずるい。

「わかった」あたしはラショーンに言った。

「一緒にくる?」ジャバにたずねる。

「大丈夫。ありがと」

「じゃ、図書館でな」ラショーンがジャバに言った。

ジャバはこぶしを打ち合わせようと手をあげ、げんこつが触れ合ったときくすくす笑うと、読書に戻った。

あたしはラショーンと黒人の子たちのほうへ歩いていった。全員がいっぺんにいるとき、この飾り棚のところにくるのはこれがはじめてだ。暴動のときにいなかった子たちも戻ってきていた。正式に紹介されたから、これで黒人の子たちの名前がわかった。

ミルドレッドにリル・レイ・レイ、ナイジェリア系のキャンディスとリチャード。リチャードは自分から、リッキーともリックともリッチとも呼ばれてないって言った。リチャードのお母さんは、働いてた場所が全焼して失業中らしい。

ふとっちょアルバートのほんとうの名前はパーシーだけど、ミドルネームが実際にアルバートだった。

ウエストのくびれた体形のティシャに、ハイチ系のギヨーム。ギヨームの家族は店を持ってたけど、いまあるのは瓦礫の山だ。

マージーはすごく肌の色が薄いから、髪をストレートにして、本人が望めば白人で通るだろう。

ジェイソンはゆがんだメガネ以外ほぼ特徴がない。どうやら、うちからそんなに遠くないところに住んでて、あたしが両親やルシアといるところを目にしてたらしい。こっちは見かけたことがないけど。

ウィニーはすごくおだやかな話し方でおとなしくて、かなり皮肉なことに、南アフリカの過激な反アパルトヘイト活動家だったウィニー・マンデラにちなんで名前をつけられたらしい。

Qは自分のことをQって名乗った男の子で、くわしいことを言わなかったから、本名がなにかも、それ以外のことも、実際ところはたいしてわからない。

タレルとジュリアはいとこ同士で、ものすごく教会とかキリストとかそういうのに入れ込んでるみたいだけど、ふたりとも親切だし、少しは悪い言葉も使うから、そんなにお説教くさくはないはずだよね？

ジョーは前から言っている。「黒人はキリストが大好きだから」

「うちの教会の青年部が集まって、片付けの手伝いに行こうって計画してるんだけど」ジュリアが言った。「一緒にきたい？　別に信心深くないとだめとかじゃないよ」

「行く行く！」あたしは本気で答えた。

ブライアンはぜんぜん黒人じゃないけど、この子たちの仲間の一員みたいに好かれてるらしい。いいいい、あたしたちの仲間なんだろう。裕福な白人の男の子としては、敬意をもって受け入れられていた。みんなにニッガって呼ばれるぐらい、そう呼ばれても同じように返さないことを心得てるぐらいには気安い仲だ。

あたしは黒人の子たちと飾り棚に腰かけて、どうしてこんなに短い距離なのに、中庭を横切ってきたことがなかったんだろうって考えた。ここの子たちは誰も噂を気にしてないみたいだし、それどころか認めてさえいない雰囲気だ。グリーンウッドの話を聞いたことがあるか質問してみたかった。うちのおばあちゃんや家族に起きたようなことを知ってるかどうか。家族の中に同じ傷をかかえている人がいるのかどうか。でも、ほら、新しい友だちとの会話にさりげなく虐殺を取り入れるのって、なかなか難しいから。

「で、おれたちが前にあんたのことリサ・タートル★99って呼んでたって、ラショーンに聞いたか？」ふとっちょアルバートが食べながら言った。

ラショーンは赤くなった。「なんでそんなこといま持ち出すんだよ？」

「あの子ども番組に出てたリサ・タートル？」とあたし。

「おいおい、『セイブド・バイ・ザ・ベル』を知らないなんてふりをするなよ」ふとっちょアルバートは自分が言い続けてる冗談みたいに体重を運んでいた。

「なんであたしがリサ・タートルなの？」と訊いてみる。

「アシュリーにかまうなよ」とラショーン。

「だからさ、ほら、リサみたいだろ？　リサ・タートルが黒人の子たちと一緒にいるのは見たことがないからな。スレーターがみんなを〝ママ〟って呼んでまわるだけで、ラテン系とつるまないのと一緒さ」

「リサはまわりのみんなと一緒に育ったから、いちばん落ち着く人たちと一緒にいるだけなのかもよ」あたしは言った。

「でなきゃ、ベイサイドには黒人がいないのかもね」とジュリア。

「背景を見ろよ。黒人がいたぞ」

「パーシー、おまえ『20／20』かCNNか、とにかくもっと大人の番組を見ろよ」とラショーン。

「マジでさ。なんでみんな子ども番組のことで言い合ってんの？」タレルが言った。

「子どものことは大事なんだよ。ほら、未来を創るとかさ」ふとっちょアルバートは言って、またひと口かじった。

「あんたはリサ・タートルじゃねえ」ラショーンが言い、あたしの膝を軽く叩いた。

視界の隅でふとっちょアルバートがタレルとジュリアに眉をあげてみせたのが見え、ラショーンはすばやく手をひっこめた。

「で、ラショーンはようやくあんたをここに連れてきたわけか」ホワイト・ブライアンがひやかすように言った。

「は？」あたしは聞き返した。

「なんでもねえよ」ラショーンは言ったけど、ホワイト・ブライアンはラショーンにウインクしてみせた。

★99 一九八九～九三年に放送されたティーン層向けのシットコム『セイブド・バイ・ザ・ベル』の主要人物。裕福なアフリカ系アメリカ人家庭の高校生

汚されたロッカーの前でヘザーに行き合った。

「お昼に会えなくて残念だった」ヘザーは神経が昂っている様子で、手足をどうしていいかわからないみたいにそわそわしていた。こんなふうに落ち着きなくふるまうのは中学のとき以来だ。

「うん……まあ……ほら」あたしは言い、ロッカーにあごをしゃくった。

「そうだね……」ヘザーは書きなぐられたSの字を指先でたどった。「誰も男には尻軽って言わないよね」と言う。「少なくとも、おんなじようにはさ」

「うん」とあたし。

「〝女はこの世のニガーだから〟」ヘザーは溜め息をついた。

「ニガーはこの世のニガーだよ」あたしは言った。「あと〝ニガー〟って言うのやめなよ。かっこ悪いよ」


ラショーンのお母さんはピンクの手術衣《スクラブ》を着ていて、厚みのある整形靴をはいていた。ラショーンの試合のときいつもつけてる派手なウィッグじゃなくて、黒髪を後ろにべっとりなでつけてお団子にしている。長時間立ちっぱなしの勤務から帰ってきたみたいにくたびれた雰囲気だった。ジェフリーズ校長と一緒に事務室の中央に立っている。ふたりの上で掲示された星が輝いていた。あたしは重たいガラスのドアをあけて中に入ったけど、それ以上進む勇気がなかった。

「生徒の噂に基づいて事務室に呼んだのは間違った判断でした」ジェフリーズ校長が言った。

「お怒りはごもっともです、ミズ・ジョンソン」

「ただ怒ってるわけじゃないんですよ」ラショーンのお母さんは言った。「傷ついてるんです。うちの子がこの学校にあれだけの貢献をしてきたのに、そんな仕打ちを受けるなんて。この子は高校の最後の数週間をこんなふうに思い出すことになるんですよ。そういう形で人の記憶に残るんです。母親としてそれがどんなにつらいか、おわかりになりませんか?」

ラショーンのお母さんは、話し合いの途中ですでに何度も涙ぐんだように見えた。学校の事務員が机から立ってジェフリーズ校長にティッシュの箱を渡し、校長がそこから何枚かティッシュを渡す。ミズ・ジョンソンは相手を見あげたあと受け取った。目もとをぬぐって洟をかみ、ごみ箱を探してあたりを見まわす。「こちらで捨てますので」とジェフリーズ校長が言った。そこでラショーンのお母さんは、小さな子どもみたいに使ったティッシュを校長の手に落とした。

「きちんと埋め合わせをしてください」ラショーンのお母さんは言った。

ふたりは永遠に感じられるほどじっとお互いに見つめ合った。

「ミズ・ジョンソン」ジェフリーズ校長は気まずい沈黙を破った。「残念ですが、状況はともかく、お子さんがほかのお子さんを殴ったのは事実です……その行為に対してなにもしないわけにはまいりません」

「あの子が奨学生でなくても同じことをおっしゃいました?」ミズ・ジョンソンが少し声を高めた。事務員がパソコンのモニターから顔をあげて、期待するようにジェフリーズ校長を見る。

「わたしが新しい図書館を寄付できていたらどうですか?」

「わが校は生徒全員を平等に扱っております」ジェフリーズ校長は口ごもった。ラショーンのお母さんは片方の眉をあげ、なにも言わずに出口へ向かった。

「ミズ・ジョンソン、お待ちください！」

ラショーンのお母さんはふりかえって校長と顔を合わせた。ハンドバッグを両手で体にぎゅっと押しつけ、警戒のまなざしを向ける。

「罰として、ラショーンが学校の雑用を手伝うというのはいかがでしょう？　掃き掃除やごみ拾いや、ガムをこすり落としたりなど、今週だけ？　また、今回の件に関してスタンフォード大学に伝えないということではどうです？」

「つまり、今度はうちの子を白人の子たちの用務員として使うつもりなんですか？」とラショーンのお母さん。

「でしたら、事務室で手伝ってもらってもかまいません。ここでなにか作業が見つかるでしょうから」

「それで、この停学をスタンフォードには伝えないんですね？」

「お約束します」ジェフリーズ校長は言った。

「そうですか、わかりました。それならいいかもしれません。息子に知らせます」ミズ・ジョンソンは言葉を切った。「お訊きしたいんです、ジェフリーズ校長先生——今回とまったく同じ状況で、ラショーンがラショーンではなかったらどうなさいましたか？　うちの子がこちらのスター選手でなかったら？　この学校にいるほかの黒人の子だったら？」

ジェフリーズ校長はしばらくミズ・ジョンソンに強い視線をそそいでから、一拍おいてわずかに肩を落とした。「わかりません、ミズ・ジョンソン、わかりません……」

ミズ・ジョンソンはこのささやかな本音に満足したらしく、それなりに話がついたというふうにうなずくと、ドアのほうへ戻りはじめた。そこで目が合って、一瞬あたしはかたまった——もしかしたら、今回のことは全部あたしのせいだって知ってるかもしれない。

そのかわり、ラショーンのお母さんはにっこりして言った。「ちゃんと顔をあげてなさいよ、お嬢ちゃん、わかった？」

「はい、わかりました」

最悪だった。芯まで腐りきってる気分。あたしなんて人間の屑だ。

ジェフリーズ校長が向きを変えて校長室に戻りかけたとき、あたしは呼びかけた。「ジェフリーズ校長先生？　あの……お話ししなきゃいけないことがあるんです」

校長は溜め息をついてひらいたドアのほうへ手をふった。「まあ、いまがいいでしょうね」

一〇代の悩みが何十年も蓄積した校長室は、くたびれた雰囲気だった。装飾はほとんどなくて、子どもの発達や身近な一〇代への理解、教育心理学なんかの本が雑然と置いてある。山の上で笑っている写真が何枚かあった。白髪まじりのピクシーカットにした、体格がよくて胸の大きい女の人と一緒にいる。汗だくでうれしそうなふたりは、写真が進むごとにどんどん高い位置へ登っていく。樹皮のはがれた樺の木が、校長室の窓から見える校庭の景色を邪魔している。あたしが話しているあいだ、ジェフリーズ校長は神経質にハイキングシューズを床にぶつけていた。

キーキーこすれる音がした。

あたしの説明が終わると、校長は言った。「どうしてそんなことをしたの？」

先学期、演劇コースの子たちは中庭で、『ウエスト・サイド・ストーリー』から非行少年についてのナンバーをそっくり披露した。かなりおもしろかった。考えてみれば、演劇コースの子たちが歌う曲はかなりおもしろいのが多い。ともかく、その曲の中であたしの好きな歌詞のひとつは、「〃おい、おれがグレたのは恵まれてないからさ★100〃」だった。

でも、そうは言わなかった。かわりにこう答えた。「正直にですか？　あたしがばかだからだと思います、ジェフリーズ校長先生」

校長はつかのまこの発言を検討した。「自分がどんな状況を作り出したかわかっている？」

「よくわかってます。はい」

「あなたのお姉さんも……難しい子だったわ」校長はコーヒーをひと口すすった。

「それはみんなの一致した意見です」あたしは言った。ジョーのことを伝えるべきだったけど、いまその話はできなかった。

ジェフリーズ校長は机越しに手をのばし、あたしの手に重ねた。

「公正な社会なら、行動には結果が伴うべきね」じっとあたしの目を見る。たぶんこれも、親切でリベラルな白人女性である校長が、遠まわしにこの街で起きていることを語っているってことだろう。

「そのとおりです」

「ラショーンに謝りなさい」

「はい、先生」

「書面でね」

「はい、先生……これでもラショーンを放課後残して、事務室でなにか雑用をさせるんですか？」

「残念ながら、人を殴ったのは事実よ、アシュリー」

「でも、ふだんはそうじゃないってご存じですよね……あたしは自分の間違いの責任をとりたいんです。被害を受けたのはラショーンでした。そんなことになるべきじゃなかったのに。ラショーンが罰を受けるのはおかしいです」とあたし。

「ええ、そうね……そういう大人が増えればいいのにね」

「じゃあ？」

「考えてみるわ」校長はこめかみをさすった。

「あと、ラナ・ハスキンズが困ってるかもしれません」

「それは、ラショーンが泥棒だと思ったのと同じようなこと？」

ラナはあたしを信頼して秘密を打ち明けてくれた。友だちなら、相手の秘密が自分のものになるぐらいまで口をつぐんでいることになっている。でも、伝えるべき秘密もある。ラナがあたしに打ち明けたそもそもの理由は、秘密じゃなくなってほしかったからかもしれない。口をひらくべきときもあるのだ。

「違います。あの子の腕を見てみてください。おなかもです」あたしはジェフリーズ校長に、ラナがお母さんについて話したことと、あざや傷痕のことを伝えた。

校長は厳粛にうなずいた。「わたしのところにきてくれてありがとう。そのことはこちらで引き受けるわ」

信じていいかどうかわからなかったけど、ほかにたいして選択肢はなかっただろう。

さっき言ったウエスト・サイド・ストーリーの曲で、合唱の子たちは歌っていた。「〝いいところはある！　心の奥底にいいところはある！　俺たちのなかでいちばん悪いやつにもいいところがあるんだ！〟」

あの話はそういうふうには終わらないけど、あたしがいちばん好きなのはこの部分だ。


ジェフリーズ校長と話したあと、ものすごい吐き気が突きあげた。正しいことをする代償を体が払ったんだと思う。あたしはトイレに駆け込んだ。無事個室に入ったあと、トイレのタイルをコツコツ鳴らす聞き慣れた音がして、隣に誰がいるのかわかった。あの足音なら、自分の靴音に負けずおとらずよく知っている。ふたりのあいだにはトイレの個室の幅の距離しかなかった。ついでに言うと、あたしがしでかしたことを考えればあまりにも近い。用を足し終わると、その距離は一フィートもなくなったけど、全世界を隔てているも同然だった。

キンバリーとあたしは隣同士で洗面台の前に立ち、手を洗った。一度、こっちが見ていないと思ってキンバリーは視線をよこした。一瞬目が合って、それからどっちも下を向き、途方もなく熱心に手を洗った。話はしなかった。いったん口にしたら言わなかったことにはできない言葉がある。いったんやったら取り返しのつかないことがあるのだ。

　あたしたちは黙って手を洗い続けた。一緒に過ごした過去の重みを、山ほどつめこんだ岩のように口をとざしていた。

第二二章

　ニュースキャスターたちは瓦礫に囲まれてポーズをとり、再建について話していた。いまでは、混乱にまぎれて保険金が出るのを期待して、がめつい店主がわざと火をつけた火災もあった、と言っている人もいる。

　どのニュース番組でもえんえんとくりかえされるのは——焼けた小規模なショッピングセンター、瓦礫に埋もれた街路、からっぽになった棚の列だ。そこに政治家の声が入る。人々が聞きたがっていると思うことを話し、みんなが責めたがっていそうな人やものを挙げてから、われわれはより強くなる、いっそうよくなるという言葉でしめくくる。あたしはまだ大人でさえないけど、そのあたしにすら、真実はそういうご高説の中心にあると同時に、ちょっとだけ外れたところにもあるのがわかっている。

ともかく、今年は選挙の年だから、どの政治家も直接被害を見にきた。ぴかぴかの革靴で破壊された跡を歩き、ロサンゼルスのどこに問題があって、自分の党がどうやって正していくか、あるいは相手側がどう間違ったのか力説した。ビル・クリントン州知事が訪問する予定だから、カッツ夫妻は喜ぶだろう。

州兵は引き揚げていくところだった――軍と海兵隊もだ。あたしたちはまるで、ボクシングの試合でノックアウトされて、意識が戻ったらあらためて自分の位置を確認しなきゃいけないような状況だった。この街の誰もが、いったいどうやってもう一度立ちあがったらいいのか首をひねっている。

ときどき、あたしは銃身を見おろしている悪夢を見る。

あんな経験をしたから、ラショーンも悪夢を見るのか、ああいう恐怖を感じながら目を覚ますことがあるのか訊いてみた。警官に銃を向けられたのはあれがはじめてじゃないし、たぶん最後でもないってラショーンは言った。

「慣れるんだよ」と溜め息をついた。「いや、慣れねえかもな……でも、そういうことはある」

ジョーは木の羽目板を張った小さな部屋で、裁判官と向かい合って座っていた。建物の管理人が外のリノリウムの床をきしませてカートを押していった。あたしのかわいい服はちくちくした。ジョーの靴は少し大きすぎた――足が前にすべるから、かかとのほうに押しつけて履き直している。まっすぐに整えた髪は後ろにひっつめてバレリーナ風の上品なお団子にしてある。別に整形する必要もないけど、そのせいでフェイスリフトをしたみたいに見えた。あの髪形はジョーをずっときれいに見せるけど、きびしい印象も与える。

裁判所のセキュリティをくぐりぬけると、犯罪者じゃなくても、ちょっとそんな気分になった。内部の色調はどれもどんよりしていて、蛍光灯のきつい光のせいでみんな黄色っぽい顔色に見え、なんとなく自信がなさそうだった。金属探知機を通り抜け、薄暗い照明のもとでまた集まる。両親とジョーが弁護士を待ってるあいだ、あたしは人の行き来をながめていた。

見えたのはこんな人たちだ――こわそうな感じ。警戒してる感じ。急いでる感じ。安っぽい感じ。すごく不愉快な感じ。退屈そうな感じ。おびえてる感じ。日曜学校用の服や子ども用スーツを着て、大人にしがみついてる子どもたちまで何人かいた。なんでこの子たちが中にいるのか考えたくない。あたしはキャロルおばさんがここに毎日出入りしているところを思い描こうとした。誰かの人生最悪の日のひとつになるような決断を、次から次へと下している様子を。

キャロルおばさんはいつもママに威張り散らすってママは言うけど、あたしたちがおばさんに会う機会はまずないから、ほんとうのところは知らない。そもそも会うほど近くにさえいないのに、どうして威張り散らせるのかわからないし。でも、何日か前にキャロルおばさんは、現実にはどうすることもできないってジョーに言った。今回は無理だって。

キャロルおばさんといとこのレジーが短時間家に寄って、おばさんの言う〝ジョーの選択肢〟を検討したけど、どれもいまいちだった。レジーはこの前会ったときからやせてて、かっこよくなっていた。いかにも最近かっこよくなった男の子らしく、得意げな顔をして、たいして必要もないのに筋肉を動かしてみせる。ジョーがどうなるか話し合っているときでさえ、体をほぐしながらテーブルに映った自分の影に目をやっているのがちらっと見えた。

「これはほんとうに重大な犯罪よ」キャロルおばさんは言い、嘆息した。

「でも、レジーのときのことはどうなの?」耳を貸すことを拒むように、ママがくりかえした。

名前が口にされたので、レジーが自分にみとれるのを中断してちらっと視線をあげた。「あれはほら、せいぜいコカイン一オンスだったし、おれはほんとに友だちのために持ってたからさ」

レジーは、クラスの成績の分布曲線をだいなしにしてやったって自慢するようなやつだ。そもそもどうやってパーティーに招いてもらったのかさっぱりわからないし、まして友だちなんているとは思えない。キャロルおばさんが息子をにらみつけて黙らせた。

おばさんは崖っぷちがどこなのか知らなくて、慎重に避けながら妹と姪に近づこうとしてるみたいにそろそろと室内を歩きまわった。

「その話は違うわ。今回の話はおおごとよ。わたしの力でもみ消すことはできないの」おばさんはジョーの向かいで立ちあがった。「やってはみたの、ほんとうよ」

「じゃあ、どうなるってこと?」ジョーはたずね、キャロルおばさんは自分では言いたくないって思ってるみたいに目をそらした。


ジョーによると、こういう経緯だった。

長時間勤務で疲れたハリソンがソファでうとうとと眠り込んだとき、ジョーはスプレー缶を持ってこっそり抜け出した。どこへ向かってるのかもよくわからないまま進みはじめた――ただ自分はここにいる、向こうへ行かなければという気持ちだけで。歩いていると、遠くで壊れかけた小規模なショッピングセンターの前に少し人だかりがしているのが見えた。年輩の男の人が近づいてきた。小さな買い物袋をふたつ重そうにぶらさげて、ちょっとよろけていた。その人はジョーを上から下までじろじろ見て言った。「あっちへ行かないほうがいいぞ、嬢ちゃん。あんなことに参加したくないだろう」でも、何ブロックも離れていても、その集団の脈打つ振動が伝わってきた。ジョーの友だちは抗議活動をやめてしまった。効果がない――あれは狂気だって言って。(知るもんか)とジョーは思った。抵抗は終わりかけてるけど、まだ完全に息の根が止まったわけじゃない。あれこそ自分が行く必要のある場所だ。

群衆はミツバチの群れみたいに動き続けていた。渦を巻いて集まっては散り、攻撃のためにまた集結する。ジョーはどうしていいかわからず、端のほうにとどまっていた。ふいに、手にしたスプレー缶がすごくばかばかしくて無駄なものに感じられた。なにしろ、若い男たちの一部はガラス瓶を持っていたのだ。引き裂いた古いTシャツの切れ端があらかじめ配られていて、誰かが灯油をかけた。あと必要なのはマッチかライターだけだ。仲間うちで探すと、茶色い手が勝ち誇って現れ、コンサートか徹夜のデモみたいに小さな炎を空に掲げた。最初に出てきた若い男はがっちりした長い腕で、ズボンの裾を足もとにひきずっていた。さっととびだしたとき、ズボンを踏んづけそうになって勢いをそがれたぐらいだ。男はウエストバンドを片手でつかむと、さささやかな火をコンクリートの駐車場に投げ込んだ。

若い男が何人か罵声を浴びせかけられてとびのき、二、三人が逃げ出した。それでも、ほかの連中は『くまのプーさん』のティガーみたいに元気いっぱいにつまさきでとびはねている。まるでスニーカーにばねがついてて、ロゴマークのスウッシュが"Just Do It《とにかくやってみろ》"ってけしかけてるみたいだった。

「ぼくにやらせてよ」いちばん小さい子はどう見ても誰かの幼い弟で、かろうじて連れまわされてる感じだった。

「おい、そいつにやらせろ」仕切っている若い男はいちばん小さい子とそっくりだった。ただ少し肌の色が薄くて、もっと年上で、二本の編み込みにした髪が肩までたれている。左頬に小さいけど目立つ傷痕が走っていた。

ジョーは年下の男の子が野球場にいるみたいにふりかぶって投げるのをながめた。決め球だ。瓶が命中して窓が割れ、砕けたガラスが雨あられとふりそそいだあと、火の手があがった。炎が夏の陽射しみたいにじりじりと顔をあぶるのがわかった。

警察より集団のほうが大勢いたけど、そんなことは関係なかった。警官の波が人の群れをどっと押し流した。背中や四肢や頭を警棒で殴りつけ、手や足をつかんで、「かがめ、伏せていろ」とライフルを向けてどなった。

伏せていろ。

警察の犬が吠えたてた。

「でも、あたしはなにもしてないのに」ジョーは言いながら、体が地面にどさっと倒れ、口の中にしょっぱい血の味が広がるのを感じた。前歯のかなりの部分が歩道に落ちるのが見えた。

法廷ではルシアがあたしの隣に座り、くるぶしの位置で足を組み、一度も話してくれなかった記憶を思い返しているかのように目を閉じていた。ハリソンが着てるのは、うちの親が買った、法廷にふさわしいオーダーメイドの紺のスーツだ。ジョーはほとんどずっと、まっすぐ前を見つめていた。

「無罪です」姉が罪状認否をしているとき、ママがあんまり強く手をつかんできたので、指を一本くじいた気がする。

それから、あたしたちは外に出され、法廷は次の事件に移った。


あちこちまわり道をして帰る途中、ジョーが吐くために車を止めたとき以外は、みんな比較的静かにしていた。家に帰ると、ジョーは上に行って横になり、ハリソンは仕事に行かなきゃならなくて、パパは仕事部屋にひっこんだ。両親は裁判のあいだうちに泊まるようにジョーに頼み、驚いたことにジョーは承知した。正直、ママとパパが少し恐れていたのは、ジョーが自傷行為に走ること、シャーリーおばあちゃんみたいに死ぬことだったと思う。ともかく、パパはいままではペレット銃を隠してしまった。ハリソンは建設の仕事に出かけていった。あとで妻の様子を見にきたときには、汗のにおいがして泥だらけで、すぐにでもジョーを支えて立ち直るのを助けてくれそうな、頼もしい雰囲気だった。ルシアは夕食を作りにキッチンへ姿を消し、残っているのはハイヒールとストッキングを勢いよく脱ぎ捨て、リビングを歩きまわっているあたしとママだけになった。ママは高級なツイードスーツのジャケットをソファにほうりなげた。

「シャーリーおばあちゃんになにがあったか知ってた？」

ママはつかのま動きを止めた。「全部じゃないけれど、少しはね。心構えができたとき、パパが話すことだと思っていたの。わたしじゃなくて」

あたしはうなずいた。ママはソファのあたしの隣にどさっと腰をおろし、足をもみはじめた。いつでもハイヒールをはいてるから、小指の脇がぽこっとふくらんでいる。足の爪は濃い赤紫色で、とれかけた口紅の色と同じだった。小さいころ、ママのことをものすごく背が高くて、巨人かスーパーヒーローみたいだって思っていた――いまでは、多少背が高いだけで人間だって知っている。

「いろいろ考えさせられるわね」ママが言った。

「うん。シャーリーおばあちゃん、ほんとうにかわいそう。それにパパ……」

「お父さんもたいへんだったのよ……」

あたしは身をかがめてママの足を手にとり、さすりはじめた。ママはソファにもたれかかって目を閉じた。

「もう友だちや学校の話をぜんぜんしないのね。前はなんでも話してくれたのに……」と言う。

「ちっちゃかったからね。ちっちゃい子っていっぱい話すじゃん」

「このままトレヴァーのご両親から電話があったのよ」ママは目をあけてこっちを見た。「あなたがプロムのとき車を盗んだって」

「もう会場にいたくなかったの」あたしは言った。

「どうして？」

「込み入った話なんだけど」

ママはあたしを理解しようとするかのように、じっと視線をそそいできた。

全部話してもいいけど、理解してもらえるとは思わない。それとも、理解してくれるんだろうか――あたしにはわからなかった。

心の声が聞こえたみたいに、ママは手をのばしてあたしの顔から髪を払いのけると、両手でそっと顔をはさんだ。「わたしたちはふたりとも、お互いのことがわかっていないのね。でも、いつかそんな必要はなくなるかもしれないわ」

「うん……そうだね……」なんて返せばいいのかよくわからなかったけど、あたしは身を引かなかったし、ママも離そうとしなかった。

「あなたたちになんでもあげたくて、わたしたちはほんとうに一生懸命働いたわ……どんなものからも守ってあげたくて……ひょっとしたら、働きすぎたのかもしれないわね。自信がないわ。世間は黒人の子どもたちを長いあいだ子どものままにしておいてくれない。あなたたちにはなるべく長く子ども時代を過ごさせてあげたかった。わたしたちは守ろうとしただけ、あなたたちを失うつもりなんて決してなかったわ。パパとわたしは両方とも、必要以上に早く成長したの。ふたりとも、別々の形でね。わたしの言っていることがわかる？」

指先から内心を伝えようとするかのように、あたしの頬に手をそえてくる。

「たぶん」

ママはもっとなにか言おうとするかのように間をおいたものの、かわりに深く息を吐き出した。まるで、あたしが生まれてからずっとその息をひそめてたみたいに。


ママは本棚のところへ歩いていって、写真のアルバムを引き出した。「パパとわたしで思い出帳《イヤー・ブック》を作っていたの。驚かせるつもりだったけど、この一枚は見てほしいわ」

一枚の写真をひっぱりだす。すごく見覚えのあるおしゃれなガラスの建物の前に、うちの家族がいる。その中で、ママは片腕にぽちゃぽちゃした赤ちゃんのあたしを抱き、もう一方の手でジョーの手を握っていた。ジョーはママを見あげていて、カメラのほうを向いたあたしはよだれまみれだった。

「これはわたしがはじめて主任建築士を務めた建物よ。あなたがおなかにいるときに始めて、完成できないんじゃないかってこわくてたまらなかった。会社で最初の、しかもたったひとりの黒人女性で、おまけに若かったから、それでなくとも破格の待遇だったの。わたしがその地位にふさわしくないと思う人もたくさんいた。妊娠してることを伝えたら、このプロジェクトをほかの人に譲ることになるだろうと思ってね。完成するまでずっとおびえていたわ。ある時点では、プロジェクトから外されるような恥をかくぐらいなら、自分からやめたいと思ったぐらいよ。でも、あなたのおかげでがんばれたの――わたしは自分に対してなにかを証明したかったけれど、同時に娘たちにもそれができることを示したかった。いつかあなたにもできるかもしれない。きっとできるって。あの日、車であそこを通りかかったのよ、憶えている?」

子どものころ、みんなでリバーサイド郊外のフルパマウンテンズ・ディスカバリーセンターってところに校外学習に行った。あたしはすごくわくわくしていた。校外学習っていうのは、スクールバスに乗って、プラスチックのパックに入ったクラッカーとチーズとハムのセットやフルーツロールアップみたいなジャンクフードを食べて、バスみたいにあざやかな黄色の箱に入ったHi-Cを飲めるってことだからだ。うちの学校は、毎年保護者に規定の時間数のボランティアを求めているので、パパとママはくじを引いて、ママが勝つか負けるかした。みんながぞろぞろバスに乗り込みはじめたとき、ママはあたしの隣に座りたがったけど、あたしは友だちと一緒にいたかった。だからママは、やっぱり生活のために働いているナンシー・チャンのお母さんの隣に行った。目的地に到着すると、あたしたちは埃だらけの中を駆けまわって、発掘された恐竜の骨にさわった。あたしはお土産屋さんで、地中深くから掘り出されたきらきら光る色つきの水晶を買った。

帰り道のバスでヘザーとあたしが馬の話をしてたとき、ママが通路を歩いてきて、脇に膝をついた。

「見て、アッシュ!」と言うと、昂奮した様子で窓の外の高くてぴかぴかの新しい建物を指さした。「あれはわたしが設計したのよ。あの建物はわたしの仕事のひとつよ!」

あたしはちらっとそっちを見た。

「かっこいい」と言う。

ママは一瞬、ほかになにか言うだろうとを待ち受けた。でも、それ以上反応がなかったので、ナンシー・チャンのお母さんのほうへ戻っていった。あたしはヘザーのほうへ向き直り、フルーツロールアップを口にくわえて、舌みたいにだらっとたらした。

あのときは、あれがママにとってそんなに大事なものだったなんて知らなかったのだ。知ってたらよかったのに。

「憶えてる」あたしは言った。

ママはあたしの手をとって、クリスマスみたいに顔を輝かせた。

「あなたはなんだってできるわ、アシュリー。どんなものにだってなれる……でも、まずトレヴァーの車の修理代を自分で払わないとね……夏にアルバイトでもして……」笑い声をあげる。

「ホットドッグ・オン・ア・スティックでまたバイト募集してるか見てみようかな。まだ家のどこかに帽子があるし。返すの忘れてて」

「あなたがあそこで働いていたのを忘れてたわ……わたしの最初の仕事が軽食レストランだったって話したことがあった？」

あたしは首をふった。

「ロバート・ケネディ[★101]が死んだ夏だったわ。仕事先の女の子が家でのパーティーに呼んでくれたの。その子のことはあんまり好きじゃなくて、うっとうしい子だと思ってたけど、好きな男の子がそこに行くことになっていてね。みんな酔っぱらって、その子が降霊術用の文字盤を持っていたから、ロバート・ケネディの霊と話そうとしたの」

「なんて言ってた？」

「〃やあ〃 それだけよ。〃やあ〃 だけ」ママは笑い出した。

いつかヘザーの家で文字盤で遊んだことがあって、ヘザーのおばあちゃん《バッビー》が亡くなったあとに呼び出そうとしたんだけど、バッビーがなんて言おうとしてたのかは結局わからなかった。文字を示す道具が動き出したとたん、みんな悲鳴をあげて部屋から逃げ出したからだ。

「ママの好きな子はどうしたの？」

「どうもしなかったわ」ママはまた笑った。「わたしは内気すぎて……それで、プロムでなにがあったの？」

「キンバリーがあたしのことニガーって呼んで、学校全員の前でプールに突き落としたの」

「なんですって？　どうして？」

「男の子がらみで」あたしは間をおいてから続けた。「あたしがやっちゃったの。取り返しのつかないこと」

それ以上訊かれないことを祈った。そのかわりにママは黙り込んだ。なんだか心が折れかけてるみたいだった。ふだん巻き毛を完璧なスタイルに整えてジェルで押さえているとすれば、今日はちりちりでほつれている。心労でファンデーションが崩れていた。先にルシアに話さないでママに自分のことを打ち明けたのは、ずいぶんひさしぶりだってふと思った。

★101 米元大統領ジョン・F・ケネディの実弟で政治家。六八年に暗殺される

「小さいとき、あの子とプールでなにがあったか憶えている？」

「うん」

「あのとき、間違っていたかもしれないってパパと考えたの。あの学校に入れたこと。あの場所であなたを育てたこと。自分の子どもにはよりよいものを求めるわ。どっちがいちばんよかったのかわからない。わたしたちはいつでも、あなたたちのために最善と思うことをしようとしてきた。いつでも、なにもかも、あなたたちのためだった」

許しを乞うような口調だった。でも、まだいくらか言い訳がましい感じがする。

「ありがとう」あたしは言い、ママはうなずいた。あたしは階段をあがりはじめたけど、てっぺんに着く前にふりかえった。「怒ってないの？」

「あなたが間違えたことより、あなた自身のほうが大切よ」ママは答えた。その瞬間、ほんとうはあたしに言っているわけじゃないのがわかった。


「ねえ、パパ」

パパは仕事部屋で書類の山と革表紙の参考図書数冊に囲まれて座っていた。つめこみすぎのフォルダーがいくつか机からすべりおちそうになってたから、落ちて悲惨なことになる前に急いでつかむ。

「ほんとうに、近いうちにもっと整理しないとな」パパは眉毛の上をかいた。

「ほんとに、ルシアがいなくならないうちに手伝ってもらうべきだよ」

「ルシアが片付けたら、なにがどこにあるかわからなくなりそうだ」パパが笑うと、安売りの老眼鏡が顔からちょっと持ちあがってずりおちた。

あたしはパパの本棚にある本に片手を走らせた。国際会計や金融取引、移行経済に関するグローバルな視点、なんとかかんとか、数字、数字。（人間より数字とつきあうほうが楽な人もいる）とあたしは思った。それでも、数字の背後には必ず人間がいる。

「シャーリーおばあちゃんのこと、かわいそうだった」と言う。「もっと前に話してほしかったな」

パパはレンズの上からあたしをのぞくと、老眼鏡を外した。「私の人生は、おばあちゃんの身に起きた悲惨なこととともに生きてきた日々だった。そのあとは、ニュースの中におそろしいできごとがあったしな。私たちは子ども時代の真っ最中に、家に帰りながら、平等でありたいと望んだ同年代の人々がホースで追い立てられ、人々が教会を爆撃して、小さな女の子たちを殺した余波を目にした。当時の私より幼かった子たちだ……」

書類のフォルダーがついに床に落ちたけど、パパは駆け寄って直そうとはしなかった。

「お姉ちゃんが生まれたとき、腕に抱いて、世間がこの子を傷つけないようにするためならどんなことでもしようと思ったよ。おまえのときも同じだ。あんな記憶を持たせずにおまえたちを育てたかった。恥じているわけではないし、おまえが恥じるべきだとも思わない。その恥をかかえるべきなのは私たちではないからだ。ただ……あの重荷に悩んでほしくない、と思ったのだろうな」

パパは話しながら腕をのばしてあたしの手を握った。あたしは小さな子どもに戻った気がした。最後にこんなふうにしがみついたのはいつのことか思い出せない。パパはよく、生まれたてのとき、おまえはあんまり小さくて片手でかかえられるほどだったって言っていた。

「私はおまえたちに幸せになってほしかった。気楽に育ってほしいとさえ願った」とパパ。

「そうなってるよ、ときどきは。あたしたち……」

悲しみや不安の中にあってさえ、どこかすぐ近くに小さな喜びがある。

「ほら、山火事のあいだ、みんなであの体育館に避難しなくちゃならなかったでしょ。あのときのジョーとあたし、憶えてる？」

パパは笑い出した。

あのときは鹿が四頭校内を行ったりきたりしていた。例の赤ら顔の消防士からこの場所は安全だって教えてもらったけど、まるで鹿たちまでどうしたらいいかよくわかってないみたいに。外には煙がたちこめ、オレンジ色の網戸となって太陽そのものを囲んでいる。鹿たちは校内を走り抜けることも損害を与えることもなかった——むしろ同じように避難している身で、人間からも火からも離れ、校庭のいちばん隅にかたまっていた。大勢の子どもたちがこっそり近づこうとしたけど、大人たちに襟首をつかまれて引き戻された。

「ほうっておきなさい」と言われたものだ。

体育館自体の中にも、子どもがちょっかいを出せる動物はたくさんいた。ジョーとあたしはネズミ《ラット》って名前の臆病なモルモットと遊んだ。うちから三ブロック離れたところに住んでた体の弱い女の子が飼ってたペットだ。体が弱かったわけじゃなくて、アレルギーだっただけかもしれないけど、その子についての思い出はおもに、咳をしていたことと、しょっちゅう洟を拭いて、ピンクの袖にねばねばの黄色い汚れをつけていたことだ。ときどき青い吸入器をとりだして、それが命のみなもとみたいに吸ったり吐いたりしていた。それはともかく、ジョーとあたしはペットがほしいってさんざんねだったけど、飼わせるほど信用がおけないって両親に言われていた。それに、あたしたちのペットの後始末をルシアにさせるのは不公平だって。モルモットのラットの毛なみは、飼い主の子が〝ジョー用の長さの毛〟って言ってたもので、それはつまり、犬のシーズーに似てるってことだ。体の弱い子が見守るなか、あたしたちはラットの毛をシーズーみたいに二本のふんわりしたおさげに編んだけど、すぐほどけてしまった。

ジョーは身をくねらせるラットをそっと持ちあげて明かりにかざし、両親の前で宣言した。

「あたしたち、こんなに上手に世話してあげるからね」

あたしは熱心にうなずいた。

パッツィー・クライン[★102]の「クレイジー」[★103]が夢見るような響きでラジカセから流れてきた。子どもはペットからペットへと走りまわり、観客席を上り下りした。ジョーとあたしは近くに住んでて知らなかった子たちや、そのペットと仲良くなった。犬たち、二、三頭の山羊、アストリッドって名前のミニチュアホースまでいて、べちゃべちゃした体育館の床に緑の干し草のま

★102 カントリー・ミュージック歌手
★103 一九六一年のヒットソング

じった糞をしていた。あたしたちはこの冒険にわくわくして、声のかぎりわめきながら駆けまわった。まるでこの全体が大きなお泊まり会みたいだった——自分の家がおもちゃごとなくなるかもしれないなんてことは、すっかり忘れていた。

夜にはずらっと並んだ緑の折り畳み式ベッドで眠った。小学校に入ってない幼児か、でなければ兵士みたいに。

翌朝、消防士が演壇に立ってスピーカーで発表した。「火が消えました。いつもの生活に戻っても大丈夫です、みなさん」

そうやって、あっという間に終わった。あたしたちはつまずきながら陽射しの中に出ていき、家に帰って、いつもの生活がどの程度残っているかたしかめた。

主として憶えているのは、あれだけ大勢いろいろな人たちが一か所に集まった音だ——お互いの面倒を見て、呼吸して、いびきをかいて、存在している。みんながひとつの大きな心臓になったみたいに。

「でも、うちに帰りたくない！」ジョーはアストリッドに最後のニンジンをやりながら駄々をこねていた。「こんなに楽しいのに！」

パパはその記憶に声をたてて笑い、両手を頭の後ろで組んでオフィスチェアにもたれた。昼寝から起きて目をしょぼしょぼさせながら、ジョーが入口に現れてのぞきこんだ。「ふたりして、ここでなにを笑ってるの？」

「あんたの顔」とあたし。

「うるさい」とジョー。

パパがあたしたちふたりを見てにやっと笑った。「おお、わが美しき娘たちよ!」

メディアや政治家は、暴動のあいだその場にいた人たち全員に〝凶暴〟とか〝手に負えない〟とか〝チンピラ〟とか〝悪党〟とかステレオタイプなレッテルを貼って、〝本物のアメリカ〟の代表じゃない〝底辺の連中〟だってずっと決めつけている。

でも、ジョーは現場にいたし、そんなのはぜんぜんあてはまらない。もしジョーが違うなら、そこにいたほかの人だって、少なくとも一部はそんなものじゃないはずだ。うちの姉はやさしくて親切で、思いやりがあって頑固で繊細だ。一方で、衝動的だし、憤慨して頭に血が上ってもいるからだ。どっちかっていうと、ジョーがあそこにいたのは価値観のせい、人のことを気にかけすぎた。あたしは世界を理解しようとして、ジョーが置いていった本をたくさん読んだ。歴史や公民権の本、学校で使ってた教科書なんかを全部。姉は間違ったときに間違った場所で間違ったことをしたけど、もしかしたら動機のいくらかは正当なものだったかもしれない。だって、すでに倒れてる人を複数の人間が叩きのめして、脳を損傷させるなんていけないことだ。まったく同じ犯罪を、肌の色のせいで違うふうに起訴するのは筋が通らない。個人で島を買える人がいる一方、外の地面で寝る人がいるのはおかしい。外国の政権を倒す戦争の資金にするために、わざとドラッグで貧しいコミュニティを破壊するのは根本的に間違っている。三〇年足らず前にようやく公民権法が制定されたとしても、何世紀にもわたる富の不平等、利用する権利の不平等、学校教育の不平等、生活環境の不平等、警察の不平等を帳消しにすることはできない。半分の人がそもそもブーツを持ったことがなくて、手に入れる機会さえなかったとすれば、ブーツの紐でひっぱりあげろ《自力でがんばれ》なんて言えるわけがない。繁栄している黒人の町がまるごと焼き払われるのを見逃して、都合よくそのことを忘れたりしたらなおさらだ。問題は〝悪い〞連中だけじゃないかもしれない――この制度全体かもしれないのだ。

だって、この国であたしたちはそんなものじゃないはずだ。あたしたちが誰だとしても。もっといい状況になれるはずだ。自分が目立たないとか無力だとか感じてると、ほんとうにばかげた真似をしてしまうこともある。だからって正当化できるわけじゃないけど、せめて少し理解しようとしてみてもいいんじゃないだろうか？

暴動の件で、あるロサンゼルスから別のロサンゼルスへと焦点が移ったものの、よく見れば全部同じ写真の一部分だったようなものだ。前からずっとそうだった。ヤシの木《パーム》とペイン、勝利《トライアンフ》とトラウマ――あたしたち全員がひとつの巨大な脈打つ心臓だ。〝本物のロサンゼルス〞。〝本物のアメリカ〞。

ロニーおじさんが言ったとおりだ――これはあたしたちの歴史で、あたしたちの血脈で、骨の髄にしみついている。

〝新しいスタートなんてないさ〞とおじさんは言った。

第二三章

真っ黒に腫れあがった片目を細めて、ラナはこっちを見た。そのあざを目にしたとき、あたしは暴力に動揺して、なんだかくらくらしてしまった。無意識に片手を出してさわろうとしたら、ラナにさっと手首を強くつかまれた。玄関前の階段に座り込んだ猫のシー＝ラが、期待をこめて顔をあげた。まるでテレビで『ジェリー・スプリンガー・ショー』★104に出演してて、この雌猫に「やれ！　やれ！」ってけしかけられてるみたいだ。

「あんた、話したでしょ」とラナ。

「うん」

「ばか野郎」

猫が戸口のせまい隙間をすりぬけた。通りすがりに尻尾でバシッとひっぱたいていったのが、わざとだったのかどうかは判断がつかなかった。親しみをこめた「やあ」とか、でなきゃ「うっ」とかだったかもしれないし、そもそもあたしがここにいることなんて気にもとめてないのかもしれない。（猫ってティーンエイジャーの女の子そっくり）とあたしは思った。

「心配だったから」あたしは言った。

「あとたった二、三か月だったのに」

★104　一九九一～二〇一八年に放送された視聴者参加型のトーク番組

「そのあとどうなるの？」

「知らない。家を出たと思う。ここを離れるとか。なにかしたよ」

「ふたりで話せない？　お願い」

「あんたと話したくない、アシュリー」

「ねえ？　これ以上友だちをなくしたくないの。お願いだから」

よっぽど憐れっぽく聞こえたんだろう。ラナはいくらかドアの隙間を広げて、あたしをじろじろながめまわした。

「あたしたちが友だちだなんて、誰が言ったわけ？」入れてくれながら言う。安ジーンズをはいて、男物のVネックのアンダーシャツを着ている。くしゃくしゃの髪に赤いハンカチを巻いていて、ちょっとアクセル・ローズ[★105]みたいだった。あたしはラナのあとについてファムとブラッドの家を通り抜け、裏庭に出た。外にはダンボール箱がいくつかあって、油性マーカーの印をつけた荷物の重みでゆがんでいた。

「引っ越しするの？」

「パパのとこにね」ラナは裁判で父親に緊急の一時的な親権が与えられたことを説明した。

「通りの先にいるんじゃなかった？」

「外国にいるのとおんなじだよ」とラナ。

トランポリンはばらばらになって芝生の上に置いてあった。金属の柱の束と円形に張った生地って、なんて脆いんだろうってあたしは思った。まるで小さな世界だ。たったこれだけで人が空を飛べるのに。

「ママは刑務所に行くかもしれないよ」ラナが言った。「自業自得かもしれないけど、それでもあたしのママなんだよ、わかってる？」

「うちのお姉ちゃんも刑務所に行くかもしれない」あたしは舌をかんで涙をこらえた。

「なんで？」とラナ。

涙が盛りあがった。ジョーが逮捕されて以来、夜ぐっすり眠ったことがない。

「大ばかだから」あたしは涙をこぼしながら言った。「大っ嫌い」

「違うね」とラナ。「あたしがママを嫌いじゃないのと一緒だよ。嫌いになるべきかもしれないけど」

一瞬言葉を切ってから、あたしの手をつかむ。それから、下の地面に腰をおろした。

「座って」と言う。

あたしたちは手足を広げ、芝生の上に体をのばした。ちっちゃな虫たちが指先でもぞもぞ這っている。ダンゴ虫がラナの手からあたしの手に動いてきた。頬に緑の芝の細い葉を感じる。

「目をつぶると、体の下で地球がまわってるのが感じられる気がするよね？」ラナが言った。

「うん」

「最初はびっくりする。それから、あたしたちはこんなにちっぽけで、世界はすごく大きいって思い出すんだよ」

ジョーのこととなんの関係があるのか、一〇〇パーセント理解したとは言えない。でも、わかったような気もした。ふたりで静かにそこに寝そべっていると、やがて猫がラナにとびのり、脚に体をこすりつけはじめた。

「やめてよ、シー＝ラ」ラナは猫を押しのけた。

「あんたの猫って、ほんとに発情した犬みたい」あたしは笑い声をたてた。

「ばかじゃないの」ラナは言ったものの、そのあと鼻を鳴らして笑った。

「ジュリアの教会の人たちとサウスセントラルに片付けの手伝いに行く予定なんだけど。一緒に行きたい？」

「ちょっと、あんたが地域に貢献するなんて！　行きたかったけど、あたしは引っ越しがあるから」

ラナのお父さんだろうと思う男の人が裏庭の柵越しにのぞきこんできた。砂漠の人らしい褐色の肌で、あざやかな緑の目をしている。短く刈った髪は先がくるくる巻きはじめていた。大部分はお母さんに似てるけど、ラナの口は間違いなくお父さん似だ。大きくて温かみがあって、粒ガムのチクレットみたいな歯が並んでいる。お父さんはたくさんの砂粒みたいな響きの言葉で呼びかけてきた。ラナは立ちあがって英語で応じた。

「あんたって白人だと思ってた」あたしは言った。

ラナは声をたてて笑い、あたしをひっぱって立たせた。

「〝黒人だろうが白人だろうが関係ねえ〟★106」ラナはせいいっぱいマイケル・ジャクソンの真似をしたけど、正直、かなり下手くそだった。

シー＝ラが喉を鳴らして同意した。

　黒人の子たちはものすごくよくしてくれたけど、向こうにも前のあたしたちみたいに、仲間うちでずっとつきあってきた歴史があるから、強引に入り込もうとしている気分にさせられた。キンバリーとコートニーとヘザーとあたしは何年も内輪の冗談を言い合ってきたし、長年の経験から、ほんのわずか眉をあげたり、ぴくっと顔の筋を動かしただけで、お互いに通じ合っていた。新しい友だちに関してはそういう合図をひとつも知らないし、そもそも新しい友だちと思ってくれているのかどうかもわからない。

「あーあ、すっげえ車がほしいぜ」ふとっちょアルバートが言った。歩きながらぜいぜい息を切らしている。ほんとうに、もう本名のパーシーってよばないと。

「あんたもあたしもね」とタレル。

　ジュリアとタレルの青年会のボランティアが終わったあと、キャンディスが全員を家に招いてくれた。ほんの数ブロック先に住んでいたからだ。ジュリアとタレルとパーシーとラショーンとあたしはキャンディスの家まで歩いた。ビニール手袋のせいで手が汗まみれだったし、シャベル

★106　マイケル・ジャクソンの楽曲「ブラック・オア・ホワイト」の一節

の取っ手でたこができていた。ジョーから借りたティンバーランドのブーツのおかげでひどいまめができたから、血でぐちゃぐちゃになりそうで、一歩ごとに地雷を踏むみたいにはらはらした。今日はこれまでの肉体労働を全部合わせたよりたくさん動いたと思う。それでも、瓦礫の下にきれいなものを捜すって作業は、どこかわくわくした――希望さえ湧いてきた。

もっとも、そういう気分になったのは、なんとなくラショーンとふたりになって、ほかの子たちから遅れてたせいかもしれない。たまに手が触れ合っても、お互い離れようとはしなかった。ほんとうなら嫌われてもおかしくない――どうしてラショーンがそう思わないのか本気でわからないけど、ありがたかった。時として人は、憎むべき人を愛し、愛すべき人を憎む。まったくめちゃくちゃだけど、パパがちょっと飲みすぎたときにかけたがるレコードの曲みたいに――〝愛と憎しみは紙一重だ〟

「ほんとにあたしが行ってもいいの？　迷惑になりたくないんだけど」とラショーンにささやく。

「実はあたしのこと好きじゃないのに、ほら、人種的な連帯とかで親切にしてくれてるんだったら？」

「はあ、なんだって？　人種的な連帯？」

「わかんない」あたしは肩をすくめた。

「みんなあんたのことは好きだろ」とラショーン。

「それ、どう考えても違うよ、わかってるくせに」とあたし。

「まあ……そうだな」ラショーンは笑った。「けど、おれは好きだし、あいつらはおれの仲間だ。

平気だよ」

歩いていると、ランチェラ★107の曲が別のブロックから流れてきた。

「なあ、おれたちはここの人間じゃねえって扱いだろ。たんなる悪党か不法移民で、いねえほうがこの街はよくなるってさ。けど、おれたちがこれを築くのを手伝ったんだ。おれたちが起源なんだよ」

「また始まった」キャンディスが言った。「このニッガ、どこへ行ってもロサンゼルスに片想いしてるみたいにしゃべりまくるんだから。『ロサンゼルスのこれを知ってるか？　ロサンゼルスのあれを知ってるか？』ってね」

ラショーンはその台詞を無視して話を続けた。

ロサンゼルスを最初に築いた四四人のうち、白人はふたりだけだった。二六人はアフリカからきた祖先を持っていた。一六人はインディアンかメスティーソだった。

その中でも裕福だったのは、アンドレス・ピコとピオ・ピコの兄弟だ――ネイティブアメリカンと黒人とメキシコ人の血を引いていた。ピオ・ピコはやがて、アメリカ合衆国の一部になる前のアルタ・カリフォルニアの知事になる。アンドレスはカリフォルニアがアメリカの州になったあと、最終的に上院議員になった。アンドレスの息子の家は、ロサンゼルスで二番目に古い邸宅だ。

★107　メキシコの伝統音楽

ピコ通りは海風の吹くサンタモニカから、スモッグの歴史を持つダウンタウンまで、街を横断して走っている。この道はサンタモニカ高校、ウエストサイド・パビリオン、フォックススタジオ、閉鎖的なカントリークラブ、トレランス博物館、全米レコーディング芸術科学アカデミー、ロスコーズ・チキン&ワッフルズを通りすぎていく。貧しい地域と裕福な地域とその中間の地域を通過し、有名人とただの人、黒人、メキシコ系、ペルシャ系、ギリシャ系、ユダヤ系、韓国系、そのあいだのありとあらゆる人々を通り抜けて。三〇番のバスに乗って座席に腰を落ち着け、汚れた窓の外を見れば、ニガーの名前を持ったたった一本の通りにさえ、ロサンゼルスのすべてがあるのだ。ギャングのサインや悪口や、刻み込まれた愛の告白の背後に。

そして、あたしたちの前にはトングヴァ族★[108]がいた。

ラ・ブレア通りとピコ通りのかどに、炎上したショッピングモールの焼け跡がある。その隣の白い煉瓦の壁に、誰かが黒いスプレーで〝なにを生み出したか見てみろ〟と書きなぐっていた。

「おれが言ってるのはただ、この街はほかの誰にも負けずに、おれたちのものだってことさ」ラショーンが言った。

「そんなこと歴史の授業なんか聞かなくたって知ってるって。あたしたちを見なよ。ここにいるあたしたちを」キャンディスがあたり一帯と空を示した。ロサンゼルスだけじゃなくて、全世界があたしたちのものだって言わんばかりに。

キャンディスの家の玄関前の階段には、スペイン風に見えるタイルが敷いてあった。通り道にあざやかな黄色い花が並んでいる。窓に先の尖った金属のゲートがあること以外は、小さいけどかわいい家だ。大きな青い鼻のピットブルがどこかの隠れ場所から全速力で走ってきて、勝手に転がった。金属のフェンスの奥からこっちに向かって吠える。

「ホレスは気にしないで」キャンディスが言った。

「あの野郎、おれの顔食う気かな？」とふとっちょアルバート。

「ホレスは女の子だよ」キャンディスは笑い声をあげ、家の門をあけはじめた。

「けど、食わないとは言わなかっただろ」ふとっちょアルバートは言い、犬からあとずさりした。

「ホレス、おすわり。まて」キャンディスが言うと、ホレスはそのとおりにした。

あたしたちはキャンディスの家の中を歩いていって、木の羽目板が張ってある家族スペース《デン》にたどりついた。そこではキャンディスの弟が、すりきれた黒い革張りのソファに腰かけてテレビゲームをしていた。扇風機が一台、首をふって風を前後に送っていたものの、それでも室内は蒸し暑かった。

「出な！」とキャンディス。

「やだね」弟は答え、ソニックをもう一度宙返りでドクター・ロボトニックに突っ込ませた。ロボトニックはよたよたと脱出カプセルをめざし、ソニックが追いかけて、あと数秒で邪悪な科学者をやっつけるってところで、キャンディスが壁から電源をひっこぬいた。弟はお姉ちゃんに向かってイボ語でわめきたてはじめた。ほんとに目に涙が浮かんでるのが見えたと思う。

★108 カリフォルニア州のネイティヴ・アメリカン部族のひとつ

ジュリアとタレルがソファのそれぞれの端にまるくなった。ふとっちょアルバートはゲーム機のメガドライブ《ジェネシス》のプラグを壁に戻した——あの手の中にあると、コントローラーがすごく小さく見える。もうひとつのコントローラーをタレルに渡したけど、ジュリアがひったくった。

「リサ・タートルをイメチェンさせよう！」キャンディスがきゃあきゃあ言った。

黒人の子たちはまだあたしのことをリサ・タートルって呼んでいた。ただ、いまでは面と向かって言われている。ふとっちょアルバートって呼ばれるよりずっといいから、そんなに気を悪くするわけにもいかない。

「どうしよう」あたしはラショーンに目をやった。

「お願い、やらせて！　キャンディスはイメチェンのために生きてるんだから」ジュリアが手を叩いた。

「そんなにひどく見える？」あたしは訊いた。このまえイメチェンしたのは五年生のときだ。男の子に好かれたいなら、髪をまっすぐにしてマスカラをつけたほうがいいってキンバリーに言われたからだった。

「せめて髪を編ませてよ」キャンディスが言った。三段になった紅茶缶をあけると、三つ編みのつけ毛を二袋、ごそごそひっぱりだす。そして、脇の床をぽんと叩いた。

「座って」

キャンディスは王女さまみたいに、自分はなんにでもなれるって態度で行動する。座っててって言われると、勅令みたいに聞こえた。だからあたしは従った。

キャンディスはラットテールコームをとりあげて、金属の先端をあたしの頭皮に走らせ、髪をいくつかに分けた。ラショーンが隣の床にあぐらをかいて座った。

「で、おまえらふたり、どうなんだ?」ふとっちょアルバートが言った。「こいつが何年も片想いしてたって、この部屋の全員が知ってるぞ」

あたしはラショーンを見たけど、相手はマイケル・ジョーダンのユニフォームみたいに真っ赤になって顔をそむけた。

「ねえ、みんな黒人って赤くならないって思ってるけど、なるよね」とジュリア。「たったいまあんたが真っ赤っかになってるみたいに」

「なってねえ」とラショーン。

「ちょっと、なんで嘘つくのかなあ?」

「頭をさげて」キャンディスがあたしに言った。これってすごく親密な気がする。人の手が髪をさわって、グリースをつけて、頭の素肌をたどっていく感覚。脳のところに指先がある感覚。

キャンディスが苦労してあたしの髪をやっているあいだ、ジュリアとふとっちょアルバートが『ストリーツ・オブ・レイジ』のゲームををロードしていた。ジュリアはヒロインのブレイズとしてプレイしようとした。たぶん自分が女の子なのと、ほぼ間違いなくいちばん動きの速いキャラクターだったからだろう。でも、ふとっちょアルバートがその隙を与えずにブレイズを選んだ。

「遅すぎ!」

ふたりは女の子と黒人の男として一緒に街の通りを歩いていき、人々を叩きのめした。協力して動くことになってるのに、ジュリアは食料と武器をかすめとっては〝うっかり〟パーシーを攻撃するっていうのをくりかえしたので、パーシーは「おれを攻撃するのをやめろって、ばか野郎！」とわめき続け、そのあいだにタレルがかわるがわる「よし、あそこのあいつをやっつけろ！」とか「なんであんたたちそんなに下手くそなの？」とかどなっていた。

　キャンディスの両親が一緒に帰ってきた。倒れまいとしてるみたいにお互いによりかかりながら、大声であいさつしてくる。警備員のお父さんは、お母さんが看護婦として勤めている病院で働いていて、ふたりとも一日じゅう立ち仕事だったらしい。ナイジェリアでは使用人がいたってキャンディスが言った。

　キャンディスのお父さんは見たこともないほど大きな、やさしそうな茶色の顔をしていた。よくありがちな太陽がにこにこしているイメージを彫刻家がとりあげて、本物の人間にしたみたいだった。キャンディスの両親は母国語で少し娘と話した。低い声で口にする言葉は、石で水切りするような響きを持っていた。そのあと、ふたりは家の中にのみこまれていった。奥のほうでお父さんがドラムを叩く音がした。

「あれなに？」

「うちのパパ、フェラ[★109]が大好きなんだ」

〝フェラ〟ってなにか確認しよう、とあたしは心に留めておいた。

「ねえ、ラナ・ハスキンズが白人じゃないって知ってた？」とたずねる。

「おい、いまさらなに言ってんだ」ふとっちょアルバートが突っ込んだ。

「半分エジプト人だよね」ジュリアが誰でも知ってることみたいに言う。

「つまりロバ《ass》の原産地みたいに、あの白いお尻《ass》は文字どおりアフリカ系ってわけだ」タレルが言って、みんな笑った。

〝俺はあいつでおまえはあいつでおまえは俺で、俺たちはみんな一緒〟

(〝あたしはあいつであんたはあたしであんたはあたしたちで、あたしたちはみんな一緒〟)

この〝あたしたち〟の一員なのは好きだ。あたしたちの一員になるときも、あの子たちの一員になるときもあって、どっちでもくつろげるやり方がわかっていくっていうのは、不思議な感覚だった。

「できた。ビーズつけたい?」キャンディスが訊いてきた。

ママはビーズなんて趣味が悪いって思ってるけど、あたしはキャンディスがヘアグッズの缶に入れてるちっちゃな木の珠が気に入った。誰かがネックレスをばらばらにして、きれいな材料を髪に飾ったみたいだ。

「うん!」あたしは答えた。

「学校で白人の女の子たちがあんたを見たら、きっと『わあ! ねえ、あたし前にメキシコで髪を編んでもらったことがあるんだ』とかって言うよ」ジュリアが言い、あたしたちは笑い出した。

キャンディスが鏡を渡してくれた。まるで、自分じゃない自分を見てるみたいだった。あたし

★109 フェラ・クティ。ナイジェリア出身のミュージシャンで黒人解放運動家。アフロビートの祖といわれる。

は髪の先まで手を走らせた。細い三つ編みは小さいころよりは太かったけど、負けずおとらずかわいかった。

「すごく似合ってる」ラショーンがこっちを向いて言った。

たちまち部屋全体にその言葉がえんえんと響きはじめた。タレルとジュリアとパーシーとキャンディスがラショーンをからかいだしたからだ。

「けど、こいつの言うとおりだぜ」とパーシー。「キャンディスがリサ・タートルをヌビアのお姫さまみたいにしやがった」

それから、こんなにおもしろいことははじめて言ったって感じで大笑いすると、笑顔を向けてきた。「まあ、あんたは悪くないよ、リサ・タートル。悪くない」

ラショーンがウインクしてみせた。

髪を横に払いのけると、木のビーズがドラムの音みたいにカタカタ鳴った。あたしの髪が一種の音楽になって、ほかのすべてをかき消していく。

世界はこんなに大きくて、あたしたちはこんなに小さい——それでも、ビーズのひとつひとつが宣言している。「あたしはここにいる！」って。

第二四章

法廷は過去のにおいがした。姉が実行したとされている犯罪の詳細を、法廷速記者が大急ぎでカチャカチャ記録している。裁判官の頭のてっぺんには卵の斑点みたいにぽちぽち黒点が散っていた。法服の中に縮んでいきそうに見える。逮捕した警官が証言台に立っていた。戸口を通るたびにぶつかりそうな、しかも戸口のほうが負けるんじゃないかって雰囲気の男だ。最近湾岸戦争に行った兵役経験者で、頭を剃りあげたきびしい顔、軍人らしく直立している。警官は自分の観点からの話を簡潔に語った――昂奮した群衆、火炎瓶、火のついた建物。

その話のあいだ、ジョーは口をすぼめていた――全身で強烈に抗議しつつも、言葉をさしはさむことはなかった。知らない人には読み取れたかどうかわからないけど、あたしは自分の姉だから、眉がぴくっと動いたり、緊張で乾いている耳の後ろをかいたりする様子で苛立ちが感じとれた。

「君のせいだぞ」パパが短い休憩のときハリソンに言うと、今回だけは反撃された。

「娘さんに会ったことがないんですか？　そもそもどういう性格か知ってましたか？　あんたの娘さんはしたくないことはいっさいしませんよ」ハリソンは強く言い返した。

ジョーが落ち着いて言った。「グラントは指折りの腕利きだってキャロルおばさんが言ってた。大丈夫だよ。なにもかもうまくいくから」

グラントはジョーの弁護士だ。検察側が話しているあいだ、ときどき腕時計をいじっていた――時間を確認してるわけじゃなくて、まだ時間があるか確認しているのだ。そのふるまいはミスター・カッツそっくりで、望むものを手に入れることに慣れている人らしかった。差し迫った危険はないという態度だ。裁判官への意見は自信に満ちていて愛想がよかった。きっちりなでつけた髪はこめかみにちらほら白髪がまじっていて、目は浜辺の青だ。スーツは体にぴったり合わせて仕立てられている。きっとその体も、裁判の準備書面と同様、削ったり消したり加えたりして完璧にしているんだろう。週末に海上で見かける、初心者用のサーフボードでぷかぷか浮きながら、波に乗ってつかのま別人になれる瞬間を待ち受けるような、どこかの企業の人たちみたいだった。あたしたちに話しかけるとき、グラントは適切な場面でにっこりするし、まじめなことを話してると真顔になる。多少えらそうな口調なのは、誰にでもそういうふうに話すからだ。

ジョーはいやなやつだと思っている。それでもグラントに感謝していた。

陪審員長が最終的にジョーに対しての評決を読みあげるとき、パパは気を静めようとして椅子の肘掛けをつかむことになる。ママはパパにしがみつき、ささやくように「だめ!」と口かららす。

あたしは大声で叫んでしまい、自分でも驚くだろう。陪審員の何人かが憐れみをこめてこっちを見るけど、大部分は下を向くか顔をそむけるはずだ。

裁判官がロドニー・キング事件の警官たちに無罪判決を言い渡したとき、いちばんひどく殴りつけたローレンス・M・パウエル警察官は「とてもうれしい、とてもうれしいです」と笑顔で言った。

無罪判決に怒る人々に対してどう言うかと訊かれたとき、パウエルは言った。「私が答えなければならないとは思いません。みんな自分で答えて、自分で結論を出さなければならないんですよ。こちらがなにをしても、あの人たちの感情は変えられないと思います」

刑の宣告を聞くために立ったとき、ジョーはふるえているだろう。薄ピンクのマニキュアを塗った爪はすでにかじられて短くなっている。姉の未来は誰も思っていなかったようなものになってしまう。一年四か月はそこまで長くないけど、永遠も同然だ。あたしは未来を思い浮かべようとする。あたしたちがもっと年をとって、ジョーが前科持ちになる日のことを。

「一緒に闘いましょう」信じていた世界が崩壊し、茫然と立っている両親に、えらぶる気配さえなくグラントが言う。

ジョーは逃亡する危険がないとみなされ、出頭するまでに何か月か猶予を与えられる。それまでは待機だ。

その晩、どうなったか訊くために電話してきたラショーンは、あたしが呼吸の仕方を思い出そうとしているあいだ、黙って受け入れてくれるだろう。

でも、そのときはまだきていない。それはあとの話だ。

その前――

ジャカランダが花盛りで、きれいな紫の花びらがブロック全体を埋めつくしている。火災で何本か燃えたけど、全部じゃなかった。あたしたちは落書きのある歩道を踏みしめて、焼け落ちた建物が並ぶ真ん中に立っていた。電線がめちゃくちゃな縞模様を描いて空にのびている。午前のなかばごろ、ふと思いついた。空が奇妙に見えるのは、うちの近所ではこんなふうに電線を見たことがなかったからだ。

あたしは次々と飛んでいく飛行機をながめた。時には一度に二、三機重なって、ロサンゼルスを出入りしている——人が増え、人が減る。

人が減る。ロニーおじさんとモーガンは、モーガンが卒業したらすぐロサンゼルスを出ていく。先週、ふたりはラスベガスへ行った。古い夢を新たに築く場所を探すために。

シャーリーおばあちゃんの店は記憶にあるよりずっと小さかった——うちのリビングとたいして変わらないぐらいだ。もっとも、うちのリビングはそういう部屋としてはかなり広いのかもしれない。店のカーペットは地味なグレーだったけど、まだ敷いたばかりで足もとが立派に見え、修理したばかりの掃除機の操作を実演するのにうってつけだった。略奪していった連中に汚されたものの、家族の昔なじみがきて、格安でスチームをかけてくれることになってるそうだ。同情のクリーニング。何世代もかけて築いたものを奪っていこうとしたやつらの中に、近所の人、もしかしたら友だちって考えていたかもしれない人がいたって知っているのは、いったいどんな気がするものなんだろう。

年輩の人が数人、店に立ち寄って思い出を語り、ロニーおじさんにお見舞いの言葉をかけていった。そのとき見覚えがあるぞって顔でパパをながめて、やがて誰なのか気づいたらしい。

「何年もこのあたりじゃ見なかったな！」とか、「俺たちのことなんかすっかり忘れてたんだろ、クレイグ！」とかって声をかけてくる。そして、パパは叱られた小さい男の子みたいに見えた。もういい大人で、まともな仕事についていてて、立派な地区に大きな家を持ってるのに。

正面の大きな窓は、ロニーおじさんがガラスを交換できるようになるまでベニヤ板を打ちつけてあった。いつもならあの窓は、フェリックスじいさんが数か月ごと、ホリデーシーズンならもっと頻繁に、労を惜しまず描いた季節のデコレーションでふちどられている。フェリックスじいさんはそんなに年寄りじゃない――パパより五つぐらい上なだけだ――でも、関節炎があって、もっと年をとった人みたいに腰がまがっているのだ。同じブロックに住んでいて、おばあちゃんがいちばんたいへんだったとき、ロニーおじさんとパパの面倒を見るのを手伝ってくれた。おじさんの話だと、フェリックスじいさんの描くデザインは、関節炎が進行するにつれて簡単になってきてるらしい。

パパを見たとき、フェリックスじいさんは同世代っていうより父親みたいに、ただ抱きしめた。ふたりとも、すごく長いあいだひとこともしゃべらなかった。

「これは娘たちだ、アシュリーとジョセフィン」パパは言った。

「このぐらいだったときのことを憶えてるぞ」フェリックスじいさんは膝の高さを示してみせ、成長したのを自慢に思っているかのようにあたしたちを見た。「いまじゃみごとな家族を持ったなあ、クレイグ。いや、みごとだ」

あたしたちはみんなで瓦礫を拾い、残しておける品物を捜そうとした。

インディアナ・ジョーンズのふりをしようと努力したけど、むしろ墓泥棒の気分だった。ただ、そのお墓はおばあちゃんのかもしれないし、うちの家族全体のお墓だったかもしれない。ときどきパパとロニーおじさんがなにか見つけて身を寄せ合ったので、おばあちゃんの遺品だってわかった。

ふたりとも、ここで一緒にいるのがうれしいらしく、昔のことについて冗談を言っては笑っていた。

「おまえたち、こっちにおいで……」パパが店のずっと奥から呼びかけてきた。

ジョーとあたしはその声を追って、裏にあるせまくて窮屈な事務所へ行った。パパは受付に置くアンティークの呼び出しベルを持ちあげた。奥のほうにいる人を呼ぶのに使うようなやつだ。それがどういう形だったと思う? 亀《タートル》だ! 亀のパパが、アンティークの亀のベルを持っている。

あたしは笑い出した。ジョーとパパが不思議そうにこっちを見た。

「これはおまえたちのひいおじいさんの事務所からきた品だ。オクラホマを出てきたとき、おばあちゃんが持ってきた数少ないもののひとつだよ」

パパは最初にジョーに渡し、ジョーはしばらく手に乗せてから、あたしによこした。

手のひらの上のベルはずっしりと重かった。ブロンズの外殻の表面には凝ったエッチングが施されている。あたしは縦横に渦を巻く模様に手を走らせた。亀の頭は優美に前方に突き出していた。手に持って指で外側を押すと、澄んだ大きな音が鳴った。あと二回押してみた。きれいだ。

ジョーが近づいていって、目に涙を浮かべたパパに腕をまわした。「ありがとう、パパ」

そのあとはみんなでロニーおじさんの、おばあちゃんの家に行った。いまでもレモンの香りがしていた。

記憶にあるミントグリーンのペンキは色あせて、何か所かはがれかけている。木の飾り枠は取り替える必要があった。それでも家は誇らしげに建っていて、レモンがいくつか散らばっている以外、庭もきちんと整えられていた。離婚したあと、家まで自分の結婚みたいにぼろぼろにするような人もいるけど、ロニーおじさんは違う。

「この場所が恋しくなるだろうな」おじさんは言った。

ラスベガスでモーガンといろいろ考えるあいだ、家を貸すことにしたのだ。

「行く必要はないだろう」とパパ。「これが家なんだから。ここが」

でも、たぶんロニーおじさんは、今度は自分が逃げ出す番だって決めたんだろう。

うちの大人たちはダイニングテーブルセットのところで保険の書類を見直した。パパとおじさんの子ども時代からあったようなセットだ。ふたりが宿題をしながらテーブルの下で蹴り合っていた光景が目に浮かぶようだった。

ぴかぴかにみがいた木の中央に、湖みたいな形の焦げ跡がある。ジョーがそのふちに指を走らせた。

「それ、あんたのパパが一〇歳で、夕食にツナのキャセロールを作ろうとしたときのだよ。オーブンから出したてで、下になにも敷かずにテーブルに置いちゃったの」モーガンが言った。

ジョーとあたしの知らない話を全部知っているのだ。モーガンは生まれてからずっと、パパの昔の思い出の中で暮らしていた。幽霊たちと育つのは、どれだけ息がつまる思いだっただろう。あたしはパパとおじさんの昔の姿を思い描こうとした。母親が働きすぎか鬱状態になって部屋で寝ているあいだ、自力でやっていくしかなかった幼い黒人の男の子ふたり。

「ここは静かすぎる」あたしの考えてることが聞こえたみたいに、ロニーおじさんが言った。おじさんはレコードプレーヤーに近づいて、一枚かけた――弦楽器とエフェクターの音が広がり、聞き覚えのある声が、古ぼけたスピーカー越しでさえ高く澄んだ音を響かせた。

ロニーおじさんとパパはふたりとも曲に合わせて歌いはじめた。打楽器みたいに体を動かし、歌詞をもごもご口にして、くりかえしの部分までくると声をはりあげる。せまい壁にその音が反響して、まあまあハーモニーになった。「〝そして俺たちには愛がある／俺たちには愛がある／俺たちには愛がある（俺たちには愛がある）／俺たちには愛がある（俺たちは愛がある）〟」

「おいクレイグ、憶えてるか、母さんが……」

言ってる途中なのに、両方とも大爆笑しはじめた。

「外へ行ってこい」パパが言った。

「一〇歳の子ども相手じゃないんだから」とモーガン。

「気にするな」とロニーおじさん。「そら」

数えきれないほどビニール袋がしまいこんである隠し場所に手を突っ込むと、あたしたちに二枚ずつ渡し、木からレモンをとれるだけとってこいって言いつける。

「あんたのパパ、ラスベガスで歌を歌って生活できるんじゃない」あたしはモーガンに言った。

「あそこならオーディションを受けるところがたくさんあるし」

「どうかなあ」とモーガン。「そうするにはもうかなり年だしね……」

「でも、もしかしたら？」とあたし。

「うん。わからないよ……」ジョーは別のことに考えが移ったようだった。

「シャーリーおばあちゃんのこと、ちょっとでも憶えてる？」あたしは訊いた。

意外にもジョーはきちんと答えた。「チェスが上手で、ベビーパウダーの香りがして、料理は下手だったよ。遊びに行ったとき、おばあちゃんの料理が好きじゃなかったの憶えてる。料理がうまくなるにはせっかちすぎたってパパが言ってた」ジョーは笑い声をあげた。

「おばあちゃんのこと憶えてたなんて、知らなかったな」

「ちょっとしたことだけだよ。そんなに思い出せるほど大きくなかったし……ああ！　いつか、おばあちゃんのお母さんのだった立派な花瓶を壊しちゃってさ。パパがそのことであたしをどなりはじめたけど、おばあちゃんは怒らなかった。それどころか、泣いてるあいだ抱っこしてくれて、一緒に直そうねって言ってくれたの。あたしたちふたりでね」

「たまに歩きまわってるのを見かけるよ」長い間をおいて、モーガンが口をひらいた。「シャーリーおばあちゃんのことだけど」

「ええ？　おばけのキャスパーみたいに？」

「自分の見たものぐらいわかるよ」モーガンは口をとがらせた。もしかしたら本気で言ってるのかもしれない。

「でもさ、キャスパーみたいだった、それとも人間みたいに見えた？　いい幽霊だった、こわかった？」

映画やテレビで知るかぎり、幽霊っていうのは『ゴースト／ニューヨークの幻』みたいに、この世に未練を残している人たちだ。ひょっとすると、あたしたちがシャーリーおばあちゃんの未練なのかもしれない。うちの家族はジョーが割った花瓶にちょっと似てて、全員でなんとかしてもとに戻さないといけないんじゃないだろうか。家の中から、ロニーおじさんとパパがふたりで笑ってる声が聞こえた。兄弟らしい、おなかの底からの大笑いだった。

答えるかわりに、モーガンはレモンを投げつけてきた。あたしはひょいと頭をひっこめ、すぐ投げ返してやった。それから、モーガンとジョーとあたしはお互いに投げつけ合いながら庭を走りまわった。体にあたったレモンが割れ、ほろ苦い汁が服にしみこんでいくなか、声をあげて笑った。


ロニーおじさんの家から帰ってきたとき、ウンベルトとロベルトに会いにグアテマラに戻るつもりだってルシアに言われた。帰りの飛行機は予約していない。そのあとどうなるかわからないからだ。

いままでにルシアからは、グアテマラの美しさについてさんざん聞いていた――陽射しをいっぱいに浴びて、いとこたちとマヤの遺物を探して過ごした日々。聖週間に植民地の遺跡を練り歩く行列のため、職人も家族も骨身を惜しまず働いて、おがくずと花でできた色あざやかなカーペットを作ること。本物の火山で友だちとキャンプして過ごした数々の夜。雷雨のさなかに家の屋根に立ち、あたりを見まわして驚嘆したこと——でも、耳にするニュースは血みどろの話ばかりだ。三年前、アメリカ人の修道女が集団レイプされて痛めつけられた。二年前、現地のアメリカ人の宿屋の主人がボコボコにされ、首を断られる寸前の目に遭った。そして今年は、アメリカ人と結婚したゲリラがなぶり殺しにされた。それがニュースになったのは、アメリカとなんらかの関係があったからにすぎない。ダマリスは昔、そういうぞっとする事件がこっちのニュースで放送されると、目を細めてテレビに見入り、「アメリカ人だよ」と言ったものだった。

　ほかの国からきて、暴動みたいなニュースでしかあたしたちを知らなかったら、黒人だってそういうふうに見られるだろう。それでも、あたしはルシアのことが心配だった。

「ホセはどうするの？」と訊いてみる。

「なるようになる《ケセラセラ》さ。でもまず、うちの子たちと会うときだからね」隣に手をやり、あたしに封筒をよこす。「郵便がきたよ」

　スタンフォードからだった。これが二、三日前なら、別の物語だったら、あたしは見たとたんとびあがっただろう。数日でどんなにすべてが変わるか、おかしなものだ。

「大好き」あたしは封筒を置くと、ルシアのところへ歩いていって抱きしめた。

「いつだって《シエンプレ》ね」ルシアは言った。

空の雲は赤ちゃんみたいに小さくてもっちりしていた。脇に置いた封筒を見おろす。何度かとりあげて、ひらきかけては、また屋根の上に戻している。気にしないけど、気になる。封筒が下にすべりだし、あたしは落ちる前に急いでつかんだ。ジョーが自分の寝室の窓から這い出してきて合流した。

「ここにあがっちゃだめなんじゃないの」と突っ込まれた。

「落ちたのはあたしじゃないもん」とあたし。

「落ちたんじゃないよ」ジョーは静かに言った。

「知ってる」あたしは答えた。

ジョーは少し間をおいた。

「あたし、大失敗しちゃったね」笑うと欠けた歯からかすかな音がもれた。信じられないって視線を向けてやると、ジョーはあたしの脇の封筒を見おろした。

「小さい封筒だよ」とあたし。

「小さい包みでいい知らせがくることもあるからね」

ミセス・カッツが自宅の庭で植物に水をやっていて、ミスター・カッツは胸もとをはだけて日光浴している。

「大学から帰ってきてるの?」なにかの多肉植物にじょうろをかたむけながら、ミセス・カッツがジョーに呼びかけた。

「いまのところ」ジョーはにっこりした。本物の笑顔じゃなかったけど、向こうにはわからない。

「あけなよ」とあたしに言ってくる。「あんたの未来が待ってるから！　少なくとも、あたしたちの誰かにはいいことが起きてくれなくちゃ」

あたしの未来は、スタンフォードの補欠合格リストにはなかった。不合格通知と一緒に、あたしが想像してた自分はなくなったけど、新しい姿をいくつか思い描くことはできる。ほかの大学。あたしはオクシデンタル大、クレアモントの五大学全部、南カリフォルニア大学《USC》、カリフォルニア大学ロサンゼルス校《UCLA》、カリフォルニア大学バークレー校《カル》に受かっている。どの大学にも、それぞれ別の形で未来のあたしの姿がある。もしかしたら、そっちのほうがいい形かもしれない。

ジョーが難しい顔をしてから、あたしの腿を軽く叩いた。

「大丈夫だよ、アッシュ」と言う。まだ大学の話をしているのかどうか、よくわからなかった。

まだラウンジチェアに横になったまま、ミスター・カッツが片手をのばし、植物の世話をしているミセス・カッツの脚に走らせて、ショートパンツのへりに指をすべりこませた。

「うわ、盛ってる犬じゃあるまいし」ジョーが小声で言った。

「いまでもあんなにお互いが好きなのって、ちょっといいと思うな」あたしは応じた。

「好きなのはいいよね」ジョーはつぶやいた。

「あたしはいい人になりたい。幸せになりたい。ときどき、ほしいものがありすぎるって気分になるよ」あたしは姉に伝えた。

「あたしも」ジョーは溜め息をついた。

「あたし、こわいんだ」あたしはささやいた。「ジョーもこわい？」

姉は答えなかった。そのかわり、屋根の上で立ちあがって、飛行機みたいに両脇に腕を広げた。「気をつけて」と言ったものの、続いてあたしも立った。ジョーが手をさしのべてきた。あたしはその手を握り、ふたり一緒に飛行機になるように右腕をのばした。そよ風がさやさやと木立を吹き抜け、肌をなぶる。日の光があたしたちの翼の端から端まで照らし出した。太平洋がきらめく——海の青を背にした茶色の指先、それ以外はなにもかも、陽射しを浴びて脱色されたようにほんのり白っぽかった。

「ほんとうにきれいだよね」ジョーが言った。

「比べる対象があんまりないけど」あたしは答えた。

旅行はしてるけど、同年代の一部ほどじゃないし、ほとんどは都市の名前が発音できる程度の場所だ。もっと年が行ったら、パスポートをスタンプでいっぱいにしてやるって、いまから決めている。新しいページを足し続けなきゃならないほど、いろいろなところへ行こう。たぶん、もっと年をとって、ジョーがもっとまともになって、どんな人間になるかわからないけど、あたしが大人になったら、一緒に世界を見に行くかもしれない——パリ！　イスタンブール！　ジブチ！

「関係ないよ——とにかく見て。ほら！」

たったいま、この場にいることに満足して、ジョーはそのすべてを吸い込んだ。故郷《ホーム》。

(「おまえたち、さっさとその屋根からおりてこい」とパパがどなった。)

第二五章

前の晩、あなたは一緒にあたしのベッドにもぐりこんで、こっちが眠たくてたまらないのに、ふだんよりおしゃべりになる。

「アッシュ？」あなたは言う。

「なに？」あたしは答える。

「もっといい人じゃなくてごめんね」とあなた。「もっといいお姉ちゃんのほうがよかったのに」

「なによりいいの？」とあたし。

あんまり近づいてくるから、顔に息のぬくもりを感じる。その晩食べた、あなたの好きなレストランのタイ料理のにおいがわかる。カレーみたいに甘いけど、時間がたってすっぱくなったにおい。

「歯をみがかなかったでしょ」と言うと、あなたは口をひらいてあたしの顔に息を吹きかけ、声をたてて笑う。

「あたしが知らないあんたのこと、全部教えて」

なにを話したらいいかわからない。どうやって頭の中にあること全部を伝えたらいいのか。そういうことはなぜか、血縁じゃない人に話すほうが簡単だ。自分の一部を分かち合うのは、共通の部分がまったくない人のほうがやりやすい。

「そんなに話すことなんてないよ」とあたし。もっと言いたいけど、あなたはがっかりした顔をして、でもわかったって顔でうなずく。

「面会にきてくれる？　学校の休みのときってことだけど」あなたは言う。

「もちろん」あたしは答える。そう言ったときにはそのつもりでいたけど、最初の面会のあとは、どんどん難しくなる。あたしは大学のことをなんでも話す。なにを専攻したいかまだ迷ってるけど、生化学にかたむきつつあること。新入生の勧誘について考慮してて、でも女子学生クラブ《ソロリティ》は、たとえ黒人のソロリティでも、入りたいかどうかわからないこと。あなたはそこに座って耳をかたむけ、うなずいて言う。「たぶんあたしもそうするべきだったのかもね……」どの部分を言ってるんだろう、たぶん全部かもしれない、とあたしは思う。

その晩あなたはぐっすり眠るだろう。手足をばたつかせたりしない。夜明け前の暗闇のなか、あたしはあなたの口に耳を近づけて、まだ息をしているか確認する。頬にそっとあたる吐息に命を感じる。

あなたを連れていく朝は、ふだんより肌寒い。霧がなにもかも息苦しくさせているようだ。あなたはママの脚にはさまれて座り、髪を二本の編み込みにしてもらってから、まだ引き出しの奥に眠っていた、子ども時代の小さな色つきヘアゴムで留めてもらう。古いセーターとジーンズを身につけて、スニーカーを履く。

「それ着るの？」あたしが訊く。

「ファッションショーじゃないんだから、アッシュ」あなたは笑う。もっとも、本気で楽しんでるわけじゃない。「それに、どれも手もとに残せるわけじゃないし」

朝食をとっているあいだ、ハリソンは行ったりきたりしている。やたらにあなたを甘やかすから、みんなおかしくなりそうだ――朝食が熱すぎないか、冷たすぎないか、コーヒーにクリームは充分か、砂糖は充分か、ほかになにかいらないか、なんでもいいから――とうとうあなたが両手をつかんで額を寄せ、「もういいから、ね」と言うまで。

ルシア以外の全員がママの車に乗り込む。ルシアはあなたの両頬にキスして、今度いつ会えるかわからないみたいにぎゅっと抱きしめる。なにか耳もとでささやきかけるけど、ほかの誰にも聞こえない。ただ、いっそう強くルシアに抱きついて離れないあなたの姿が見えるだけだ。そのうちママが「時間よ、ジョセフィン」と声をかける。

「親の言うことを聞きなさい《エスクーチャ・ア・トゥス・パードレス》」親指であなたの涙を拭きとりながら、ルシアは言う。

「アッシュに運転させてよ」とあなた。「練習する必要があるよね？」

「もう免許は持ってるよ、忘れた？」

「だから？　継続は力なりでしょ」

あたしは丘のカーブをひとつひとつ慎重にまわり、高速に乗る。緊張しすぎて一〇号線の入口を見逃しそうになり、パパが「違う！　左側だ！　左に行け！」と叫ぶけど、「パパ、大丈夫だよ」とあなたが言う。

その前にあたしはラジオのＫＩＩＳ－ＦＭをつけている。あなたはＫＩＩＳについてあれこれ話すのが大好きだったけど、今日はふたりで、ウィルソン・フィリップス★110の「ホールド・オン[★111]」に合わせて歌う。とうとうあたしが右から合流する人にぶつけそうになって、パパがラジオを消し、ふたりとも「ねえ、やめてよ！」と声をあげる。

「アシュリーは集中しないとだめだ」パパは言う。「みんな殺されるぞ」

あなたは肌に風を感じようと、犬みたいに窓から首を突き出す。巻き毛がそよ風にはずんだりひっぱられたりして、顔や口にあたっては離れ、額にはりつく。

あたしは何度か、ハリソンが顔の毛穴まで憶えておこうとするように、じっとあなたを見つめているところを目撃する。

建物のまわりを二回まわるまで、車を止める場所が見つからない。

「もう！　こんなにたくさんの人が刑務所に行くわけ？」あたしが言うと、あなたは笑い出す。あたしがママを笑わせようとしたのは明白だろう。ママの唇がふるえてて、表情も内心も嵐のようにゆれているのが見てとれるから、あたしは明るい陽射しを見つけようとする。

「ママ、泣かないで」あなたは言う。「泣かないで。あたしのために。お願い」

「ほら！　全員殺したりしなかったよ！」ようやく空いている場所に車をとめながら、あたしは言う。

あたしたちは建物へ向かってひっそりと行進していく。あなたはママとハリソンとパパと腕を組み、あたしは遅れて後ろに続く。ダウンタウンでは頭上に日の光がふりそそぐ。パパがあたしの肩に腕をまわしてくれる。少しはなぐさめになったけど、主としてパパの悲しみの重みに圧迫されていることに気づく。

あなたは入口から何歩か離れたところで立ち止まる。ありとあらゆる人種が入っていくけど、どんなに黒人が多いか、どんなに褐色の肌の人が多いかってことが目につく。この暗黙の了解が、ひとつの家族みたいにあたしたちを取り巻くのを感じる。男の人がひとり、誰か大切な人と入っていきながらパパにうなずいてみせ、ふたりは一瞬理解し合う。

「あたし、あのね……中まできてほしくないかもしれない」あなたは告げ、両親は愕然として立ちつくす。

「でも、ジョセフィン……」言葉が途絶え、ママはたいして抵抗しない。自分でも行きたくないんだろうと思う。このあとなにが起きるか見たくないから。

結局、一緒に入って見送ることになるのはハリソンだ。目を赤く腫らし、頬に涙の跡を残して外にいるあたしたちのところに戻ってくると、ハリソンは言う。「あいつ、すっかり覚悟ができてます」

その日、次に誰かが口をひらいたのは、ずいぶんあとになってからだ。

中であなたは服を脱ぎ、身体検査され、シャワーを浴びる。服を一着と下着と靴下、白いスニーカーをもらう。受刑者番号を与えられる。

その最初の夜、あなたはありとあらゆる聞き慣れない物音に囲まれて眠れない。ハリソンとママとパパとルシアのことを考える──あなたの思いはラターシャ・ハーリンズへ、シャーリー

★110 姉妹で結成された女性コーラスグループ

★111 ビルボードチャートで第一位になったデビューシングル

おばあちゃんへと漂っていく。そのとき一瞬、刑務所の状況に山火事のあとの体育館を思い出す。あれだけの人々が息をして、いびきをかいて、存在していたことを。あれだけの命がまわりじゅうで内臓のように脈動していたことを。

女のひとりが泣き、ひとりが笑い、声が壁に反響して、どっちがなにをしているのかよくわからなくなる。(まさにそういうことじゃない?)とあなたは考える。

たいていのときは、スモッグと街の光を越えて、かろうじて届くひと握りの星の輝きをじっと見つめている。見てほしいと願って突き進んでくる光を。いちばん明るい星を見て、あなたはあたしのことを思う。

そして、街の向こうで、あたしはあなたのことを思う。

第二六章

熱い砂の感触は、ほとんど先祖代々知っている気がした。うちにまだ小さいオパールおばあちゃんと、ツーピースの水着を着たきれいな黒人女性の一団の写真がある。お互いに腕をからませ、茶色い脚を旗みたいにしっかり砂に立てて写っている。

「これはカリフォルニアに着いて三か月たったときだよ」写真について訊いてみたとき、オパールおばあちゃんは答えた。「当時、サンタモニカはまだ人種で分けられててね」

「ええ?」ジョーとあたしは声をそろえて言った。「ここで?」

「そんなの、わけがわかんないよ」あたしは言った。

「わけなんかわかったためしがないからね」オパールおばあちゃんは答え、昼寝できるようにあたしたちを追い払った。

この土地はおまえのもの。この土地はおれのもの。このビーチはおまえのもの。このビーチはおれのもの。今日、このビーチはあたしたちのものだ。ともかくいまのところは。


ラショーンは靴下ばきでアディダスのサンダルをつっかけていた。なんでビーチに靴下をはいてくるのかわからないけど、まるでつまさきを心配してるみたいに、そういうふうにする黒人が多いのには気づいている。

スケートボードで遊んでる男の子のぼさぼさ髪は、日焼けで白っぽくなっていて、ラナの髪とそんなに変わらないほど長かった。唇が荒れているように見える。もしあたしたちが自然史博物館にいるなら、ここがあの子の自然生息地としてガラスの奥に展示されているだろう。

「悪い!」あふれそうなごみ箱の横をすべりぬけながら、男の子が呼びかけた。

パンクな恰好をしたホームレスが草に覆われた小山の上でお互いにもたれかかっていた。顔のタトゥーのせいでトカゲみたいに見える。一本足のピットブルを連れていて、〝**この犬に餌……とアルコールを**〟と書かれた看板を立てている。

あたしはそこにある蓋をあけたギターケースに一ドル入れた。

「どうも、姉ちゃん！」いちばん怖そうなのが応じた。

あたしたちはパンクなホームレスとみすぼらしい犬を置いて進み、あやうくスケートボードで遊ぶ連中に轢かれそうになって、あんまり相手にしたくないような家族をいくつか通りすぎた。ラショーンのサンダルは一歩ごとにまわりじゅうに砂をふりまいたので、とうとうラショーンは靴下も一緒に脱いだ。目にしたつまさきは、別に不気味でもなんでもなかった。

場所を決めると、ラショーンは人類ではじめて月面着陸したニール・アームストロングか、二番手のバズ・オルドリンみたいに砂に傘を立てた。

オルドリンが月に降り立ったときの最初の言葉は、「美しい光景だな」だった。するとアームストロングが答えた。「すごいと思わないか？　ここの景色は絶景だ」

いま、あたしはまさにそう感じていた。

ラナとあたしは砂の上に荷物をどさっとおろすと、陸《おか》の自分を脱ぎ捨てて、水ぎわへそろそろと歩いていった。冷たさにきゃあきゃあ声をあげ、さらに先へ進む。ラショーンが後ろからおそるおそる続いた。

「なあ……おれ、泳げねえんだけど」

「そんなに向こうまで行かないから」とラナ。

ラナとあたしは目を閉じて頭から飛び込んだものの、潮の流れに押されて行ったりきたりするだけだった。ラショーンはぎこちなく波打ちぎわに立っていた。

「溺れさせたりしないから」とラナ。「約束する」

ラショーンはじりじり近づいてくると、ついに一、二って数えるぐらいのあいだ体を沈めた。それから、すさまじい叫び声をあげてとびあがる。あたしたち三人は海の中で水をはねかしてまわったけど、そのうちラナがトイレに行くためにいなくなった——大きいほうだから、水の中でおしっこしちゃうようなわけにはいかない、とラナはきっちり説明していった。そのあと、海藻と塩水に囲まれてあたしたちはふたりきりになった。ラショーンは波に押されてどんどん沖に出ていき、やがて海底につまさきがつかないほどになった。

「戻ったほうがよさそうだぞ」とラショーン。

「まだ」とあたし。「こうやってみて」

基本の平泳ぎをやってみせる。簡単だよ、と教えてあげた。両腕でハート形を作ってから割る感じ。それを何度も何度も繰り返すけど、そのハートのおかげで浮かんでいられて、前に進めるのだ。ラショーンはあたしの動きを真似しはじめた。描くハートがだんだん力強くなっていき、とうとう頭をさっと水の下に沈める。そして、唾を飛ばしながらも満面の笑みを浮かべて顔をあげた。

「つかまえた」あたしは言った。

「へえ？」

「そうだよ」とあたし。

ラショーンは街のほうをふりかえった。「ここからだとぜんぜん違うよな。沖にいると、なんだかまるっきりなんにもなかったように見える」

大きな波がぶつかってきて、ふたりともその勢いに逆らって手足や胸や腰をばたつかせた。あたしはタレルやジュリアとボランティアしたときに見た、かさかさの抜け殻みたいな建物の数々を思った。みんなが次のことに移ったとき、まだじくじくしてる傷口みたいなあの空き地は全部どうなるんだろう。あそこに住んでいた人たちはどうなるんだろう。すでにそういう空気を感じる――街のほかの人たちは忘れはじめている。

「天気予報でいつも注意してる、引き波だか離岸流だか、そんなものに似てるな。まわりのみんなは楽しく遊んでてなんにも気づかねえのに、自分だけ海に流されていくんだ」ラショーンが言った。

あたしたちの右側では、金髪のちっちゃい子がふたり、明るいオレンジ色の浮き輪をつけてお母さんと泳いでいた。お母さんはロングスカートの水着だった。太腿にたるみやくぼみができて目立つのが恥ずかしい女の人が着るようなやつ。子どものひとりが泳いでそばを通ったときにしぶきがはね、鼻に塩水が入ってひりひりした。

「ごめんなさい」お母さんが言った。「トミー、ほかの人たちに注意して」

ヘザーが現れ、一緒にコートニーもついてきた。どうやらラナは、あたしに知らせずにこのささやかな集まりのことを教えたらしい。

「あたしとは話しちゃいけないことになってるんだと思ってた」あたしは言った。

「あんたの一八の誕生日を見逃すわけないじゃん！」コートニーが言った。「それに、あたしのことはあたしが決める」

ビーチブランケットの下で、なにかがもぞもぞ動いていったかと思うと、微妙に汚れた感じの小さな頭が突き出した。

「卒業記念にシェルターから子犬をもらってきたの！」コートニーがきゃあっと声をあげた。

「ペッパーって名前をつけたんだ、ちょっとスパイシーだからさ。この子、かわいくない？」

「気をつけたほうがいいよ。雌犬はどこにでもおしっこするから」ヘザーが言い、あたしの頭のてっぺんにキスした。

「ペッパーをそんなふうに言わないでよ」コートニーが言い、ペッパーをぎゅっと抱き寄せた。

「冗談だってば」ヘザーはコートニーに頭をふってみせた。

「はいはい。わかってるって」コートニーは笑った。

ヘザーがあたしの三つ編みにそって両手を走らせた。「ぜんぜん雰囲気違うね。似合ってる」涙ぐみそうになったけど、なんとかこらえた。ヘザーとコートニーとキンバリーとあたしは、六歳のときから毎年みんなで誕生日を祝ってきたのに。

キンバリーとあたしは子ども時代一緒にいたけど、大人の女になったら離れるだろう。それでいいのかもしれない。あと数週間で卒業したら、大学に行って新しい友だちを作って、場合によって大学院、そして社会に出る。そこでは親しい相手がさらに増えていく。ほんのときたま、お互いのことが頭に浮かんで、どんなに仲がよかったか思い出すかもしれない。そしていつか、まったく考えなくなるんだろうか。

あたしたちが抱き合っていると、日焼けした脚にペッパーのおしっこをひっかけられたコートニーが悲鳴をあげた。「悪い子！」

ちょっとだけ本気だった。


ビールの広告を浮かべたヘリコプターが飛んでいく。

「〝おまえがキスしてくれれば、俺もキスを返す〟[★112]」と誰かのラジカセが流していた。ヘザーはあたしのほうに唇を突き出してみせ、笑い声をあげた。寝そべってなにかの同人誌を読んでいるところだ。ラナとヘザーが最初に意気投合すると思ってたけど、意外なことに、ラナとコートニーのほうが先に仲良くなった。ずっと一緒にくすくす笑ってるし、ラナはコートニーが連れてきた新入りのみすぼらしい子犬にキスしまくっている。いたずらっ子のペッパーは、ふたりにはさまれてビーチブランケットの上をはねまわっていた。ビーチに犬は連れてこないことになってるけど、誰かが気づいたとしても、なにも言ってこなかった。あるときコートニーは本気で大笑いして、ラナの腕に手をかけた。するとラナが言った。「もっと日焼け止め塗らなきゃ。やってくれる？」コートニーが日焼け止めをラナの肩にすりこんでるとき、ヘザーが同人誌から目をあげ、あたしのほうに片眉を動かしてみせた。ヘザーは髪と腋毛をあざやかな紫に染めていた。似合ってるけど、卒業まで待てなかったのかってお母さんは怒ってるらしい。たとえ腋毛を生やしてたとしても、あたしなら染めようなんて思いつきもしないだろう。

ビーチブランケットのスペースが足りなかったから、体の一部が砂浜にはみだして、濡れた皮膚に砂がくっついたけど、気にならなかった。ラショーンの手があたしの手をかすめる。その指先に、目の前に広がる夏がまるごとつまっているような気がした。ラショーンがふりかえってほほえみ、日の光を受けて肌が黄金色に輝いた。海パンが盛りあがっている輪郭がうっすら見えるのは、たぶん勘違いじゃないと思う。心を読んだように、ラショーンは腹ばいになった。

キャンディスとジュリアが砂の上をこっちへ歩いてきた。

「きてくれたんだ！」あたしは言った。

新しい友だちが古い友だちにぎこちなくあいさつする。

「キャンディスがあたしの髪をやってくれたんだよ」あたしはヘザーとコートニーに教えた。

「すごい！　やるのにどのくらい時間がかかった？」ヘザーが訊いた。

「四時間ぐらい」キャンディスが言い、ふたりの隣の砂の上にどさっと腰をおろした。

「あたし、前にメキシコに行ったとき、髪を編んでもらったことがあるよ」コートニーが言った。

キャンディスとジュリアとあたしは笑い出した。コートニーはどうして笑ってるのか知らないから、ちょっぴり悪いなと思ったけど、本気でそう感じたわけでもない。時にはこっちだし、時にはあっちで、こっちになることがあってもいいのだ。

あたしたち女の子は砂の上でゆっくり側転した。来年は大人になりすぎてこんなことはできないかもしれないけど、いまは違う。まだ。

この瞬間のあたしたちを外側から見おろしてみる——陽射しで焼けてきた肌、少しずつ変化する体、頭上を飛んでいく飛行機。次は全員になにが待っているんだろう? そんなことは問題じゃない。いま、みんなの髪には海が広がり、未来は可能性に輝いている。はなやかな水着で声をたてて笑う女の子たち。まもなくこの先に大きく世界がひらけ、大人の女になる。さあ、いよいよだ。


まわりでカモメがやかましく鳴いていた。あちこちでビーチパラソルがゆれる。ラジオではDJたちがこんなふうに議論している。——ロドニー・キングを叩きのめした警察官たちは、新たに連邦裁判所で審理されることになるらしい。その連邦裁判所管轄の事件はきちんと裁かれるだろう。あの警官たちは有罪になる。証拠はビデオに撮ってあって、誰の目にもあきらかだ。ものごとはよくなっていくはずだから。いや、そんなことはないのかもしれない。だが、おれたちはよくなっていく。


DJたちはしばらく冗談を言い合ってから、リスナーへの電話回線を開放した。

「どう思う、おまえ《fam》?」まるでこの街にいる全員が家族《family》みたいに、DJが語りかけた。

ラショーンとあたしは、髪と水着についた水を砂の上に絞り、そこをすくって湿った山をいくつか盛りあげたけど、たちまち崩れてしまった。すると、ヘザーとラナが波打ちぎわへ走っていって、くすくす笑いながら水をすくって戻ってくると、あたしたちが作り始めた山にかけた。そのあいだコートニーは、ペッパーが体あたりして全部崩すのを止めようとがんばっていた。全員が力を合わせ、水を足し、砂を加えて、素手で掘りながら何度も作り直していくうちに、砂の山はだんだん本物みたいに見えてきた。

謝辞

信じられないほどすばらしいわたしのエージェント、デイヴィッド・ドエラー、この本の可能性を引き出すためにたゆみなく辛抱強い努力を続けてくれ、またこの作品やわたしを見込んでくれてありがとう。一度も実際に会ったことがないけれど、あなたはわたしのお気に入り。そして、エイブラムズ・アーティスツ・エージェンシーへ、彼を雇うほど見る目があったことに感謝します。

わたしの物語の助言者《ドゥーラ》、ザリーン・ジャファリー、最初の電話の数分で、あなたがわたしを理解してくれ、この作品を理解してくれているのがわかりました。この本の一ページ一ページをよりよいものにするために力を貸してくれてありがとう。

ケンドラ・レヴィン、わたしの手を握って最後までやりとげるのを助けてくれてありがとう。あなたがいちばんすてき。

エイドリアナ・ベレット、まさに完璧な表紙の絵を描いてくれてありがとう。はじめて見たとき、あんまりうれしくて涙が出ました。

ジャスティン・チャンダとサイモン&シュスターの全員へ、この物語をいちばんはじめから支持してくれてありがとう。あなたがたがいてくれて、わたしはほんとうに幸運です。ダイニーズ、オードリー、シヴァーニー、リサ、あなたがたに感謝しています。

サイモン&シュスターUKのジェーン・グリフィス、アシュリーの物語の普遍性をすぐさま認めてくれて心から感謝します。アブナー・スタインのアンナ・カーマイケル、大西洋の向こうへわたしの言葉を届けてくれてありがとう。

ルーシー・ルース・カミンズ、このものすごく最高の表紙をありがとう。

原稿整理編集者《コピーエディター》のベンジャミン・ホームズへ、わたしがばかみたいに見えないように助けてくれてありがとう。真剣に。

エレン・ゴールドスミス＝ヴェインとジョー・フォーゲルザングに、あなたがたの友情と、この本をこれほど支持してくれたことにありがとう。

故アディナ・タルヴ＝グッドマン、パトリック・ライアン、そして「ひとつの十代の物語《ワン・ティーン・ストーリー》」のチームへ――この話のいいところを見抜き、最初に世に送り出してくれてありがとう。わたしがこの旅を始めるきっかけとなってくれたことをほんとうにありがたく思っています。『サンタ・モニカ・レビュー』へ――最初に機会を与えてくれてありがとう。

不器用なわたしが教室で見つけた隠れ家と喜びに対して、英語の先生全員に感謝を表明したいと思います――とりわけミスター・アインシュタイン、ミズ・トレイシー、すてきな故ミセス・マドリッド、ミズ・チェイニー、ミスター・サワヤ、そしてミスター・プラット（たとえ厳密にはわたしの英語の先生ではなかったとしても）に。

エイミー・ベンダー、励ましと推薦をありがとう。すばらしい作家と教師の両方であること、実際に役立つからという理由だけならロースクールに行かないようにと言ってくれたことに対しても感謝します。

ミセス・ビュー――今日に至るまで、あなたはわたしの大好きな司書です。

カリフォルニア州立大学ロングビーチ校の若手作家キャンプ――あなたがたのもとで、はじめて地上の楽園をちらりと味わいました。

エリザベス、なにをどういうふうに言ったらいいかさえわかっていないうちにわたしの物語を押しつけることを許してくれて、わたしの最初の、いちばん力づけてくれる読者のひとりになってくれて、女の子が望みうる最高の親友でいてくれてありがとう。

ハイミー、わたしが書いた言葉のひとつも読めないうちから応援してくれていた、もうひとりの一生の親友に、あなたとその友情にほんとうに感謝しています。万が一わたしが離れを持つことがあったら、あなたのものです。ビズルには言わないでね。

ジャスティン、わたしの片割れ、この世界が黒人のオタクという同類のわたしたちを、あのばかげた箱の中に一緒にほうりこんでくれて、ほんとうによかった。これはあなたがいなかったら百パーセント存在しなかったでしょう。あなたがたの家と人生に迎え入れてくれた、ママ・ローズとアンクル・Eとあなたのお母さんに感謝します。

リズ、わたしのいちばん古くからの友だち、まだお互いの人生にいることがほんとうにうれしい。

カルメン・サマジョア――ひらめきを与えてくれてありがとう。

ジミー・カブレラ――あなたの故国の美しさを教えてくれてありがとう。

同じロサンゼルス人へ、たとえいらいらさせられるときでも大好き。

同じ黒人の子たち、脆い子と強い子、おたくっぽい子とかっこいい子、変わってる子とうまく順応してる子、不細工な子ときれいな子、裕福な子と貧乏な子、そしてそのあいだのすべてへ――〝あたしたちは大丈夫〟。

デレク、わたしに自分を見捨てさせないでくれて、憂鬱なときに抱きしめてくれて、明るい色で包んでくれてありがとう。あなたがわたしにとってどんな存在か、とうてい言い表せません。わたしたちの未来がイルカでいっぱいでありますように。

スミス家とキング家のみなさんへ、やさしく励ましてくれて、そして彼をこの世に送り出してくれてありがとう。

パパ、ママ、アリシア、それにレザー――大好き。大好き。大好き。大好き。わたしがしていることは全部、あなたたちに誇らしく思ってもらうため。そう感じてくれているといいけれど。

著者

クリスティーナ・ハモンズ・リード

(Christina Hammonds Reed)

小説家。南カリフォルニア大学の映画芸術学部で修士号を取得。作品は「Santa Monica Review」や「One Teen Story」に掲載。本書 “The Black Kids” が、ニューヨーク・タイムズ紙のベストセラーリストに入り、ウィリアム・C・モリス YA 新人作家賞のファイナリストにも選ばれた。

訳者

原島文世

(はらしま・ふみよ)

英米文学翻訳家。早稲田大学第一文学部卒。主な訳書にパトリシア・A・マキリップ『茨文字の魔法』、ショーニン・マグワイア『不思議の国の少女たち』、スザンナ・クラーク『ピラネージ』、チャーリー・N・ホームバーグ『紙の魔術師』、T・キングフィッシャー『パン焼き魔法のモーナ、街を救う』など。

ザ・ブラック・キッズ

2023年8月25日　初版

著者　クリスティーナ・ハモンズ・リード

訳者　原島文世

発行者　株式会社晶文社

東京都千代田区神田神保町1-11　〒101-0051

電話(03)3518-4940(代表)・4942(編集)

URL　https://www.shobunsha.co.jp

印刷・製本　中央精版印刷株式会社

ISBN978-4-7949-7379-5　Printed in Japan